JOANNA CHMIELEWSKA

иоанна
ХМЕЛЕВСКАЯ

"...В результате такого

коллективного рвения,

короб выскользнул у нее из рук

и рухнул на ноги, лишь чудом

никому ничего не переломав.

А рухнув, самопроизвольно

раскрылся, открыв взорам

собравшихся свое содержимое,

то есть короб серебряный,

упомянутый в завещании

Матильды. Серебряный ключик

лежал рядом, не пропал,

да и прабабушкин дневник,

увесистый том в красной

сафьяновой обложке,

тоже оказался на своем месте..."

Иоанна ХМЕЛЕВСКАЯ

СТАРШАЯ ПРАВНУЧКА

перевод с польского

Екатеринбург

У-Фактория

2000

УДК 884
ББК 84(4Пол)
Х-65

И вновь пани Хмелевская радует нас новым романом.

В отличие от других произведений детективного жанра в произведениях польской писательницы читатель сталкивается не только с криминальной стороной — преступлением и его расследованием, но находит и тонкую иронию, яркую образность, много смеха и приключений.

В новой книге Иоанны Хмелевской есть тайна, необычное родство, любовь, семейные сокровища, а также портрет и дневник прапрапра... бабушки, некогда пленившей воображение самого Наполеона Бонапарта...

Перевод с польского
Х. Новак

УДК 884
ББК 84(4Пол)

© Joanna Chmielewska
Najstarsza prawnuczka, 1998

© Оформление
ООО «У-Фактория», 1999

ISBN 6-89178-124-8

Я, нижеподписавшаяся, *Матильда Вежховская, в девичестве Крэнглевская, дочь Теодора и Антонины, в девичестве Заводской...*

— Ну и что ты там набоборыкала, глупая баба? — желчно заметил Матэуш, заглянув через плечо Матильды и помешав ее сочинительству. — Ты, кажется, что-то путаешь: ведь не в свою же собственную пользу завещание составляешь, так что и бабок своих всех перечислять ни к чему. В завещании такие сведения о завещателе вообще не нужны.

Матильда опомнилась, однако без боя сдаваться не пожелала:

— А если мне хочется написать именно так, то что же, завещание не будет иметь силы, да?

— Да будет, будет, вот только дурацким оно у тебя получится.

— Сам ты дурень. Я не мешала тебе писать все, что ты пожелаешь. Убирайся отсюда.

— Не могу. За тобой нужен глаз да глаз, а не то ты тут всякого бреда понапишешь. Говорил же я тебе: вызови нотариуса!

— А я не хочу! Нотариус — тоже всего лишь человек, и может проболтаться. Отстань.

И Матильда уселась за письменным столом поудобнее, продолжив свой кропотливый труд.

...находясь в полном телесном и душевном здравии и исполненная сил, слегка подорванных годами...

— В полном душевном здравии! — захихикал Матэуш. — Умалишенная. Да уже одних этих глупостей достаточно для того, чтобы все в твоем душевном здравии усомнились...

— Ты всю жизнь был полудурком и сейчас нисколько не поумнел! — не на шутку рассвирепела Матильда. — Так принято писать в завещаниях! Интересно, что же ты сам-то в своем написал? Что ты — вконец обезумевший рамолик, у которого к тому же руки трясутся, а склероз такой, что родных детей и внуков не узнаешь?

— Еще неизвестно, кто из нас рамолик! — оскорбился Матэуш. — «Исполненная сил», тоже мне, молодайка сыскалась!

— Подорванных годами! — рявкнула Матильда.

— А что подорванных, так хотя бы одно правдивое слово...

— А когда я велела тебе переставить вазу, что случилось, вспомни! Ты ее уронил! Скользкая она, а как же, можно подумать, ее кто-то маслом намазал, тяжелая она, а что тебе еще говорить-то было, правда — она ведь штука такая, колючая...

— Потому что только такая ослица, как ты, могла распорядиться вазу с таким веником переставлять. Ты, похоже, до сих пор так и не сообразила, что у роз шипы бывают, тоже мне, нашла куда их ставить, ничего себе вазочка — мало того, что серебряная, так еще и с водой, такую тяжесть и молодому не под силу поднять!.. А и я тоже хорош дурень, схватился за нее...

— А ведь, бывало, ты и не такие еще тяжести таскал,— ни с того ни с сего обиделась Матильда.

— А ты могла танцевать дольше, чем мог играть оркестр!..

Тут супруги внезапно замолкли, не в состоянии простить друг друга за то, что оба постарели. Старость подкралась к ним незаметно. Окруженные сонмом прислуги, они не ощущали себя слабыми и беспомощными, и лишь эта ссора заставила их осознать, что они лишились чего-то безвозвратно. По сути, они и не скорбели о потере: ведь их старость была безоблачной и беззаботной.

— А ты тоже, нашел время попрекать меня былым, — гневно произнесла Матильда. — И вообще, нечего свой нос сюда совать, я хочу составить завещание и составлю его, невзирая ни на что! И по-своему. А ты прекрати меня смущать!

Однако Матэуш все никак не мог успокоиться: эта идиотская ваза и впрямь оказалась для него слишком тяжелой, а его захиревшему мужскому началу грозила окончательная компрометация. Этого нельзя было допустить. И в старика словно бес вселился.

Он молча сидел, лелея в душе назревающий взрыв протеста. Это длилось так долго, что Матильда, отказавшись от кудрявых фраз, успела уже написать более половины завещания, а супруг не препятствовал ей в этом.

...завещаю сыну своему, Томашу, мое приданое имение в местности Пляцувка под Варшавой,

вместе с садом площадью в четыре морга* и деревянным домом, включая все, что находится в нем, безо всяких условий и оговорок, исключая запрет на продажу фамильных портретов с изображением моих дедушки и бабушки, каковые нельзя продавать никогда и ни при каких обстоятельствах. Завещаю дочери своей, Ханне, в замужестве Кольской, второе свое приданое имение, а именно старинный особняк с огородом и садом в полторы влуки** в местности Косьмин близ города Груйца, и пусть она распорядится наследством по собственному усмотрению. Завещаю младшему своему сыну, Лукашу, пятьдесят тысяч злотых, положенных на мое имя в национальный банк. Завещаю своей младшей дочери, Зофии, по мужу Костэцкой, тридцать тысяч злотых, положенных в тот же банк. Завещаю своим внучкам, а именно: Барбаре, дочери Томаша, Дороте и Ядвиге, дочерям Ханны, Катажине, дочери Лукаша, и Дануте, дочери Зофии, все свои украшения и драгоценности. Бриллиантовый гарнитур — Барбаре. Рубиновый гарнитур — Дороте. Сапфировый — Ядвиге. Изумруды — Катажине. Бриллиантовый с рубинами и жемчугами — Дануте. Каждую из этих вещей я оставляю в надлежащим образом надписанном футляре. Кроме того, старшей своей правнучке по женской линии, дочери Дороты, а внучке Ханны, — завещаю свой дневник, что я писала в юности, вместе с коробом, в котором он хранится. Запрещаю кому-либо еще, кроме моей старшей правнучки по женской линии, читать

---

* Морг — мера площади, равная примерно 56 арам.
** Влука (ист.) — польская мера площади, равная примерно 16,8 га.

упомянутый дневник, под угрозой лишения наследства. Кроме того, этой же правнучке я завещаю дом в местности Блэндов, завещанный мне моей бабушкой...

Вот и все, что успела написать Матильда, хотя этот вид творчества пришелся ей весьма по вкусу: дело в том, что у Матэуша к тому времени как раз завершилась стадия набухания.

Длилась она сравнительно недолго, но за эти краткие мгновения он успел, словно утопающий, вспомнить всю свою жизнь и все обиды, что некогда претерпел от супруги. Единственным утешением была мысль о том, что лично он ничего не оставил ей по своему завещанию, разделив все свое состояние между детьми и внуками. У нее же было собственное состояние, обеспеченное брачным контрактом, так что большего ей и не требовалось. Матэуш прекрасно знал о том, что и Матильда тоже ничего ему не завещает, хотя кто ее знает, что там у нее в действительности имеется...

На самом же деле богатство, которым она только что распорядилась, выглядело значительно более солидным на бумаге, чем в действительности. Наличные деньги у нее были, это факт, а вот пресловутые земельные угодья выглядели достаточно скромно, к тому же находились они не в самом блестящем состоянии. Так что, если бы у кого-то возникло желание привести их в божеский вид, денег вряд ли хватило бы. Ювелирные же гарнитуры, честно говоря, не вполне оправдывали свое название: скромное ожерелье или же кулончик на золотой цепочке, а в придачу — серьги, браслет или брошь, несколько колечек... В общем, ничего особенного, вот разве только что Матильда сумела составить из всего этого весьма элегантные комплекты. Однако это было еще не все... Матэуш неоднократно думал о том, каким образом его жена распорядилась наследством своей бабушки, той самой, с портрета в деревянном доме. Как предполагала, но отнюдь не утверждала семейная легенда, эта самая бабушка вроде бы являлась плодом любви самого Наполеона. Император якобы не смог устоять перед дивной красотой прабабушки, и по прошествии приличествующего случаю срока на свет появилась дочка. В те времена среди дам высшего света в большой моде были драгоценные украшения. Когда же бабушка лежала при смерти, Матильда долго беседовала с нею с глазу на глаз, причем результаты этих бесед тщательно скрыла от супруга. Категорически не пожелав ничего ему открыть, она обвинила его в меркантильности. Гордость Матэуша не вынесла таких обвинений, и в конце концов он отступился, окончательно отказавшись от вопросов на эту тему. Это было совсем нетрудно, ведь супруг Матильды был человеком состоятельным.

— Подожди, ты еще ко мне приползешь, — мстительно заключил он вскоре после похорон жениной бабушки.

— Вот еще! — гордо ответила Матильда, будучи уже тогда уверенной в том, что состоянием своим она распоряжаться умеет.

После чего наполеоново наследство более в разговорах супругов не упоминалось: Матэуш обиженно молчал. Он долгие годы не проронил по этому поводу ни единого слова, даже если по каким-то торжественным случаям на его жене и блистало что-нибудь этакое. Правду говоря, он и через плечо-то ей заглядывал, когда она составляла завещание, из чистого любопытства. Хотелось знать, будут ли там упомянуты бабушкины камешки...

Господский дом, настоящий дворец, из которого супруги на старости лет уже почти не выезжали, с сотнями гектаров угодий, располагался в окрестностях Глухова, близ Варшавы. Впрочем, все принадлежавшие семье земли простирались вокруг столицы, так как вот уже многие годы браки в их роду заключались с соседями, и семейство пустило прочные корни в Мадовии. После Первой мировой войны все были этим весьма довольны, а Матэуш не упускал ни единого случая, чтобы попрекнуть жену тем, что она чуть не предпочла ему в свое время богатого жениха из восточной Польши, родственника Потоцких, ныне совершенно обедневшего. Дескать, она во время óно чуть было не вышла за этого банкрота, а его, Матэуша, еще долго корила тем, что не стала супругой тогдашнего магната. Ну вот и зря не стала, посмотрел бы он, Матэуш, как она бродила бы теперь, вымаливая кусок хлеба насущного...

— Недолго бы я так бродила, потому что твой кусок застрял бы у меня в горле и задавил меня насмерть, — ехидничала Матильда. — А я все равно осталась бы при своем приданом, ему никакие мужья-банкроты не страшны. Близок локоть, да не укусишь, вот что тебя гложет, а?

Честно говоря, она была права: Матэуша невыразимо раздражала обособленность ее имущества. Брачный контракт составил его тесть, с помощью еврейского юриста, с которым по невыясненным причинам состоял в близкой дружбе: то ли они где-то когда-то жизнь друг другу спасли, то ли еще что-то в таком же духе. И еврей трясясь над другом как овечий хвост, заботясь о его состоянии больше, чем о своем собственном. Эта забота распространялась и на состояние дочери друга. Матэуш в приданом жены нуждался примерно так же, как мост в дыре. Женился он на ней не из-за денег. Однако ее полная самостоятельность была невыносимой. Он не имел над ней абсолютно никакой власти. Не мог ничего ей запретить. Она могла делать все, что пожелает: покупать наряды, путешествовать, принимать гостей и даже, о ужас, на собственные деньги делать ставки на бегах!!!

Чем она иногда и занималась...

Иногда у Матэуша было полное ощущение того, что вместо жены у него куртизанка. Капризная, избалованная, способная покинуть его когда только пожелает. Неоспоримым достоинством куртизанки был тот факт, что она не собиралась разорять его и дарила ему вполне удачных детей. Кроме того, при наличии одной куртизанки другие во внимание уже совершенно приниматься не могли...

Как бы то ни было, однако Матильда, слава Богу, согласилась хотя бы на то, чтобы родовой резиденцией их семьи стал дом его предков. Она превратила его в настоящую дворцовую усадьбу и управляла ею безукоризненно, вводя новшества исподволь и весьма умеренно. Ну может, и не совсем, так как к новомодным изобретениям Матильда питала настоящую страсть: она одной из первых провела у себя это странное, страшноватое электричество, завела ванные с горячей водой, соблазнилась телефоном и автомобилями. Все это Матэуш считал дьявольскими штучками, однако, несмотря на свою адскую родословную, штучки эти со временем оказывались весьма полезными в хозяйстве. Правда, ему все это казалось чистым безумием, однако же и тут он не мог пресечь ее действия, отказав в финансировании, раз она платила за все из собственных средств. За это Матэуш всю жизнь злился на жену, будучи бессильным что-либо предпринять, так как вдобавок безумно любил ее и не мог противиться чарам ее красоты.

И только один-единственный раз все произошло иначе.

Событие это было таким особенным и потрясающим, что своенравная и до неприличия самостоятельная Матильда пала духом и с рыданиями припала к мужниной груди, требуя помощи. Матэуш же был этим столь потрясен, что, не задумываясь, с великим подъемом помощь эту тут же супруге оказал. А наступило это через полтора года после похорон блэндовской бабушки, когда супруги были очень молоды и даже еще не всех своих детей успели произвести на свет.

На похоронах они, разумеется, присутствовали: Матильда, как главная наследница, обязана была обставить эту церемонию со всеми приличиями, включая поминки. Она распорядилась как полагается, разумно ограничив количество прислуги, и лишь после отъезда родни и гостей проявила свой норов. Выразилось это в том, что Матильда категорически пожелала остаться на месте и лично проследить за ремонтом в доме покойной бабушки. Напрасно Матэуш пытался воздействовать на жену сначала убеждением, а потом и угрозами: Матильда словно удила закусила, решив, что будет лично следить за ходом ремонта. Матэуша чуть удар не хватил, ему пришлось одному возвращаться домой, где ждали их первенцы, сенокос, стельные коровы и лошади-первогодки, которых надо было готовить к бегам. Он встал перед выбором: или запустить дела и обеднеть, или же присмотреть за ними и продолжать быть богаче жены. Уменьшение состояния нанесло бы слишком сокрушительный удар его гордости...

Матильда же вернулась в родные пенаты лишь к концу июля, взаимное озлобление и дикая ссора бросили супругов друг другу в объятия, благодаря чему в следующем году родился Лукаш. Спустя же полтора месяца произошел упомянутый выше кошмар.

Семейство как раз сидело за ужином, когда из Блэндова прискакал на вконец загнанной лошади гонец. Он отправился оттуда еще до рассвета, чтобы принести супругам страшную весть: в господском доме произошло таинственное преступление, один человек убит, другой ранен, вблизи от дома — какой-то незнакомец, тоже полуживой, да еще несколько злоумышленников сбежало. А кто такие — неизвестно, лишь черные силуэты мелькнули в отдалении...

Именно тогда-то Матильда, выслушав сбивчивую от тяжелого дыхания речь гонца, лишилась на время присутствия духа и признала главенство мужа, рыдая у него на груди. Матэуш тоже вышел из себя, однако преобладало в нем все-таки чувство удивления: он узрел в своей супруге слабую, беспомощную женщину. Весь во власти рыцарского порыва, он наконец-то нашел применение своим мужским качествам, которые так долго не замечались и не ценились женой по достоинству. Матэуш велел немедленно запрягать коней и ехать, благо ночи в июне коротки, да к тому же еще светила полная луна...

Все это он и вспомнил сейчас, преисполнившись жаждой подвига.

Некогда, в юные годы, Матэуш мог без труда схватить кресло вместе с сидевшей в нем супругой и поднять вверх, радуясь ее визгу и крикам, а позже упиваясь гордостью в ее взгляде. Вот и сейчас он ни с того ни с сего решил, что все еще способен на такие усилия. Вскочив со стула, абсолютно игнорируя и свой возраст, и то, что жена его со времен своей юности прибавила в весе добрых двадцать пять кило, Матэуш вцепился в подлокотники ее кресла и рванул его вверх. Матильда от полной неожиданности происходящего вскрикнула и посадила на завещании кляксу. Матэуш собирался крутануть кресло с женой в воздухе и поставить его на то же самое место, однако усилия его не увенчались успехом, и кресло рухнуло вниз. Матильда с великим грохотом очутилась там же, где была, а муж застыл над ней, согнувшись словно бы в поклоне, с ладонями на подлокотниках кресла. Невыносимая боль в позвоночнике окончательно и бесповоротно пригвоздила его к месту.

Первые минуты после этого события напоминали конец света. Матильда застряла в кресле, с коленями под письменным столом, без единого шанса на освобождение: ни вылезти, ни отодвинуться от стола, ни дотянуться до звонка, чтобы вызвать слуг. Матэуш, сжав челюсти, замер у нее за спиной, словно каменный, а вместе они весьма напоминали некую скульптурную группу. К счастью, стоило Матильде хотя бы шелохнуться, как Матэуш начинал заходиться в крике. Эти-то звуки и привлекли к себе, наконец, внимание слуг. Камердинер, постучав, заглянул в кабинет, и Матильда тут же весьма энергично приказала ему вызвать врача и забрать отсюда его благородие барина. Первая часть приказания была исполнена молниеносно, а вот вторая встретила на своем пути непреодолимые препятствия. Его благородие барин не позволял к себе даже притронуться. Он стоял, согнувшись в поклоне, за спиной своей супруги и время от времени издавал истошные вопли. Ее же благородие барыня, пригвожденная к письменному столу, когда прошел первый испуг, окончательно потеряла терпение.

— Пусть же хоть какая-то польза от этого будет, — истерично заявила она и размашисто расписалась под завещанием. — Феликс, подпиши-ка вот здесь. И пусть придет еще кто-нибудь, кто грамоте обучен, например, Словиковская...

Вот каким образом и по какой необычной причине завещание Матильды Вежховской лишилось задуманного ею красочного завершения, вот почему не нашлось в нем места для подарков слугам, вот почему было оно подписано составительницей и свидетелями как бы в половине, под аккомпанемент ужасных воплей и стонов ее супруга, который, обладая недюжинной выдержкой, лишился от боли чувств только тогда, когда явился их домашний врач. Благодаря чему барина, наконец, смогли оторвать от подлокотников кресла и перенести на ложе страданий.

При полном одобрении врача местный костоправ вправил на место выпавший из позвоночника диск, и Матэуш почти совершенно поправился. В Матильде, однако же, после всего этого светопреставления осталась глубокая убежденность в том, что дело с составлением завещания она закончила надлежащим образом. Посему, поместив сей документ в конверт, скрепленный лаковой печатью, Матильда занялась мужем, вне себя от его безответственной выходки.

Весь этот переполох произошел в лето Господне 1930-е, как раз посередине между двумя мировыми войнами.

События же, из-за которых с Матильдой чуть не случился нервный срыв, были подробно описаны бедной родственницей, некой панной Доминикой Блэндовской, экономкой в блэндовском имении господ Вежховских. Названная Доминика, девица уже почти тридцати лет от роду, не скрывая легкой досады, ибо весь Блэндов некогда принадлежал господам Блэндовским, а тем временем она, Блэндовская, ныне чуть ли не из милости в доме предков проживает, понеже изменчива фортуна, а прадед, дед и отец разврату предавались... так вот, Доминика, лишенная иных занятий, кроме ведения домашнего хозяйства, вела дневник. Надо сказать, что вела она его систематически и скрупулезно. И преобладали на его страницах конкретные факты, а не сентиментальные вздохи, ведь в деревне жилось так скучно, что любое яйцо, снесенное курицей не там, где полагается, уже являлось событием.

Ничего удивительного, что потрясающая сенсация нашла в упомянутом дневнике достойное отражение.

«**16 июня лета Господня 1878-го.**

Только лишь сейчас, ближе к вечеру, я сумела присесть, чтобы описать ужасные и непонятные происшествия, имевшие место со вчерашнего дня. И кто бы мог предугадать, что подобное может свершиться! Я все еще никак не могу прийти в себя, и рука моя то и дело принимается дрожать, а ум отказывается понимать такие ужасы. Однако все же я попытаюсь вспомнить все так, как оно происходило. Быть может, это принесет облегчение моей измученной душе, ибо о том, чтобы сейчас уснуть, я и помышлять не смею.

Меня с детства приучили к порядку и систематичности, и сейчас самое время воспользоваться этими полезными навыками.

День вчерашний прошел так, как я его уже описала, к ночи же ближе, помолившись, я легла почивать и уснула крепко, как спят все люди с чистой совестью. Что мне привиделось во сне, не помню, только вдруг меня разбудил какой-то шум, как будто бы крики и грохот великий. Первое, что пришло мне на ум, пока я еще не пробудилась окончательно, пожар, однако ж воплей «горим!» слышно не было. И едва я села на кровати, как внизу, под моими ногами, вновь раздались какие-то весьма громкие удары, сопровождаемые отчаянным криком, после чего внезапно все утихло. Вся дрожа, я еще мгновение сидела, пока мысль о том, что я здесь домоправительница, а значит, права не имею заботиться только лишь о своей собственной жизни, не придала мне сил. Я вскочила с постели, набросила на себя шлафрок, сунула ноги в домашние туфли, которые, как обычно, аккуратно стояли на своем месте, и уже намеревалась было броситься к дверям, когда меня посетила мысль о том, что во всем доме царит тьма. Так что я зажгла свечу и, держа ее в руке, вышла на лестницу.

Внизу тем временем воцарилась тишина, однако ж слух мой уловил чей-то шепот и стенания, а такоже заметила я свет со стороны кухни и подумала о слугах, ибо такой ужасный шум должен был всех перебудить. Тут страх мой немного уменьшился, и я отозвалась, спросив, кто там, несколько сдавленным голосом, но старый камердинер, Кацпэр, распознал меня и ответствовал:

— Панна Доминика, вы ли это?

— Да, это я, — ответила я. — Что там случилось и откуда этот шум?

Как я уже неоднократно писала, прислуга весьма почитает меня. Полагаю, что на мой решительный вопрос все они ответить желали. Люди выдвинули вперед свечи, и я увидела, что за спиной Кацпра столпились почти все наши слуги, и все они враз заговорили, вот почему я поначалу ничего понять не смогла и, сойдя вниз по лестнице, велела им говорить по очереди, не перебивая друг друга.

Вскоре стало ясно, что первой услышала какой-то шум Мадэйова, кухарка, которая не могла уснуть по причине болей в печени. Тщетно пытаясь забыться сном, она вертелась на своей постели, пока не достигли ее ушей какие-то звуки, казалось, по дому кто-то ходит, задевая мебель. Вот по какой причине она поднялась с постели, отправилась к Кацпру, который доводится ей родней, и разбудила его. Кацпэр, легкий на подъем, тут же проснулся и разбудил лакея Альбина, велев ему взглянуть, что же такое происходит в покоях, так как шум раздавался как будто бы из гостиной, столовой, библиотеки или же, быть может, из кабинета. Борясь со сном, Альбин, сам, вероятно, не понимая, что творит, взял свечу и, совершенно позабыв про осторожность, направился в господские покои. И сразу же, мгновение спустя, вновь начало твориться что-то страшное, кто-то крушил мебель, раздавались вопли и грохот, так что вся прислуга повскакивала на ноги, кто-то разбил стекло, в ответ на что мальчик на побегушках... мне следует признаться, что я не сразу смогла вспомнить его имя, но сейчас уже вспомнила: Аполлоний, все зовут его Польдей, выскочил из-за людей и направился вслед за Альбином. И тут вновь раздались истошные вопли и громыхание. Все замерли, и я не корю их за это.

Вот так мы все и стояли, тихонько переговариваясь между собой, как вдруг одна из кухонных девок, Марта, огромная и необычайно сильная, крикнула, что кто-то прыгает в окно, и бросилась к дверям. Кацпэр помог ей отворить, и все гурьбой бросились вслед. Я не слишком далеко отстала от них и собственными глазами видела, как черные какие-то персоны бегут в сад, сама уже не знаю, то ли двое их было, то ли трое. Один из убегавших упал у солнечных часов. На него тут же набросилась Марта, схватив за горло и ударяя головой его о мраморное основание, пока Кацпэр не сумел оттащить ее.

Войти же в оные покои, в коих все и началось, ни у кого куражу не хватало. Посему я, осенив себя крестным знамением, первой направилась туда, ибо это был мой долг.

В столовой не оказалось ни единой живой души, в гостиной же — лишь перебитые вазы, сломанные два стула, зеркало разбитое да мусор всякий, однако ж в кабинете, у самого входа, взору моему предстал вид ужасный: лакей Альбин лежал мертвый в луже крови...

Пришлось мне прервать свое описание, обратившись к помощи ароматических солей и рюмки старки, дабы иметь возможность писать далее, ибо, живо припомнив увиденное, я чуть было не лишилась чувств.

Итак, лакей Альбин лежал неживой в кабинете. В библиотеке же страшно стенал Польдя, мальчик на побегушках. Разорены были многие вещи, однако не очень сильно, так как даже перевернутый шкаф не поломался, а лишь шум великий произвел. В гостиной было выбито стекло, не знаю зачем, ведь окна там венецианские, ведущие прямо в сад. Человека же из-под солнечных часов Марта вместе с Кацпром втащили в дом, и я сразу же распорядилась послать за фельдшером, а по пути уведомить полицмейстера. Никогда в жизни своей мне не доводилось подвергаться подобным испытаниям, однако ж приходилось слышать, что различные проступки и злодейства, разбой и кражи полиция расследует и поимкой злоумышленников занимается. Вместе с тем я отправила нарочного к кузену с кузиной.

И фельдшер, и полицмейстер не заставили себя долго ждать, фельдшер сказал, что наш Польдя ранен был не опасно, но зато тот незнакомец из-под солнечных часов чрезвычайно пострадал головой. Быть может, он и будет в состоянии что-нибудь сказать, считает фельдшер, однако ж в этом нет никакой уверенности, и следовало бить его головой о мрамор не столь сильно.

Никто не упрекнул Марту и не открыл, что это — ее рук дело, потому как прислуге стало ясно, что лакей Альбин чрезвычайно пришелся ей по нраву. Хоть это и грешно, однако ж понять ее возмущение возможно.

Но что же это было такое, какую цель преследовали злоумышленники, вторгшись в наш дом? Я уже немного отошла и на рассвете поведала все, что смогла, стараясь сохранить покой и рассудок, хоть это и нелегко мне далось, и наградой мне стала хотя бы человеческая признательность. Ассистент пана полицмейстера, некто пан Анджей Ромиш, человек необычайно вежливый, задавал мне вопросы рассветной порой и в конце сделал мне комплимент, сказав, что о таких свидетелях, как я, можно лишь мечтать: несмотря на то, что я женщина, только что пережившая такое ужасное потрясение, отвечаю я ему по существу, спокойно и без малейшего преувеличения. Эти слова весьма укрепили мой дух.

17 июня.

Вчера на закате дня приехали кузен с кузиной. Полночи ушло на рассказ о случившемся и объяснения, и лишь сейчас я могу пооткровенничать сама с собой. Не стану сама от себя скрывать, что мне безмерно интересно, что же, собственно говоря, произошло и по какой причине. Кузина Матильда чуть не лишилась чувств, кузен Матэуш расспрашивал всех, не пропало ли что-нибудь, но что же должно было пропасть, если здесь и ценностей-то никаких нет. Почти что с самого утра пан Ромиш вместе с жандармами прочесывали окрестности, всех при этом неустанно расспрашивая, пока не пришли к выводу, что ночью какие-то злоумышленники проникли в сад, а поскольку гостиная расположена далеко, никто из прислуги так и не проснулся бы, не услышав шума. И только благодаря печени Мадэйовой злодеи ничего из дома не вынесли. Правда, я и сама теряюсь в догадках, что же такого им было отсюда выносить, и прихожу к выводу, что, может, китайские вазы, говорят, они очень древние, или же портреты со стен в дорогих золоченых рамах, ведь деньги на содержание дома я держу в ларчике, который ежевечерне сама уношу в свою комнату, о чем никому не известно.

Нынче у меня выдалась свободная минута, так как кузен Матэуш, вместе с управляющим, полицмейстером и доктором совещаются насчет похорон покойного Альбина и уведомления о них его родных, я уже сказала им, откуда покойный был родом, так как знала это. Польдя, мальчик на побегушках, придя в сознание, заявил, что, примчавшись в столовую, увидел, как на пороге, между библиотекой и кабинетом, Альбин, царство ему небесное, борется с двумя злодеями. Польдя, поспешив ему на помощь, схватил камин-ные щипцы и очень сильно ударил ими одного из разбойников. А как они дрались потом, мальчик не помнит, ибо вскоре лишился чувств.

Злодей, избитый Мартой, лежит в каморке возле людской, к нему приставлен для охраны один жандарм. Негодяй пока что ничего не сказал, так как все еще не пришел в себя, доктор же запре-тил его трогать, потому что он от этого мо-жет испустить дух, так ничего и не поведав, а ведь его признание — единственный источник, из которого что-либо узнать возможно. Господ-ские покои уже прибраны, и, как обнаружилось, самый громкий шум произвела алебастровая фи-гура, которую сбросили с постамента в виде колонны в библиотеке, а такоже серебряный сер-виз, который упал в столовой вместе с надстав-кой и карнизом от буфета. Фигуры этой мне не жаль, она всегда была мне не по нраву, потому как изображала грешное непотребство, я нико-му не скажу об этом, но почти что рада тому, что неприличная фигура разбита вдребезги.

Кузина Матильда сразу же после полдника заперлась в библиотеке и приказала не беспокоить себя в скорби, хотя, правду говоря, не знаю, о чем она скорбит: ведь не о разбитой же фигуре, да и не о покойном Альбине, который всего три года служил в доме, и она его почти совсем не знала. Тогда о чем же она скорбит?

Вот меня уже и зовут...

19 июня.

Вечер уже поздний, и только сейчас все успокоились. Вчера ни единой минуты у меня для себя не было, да и сегодня даже вздохнуть было некогда. Я опишу все по порядку.

Вчерашним вечером, когда меня позвали, обнаружили сторожа с разбитой головой, но живого, и вот доказательство того, в какой же растерянности я пребывала, сама этого не понимая, ведь я ни единым словом о нем не обмолвилась, невзирая на то, что все бурно обсуждали, что же с ним могло случиться, куда он делся и почему не сторожил дом. Собаки тоже исчезли. Вернулись же они домой пристыженные и покорные, из чего можно сделать вывод, что все три пса умчались вслед за сукой. Так вот, сторожа только они и обнаружили: пронюхали, что лежит он в самом углу сада, прикрытый ветвями и большими листьями, так, что его и не было видно. Сторож уже пришел в себя, правда, говорить может лишь тихо, но ведь говорит же, что псы и впрямь помчались вслед за приблудной сукой, он стал их звать и даже не заметил, чем его огрели по голове. Пан Ромиш говорит так, будто бы сам при этом присутствовал: сторож громко звал собак, сам же производя шум, и не услышал, как к нему подкрались злоумышленники. Они сразу оглушили его, он сам своим же криком обнаружил, где находится, так что перелезли они через ограду в другом месте. Слава Богу, что сторож хотя бы жив остался, а собакам он тоже спасибо сказать должен, ведь это они его нашли и визгливым лаем привлекли к этому месту людей.

А сразу же после этого разбойник, лежавший в каморке возле людской, стал подавать голос, но вначале лишь стонал и лишь утром смог произнести слова, которые можно было понять. Кузина Матильда зашла его проведать и в лице изменилась, однако не сказала ничего. Сдается мне, что она была с ним знакома и узнала его, но мнение свое я оставлю при себе, раз она скрывает это знакомство. Пан Ромиш посвятил меня в свои предположения насчет речей раненого злодея, а оказался он подмастерьем кузнеца из-под Груйца и говорил что-то насчет пьянства. Сама я ничегошеньки из его речей не поняла. Вроде бы он был пьян, а какие-то люди подговорили его. Подговорили вломиться в господский дом, но это уже выводы пана Ромиша, потому что я в словах негодяя никакого смысла не уловила. Какого-то жирного он все упоминал, нынче я уже знаю, что Жирный — прозвище одного подозрительного типа, ибо отличается он весьма неумеренным весом. Его вот-вот схватят.

Кузина Матильда все время стояла в ногах его кровати с таким выражением лица, что у меня внутри все похолодело от ужаса. Она не произнесла ни единого слова, вперившись в него страшным взглядом, пока он, наконец, не воскликнул: «Шимон!» и с этим восклицанием испустил дух. Кузину же Матильду в ответ передернуло, потом она как бы обмякла и, не сказав ни единого слова, удалилась. *Кто таков был этот Шимон, мне неизвестно, быть может, который-нибудь из злодеев.*

И сразу же после, как будто всего этого было мало, кузина Матильда начала генеральную уборку в библиотеке, причем книги перебирала сама, укладывая их в ящики, которые приказала отнести в подвал, книги же из подвала — отнести наверх, а потом все наоборот, и так почти на весь день устроила великое светопреставление. Кузен Матэуш, чрезвычайно сблизившись с полицмейстером, оказывал ему всяческую помощь, и так они на рассвете изловили оставшихся двух разбойников, отчего все с великим облегчением вздохнули. Но зато дома царил такой разброд, что я, можно сказать, совершенно потеряла голову, и сама уже не знаю, что они ели, обед или ужин, причем мне приходилось беспрестанно за всем надзирать, потому как у кухарки все из рук валилось.

Сегодня они, наконец, почивать отправились довольно-таки рано, завтра же должны уехать, разве что снова что-нибудь произойдет.

21 июня.

В недобрый час я так написала, словно бы в предчувствии. Кузен с кузиной уехали домой только сегодняшним утром, потому что вчера сначала за завтраком поссорились, не соблюдая никаких приличий. Кузина Матильда внезапно заявила, что домой не вернется, а на какое-то время останется здесь, тогда как кузен Матэуш никоим образом не желал с этим согласиться. Кричали же они друг на друга так, что мне пришлось всю прислугу от столовой убрать на дальнюю половину дома. Кузина Матильда выбежала из-за стола, кузен Матэуш погнался за ней, накал же страстей был таковым, что с отъездом они задержались по причине позднего времени. Пришлось им остаться здесь, и кузина Матильда снова заперлась в библиотеке, а сразу же после этого прибыли пан полицмейстер вместе с паном Ромишем, привезя с собой показания злоумышленников. Не стану кривить душой, я искренне пожалела, что пан Ромиш приехал не один и не лично ко мне, ведь в таком случае я, вероятно, и узнала бы больше, к тому же он вызывает к себе симпатию, хоть и полицейский.

Но я и так уже знаю, что сказали разбойники. Подмастерье кузнеца, напившись допьяна, поведал им о том, что в господском доме есть тайник с несметными сокровищами и что он знает, как к ним подобраться. Однако же в каком месте находится тайник, — сказать не захотел, а лишь глупо хихикал, обещая, что сам их туда отведет. Они, должно быть, тоже были пьяны, так как поверили ему, а потом, протрезвев, поддались на его уговоры. Так что теперь неизвестно, кто из них главный виновник и кто кого к чему склонял. Пан Ромиш считает, что негодяи пытаются переложить всю тяжесть вины на своего покойного дружка, ведь он уже ничего в свою защиту сказать не в состоянии, а сами-то похуже его будут, о чем полиции доподлинно известно. Грабить господский дом они отправились вчетвером, сторожа ранили именно так, как предполагал пан Ромиш, а суку течную изловили в деревне и выпустили у самой ограды сада, прекрасно зная о том, что все псы тут же побегут вслед за ней. Один из злодеев был оставлен снаружи, на часах, а трое остальных вломились в дом через венецианские окна гостиной, откуда перешли в кабинет, так как их покойный сообщник никак не мог найти нужное место и ощупывал стены то в столовой, то в библиотеке, то в кабинете, производя при этом немалый шум. И тут вдруг лакей застал их врасплох и бросился на них, так что они лишь защищались, однако же он не отступал, ну и в конце концов покойный грабитель убил лакея, его сообщникам же пришлось отражать нападение еще одного слуги. Все свалили на покойного! А это — совершенная ложь, ведь Польдя, прежде чем лишиться чувств, видел предостаточно и клялся, что тот из негодяев, который впоследствии скончался в нашем доме, старался держаться в стороне, лакея же убивали именно двое его дружков.

Они же утверждают, что испугались челяди и сбежали, ничего плохого не совершив и ничего не украв. О, какие же глупости зачастую произносят люди!

Пан Ромиш говорит, что эти люди совершили уже в прошлом не одно подобное злодеяние и что на этот раз они будут наказаны по делам своим и, без сомнения, отправятся на каторгу. Вот и слава Богу. Кузен Матэуш, слушая все это, лишь пожимал плечами, а потом сходил за кузиной Матильдой, и оба сказали, что головорезы не произнесли ни единого слова правды в том, что касается сокровищ, что это — бред и бессмыслица, так как никаких сокровищ в этом доме никогда не было и нет. Самые большие ценности содержатся в библиотеке, где есть рукописные книги, весьма древние, в обложках из серебра и кожи, и даже украшенных каменьями, но ведь их там всего-то четыре, да к тому же они весьма тяжелые. И что бы стали делать с ними злоумышленники? А значит, все нападение — плод хмельной фантазии, но раз вследствие него появилось два трупа, это дело так оставлять не следует.

Не успели мы проводить полицейских, как вслед за ними прибыл какой-то почтенных лет человек в одноконной коляске и спросил кузину Матильду. И прежде чем я успела дознаться, кто таков, ибо одет уж очень просто, хотя и опрятно, камердинер Кацпэр, увидев его, тут же увел с глаз моих долой, прямо к кузине, что меня весьма возмутило. Вся во власти гнева, я отправилась вослед. Кузина Матильда, нынче сладкая, словно мед, упросила тут же своего супруга, чтобы он распорядился в конюшне, где нужно было ставить два стойла для жеребцов, которыми кузина пожелала покрыть здешних кобыл, а известно, кузену Матэушу в знании лошадиной породы равных нет. Хитрость это была, на которую кузен Матэуш тут же и попался, отправившись на конюшню, кузина же вновь в библиотеке затворилась, на этот раз вместе с приезжим человеком.

Я стала пенять Кацпэру, на что он ответствовал мне, с большим уважением, что человек этот приезжий — старый слуга семейства, весьма разумный и искусный во всяких ремеслах. Сейчас же он, удалившись на покой, доживает свой век вместе с внучкой своей, а имя ему Шимон. Не иначе как с какой-нибудь просьбой старик явился, узнав, что барыня приехала, а правами он здесь пользовался всегда самыми обширными.

Значит, злодей покойный вовсе не дружка своего в бреду поминал, а слугу. И что же за знакомство такое могло быть между ними? Ничего я не смогла узнать, ибо библиотека расположена таким образом, что, если разговор там ведется не у самой двери, снаружи ни единого звука не слыхать. Кузина Матильда совещалась там со стариком, пока не вернулся из конюшни кузен Матэуш, после чего Кацпэр в своей каморке угощал оного Шимона пивом и едой, даже не испросив на то моего позволения. Не по душе мне это было, однако ж я промолчала, так как кузина Матильда собственными глазами на это взирала и с весьма приветливым выражением.

К вечеру же кузен с кузиной снова повздорили. Причина осталась мне неизвестной, ибо, хоть я и входила в кабинет довольно часто, с вином и фруктами, но, увидев меня, они тут же замолкали. Я сумела расслышать лишь что-то насчет императора Наполеона, что-то о моей покойной благодетельнице, пани Заводской, которая бабушкой кузине Матильде приходилась, что-то там о каких-то тайнах. Как мне показалось, кузен Матэуш над супругой своей насмехался и дразнил ее, а она, хоть и в гневе находилась, слова его близко к сердцу не принимала. И, наконец, напоследок она снова раскапризничалась, желая непременно вместе со мной перебрать все счета за прошлый год, отчего я очень поздно почивать отправилась.

В конце же концов кузен с кузиной поутру в совершенном согласии покинули нас, и какое-никакое спокойствие вновь в доме воцарилось.»

Разумеется, дневник панны Доминики на этом не заканчивался, однако далее следовало описание событий ничем не выдающихся, лишенных признаков сенсации. Кровавый эксцесс стал забываться, но зато все чаще упоминался пан Ромиш, который год спустя, наконец, предложил ей свои руку и сердце. И панна Доминика, без сомнения, совершила бы этот ужасный мезальянс, если бы не то, что, только-только сделав ей предложение и не получив еще даже однозначного ответа на него, воздыхатель резко пошел на попятную. Панна Доминика пожалела о своей пагубной сдержанности, но ведь нельзя же было вот так сразу и согласиться, приличия требовали попросить дать ей время на раздумья. И зря. Пан Ромиш почувствовал себя оскорбленным...

Очень скоро стало ясно, что отнюдь не об оскорбленные чувства разбился этот марьяж. Дело в том, что пан Ромиш, человек в тех местах новый, ведь работал он в этом уезде всего три года, неправильно понял слова своего начальника и решил, что панне Блэндовской причитается доля в Блэндове, резиденции своих предков. Ну а если не доля в имении, так хотя бы приданое у старой девы имеется. Тем временем у панны Блэндовской не было абсолютно ничего, не считая должности домоправительницы, одного колечка, маминого наследства, и сбережений за последние десять лет в сумме ста тридцати двух рублей. Слишком скромный это был довесок к великой чести. Пан Ромиш разочарованно свернул флаг и перенес свои чувства на дочку мельника, которая была ровно в двести раз богаче высокородной панны. Панна Доминика мужественно перенесла этот удар судьбы, глубочайшим образом убежденная в том, что влюбленный полицейский поступил так исключительно в силу отчаяния, неверно истолковав ее слова в качестве отказа. Надо ли говорить, что панна Блэндовская еще долгие годы горько корила себя за излишнюю сдержанность?..

Завещание Матильды, которая перенеслась в мир иной всего лишь два месяца спустя после своего супруга, было открыто в лето Господне 1935-е.

До пункта, где говорилось об имуществе, завещанном правнучке, текст документа не вызывал никаких сомнений, и лишь блэндовская вотчина и дневник в коробе стали причиной настоящего столпотворения. Господский дом в наличии имелся, и даже сохранился в весьма неплохом состоянии, а вот дневник бесследно исчез. Кроме того, ни у кого не было уверенности в том, должен ли господский дом принадлежать правнучке вместе со всем наличествующим при нем инвентарем, то есть лошадьми, коровами, многими гектарами пашен, леса, сада и даже одним рыбным прудом, или же прабабка завещала ей только господский дом с садом, остальным же надлежит владеть прочей родне. Учитывая то, что рядом с именем Томаша и имения в Пляцувке Матильда явственно написала «...вместе со всем, что в нем находится», тогда как здесь, вместо указаний, виднелась огромная клякса, возникли сомнения даже касательно предметов домашнего обихода. Ведь в доме находились китайские вазы, в библиотеке хранились средневековые рукописные книги, стены были украшены старинными картинами, кто знает, может, даже весьма ценными?.. Так должно все это принадлежать правнучке или же все-таки нет?

Хуже того, прежде чем был решен данный вопрос, ситуация с правнучками тоже донельзя запуталась.

Споры по завещанию продолжались, межвоенное двадцатилетие расцветало. Самой старшей правнучке Матильды, Хелене, дочери Дороты, было в тот момент двадцать лет, и отличалась она невероятным легкомыслием. Семья была состоятельной, и она разъезжала по Европе в компании своей младшей сестры, Юстины, и дуэньи в лице тети, овдовевшей к тому времени и бездетной дочери Томаша, Барбары, причиняя им многочисленные хлопоты и огорчения. Хелена была весьма горазда на всякие глупости, из-за нее они все втроем отсутствовали на похоронах Матильды, а также при открытии завещания, так как эфирное создание умудрилось влюбиться. Разумеется, вдали от родного дома, на Ривьере. Именно там она и повстречалась с неким французским графом, воспылав к нему великой любовью. Как оказалось впоследствии, любовь действительно была до гроба. Ни о каком браке и речи быть не могло, так как граф, хоть и настоящий, оказался мошенником и вором, да к тому же еще неудачливым и нищим как церковная крыса. Вор ловкий и сообразительный смог бы разбогатеть. Вся семья исключительно единогласно встала на дыбы, такие браки в расчет приниматься не могли вообще, так что Хелене рекомендовалось немедленно выкинуть своего возлюбленного из головы. Хелена воспротивилась и, желая оказать на несговорчивых родных моральное давление, употребила внутрь целую бутылку концентрата из арники. Спасти девушку не удалось. На смертном одре она созналась, что отравилась по ошибке, думая, что концентрат разведен водой, и желая родных только напугать, а не лишать себя жизни. Сообщение о допущенной Хеленой ошибке позволило похоронить ее в освященной земле.

И сразу же возникла проблема: унаследовала ли уже Хелена от прабабушки это самое спорное имущество или нет? Если да, то ее наследниками являются родители и младшая сестра, Юстина, а если же нет, то наследство автоматически переходит... так, минуточку, а к кому же, собственно? Ко всей семье? Или же полностью достается очередной старшей правнучке, Юстине? То есть Юстина участвовала бы в этом деле, так сказать, вдвойне...

Вопрос был решен мирным путем, а именно: родители Юстины, Дорота и ее супруг, отказались от прав на наследство в пользу дочери, — остальная же родня, вся изобиженная и оскорбленная до глубины души, однако, к счастью, богатая, с некоторыми усилиями и многочисленными проявлениями обиды, уважила последнюю волю Матильды. Раз наследует правнучка — ну что ж, ничего не попишешь, пусть будет правнучка, ведь по имени она в завещании названа не была... Взамен Юстина, значительно более благоразумная, чем ее старшая сестра, отказалась от дополнительных благ в виде коров, лошадей, пруда и многих гектаров сада, оставив себе только саму усадьбу да сад вокруг нее.

Время, оставшееся до Второй мировой войны, было потрачено на поиски пропавшего дневника.

Земельные угодья, деньги в банке, прославленные гарнитуры — все находилось на своих местах и было распределено между наследниками. Не хватало только дневника в коробе, и никто не знал, куда делся этот шедевр. Были обысканы Глухов, Блэндов и Пляцувка, поиски велись в библиотеке, среди книг, в письменных столах, комодах и секретерах Матильды, в ящиках с галантерейными принадлежностями, в сундуках на чердаке, но так и не увенчались успехом. Время от времени каждый из тех, кто их проводил, вперивал обезумевший, исполненный отчаяния взор в портреты прабабушки и прадедушки, с надеждой прочесть на их лицах хоть какую-то подсказку, однако все было напрасно. Дневник исчез.

Нашелся же он в момент как можно более неподходящий и в месте абсолютно несуразном. Наткнулась на сей предмет глуховская служанка, явившаяся в прохладный подвал за квашеной капустой. Тяжелый металлический короб долгие годы служил в качестве груза, прижимавшего донце бочки с капустой намного надежнее, чем любой булыжник, так как половинки донца держались благодаря ему намного ровнее. Кто предназначил короб для такой цели, сама ли Матильда или же какая-нибудь из экономок, угадать не удалось. Во всяком случае, служанка оказалась женщиной отнюдь не глупой, сумев сообразить, что видит перед собой издавна искомый предмет. Набрав капусты из той самой бочки, она явилась на кухню и изрекла:

— Господа короб какой-то все ищут да ищут, по всем углам шастают да шарятся, а никто и не знает, каков он, этот короб-то. А может, такой, как в подвале?

Эти слова случайно услышала невестка Томаша, нынешняя хозяйка усадьбы, так как Томаш, не желая вести хозяйство самостоятельно, передал Глухов во владение сыну Людвику, страстному любителю племенных лошадей и животноводства. Супруга Людвика оказалась глупее собственной служанки, так как ей ничего в голову не пришло, и проявила интерес исключительно к капусте, предназначенной для приготовления бигоса.

— Какая она там? — спросила госпожа и придирчиво попробовала продукт. — Вкусная, годится.

Кухарка продемонстрировала более высокий уровень мышления.

— Еще б невкусная была, я ведь сама присматриваю, когда ее солят, — обиженно заявила она и, стоя вполоборота к плите, подхватила нужную тему: — Ну так что ты там высмотрела, в подвале-то, принеси сюда и покажи, барыня сама посмотрит и скажет, такое ищут или не такое, потому как всяк ищет, а сам не знает что.

— Не принесу, — энергично воспротивилась служанка. — Им же капуста прижата.

— Так найди какой камень да и замени.

— Рази ж мне до камней таперича, мне ж еще индюков ощипывать!..

И тут до жены Людвика наконец-то дошло:

— Минуточку. О чем вы говорите? Какой такой короб ты в подвале нашла?

— А такой большущий, железный, к бочке в самый раз подходит...

— Да ведь уже года четыре будет, как господа и вся челядь короб какой-то ищут, так, говорят, покойная барыня, царство ей небесное, в завещании распорядилась, — с обидой в голосе запричитала кухарка. — А никто его и в глаза не видывал и не знает, какой он с виду...

— Да кто же стал бы дневником покойной бабушки капусту прижимать? — возмутилась супруга Людвика. — Грибы замочить, а иначе никакого бигоса не получится! А короб, быть может, принесешь, как только камень отыщешь. Индюков ощипанных на льду подержите, чтобы мясо мягким стало...

Начинались как раз приготовления к свадьбе Юстины, которой столько чести выпало, можно сказать, лишь благодаря завещанию Матильды: самая главная правнучка как-никак. Никто не задумывался над причинами, однако все считали, что следует оказать Юстине всяческие знаки внимания, и свадьбу устроили в Глухове, главной резиденции предков, посчитав как небольшую усадьбу в Косьмине, так и апартаменты ее родителей на улице Новый Свят в Варшаве недостаточно представительными. Отец Юстины, предки которого владели имениями под Вышковом, продав наследные владения, ныне занимал должность директора банка. Проживал же он в квартире всего лишь из девяти комнат, так что свадьбу с соответствующим размахом в такой тесноте устроить не представлялось возможным: в двух гостиных помещалось не более шестидесяти пар, а столовая, и того хуже, предусмотрена была всего-то на сорок человек гостей...

Супруга Людвика, с изящным именем Гортензия, отличалась красотой весьма аппетитной, что позволяло ей данной красотой и ограничиться. Умом она смогла объять искусство ведения домашнего хозяйства, но не более того. Иными словами, эта идеальная домохозяйка глупа была невероятно и, что такое ассоциативное мышление, вовсе не ведала, благодаря чему спала спокойно и никогда не жаловалась на желудочно-кишечный тракт. Свадьбу же Гортензия устраивала с превеликим удовольствием и так погрузилась в это занятие, что о коробе вспомнила лишь в момент, когда на Юстине драпировали фату.

— Обустроишься ли ты в этом Блэндове? — озабоченно поинтересовалась тетя, глядя на изящную фигурку перед зеркалом в окружении горничных, кузин, теток и родной матери. — Ведь должность должностью, а что у тебя есть — то и твое. Твой жених, быть может, и важная птица, и все же... Хотя, с другой стороны, хозяйство — тоже муки Господни, если б я вовремя не призвала прислугу к порядку, бигос бы не получился. Вместо того, чтобы класть в кастрюлю капусту, кухарка пожелала рассматривать железные короба...

— Какие железные короба? — несколько рассеянно поинтересовалась тетя Барбара.

— Тяжелый какой-то. Грузом на бочке лежал. Марцыся что-то там говорила, что все мы его ищем, должно быть, она имела в виду короб с дневником бабушки Матильды...

— Что? — совсем уж невежливо спросила Юстина, резко повернувшись к тетке лицом и вырвав свою головку из рук свиты.

— Что «что»?

— Тетя, я вас очень прошу, повторите, пожалуйста!

— О Господи, ну что же ты делаешь, ведь снова все развалилось! — воскликнула в отчаянии Катажина, дочь Лукаша. — Постой хоть минутку спокойно!

— Дитя мое, повернись, дай я сделаю... — жалобно взмолилась Дорота, мать невесты.

— Короб, говорю, какой-то, — раздраженно повторила Гортензия. — Из подвала. Они его разглядывать задумали, как раз когда бигос нужно было готовить. Я даже приказала принести его, но в этом столпотворении так и не знаю, принесли или нет...

Тут вдруг внезапно пришла в себя тетка Барбара, выпустив из рук клубы тюля.

— Пятый год мы не можем найти завещанный ей бабушкин дневник, — со злостью сказала она, указав при этом на невесту. — Ты хочешь сказать, что какая-то служанка обнаружила его в подвале?

— Вот именно, — поддержала ее Юстина, вновь повернувшись к зеркалу. Ведь как бы то ни было, сегодняшний день был для нее решающим, и она понадеялась, что тетка Барбара переймет эстафету.

— А мне откуда знать, что именно нашла какая-то там служанка?! — разозлилась Гортензия. — Груз для капусты — и все. Хотите посмотреть — милости прошу, вот только бочку я испортить не дам, пусть Марцыся сначала булыжник принесет. После свадьбы...

— Не после свадьбы, а немедленно! — решительно заявила тетка Барбара. — Они пусть ее одевают, а мы пойдем. Я хочу это увидеть! На венчание успеем.

В подвале, у бочки с капустой, произошла стычка между тетками: тетка Барбара хотела сразу же схватить короб, но он оказался слишком тяжелым, так что ей пришлось бы прижимать его к себе. А это пагубно отразилось бы на бальных шелках и кружевах. Тетка Барбара потребовала призвать на помощь прислугу. Тетка же Гортензия выразила резкий протест, не обнаружив поблизости никакого груза, способного надежно прижать капусту в бочке. В результате короб был оставлен на прежнем месте, с тем чтобы в подходящий момент быть доставленным в барские покои. При этом ни одна из препиравшихся дам не была уверена в том, имеет ли это хоть какой-то смысл. Они, переругиваясь, вернулись наверх и приняли участие в торжестве.

Юстина с мужем Болеславом отправилась в свадебное путешествие, медлить новобрачным было никак невозможно, а иначе поезд на Вену ушел бы без них. Тетка Барбара успела лишь сказать ей перед отъездом, что, действительно, какая-то неподъемная железная штуковина капусту в бочке прижимает. Вопрос прабабушкиного дневника мучил Юстину, однако не до такой степени, чтобы ради него позабыть обо всех удовольствиях, полагающихся новобрачной. И, проявив несколько излишнее легкомыслие, она решила подождать, пока все выяснится.

В Глухове, надутые и разобиженные друг на друга, Барбара и жена ее брата Гортензия объединенными усилиями заставили-таки служанку Марцысю найти подходящий камень. Марцыся его нашла. Железный короб был вынесен наверх.

Оказался он невероятно тяжелым, однако удивление уступило место пониманию, когда оказалось, что:

— во-первых, стенки короба были очень толстыми,

— и, во-вторых, внутри оказался еще один короб, серебряный, хотя и очень тонкой работы, но тоже весьма увесистый. Видно было, что делали от души, не жалея сырья. Оба короба удалось открыть, и внутри серебряного короба обнаружился внушительных размеров дневник бабушки Матильды в красной сафьяновой обложке.

Присутствующий при этом событии Томаш сумел удержать свою дочь и сноху от прочтения сего сочинения. Он сурово напомнил им о завещании своей матери, которая позволила прочесть свои откровения исключительно правнучке, и никому иному. Правнучка же в данный момент находилась где-то между Биарритцем и Монте-Карло, и голову ей забивать ничем не следовало.

Томаш лично позаботился о том, чтобы дневник Матильды в целости и сохранности дождался возвращения наследницы, спрятав его в своем личном сейфе. Сейф находился в доме Томаша, на краю фольварка Служевец, земли которого вошли недавно в городскую черту, на части же их должен был разместиться ипподром. От обустраиваемых как раз в те времена беговых дорожек дом Томаша расположен был далековато, однако это нисколько не волновало его. Ну да, его родной сын устроил себе где-то там временную конюшню, ведь коровы коровами, а хлевы — хлевами, но лошадей он обожал и в бегах намеревался принимать участие, тем не менее это было личное дело сына, в которое Томаш не собирался вмешиваться. Средств у него хватало, даже и без доходов от Глухова: прибыли международного акционерного общества по торговле деревом были вполне приличными.

Юстина же наслаждалась совершенно новыми, неожиданными ощущениями. Свадебное путешествие чрезвычайно понравилось ей, да и сам брак тоже. Ныне покойная старшая сестра, Хелена, самым решительным образом повлияла на характер Юстины и образ жизни, какой ей приходилось вести в девичестве, и только сейчас она смогла хоть немного прийти в себя и оттаять душой.

Хелена с самого рождения невыразимо действовала ей на нервы, и Юстина, подсознательно и инстинктивно, силилась быть полной противоположностью своей старшей сестрицы. Там, где Хелена являла собой образец невероятнейшего легкомыслия, Юстина была воплощением умеренности и разумности, там, где Хелена бросалась в развлечения, там Юстина — в культуру и искусство, брезгливо поворачиваясь спиной к возмутительной распущенности. Хелена была глупой и ленивой, и Юстине приходилось быть умной и трудолюбивой. Хелена любила одеваться фривольно и соблазнительно, Юстина же, против своего желания, вынуждена была освоить спортивный стиль в одежде. Сейчас же, перед лицом того, что Хелена канула в небытие, младшая сестра могла себе, наконец, позволить вздохнуть посвободнее. Ей уже не было необходимости быть воплощенной противоположностью ветрености старшей сестры. Юстина оказалась супругой страстной и дико привлекательной. Болеслав, будучи до сих пор юношей приличным и весьма умеренным, теперь обезумел от любви, пылинки с нее сдувал и с радостным рвением исполнял все ее желания. Впервые в жизни Юстина выглядела раскрасавицей, развлекалась от души, безоглядно, ни в чем себе не отказывая и ни на кого не оглядываясь, стараясь испить чашу наслаждений до самого дна, до последней капли. И плевать она хотела на все дневники мира, с прабабушкиным во главе.

Однако же глубоко укорененная привычка руководствоваться в жизни умом, в конце концов, возобладала, а здравый рассудок, загнанный на время в самый темный угол, возопил громким голосом. Болеслав занимал высокий пост на железной дороге и не мог позволить себе слишком длительный отпуск, три месяца — это был максимум. Вздохнув с глубоким сожалением, Юстина, по собственной инициативе, закончила это волшебное свадебное путешествие.

Едва она успела вернуться на родину и отработать все обязательные визиты, как была несколько обеспокоена состоянием своего здоровья. Утренняя тошнота и легкое головокружение говорили сами за себя, разумеется, это оказалась беременность, обычное дело. Юстина даже обрадовалась, нимало, впрочем, не облегчив этой радостью свое состояние. Неприятное самочувствие продолжалось достаточно долго, и будущая мама слегка приуныла. У нее, правда, достало сил, чтобы увериться, что бабушкин дневник хранится у дедушки Томаша...

Дедушка же Томаш вскоре скончался. Месяц спустя после его похорон родился Павлик, а вскоре потом разразилась война. Вторая мировая война...

Первая мировая война не принесла семье особо тяжких потерь, они, правда, лишились половины своего состояния, но не крыши над головой. Вторая же исправила эту историческую оплошность.

В момент открытия завещания Матильды все ее потомки были живы. Семья состояла из четверых ее детей, десятерых внуков и семи правнуков. Полгода спустя после окончания Второй мировой численность потомства Матильды претерпела довольно-таки радикальные изменения.

На семейном вече, состоявшемся в уцелевшем, однако более чем наполовину разрушенном доме Томаша на Служевце, присутствовало всего лишь восемь потомков Матэуша и Матильды по прямой линии, а именно: младшая дочь Зофья, внуки — Барбара, Людвик, Дорота и Ядвига, два правнука — сын Людвика, четырнадцатилетний Дарэк, и Юстина, дочь Дороты, и, наконец, один праправнук, ребенок Юстины, шестилетний Павлик. В остальном же вече состояло из свойственников: жены Людвика, Гортензии, мужа Зофьи, Мариана, мужа Дороты и отца Юстины, бывшего директора банка Тадэуша, мужа Юстины, Болеслава, а также его молоденькой сестры, пятнадцатилетней Амелии, которая еще до войны, после смерти родителей, села брату на шею. Вместе тринадцать человек.

Гортензия с сомнением оглядела своих гостей, сидевших за столом: тринадцать, роковое число... Однако, хотя и с определенным усилием, удержалась от бестактных замечаний: ничего не поделаешь, именно столько их осталось в живых, и куда же им было деться перед лицом нового строя и моря развалин, некогда бывших столицей государства?.. Слава Богу, что хотя бы ее дом в одной третьей части уцелел и что под его крышей она могла принять поредевшую родню...

Родня же встретилась, чтобы решить больной вопрос подсчета уцелевшего имущества и оценки текущего положения, которое вряд ли можно было назвать благоприятным...

Дом, в котором они собрались, бесспорно принадлежал Людвику, наследнику Томаша, который в завещании отписал его сыну, дочери Барбаре оставив разрушенное имение в Пляцувке. Разумеется, сыну Томаш предназначил еще и Глухов, что сейчас уже не имело никакого значения, так как глуховские угодья были конфискованы государством и разделены на мелкие участки, а семейная резиденция как раз в тот момент превращалась новыми властями в поликлинику. Ко всем чертям пропало и имение Зофьи и ее мужа под Вышковом. Блэндовские же угодья тоже пропали, хотя при выполнении условий завещания

Матильды были разделены между ее внуками, то есть пропали незаконно.

А вот Косьмин в двадцать три гектара уцелел и в настоящее время являлся собственностью Дороты и Ядвиги. О многочисленных же довоенных доходных домах даже и вспоминать не стоило, на их месте возвышались огромные завалы из обломков некогда солидной кладки, и все.

Большая часть прежних доходов умчалась в синюю даль. Бесследно канули в небытие акции общества по торговле древесиной, на которые припеваючи жил Людвик, туда же последовали доходы от конфискованных ныне имений, пропали деньги в банках и рента из доходов по ценным бумагам. Меньше всех прочих в семье пострадала Барбара, дом которой на улице Мадалиньского почти полностью уцелел, вот только принадлежал он теперь не ей, однако это даже радовало ее.

— Был бы он сейчас моим, мне пришлось бы самой заново штукатурить его, — удовлетворенно заявила Барбара. — А так, хотят они, чтоб он был государственным, — ну и пусть, меня это не касается. Главное, квартира у меня осталась.

Кроме этой пятикомнатной квартиры, где она приютила двух престарелых бабушек, у Барбары осталась еще развалина в Пляцувке и вполне приличные деньги, унаследованные от покойного мужа, помещенные в швейцарские акции. Покойный муж, единственный в семье разумный и предусмотрительный человек, переводил всю свою наличность в Швейцарию, а Барбара после его смерти просто-напросто поленилась чтолибо менять. Теперь же она, можно сказать, осталась при своих, и даже проблему с сокрытием имущества за рубежом решить сумела. Она выдумала, что некто там понемногу возвращает ей довоенный еще долг, и потому от нужды она не страдает, а возврата долгов, равно как и принятия таких сумм, даже этот адский строй запретить не мог. Барбара стала кем-то вроде надежды и опоры для той части семьи, которая осталась без крова над головой. Дороте с Тадэушом, Зофье с Марианом, а также Юстине с Болеславом, Павликом и Амелькой было некуда деться, и Барбара, ни минуты не колеблясь, пригласила их к себе. Ну, не всех...

— Юстинка с Болечком и детьми — ко мне, — распорядилась она. — А Доротка с Тадей останутся здесь, у Людвичка, а не то нам будет слишком тесно. То, что сейчас вытворяет это правительство, достойно кары небесной, какая-то ужа-сная голытьба повсюду влезть норовит, лучше родные пусть живут. Вас четверо, я да Марцелина — этого вполне достаточно для четырех комнат, так что мне уже никого не подселят. Официально две другие комнаты заселены, а на самом деле мои две старухи живут в одной. А ты здесь давай носом не верти, — обратилась она к Гортензии. — Или тебе кажется, что вас не станут уплотнять? Всех уплотняют, сейчас это так называется. А так, пожалуйста, берете Доротку с Тадиком — и у вас здесь уже две семьи!

Гортензия закрыла разинутый было для возражений рот, ведь в словах золовки смысл был, после чего бросила беспокойный взгляд на оставшихся троих родственников.

— Мы останемся у Ядвини, в Косьмине, — поспешила сказать Зофья. — Марианэк поможет ей по хозяйству, самой ей не справиться, а Людвисю удалось спасти каких-то из своих лошадей, так, может, он нам парочку ссудит...

Людвик нервно вздрогнул, в ужасе прошептав:

— Пахать на скаковых рысаках...

— Привыкнут, — решительно высказалась Барбара. — Ведь даже человек, в конце концов, ко всему привыкает. Отличная мысль, ведь Ядвиня там одна-одинешенька, обижать станут.

— А Блэндов?.. — робко простонала Гортензия.

— Блэндов уже пропал, — сухо уведомил ее Болеслав. — Я уже проверил, его посчитали родовой собственностью и конфисковали в пользу народа.

— Кроме того, все мы должны работать, ведь никто из нас не достиг еще пенсионного возраста, — уныло напомнил самый старший из присутствующих, шестидесятилетний муж Зофьи, Мариан.

— Я тоже? — удивился Людвик. — И чем же мне следовало бы заняться? Ведь я ничего не умею...

— Как это, а лошади?.. — возмутилась его супруга. — А скот, а свиньи?.. Кто их разводил?

— Это было удовольствие, а не работа, — с достоинством ответил Людвик. — А удовольствия нынешним строем не предусмотрены. Впрочем, бог с ними, со свиньями и со скотом, а вот лошади — совсем другое дело. Перед самой войной Каприз победил, а в первенстве кобыл Звезда третьей пришла...

— Только не надо сейчас всех их здесь перечислять! — оборвала брата Барбара.

— Ну хорошо: шесть лошадей уцелело, два жеребца и четыре кобылы, на Вычулках, в крестьянском коровнике простояли, а немцы так улепетывали, что забрать их не успели...

— Это мы тоже уже раз двадцать слышали...

— Но ведь скоро будут устраивать бега, я мог бы содержать конюшню...

— Не сможете, дядя, — печально прервал его речь Болеслав. — Частные конюшни не предусмотрены, все должно быть государственным.

— Так значит, человеку не дано будет права иметь лошадь?!.

— Ну и что ты с этой лошадью делать будешь? — рассудительно спросила Барбара. — Ты его здесь держать станешь? В огороде? А может еще и всех шестерых?..

— Лошадям надо бегать, — вздохнул Мариан, муж Зофьи. — Неплохо придумано, чтоб они пока что отправились в Косьмин, а уж я как-нибудь присмотрю за ними. Вышковские пропали все...

— И ты станешь Каприза или Звезду в плуг запрягать?!

— Каприза и Звезду — нет, я выберу тех, что похуже...

— У меня похуже не было!

— Так мы о лошадях говорим или о людях? — одернула их Юстина. За себя в данный момент она могла не волноваться, так как, ввиду беременности, никто не имел права заставить ее носить кирпичи и разбирать развалины домов, — а Болеслав вернулся к работе на железной дороге. Во время оккупации он был простым рабочим, проявив недюжинный талант в выискивании слабых мест на железной дороге, самых подходящих для организации крушений немецких эшелонов с солдатами, оружием и боеприпасами. Необычайная эффективность его идей выдвинула Болеслава на соответствующий уровень и позволила сразу же занять высокий пост в управлении, оградив от оскорблений и подозрений. Проверенный в военное время патриот, он, по существу, вернулся на свою прежнюю, довоенную должность и тут же принялся за ремонт пострадавшей в результате военных действий сети железных дорог. Благодаря же тому, что он являлся специалистом высочайшего класса, членство в партии его миновало. Тем временем Юстина продолжила:

— То, что у нас остался Косьмин — настоящее чудо Господне.

— К тому же еще все здоровы, — произнесла молчавшая до сих пор Ядвига. — Я лишилась троих сыновей и мужа, одна осталась как перст, думала, что меня хотя бы удар хватит, однако, как видите, напрасно надеялась. Большим умом я, быть может, похвастать не могу, но зато силушки не занимать, иногда даже не по себе становится, что я такая здоровенная.

При звуке ядвигиного голоса всем сразу же стало легче на душе. Ведь с тех пор, как ей довелось пережить трагедию, лишившись почти одновременно сыновей и мужа, который умер от рака желудка, Ядвига по большей части молчала. Родные начали было опасаться, что удар судьбы оказался ей не по силам, и молчание ее — признак неизлечимого тихого помешательства. В семье тактично обходили тему ее трагедии, так как пока еще никому не было известно о том, что милосердное Провидение подарило Ядвиге утешение. Сама же она все еще не могла решиться, нужно ли говорить им правду или нет.

— А дети...— жалобно пробормотала Зофья.

— Ваши дети живы и где-то там, в Америках и Канадах, не пропадут, — тут же перебила ее Барбара. — Наверняка им там лучше, чем нам. Раньше или позже отзовутся.

— А что в Пляцувке? — с надеждой спросила Дорота.

Людвик махнул рукой, а Барбара пожала плечами. Пляцувка была ее собственностью, однако большого значения это не имело, так как в доме уже обосновались какие-то «дикие» жильцы, участок вокруг дома весь зарос деревьями, а прежних конюшен и в помине не было, видимо, их разобрали на дрова. О Пляцувке не было смысла даже вспоминать.

Расстроенная разговором Гортензия сделала то, что умела, то, что ей было назначено самой судьбой. Призвав на помощь Геню, прежнюю служанку из Глухова, она вновь заставила стол тщательно подобранной снедью. Миндаль засахаренный и миндаль соленый, пирожные собственного изготовления, сырочки на травах мирового качества, соленые палочки из слоеного теста, крохотные кренделечки с чайной колбасой и каперсами, некоторое количество прочих деликатесов, а к ним — смородиновка, горькая лимонная настойка, некрепкий коктейль на сухом вермуте... Любые отечественные лакомства она умела изготовлять сама, заграничные же приходили из Швейцарии, в посылках, адресованных Барбаре, и Гортензия умела использовать их поистине виртуозно.

— Ешьте и пейте, — несколько удрученно пригласила она. — Все, что нам еще осталось.

— Надо радоваться, что нас с вами первыми же на фонарях не повесили, — печально произнес Тадэуш, муж Дороты, ныне бухгалтер в некогда возглавляемом им банке. — Да, кстати, я тут вспомнил одного своего друга. Раньше он владел огромной строительной фирмой, а сейчас устроился на должность прораба. Специалист он отменный, но бедолага: его жена не умеет и яйцо всмятку сварить... Так вот, он мне недавно жаловался, что она не знает, из чего варят бульон...

— Мария Кюри-Склодовская тоже не знала,— вырвалось у Юстины.

— А слуги?.. — поинтересовалась Гортензия.

— Кухарка открыла собственный ларек на Маршалковской, кормит народ фляками, пызами и гороховым супом. От клиентов отбоя нет. Мой друг часто там питается. А горничная вступила в партию и засела в бюро пропусков какой-то организации, где вводит в родной язык различные орфографические новшества. Но зато она сделала себе карьеру. Лакей стал заниматься куплей-продажей драгоценностей и антиквариата, пока орудует на улице, но, похоже, впереди у него блестящее будущее, а помощница кухарки, личность юная и хорошенькая, превратилась в «даму-компаньонку» для иностранцев. Интересно, на каком языке она с ними общается...

— А тебе откуда все это известно? — поинтересовалась Дорота.

— Мой друг специально все это проверил. С кухаркой и лакеем столкнулся совершенно случайно, остальных же вычислил целенаправленно. И поделился со мной. Так вот: самые высокие доходы — у бывшей помощницы кухарки...

— В конце концов ее посадят за шпионаж, — замогильным голосом предсказала Барбара.

— Сомневаюсь: у нее безупречное социальное происхождение.

— Подождите-ка, если Блэндов совсем пропадает, так что же? — внезапно опечалилась Гортензия. — Значит, даже дом нельзя будет в семье оставить?

— Дом стоит в точности посередине сада, — напомнила ей Юстина. — Его совершенно невозможно отделить. А даже если бы и так, к нему невозможно было бы подобраться.

— Значит, отнимут?

— Отнимут.

— Но ведь там же полно добра! Мебель, картины, книги, фарфор... Фамильные ценности, память о предках! Что ты с ними сделаешь, не оставлять же все это на разграбление?!

— Разумеется, она не оставит, — ответила за дочь Дорота. — Мы все переберем и вывезем...

— Ну, не совсем так, — угрюмо поправила ее Юстина. — Вывозить не разрешают. Возможно, мне удастся спасти лишь мизерную часть, а может быть, уже все разворовали. Надо съездить туда и проверить.

— Страшные наступили времена, — вздохнул Мариан, муж Зофьи.

После этих слов все удрученно затихли. Людвик, как бы там ни было, хозяин дома, взял в руки графин со смородиновкой и, в качестве утешения, стал разливать ее по рюмкам, при случае сбросив с блюда рукавом шарик-«баядерку». Шарик немедленно сожрал пес по кличке Глянцусь, породы дворняга, необычайный гибрид волка с польской горной овчаркой. Людвик подобрал его в конце войны, так как не мог жить совсем уж без животных в доме. Двух котов ему было мало. Мариан, славившийся в семье наличием двух левых рук, которые к тому же, как говорится, росли не оттуда, откуда полагается, хотел галантно передвинуть блюдо на середину стола, однако задел при этом небольшую кучку куриных крокетов с корнишонами и майонезом, и одна из этих вкусностей попала ему в рукав.

Ощутив в районе локтя некую таинственную массу, Мариан резко отдернул руку, и все блюдо с закусками столкнул прямо на колени Барбаре, опрокинув попутно вазочку с розочками, украшавшими стол. Вода из вазочки пролилась прямо на оставшиеся сливочные сырки, а Барбара от неожиданности инстинктивно стряхнула с себя посторонний предмет, то есть и блюдо, и снедь, прямо на пол. Одновременно Мариан резко взмахнул рукой, крокетик вылетел из его рукава и шлепнулся в декольте Дороты, прямо облитой майонезом стороной.

— Езус Мария... — тихонько простонала Гортензия.

Продолжение разговора выглядело следующим образом:

— ...блюдо из сервиза, последнее платье, просто чудо, что не в соусе, ну зачем же ты над столом руками размахиваешь, о Господи, сырочки пропали, осторожно, рюмка!!! Ничего, Глянцусь съест, что это такое, стряхни, стряхни!.. Оно мне за вырез провалилось!!! А что же мне было делать, а придержать не могла, что ли, майонезик свеженький, ничего с тобой страшного не случится... подожди-ка, вон там у тебя ломтик корнишончика, бутылку держите!!! Геня, тряпку!!! Стакан!!! Столько вреда наделать одним движением, тебе бы пахать да дрова колоть, ну, официант из тебя, вероятно, не получится, ну да ладно, ничего, ничего, вот сюда мы добавим, ничего страшного, крендельки еще есть, да нет же, нет на тебе никакого пятна, не трогай ничего, да сиди же ты спокойно!!! Салфетку надо подложить... А не говорила я вам; тринадцать человек — и обязательно какое-нибудь несчастье случится...

Со звоном полетели на пол ножи и вилки. Глянцусь не подвел, он скушал содержимое Барбариной тарелки столь деликатно, что к фарфоровым осколкам даже не прикоснулся. Капризностью он не отличался и съел даже корнишончик, который Дорота стряхнула со своего декольте. Павлик же, ребенок послушный, просидел во время всего этого представления в своем высоком креслице, взирая на спектакль словно бы из ложи и попискивая от радости. Амелька и Дарек чуть не задохнулись от хохота. На столе вновь воцарился порядок, каждый из собравшихся старался затушевать неприятность. Барбара утешала, что Косьмин не отнимут, слишком уж он мал, а если привести там землю в порядок...

— Лишь бы только они не стали применять насилие, — забеспокоился Болеслав.

— Что ты имеешь в виду? — испугался Мариан. — Какое насилие?

— Ну, у вас там земли легкие, а заставят вас, к примеру, сахарную свеклу производить. Или же не учтут то, что у вас там сад, и потребуют с вас один картофель...

— Но ведь это лишено всякого смысла!

— Не нужен им никакой смысл, — поучительно заметила Барбара, — а такая идеология, чтоб людей оболванивать.

— Однако, возможно, кое-что можно будет решить, — продолжил Болеслав. — Хотя бы вопрос лошадей. У Людвика есть нужные знакомства...

— Ты прав, я знаком со всеми, — жалобно подтвердил вконец удрученный Людвик. — Это можно будет сделать, но если он станет пахать на Капризе...

— Может, хватит уже об этой пахоте! — рассердилась Дорота, наблюдая, как по животу у нее расползается пятно от свеженького и абсолютно безвредного для желудка майонезика. — Мне показалось, что мы говорим о Блэндове. Юстыся, тебе придется съездить туда и перебрать все вещи, ведь это же — память о бабушке Матильде...

— А, вот именно! — внезапно вспомнила Юстина. — Память, разумеется, а вот где же бабушкин дневник, который мне обязательно нужно было прочесть? Из-за всей этой войны мне даже и в руках-то его подержать не пришлось. Говорили, что дедушка Томаш спрятал его, и что же сейчас? Дядя, вы ведь, наверное, нашли его? Или же он остался где-то там, и теперь придется куда-то проникать тайком и со взломом?..

— Ну что ты, дитя мое! — обиделась Гортензия. — Да разве я могла бы не позаботиться о таком!.. Завещание священно, неужели ты не видишь, что и прапрабабушка с прапрадедушкой из Пляцувки здесь, на стене, висят, потому что, когда туда набежал всякий сброд...

— Ну, не совсем сброд, — восстановил справедливость Людвик. — Портреты они нам вернули культурно и вежливо.

— Ну так они и висят. Я сразу же заставила Людвися забрать их оттуда!

Тут все семейство на мгновение уставилось на два сильно потемневшие изображения предков в массивных ободранных рамах, действительно висевшие на стене в столовой. В глаза они не особенно бросались, так как по причине своего не слишком блестящего состояния повешены были скромненько, в уголочке. Людвик вздохнул и покачал головой:

— Это было непростое дело. Тяжелые они ужасно, на рикше вокруг всего города...

Именно этот момент замолкшая вновь надолго Ядвига выбрала, чтобы поведать родным свою тайну. Она наконец решилась. Раз Зофье с Марианом предстояло переехать к ней навсегда, тайна должна была увидеть дневной свет.

— Случилось так, что Господь милосердный послал мне утешение, — произнесла Ядвига во весь голос и настолько неожиданно, что все родные, вздрогнув, как по команде, повернулись к ней. — Благодаря этому я еще жива и не сошла с ума, хотя вы все считаете иначе, я прекрасно об этом знаю. Вы только из вежливости и из жалости ничего не говорите. Однако с меня достаточно, и сейчас я все вам расскажу.

Все присутствующие, тут же позабыв о портретах, дневниках и завещаниях, не в состоянии издать ни единого звука, уставились на Ядвигу, именно сейчас окончательно убеждаясь в ее помешательстве. Никто не знал, что предпринять.

Ядвига тоже оглядела их всех и продолжила:

— Мне ведь только казалось, что я осталась одна, и вдруг оказалось, что это совсем не так. Я до сих пор молчала, так как должна была во всем удостовериться окончательно. Как только закончилась война, ко мне явился один ксендз, который последних партизан напутствовал перед боем и был рядом с моим Юреком...

На мгновение у нее перехватило дыхание, однако Ядвига мужественно продолжила:

— Ксендз сказал мне, что еще там была девушка, и хоронили они с ней Юрека вместе. Она же билась головой о пенек и выла, словно волчица, потому что любила моего сына. Женой ему была, хотя и не венчаны они были, и вскоре после этого оказалось, что Господь благословил их союз. Были у нее какие-то родные, но все больные и оборванные. Сама она была родом из Варшавы, до войны им жилось хорошо, так что никто из них потом, во время оккупации, не сумел приспособиться к жизни, они продали все, что у них было, и стали голодать. Какие-то они все были нежизнеспособные, только она одна ушла в подполье, а потом — в лес, к партизанам. Там они с Юреком и встретились. А звали ее Эвой. Ксендз сказал мне тогда, что через пару месяцев она родит, и ребеночек этот — от моего сына.

В столовой воцарилось гробовое молчание. Вконец онемевшее семейство не могло отвести от Ядвиги глаз. Ядвига, слегка охрипнув, потянулась к первому попавшемуся под руку сосуду, это оказался стакан с коктейлем на вермуте, и одним махом выпила его содержимое.

— Я не поверила, — продолжила она. — Ой, не знаю, может, боялась я поверить, хотя ксендз так разволновался, что открыл мне: известно ему о том из таинства исповеди. Если бы я только раньше об этом узнала, так ведь приютила бы у себя этих изголодавшихся людей, кем бы они там ни были, но было уже поздно... Они же где-то в окрестностях Познани нашли себе приют и тоже с трудом влачили жалкое существование, несчастная девушка пыталась заработать на четверых. Ну и после того разговора с ксендзом я впала в раздумья. Долго я думала, потому что, пережив всех своих, смысл жизни утратила. Зачем мне, собственно, было жить дальше?.. Наконец я поехала туда. Это было тогда, когда вы меня потеряли, — обратилась Ядвига к Зофье и Мариану, — а вы решили, что я утопилась. Но совсем не это было у меня на уме. Ну и попала я туда как раз в горестный момент, девушка умерла родами. Но ребенок родился здоровым, мальчик. Я его и забрала с собой. Наш он или не наш, у этих людей он бы не выжил. Мать этой Эвы, совершенная размазня, сидела неподвижно целыми часами, и слезы у нее из глаз катились. Бабка же, вся скрюченная от ревматизма и повредившаяся в уме, вместо того, чтоб перепеленать младенца, выкрутасы какие-то над ним изображала, видимо, плясать пыталась, чтоб ребеночка развеселить. Не я безумная, а она. Отец — совершенное ничтожество, ничего у него не было, работать он тоже не умел, а дедушка, слава Богу, успел к тому времени умереть. Ну и я должна была оставить им невинного младенца?

Ядвига тяжко вздохнула, обвела взглядом стол и потянулась к рюмке с лимонной настойкой, приведя тем самым всю свою родню в состояние абсолютного остолбенения: со смерти сына Ядвига ни капли в рот не брала. Поэтому внезапно происшедшая с ней перемена казалась чем-то невероятно ужасающим.

— Вот и забрала я мальчика. Его уже окрестили, Юречком назвали. Так мать пожелала. И все-таки я все еще не верила. Отдала я ребенка жене Флориана, чтобы она его выкормила, она сама только-только родила, и никому не сказала ни единого слова. Потом я вернулась, помните?.. Тогда вы встретили меня так, будто я из могилы поднялась...

Зофья и Мариан машинально и одновременно кивнули, и это было единственным, что нарушило полнейшее всеобщее окаменение. Вряд ли кто-то сдвинулся бы с места, даже если бы в тот самый миг загорелся дом. Ядвига перестала уже обращать внимание на своих слушателей. Тайна, которую она держала в себе столько времени, сейчас извергалась из нее, словно раскаленная лава из жерла вулкана.

— Жена Флориана растила его, а я лишь наблюдала. И сердцу воли не давала. И вот, наконец, сейчас, совсем недавно... Он ведь садится уже, и зубки у него прорезались... Я отыскала фотографии. И его заснять велела. Вот уже месяц как я знаю точно, ксендз правду мне сказал, ребенок как две капли воды на моего Юречка похож, невозможно узнать, кто из них кто! Это ж мой внук родной, самый любимый, после троих сыновей он один у меня остался, а вы даже и думать забудьте о том, что я сумасшедшая! Я молчала, пока ни в чем не была уверена, а теперь знаю: у меня есть внук, мне есть ради кого жить. Я его в Косьмин забираю, а жена Флориана пусть приходит, вместе с ним и своего воспитывает. Она жадна до побрякушек, отдаю я ей по частям бабушкин гарнитур, а власти эти большевистские пусть повесятся, ничего они нам не смогут сделать, потому что новый хозяин растет! Через мой труп они у нас это имение отнимут!

Перед лицом столь потрясающего признания все прочее было забыто. Всеобщее остолбенение семейства постепенно, хотя и не сразу, прошло, и заговорили все в один голос.

Известие, в общем-то, было радостным. Трагическое одиночество несчастной Ядвиги всем ее родным лежало камнем на сердце и на каждом шагу препятствовало родственному общению: не поймешь, о чем с ней можно говорить, а о чем лучше не надо. Большинство тем были запретными, сестра, тетка, двоюродные сестры и братья боялись упоминать о своих детях. В любую минуту от Ядвиги ожидали какого-нибудь ужасного поступка, поджога дома, к примеру, или же блюда из ядовитых грибов. Существование внука радикально меняло ситуацию, не нанося при этом никому финансового урона, однако, с другой стороны, внук все же был незаконнорожденным...

— А разве этот ксендз не мог хотя бы обвенчать их на смертном одре? — допытывалась с легким неодобрением Дорота. — Такие случаи известны. Хотя бы епитрахилью руки соединить...

— Может, у него с собой не было...

— А какую же фамилию носит этот ребенок? — привязалась Гортензия. — При крещении должны были записать, мать известна, а отец как же? Ксендз отдал тебе свидетельство о рождении или же оно где-то там по всяким учреждениям валяется?

— Но ведь это можно исправить, даже сейчас...

— Из-за войны у людей все документы пропали, надо бы сразу, двух свидетелей, ксендз — это один, второго бы надо...

— Ксендз у них там был, и что же? Неужели так трудно было обвенчаться?..

— В партизанах? В перестрелках? Под этими мостами, которые они взрывали?..

— Между одним и другим...

— А ребенка-то зачать успели!

— Для этого нужны лишь двое, где им там было за ксендзом по лесу гоняться...

И никто не вспомнил о невинной девчушке и молоденьком мальчике, Амелии и Дарэке, внимавших всему этому из своего угла затаив дыхание. То, чтобы законная причастность внебрачного внука к семье была надлежащим образом оформлена, казалось делом первостепенной важности. Грешная же нескромность Эвы обходилась молчанием и не ставилась во главу угла: многие девицы перед боем патриотично дарили любимому свое самое ценное сокровище. Это было грешно, но, при крайности, допустимо, в данном же случае и вообще — всячески приветствовалось. Вот только можно было, в конце концов, усовершенствовать все это дело...

Наконец, Ядвиге удалось снова взять слово.

— Ксендз был человеком разумным, — удовлетворенно заявила она, — и торжественно поклялся в том, что они состояли в браке, он лично проводил партизанское венчание, и Юречек носит какую полагается фамилию, Савицкий. Рожден от отца Ежи и матери Эвы из Борковских. А свидетельство о браке во время бомбежки пропало, и никто не имеет права к этому придраться. Я внука признала. А через минуту и вы его признаете, ведь эти фотографии я на всякий случай с собой прихватила...

Остаток времени был посвящен придирчивому разглядыванию изображений двух полугодовалых младенцев, после чего и впрямь никто уже не мог понять, кто из них кто. Для вящей уверенности, после того, как Болеслав сказал, что все младенцы похожи друг на друга, принесли семейный альбом, из фотографий которого явственно следовало, что упомянутые младенцы весьма отличаются друг от друга. Абсолютно идентичными были лишь те двое, которых представила семейству Ядвига.

Юречка признали единогласно.

— Ну вот, пожалуйста, — произнесла Гортензия как-то странно, в одно и то же время вдохновенно и неуверенно, начиная убирать со стола,— тринадцать человек — это вам не просто так...

Разумеется, перед лицом подобной сенсации дневник прабабушки Матильды вновь не получил должной доли внимания. Не везло этому дневнику и все тут, постоянно что-то отодвигало его на задний план. Теперь к внуку Ядвиги, на которого всем захотелось взглянуть собственными глазами, прибавился еще и Блэндов, который требовалось хитростью освободить от реликвий, оставшихся в наследство от предков. С внуком Ядвиги больших сложностей не предвиделось, в Косьмин можно было попасть по груецкой узкоколейке. Правда, она всегда бывала ужасно переполненной, но зато более или менее придерживалась расписания, а вот попасть в Блэндов...

Выбор транспортных средств был чрезвычайно велик: отчаянно дребезжащие, вконец разболтанные, списанные военные грузовики, довоенные такси, передвигавшиеся, главным образом, силой воли их владельцев, крестьянские фуры, действующие по принципу старинных почт, одна — отсюда и дотуда, а дальше — следующие, велосипеды и рикши, в незначительном количестве уцелевшие в военном бедламе, русские «уазики», которые, если повезет, можно было изловить на различных шоссе и дорогах, а также собственные ноги. Интересное положение Юстины исключало излишне неудобные средства передвижения. В результате в Блэндов отправились два породистых скакуна Людвика, запряженные в сильно пострадавшую от жизни, старую и давным-давно не используемую карету. В распоряжении семьи имелась еще бричка, тоже весьма пожилая, однако решение все же было принято в пользу кареты, ибо она обладала крышей.

Отправились вдвоем, Юстина и Дорота, а с ними — прежний конюх Людвика, озабоченный судьбой лошадей. Лошади отправились в дорогу охотно, вот только, удивившись и обрадовавшись отсутствию груза на спинах, с несколько излишней охотой то и дело переходили на стремительный галоп. До Блэндова они добрались за два дня, остановившись на ночлег в Тарчине, да и то лишь по инициативе конюха, который трясся над животными больше, чем над собственными детьми, а иначе они, сами по себе, преодолели бы этот путь за один переход.

Юстина совершенно безболезненно перенесла молодецкую езду и сразу же по прибытии приступила к осмотру имения.

Как оказалось, господский дом не подвергся в первые дни после освобождения разграблению, так как экономка, принятая в дом после панны Доминики, стерегла доверенное ей имущество честно и добросовестно. Кроме того, прежний мальчик на побегушках, более шестидесяти лет назад пострадавший от разбойного нападения на усадьбу, был все еще жив, и, хотя ему было уже за восемьдесят, держался молодцом, считая и дом, и прилегающие к нему хозяйственные постройки своей собственностью, во время óно лично им спасенной от погибели. Он ни за что не допустил бы никакого грабежа, а так как отличался высоким ростом, недюжинной силой и авантюрным складом характера, местные жители смертельно боялись его.

Вот почему взору Юстины дом ее предков предстал почти таким, каким она помнила его с детства и каким он сохранился еще со времен ее прабабушки. Правда, был он несколько ветхим и запущенным и явно требовал ремонта, к тому же кое-где виднелись некие таинственные печати, с неразборчивой и путаной надписью относительно памятников старины и музейных экспонатов, принадлежащих народу.

— Каким чудом все это сохранилось во время войны? — поразилась Юстина, имевшая представление о бесчинствах оккупантов.

— Польдя куда-то спрятал, — таинственно ответила Дорота, успевшая уже пообщаться с некоторыми из местных жителей. — И говорит, что даже не в подвалах, потому что туда немцы лазали в поисках вина, вылакали все, что было, до последней капли.

— Надеюсь, оно им пошло не на пользу...

— Хорошее вино всегда идет на пользу. А вещи Польдя в стену замуровал, сам, говорит, собственными руками...

Восьмидесятидвухлетнего бывшего мальчика на побегушках до сих пор, в силу привычки, все звали Польдей.

Пылая чувством законной гордости, он поведал ее светлости барыне о своих военных хитростях. В армию, по причине почтенного возраста, его не призвали, и он всю войну провел в родных местах, а ведь ни одному из этих остолопов не пришло в голову, что Польдя еще о-го-го какой сильный. Немцы же оказались еще глупее наших. А он прекрасно знает и помнит, на чьих харчах так вырос и набрался сил и здоровья недюжинного...

— Неужели он со всем этим справился сам, мама? — поразилась Юстина.

Оглянувшись, не подслушивает ли кто, Дорота посвятила дочь в местные слухи:

— Флорка сказала мне по секрету, что он, говорят, все еще на девчат заглядывается...

— Невероятно, — несколько рассеянно удивилась Юстина. — О Господи, сколько же здесь всего... А ведь еще на чердаке осталось! Я сама помню, на чердаке стояли какие-то старые вещи...

— Я уже и так, дорогая моя, вижу, что все нам забрать не под силу будет, хотя в нормальной стране это стоит целое состояние. Но Польдя просил, чтобы мы его не подводили. Он обещает сохранить усадьбу вместе с содержимым, при условии, что она останется памятником старины. Региональным музеем, так он это назвал, а ведь всякие гиены так и норовят накинуться и разграбить... А впрочем, ты с ним сама поговори...

Результат беседы оказался таковым, что вывозимые из Блэндова памятные для семьи вещи уместились все в одну карету. Остальное, пусть даже и с печатями, Польдя пообещал сохранить в неприкосновенности до лучших времен, потому что ведь такая большевистская каша вечно продолжаться не может. Все, что без печатей, пусть их сиятельства забирают с собой, только без лишнего шума и огласки.

— Как вы считаете, мама, мы имеем право взять вещи панны Доминики? — обеспокоенно спросила Юстина, занимаясь укладкой скромных остатков прежней роскоши. — Это не будет считаться воровством?

— Дитя мое, да ты, никак, не в себе? — возмутилась Дорота. — С чего это ты вообще взяла, что здесь есть какие-то вещи панны Доминики?

— Я ведь помню ее. Она учила меня вести домашнее хозяйство. Вот за этим секретером она писала и считала, он стоял в ее комнате...

— Ну так что из того, что в ее комнате? Она ведь не с собственной обстановкой сюда приехала, это здешняя мебель, домашняя. А она лишь пользовалась. А что такое?..

— Мне очень хочется взять его себе. Такая красота, просто чудо! И не слишком широкий, у тети Барбары вполне поместится.

— Ну так забирай. Нет, подожди-ка, надо бы освободить его от старых бумаг...

Здесь дочь проявила больше здравого смысла, чем ее мать.

— Да нет же, пусть все там и остается! Мама, ведь во всех этих записях таится такое очарование! Ты только подумай, все эти подробные отчеты о том, какая курица какое яйцо снесла, списки с перечислением сахара, перца, мяса, рецепты рулетов и целебных травяных сборов...

— Ну, если хочешь, так и бери! Ящички и дверцы запираются, подожди-ка, ключи...

— Они здесь, все на одном кольце. Удивительно, что не пропали, она, должно быть, была большой педанткой! Ведь, кажется, скончалась она скоропостижно, и все же, вы только посмотрите, мама: панна Доминика сумела позаботиться о том, чтобы все было на своих местах! Я уверена в том, что она прежде повесила ключи на крючок, а уж после легла, чтобы умереть. Быть может, где-нибудь в своих бумагах она оставила какое-нибудь последнее волеизъявление...

— До завещания ли ей было, ведь бедняжка была на свете одна как перст, — вздохнула Дорота. — Я ее помню лучше, чем ты, панна Доминика всю свою жизнь провела в этой усадьбе, сиротой она была, без гроша за душой. С предками ей не повезло: насколько я помню, три поколения подряд — одни развратники, обожавшие швыряться деньгами. Уже ее дедушка утратил права на Блэндов, а отец спустил остатки фортуны предков, так и не дожив до старости. Мать умерла еще раньше отца. Они приходились нам свойственниками, вот почему бабушка и взяла Доминику к себе в дом... Да что это я, какая бабушка, бабушка нашей бабушки взяла ее к себе. Доминика была тогда совсем еще маленькой девочкой.

В душе Юстины проклюнулось желание хоть как-то увековечить память панны Доминики, этого реликта прошлых времен.

— Тем более я возьму с собой все. Панна Доминика — тоже в своем роде памятник старины. И пусть ее расчеты станут частью истории.

— Да ради Бога, пусть станут. Раз есть ключи, все можно запереть, а погрузим в карету по частям: отдельно верх, отдельно низ... А этот письменный стол я возьму для отца, никто, слава Богу, не сообразил, какой он ценный. Ну и, разумеется, книги...

Таким образом, более или менее сохранившиеся остатки содержимого блэндовской усадьбы были размещены в трех местах: часть — в Косьмине, а часть — у Людвика, на Служевце, и у Барбары, на улице Мадалиньского. Очарованная секретером панны Доминики, Юстина разыскала довоенного краснодеревщика, который взялся за реставрацию старинного предмета мебели. Разумеется, перед реставрацией содержимое секретера следовало удалить...

Юстина нигде не работала, а благодаря тете Барбаре не терпела нужды. К тому же, так как все та же тетя вовремя об этом позаботилась, их не уплотнили, то есть и жизненного пространства семье вполне хватало. И Юстина вела образ жизни, недоступный большинству членов послевоенного общества. Пятикомнатная квартира, в которой, по документам, числилось пять семей, не колола глаза властям и имела все шансы уцелеть в буре национализации. В сравнении с общей ситуацией в стране жизнь Юстины можно было назвать прямо-таки райской.

Один-единственный воспитанный и послушный ребенок, Павлик, доставлял маме сплошную радость и умиление, Амелька же, сестра Болеслава, девочка живая, интеллигентная и совершенно не избалованная, скрашивала жизнь Юстины и развлекала ее. У Амельки была собственная комната, часть которой, отделенную ширмами, занимал Павлик. Вторую комнату занимала Барбара, в третьей помещалась спальня Юстины и Болеслава, а четвертая, гостиная, была общей для всех членов семьи. В пятой же из комнат, тихонечко и незаметно, проживали две взятые Барбарой в дом из жалости ветхие старушки, неизвестно каким чудом еще произраставшие на белом свете. Марцелина, довоенная личная служанка Барбары, жила в комнатке для прислуги, рядом с кухней, и этого ей было вполне достаточно для счастья. А все вместе взятое составляло истинный рай на земле.

Вдобавок еще картина райской жизни органично дополнялась прекрасным снабжением вполне земными благами, то есть продуктами питания. Основным их источником был Косьмин. То увесистый кусок свинины на отбивные оттуда присылался, то телятина, то говядина на жаркое, а то и варенье на меду... По причине элементарного соблюдения приличий об этом не упоминалось вслух, однако половина Косьмина была унаследована от предков Доротой, матерью Юстины, и являлась ее законной собственностью...

Вдобавок еще, неким таинственным образом, Юстина занимала в семье исключительное место. Этому способствовало не только завещание прабабушки Матильды, но и Болеслав, который, со времен свадебного путешествия, обожал жену, словно идолопоклонник своего кумира, заразив своим отношением к ней и всех окружающих. Так что родные, инстинктивно и неосознанно, относились к ней с исключительным одобрением и уважением, не вникая в причины такого явления. Хелену уже успели забыть, однако в сознании ее родных сохранилась прочно закодированная убежденность в том, что именно Юстина — воплощение ума, рассудительности, умеренности и вообще всех и всяческих положительных качеств, какие только существуют в нашем грешном мире.

Юстина же отнюдь не возражала против собственной непогрешимости.

Она никогда в жизни не работала ради денег, такая мысль никогда даже и не могла прийти ей в голову. К материальному же благополучию привыкла с детства, а война и оккупация не внесли в ее менталитет никаких изменений. Какой еще там голод, какие карточки, ей не было до них никакого дела, так как все присылалось из Глухова. Да и Блэндов тоже, о чем она даже и не подозревала, был для семьи источником продуктов питания. Все соседи в ее элегантном доме на Кошиковой наделялись мясом, маслом, медом, колбасой и яйцами из деревни, и Юстина не представляла себе, что такое нехватка еды. Смертную казнь за забой свиньи она считала идиотской шуткой. Восстание... Как раз накануне Варшавского восстания Болеслав отвез жену с ребенком в Глухов, откуда они, слава Богу, вернуться в Варшаву уже не успели...

Сейчас, кажется, настали более трудные времена, но ведь все еще жить было можно. Разумеется, Юстину раздражал дефицит товаров: в магазинах — никакого выбора, и вообще, разве это магазины, каморки какие-то, чуть ли не уличные лотки, однако она понимала, что любая война чревата послевоенными трудностями, и была исполнена решимости терпеливо их пережидать.

И вот она, с радостью в сердце и счастливыми мурашками по спине, приступила к разбору содержимого секретера панны Доминики. Сам секретер отправлен был к довоенному краснодеревщику высшего разряда, тогда как бумаги из его недр устлали весь пол в спальне.

Дома, можно сказать, никого не было: Павлик играл в заросшем, словно джунгли, садике, Марцелина с песнью на устах месила на кухне тесто для домашней лапши, ну а Юстина начала перебирать старинную макулатуру. Она обожала такие исторические бумаги. И вообще, Юстина была просто без ума от истории как таковой, в особенности же от не столь давно ушедшей эпохи, то есть конца прошлого века, прекрасно известного ей по рассказам родных, фотографиям и интерьерам старинных домов, которые оставались почти неизменными вплоть до самой войны. К ней возвращалась самая ранняя молодость, она вспоминала межвоенный период, путешествия по Европе в компании тети и старшей сестры, балы, банкеты, возрастающую в то время свободу нравов и все те развлечения, которыми она, наперекор Хелене, предавалась слишком мало...

Юстина вспомнила, что тетке Барбаре было тогда тридцать четыре года, а ей, молоденькой девчушке, та казалась пожилой дамой. А ведь сейчас самой Юстине — тридцать один год, но ощущает она себя совсем юной. Смешно...

Она педантично складывала различного рода счета и записи по хозяйству панны Доминики, растроганно узнавая о том, что шестого апреля 1887 года расхворалась индюшка, за которой погналась собака. Индюшка покинула кладку яиц, которые высиживала, из-за чего эти самые яйца пришлось поделить между курами-наседками, и это весьма некстати, так как их осталось не так уж и много, большинство кур уже высидело своих цыплят. О том, что девятого мая пятнистый поросенок, вырвавшись из хлева на свободу, сожрал без остатка великолепно подросшую и только что прополотую морковь. О том, что домашняя птица загадила простыни, которые сохли в саду после большой стирки. О том, что белая кошка принесла троих котят, и всех их оставили в доме из-за обилия мышей...

Большая часть счетов была старательно разложена по стопкам, пронумерована и записана в тетради в твердых обложках. Одна из записей показалась Юстине необычной и пробудила в ней интерес, ибо между строчками явственно чувствовались великое возмущение и обида панны Доминики. Дело же было в том, что кузина Матильда создала путаницу и беспорядок, якобы проверив, а на самом деле потеряв счета за работу каменщиков и краснодеревщиков, которые изготовили для библиотеки усадьбы книжный шкаф, встроенный в стену. А одна тетрадь, еще со времен старой пани Заводской, и вообще целиком пропала, так что панне Доминике остается предположить лишь то, что тетрадь эту забрала кузина Матильда, не записав вкратце ее содержания, и сейчас уже совершенно неизвестно, о чем в злополучной тетради шла речь. Утерянные счета были обозначены и подчеркнуты в тетради, комментарий же панны Доминики виднелся на полях.

Юстина прабабушку Матильду помнила прекрасно, так как была она личностью весьма колоритной. И правнучку немало позабавила выходка прабабушки, столь тяжко ранившая педантичную панну Доминику. Затем Юстина начала читать кулинарные рецепты, узнав в подробностях историю одного особенного суфле, которое целых шестнадцать раз подряд никак не хотело получаться и, наконец, в семнадцатый раз, удалось на славу. Немало веселья она испытала за чтением писем какого-то еврейского портного, с горячностью протестующего против того, что ему вменялось в ответственность изменение пропорций фигуры какой-то пани советницы, которая сама по себе и без упреждения в последнее время весьма прибавила в весе. Юстина узнала также о том, каким образом использовать рыбий жир, дабы он пошел на пользу коже лица, и, наконец, натолкнулась на четыре толстых тетради, в которых с первых же слов угадала личный дневник панны Доминики.

Этот дневник чрезвычайно заинтересовал ее.

В обязанности Юстины входило ведение домашнего хозяйства, и она считала это вполне естественным. У тетки же Барбары появилось другое занятие: она открыла кафе с собственной выпечкой. Кирпич для постройки павильона был взят из разобранных военных развалин. Барбаре удалось получить все необходимые разрешения и лицензии. Политически грамотный Болеслав был просто поражен достижениями тетки, ведь для нее как бы вообще не существовало нового строя, — она творила все, что душе угодно. И никто к ней не придирался, никто не создавал трудностей. Барбара охотно объясняла этот феномен как раз тогда, когда Юстина приступила к чтению наследия панны Доминики.

— А я могу тебе сказать, Славик, почему бы и нет, в этом нет никакого секрета, — беззаботно изрекла тетка за бульоном с лапшой, более напоминающей тончайшие волосы, чем макаронное изделие. — Видишь ли, еще до войны к нам приходил такой мальчик из бедняков, я его жалела, он очень хотел учиться, и я помогала ему немного. Еще и друзей позволяла с собой приводить, они все пытались убедить меня в преимуществах коммунизма, и это было ужасно смешно. Ну и сейчас этот паренек стал большим начальником, его друзья тоже не из последних, хотя и не всем удалось выжить. Зато пришли другие, всю войну у русских просидели, политики из них — как из козьего хвоста огромная труба, но ума им не занимать. Взятки они брать умеют виртуозно, и все, что мне нужно, я всегда могу через них получить. Мир, дорогие мои, стоит на кумовстве и на деньгах, надо только знать, кому, сколько и когда.

Как Болеслав, так и Юстина с великим уважением кивнули головами. Амелька же кивнула головой несколько раз, но зато со вздохом.

— Но ведь никогда ничего не известно, ведь очень многое меняется, — предостерег ее еще Болеслав. — Вы, тетя, должны все время держать руку на пульсе событий, чтобы не попасть впросак.

— А я чем занимаюсь, как ты считаешь? Они даже слегка в пай со мною вошли, так что бдят как следует. А и без кафе, сами знаете, вроде бы мне есть на что жить, однако невелик тот доход, так что работаю я не только ради собственного удовольствия. Хотя, разумеется, мне это нравится. А ты, Юстися, бумаги Доминики читаешь, я видела, может, там рецепты какие-нибудь старинные найдутся, так дай их мне. Мы станем готовить нечто необычное, пусть люди видят, как хорошо было в старину. Не один растроганно вспомнит...

Разумеется, Барбара собственноручно не готовила, клиентов лично не обслуживала, продукты для кухни не возила и за кассой не сидела. Работали другие, она же лишь деньги дала и управляла, сделав свое кафе местом общения с друзьями. Домашние дела тетка с удовольствием переложила на плечи Юстины, у которой господские привычки были в крови. Тот факт, что ее имение ограничивалось апартаментами на втором этаже элегантного трехэтажного дома с небольшим садиком, отнюдь не являлся помехой, а напротив, даже упрощал ситуацию.

Избавившись от родных на следующий день, Юстина вернулась к дневнику панны Доминики и погрузилась в него без остатка.

Ужасную историю нападения на усадьбу она прочла, раскрасневшись от эмоций. Неудачный марьяж с паном Ромишем вызвал у нее смесь сочувствия с брезгливостью, после чего ей стали приходить в голову ценные мысли. С нападением, неизвестно, по какой причине, у Юстины ассоциировались необычайные действия прабабушки, беззаботно устроившей путаницу в счетах панны Доминики и стащившей под шумок тетрадь своей бабушки...

Минуточку, но ведь в семье ходили слухи о том, что бабушка прабабушки доводилась дочерью Наполеону...

Еще не сделав из этого никаких выводов, Юстина внезапно вспомнила о том, что каким-то непонятным образом долгие годы оставалось без должного внимания, то есть о завещанном ей дневнике прабабушки, который она до сих пор вообще и в глаза-то не видела. И куда же, черт возьми, спрятал его двоюродный дедушка Томаш?..

Двоюродный дедушка или дядя Людвик?.. Тетка Гортензия, кажется, что-то на этот счет говорила?.. А, ну конечно же, как раз тогда, когда стало известно о существовании косьминского Юрочки и всем стало не до дневника прабабушки...

Юстина вскочила на ноги, готовая незамедлительно ехать на Служевец, но тут как раз пробили часы, и она осталась дома: вот-вот все должны были явиться на обед. Минуточку, а она вообще распорядилась насчет обеда?.. Крокеты из вчерашнего супового мяса, ага, супчик... Что с супчиком-то?..

Юстина принюхалась к кухонным запахам. Марцелина не подводила никогда: суп луковый, с сыром и с гренками, замечательно. Десерт. Она ведь говорила с кухаркой насчет десерта?.. Яблочные оладьи...

— Марцелина, я приношу всем свои извинения, — с раскаянием произнесла Юстина, войдя в кухню. — Я, кажется, лишь вскользь упомянула о яблочных оладьях?.. Потому что суп вы, кажется, сами подобрали, и это просто замечательно, выбор прекрасный, но вот десерт?..

— Ну так я ж уже и тесто вымесила, и яблоки мелко настрогала, так, как вы любите, — ответила

Марцелина, обуреваемая одновременно и гордостью, и возмущением. — А что до супа, так ведь всегда к вареникам или блинам луковый или же томатный полагается. Ну, я и сварила луковый, томат-то весь вышел. А десерт, я ж не глухая, вы сами заказывали.

— Марцелина, да вы же просто благословенье Божье. Я распорядилась бы более членораздельно, но, вероятно, вместо этого лишь что-то пробормотала, так как в тот момент как раз читала дневник панны Доминики... Вы ведь знали панну Доминику из Блэндова, Марцелина?

Марцелина, чуть не став жертвой нервного потрясения, повернулась лицом к молодой хозяйке, забыв о сковороде:

— Да кто ж ее не знал?! Я ж с раннего детства у нее училась! Ведь еще до войны меня барыня из Блэндова в дом и взяла! В двадцать девятом году панна Доминика скончалась, а я в то время уже овдоветь успела, вот и стала служить ее светлости, и весь дом был на мне, ведь барыня то и дело путешествовала. И что же в этих бумагах панна Доминика пишет? Рецепты у нее были секретные, может, что-то и сохранилось? Королевская мазурка, к примеру, вроде бы всякому она известна, но свои добавки панна Доминика в секрете держала...

И такая мощная жажда знаний и интерес прозвучали в голосе верной служанки, что Юстине чуть ли не стыдно стало.

После того самого семнадцатикратного суфле она больше не уделяла кулинарным рецептам должного внимания, и королевская мазурка от него ускользнула. Высоко ценя Марцелину, Юстина решила тут же устранить свой недосмотр.

— Я дам вам их почитать. Панна Доминика порядок любила, рецепты у нее отдельно лежат, все вместе связанные, только не надо покушаться на персиковое суфле. И торт мокко тоже не для нынешних времен, кто бы там яйца стал взбивать двенадцать часов подряд, без перерыва...

— Сами бы могли, — сурово изрекла Марцелина, развращенная пропагандой новой власти, после чего вдруг опомнилась: — Хотя нет, в вашем состоянии больше ногами, чем руками работать надо, если бы их утаптывать надо было, тогда да. А вот взбивать, возможно, и нет. Я прошу вас, дайте их мне, я почитаю, ведь что после панны Доминики осталось, это ж словно чистое золото.

Тут в замке заскрежетал ключ. Вернулась Барбара. И еще прежде чем дозвались из садика Павлика, Юстина успела выполнить свое обещание, вручив большую стопку листов различного формата Марцелине. Она также не преминула хорошенько отложить в памяти, чтобы на следующий день четко распорядиться насчет обеда, ведь, как видно, чтение способно несколько ошеломить ее. А затем, уже после обеда, Юстина предложила мужу сходить в гости к родне.

Людвик, Гортензия и Дарэк официально занимали в своем собственном доме три комнаты лишь благодаря тому, что Людвик вел при ипподроме нечто вроде бюро генеалогии лошадей, тем самым приобретя право на рабочий кабинет, где помещался его архив.

Дорота с Тадэушем занимали каждый по отдельной комнате, симулируя распад супружеской жизни. Гене, теоретически, полагалась одна комната. Над прочей же частью дома, на втором этаже, к счастью, рухнула крыша, превратив в развалины и все остальное, так что помещения пришли в полную негодность. Остальная же часть дома, где до войны было еще семь огромных покоев, была разрушена полностью, так что к ним никого не подселили. От «диких» жильцов Гортензия сумела себя защитить, так что полуразрушенная вилла все еще принадлежала ее семье.

Юстина приступила к делу весьма энергично:

— Дядя, вы говорили, что дневник прабабушки удалось спасти. Может вы, наконец, отдадите мне его, и я смогу его прочесть? Тетя, вы ведь сами говорили, что последняя воля — дело святое...

Людвик пришел в небывалое смущение:

— Все это так, дитя мое, дневник существует, то есть должен где-то быть, его взял мой отец, а твой двоюродный дедушка...

— И еще задолго до войны, — очень громко буркнула Гортензия, — чтоб его никто не прочел ненароком.

— Ну вот. И лежит он в сейфе, здесь, в этом доме. Он все это время там и пролежал.

— Так почему же вы не отдаете мне его, дядя?

Смущение Людвика еще более усилилось:

— Потому что я его, не стану лгать, дитя мое, открыть не могу...

— А, может быть, он несколько развалился? — с подозрением спросил Болеслав, до крайности озадаченный невесть откуда возникшим вопросом.

— Вот именно. Возможно, несколько и да... То есть нет, развалиться он не развалился, но его, кажется, заело. Я об этом молчал, ну, знаете, все как-то не мог решиться, мне как-то так... неприятно. Не знаю даже, что там еще есть...

— И уже целый год, я не говорю о годах войны, вы не можете открыть отцовский сейф?!.

— Ну, не могу,— рассердился Людвик.— О лошадях там ничего нет, в этом я уверен, что же касается остального... Ну, дневника бабушки...

— Боже правый, — ужаснулась Юстина, — а я-то думала, что это моя вина, и мучилась угрызениями совести! Ведь прошло уже... минуточку, сколько?.. Считая с момента составления завещания, почти двенадцать лет! Кажется, самое время исполнить последнюю волю прабабушки?!

Людвик совершенно пал духом:

— Ты абсолютно права, дитя мое. Да, я обязан был присмотреть за этим. Этот сейф следует открыть, вот только не знаю как. Обычного ли слесаря пригласить или же таких, со сверлом, а может с этой, как бишь ее, кислородной горелкой?..

— Ацетиленовая горелка может сжечь все содержимое, — пробормотал совершенно оглушенный проблемой Болеслав.

— Ну тогда слесаря. Или же обыкновенного взломщика. Может, кто-то из вас знаком с каким-нибудь довоенным взломщиком?

— А послевоенный не годится?..

— А что, кто-нибудь знаком с послевоенным?..

Довольно длительное время все семейство пребывало в состоянии крайней растерянности. Вопрос, казалось, невозможно было разрешить без привлечения преступного элемента.

— Надо найти какого-нибудь специалиста! — взволнованно потребовала Юстина. — Не может быть, чтоб они все вымерли, ведь в эту войну никто не истреблял именно слесарей! А я хочу этот дневник наконец-то получить. И пусть уж он у меня и останется, ведь то, что он до сих пор цел, и так уже похоже на чудо!

— Кузнеца я, пожалуй, смог бы пригласить, — пробормотал Людвик, — но вот слесаря — не очень. Хотя, быть может...

Тут Болеслав стряхнул с себя первое оцепенение и вспомнил, что работает в железнодорожном ведомстве, а с рабочими, хотя и не напрямую, знаком еще со времен войны. Так что, без сомнения, кого-нибудь подходящего найти сумеет.

Он обещал заняться этим вопросом, и взбудораженные чувства его родных тут же улеглись. Проблема сейфа, собственно говоря, явилась для всех неожиданностью, так как все забыли о наличии такового. До войны им пользовался Томаш, Людвик туда почти не заглядывал, и приходилось сомневаться в том, что недоступные ныне недра сейфа содержат в себе нечто ценное. Вероятнее всего, довоенные акции компании по торговле древесиной, о которых даже и вспоминать-то было неприятно. Кроме того, сейф не бросался в глаза, так как был загорожен большим и несколько мутноватым от старости зеркалом.

— При случае можно бы было это зеркало обновить или совсем заменить, потому что в нем уже ничего не видно, — оживилась Гортензия.

— Заменять не надо, — воспротивилась Дорота, — реставрировать надо. Ведь сейчас хрустальное зеркало днем с огнем не сыскать, все в войну разбились. Я и так удивляюсь, что у вас тут столько всего сохранилось...

— Можно подумать, ты не знаешь, почему. Я ведь уже в феврале здесь была, вслед за русской армией появилась!..

Тут Юстина вспомнила: действительно, конец войны все они прожили в Глухове, и Гортензия первая, не сумев сдержать нетерпение, отправилась в разрушенную Варшаву, защищать свой дом. Даже оружие с собой прихватила, огромный тесак для мяса. Наверное, лишь благодаря ей уцелел дедушкин сейф...

Торжественное открытие железного монстра, встроенного в стенку, произошло два дня спустя, так как слесарей Болеслав нашел без труда, и заняло всю вторую половину дня и весь вечер. За столом у Гортензии вновь собралась вся семья. И как раньше о сейфе никто и не вспоминал, так сейчас он внезапно стал объектом всеобщего внимания. Вдобавок всем было любопытно, как будет выглядеть техническая сторона дела, ведь она и впрямь могла напоминать действия настоящего «медвежатника», личности, до крайней степени экзотической.

Явились двое слесарей, за их честность Болеслав поручился, и Гортензия почти не опасалась. За столом сначала оказалось девять человек, однако к финалу остался лишь один, так как сейф находился в прежнем кабинете, и из столовой его видно не было. Все, за исключением Тадэуша, отца Юстины, побежали, чтобы наблюдать за работой слесарей воочию, несколько помяв при этом друг другу бока и мешая умельцам работать, так как в помещении было явно тесновато для такой толпы.

Нельзя сказать, чтобы работа шла как по маслу, что-то там и в самом деле оказалось не в порядке. Осмотрев здание снаружи, умельцы согласно заявили, что во всем виноват снаряд, угодивший в виллу рикошетом. Что это был именно рикошет, сомнений не вызывало, ведь иначе он разрушил бы всю стенку, вместе с сейфом, так, как вон ту, рядом, а так она только дрогнула. А поскольку механизмы в таких сейфах устанавливались тонкие и чувствительные, сотрясение повредило его. Ну ладно, ничего, может, что и получится. В крайнем случае, придется вырезать горелкой кусок дверцы вокруг замка...

Почитая решение проблемы вопросом профессиональной чести, умельцы в поте лица ковырялись в механизмах, а восемь человек таращились им под руку. Наконец дело увенчалось успехом, и слесари с гордостью открыли сейф.

Юстина с радостным воплем накинулась на огромный металлический короб, все еще сохранивший слабый запах квашеной капусты. Он оказался для нее слишком тяжелым, и на помощь поспешил мужской пол. В результате такого коллективного рвения короб выскользнул у них из рук и рухнул на ноги, лишь чудом никому ничего не переломав. А рухнув, самопроизвольно раскрылся, открыв взорам собравшихся свое содержимое, то есть короб серебряный, упомянутый в завещании Матильды. Серебряный ключик лежал рядом, не пропал, да и прабабушкин дневник, увесистый том в красной сафьяновой обложке, тоже оказался на своем месте.

Серебро и том, без наружной упаковки, оказались уже вполне подъемными.

Юстина тут же занялась своим наследством, Гортензия же задумчиво оглядела и ощупала лежавшее на полу железо.

— Если б я солила капусту, оно бы мне очень пригодилось, — расстроилась она. — Самая лучшая капуста бывала как раз в бочке, на которой лежало вот это. А может, я еще когда-нибудь и засолю капусту?..

— Ведь у тебя даже корытца нет, — одернула ее Барбара. — А жаль, я бы в своем кафе ввела в меню бигос.

— Бигос в кафе? — удивился Людвик, заглядывая в недра сейфа. — А здесь еще что-то есть...

Ну да, было. Утратившие ценность акции, такие же довоенные наличные в виде банкнот, не совсем уж утратившие ценность две колоды карт Пятника в фабричной упаковке, три таинственных ключика на одном кольце и совсем уж не утратившая ценности пачка иностранной валюты, хоть и запрещенной режимом, но все же имеющей весьма успешное хождение.

— Ну вот еще... — вновь огорчился Людвик, взяв в руки пачку стодолларовых банкнот.

Гортензия уже забросила груз для капусты и теперь стояла рядом с мужем. Она с тревогой оглянулась на присутствующих.

В кабинете осталась уже лишь часть семейства. Гордых своим достижением слесарей Болеслав успел увести в столовую, где они тут же начали отмечать свой успех. Амелька и Дарэк ушли вслед за Юстиной. А от Барбары и Дороты запрещенное законом имущество скрывать не было нужды.

— И ты не заглядывал в сейф, потому что там якобы ничего не было, — сказала Дорота, с укоризной качая головой.

— И я ничего об этом не знала! — вырвалось у Гортензии. — Оставь это, не вытаскивай, в доме чужие!

— Все равно ведь он открыт.

— Ну так достань, а я спрячу...

— Не хотелось бы показаться мелочной, — несколько ядовито произнесла Дорота, — но чье

это, собственно? Случайно не нашего отца наследство?

Людвик несколько замешкался с ворохом банкнот в руках и взглянул на сестру.

— Кто его знает... Наверное, это отцовские
деньги?.. Ну так что же?..

— А то, что разделить их вы должны между
собой и никто иной претендовать на них не станет, — с неподражаемым достоинством изрекла
Дорота. — Вам полагается. Мы в вашем доме живем и у вас на шее сидим...

— Не валяй дурака! — разозлилась Барбара. — Подумаешь, на шее вы у них сидите!
А если бы здесь чужие сидели, было бы лучше, да?

— Нет, но все-таки...

Гортензия раскрыла было рот, но тут же закрыла его, в тысячный раз подумав, что Барбара
права, ведь после этой ужасной войны никто не
смог бы жить как человек и по-своему. После
чего Гортензия вновь раскрыла рот для того, чтобы сказать нечто совершенно противоположное
первоначально задуманному:

— Не смей даже так говорить, мы не считаем,
что вы сидите у нас на шее, — решительно произнесла она. — Мы все друг другу помогаем как
можем, для того и семья, чтоб поддерживать друг
друга. Дорота права, мы разделим это, и, в случае чего, любому из нас оно пригодится. Только
спрятать надо и никому не говорить, ведь иначе
у нас не только валюту отнимут, а еще и в Сибирь угонят...

— Ну так положи ее пока в ящик, — посоветовала Людвику моментально подобревшая Барбара, — и не размахивай деньгами, как флагом. Вечером... ну, вообще-то, уже вечер... В общем, когда

уйдут слесари, мы над этим спокойненько посидим.

Гортензия снова заглянула в сейф:

— Минуточку, а это еще что такое? — спросила она, взяв в руки ключи. — От чего они?

Барбара с Людвиком взглянули и повертели головами. Барбара задумалась...

— Рядом с бабушкиным завещанием... Подождите, никак вспомнить не могу... По-моему, они там и лежали... Нет, не знаю. Но у меня такое впечатление, и все.

— Ну так куда их? Не выбрасывать же! Странные они какие-то. И совсем не старинные.

Людвик пожал плечами:

— Должно быть, от чего-то, чего уже давно нет...

— Ну хорошо, — в унисон ему произнесла Барбара. — Я могу их забрать и бережно сохранить. Может, это какой-то сувенир. Юстинке нравятся всякие исторические сувениры, дайте я возьму их для нее.

— Ну так бери...

И Барбара взяла. Разглядела. Три ключа, довольно-таки длинных, хотя каждый из них по размерам несколько отличается от прочих. И колечко какое-то странное, литое, раскрыть его невозможно, как бы соединенное... или же запаянное... четырехлистным трилистником. Почерневшее все, возможно, серебряное...

Амелька заглянула в кабинет, увидела ключи в тетиных руках, но большого интереса эта находка у нее не вызвала, она вполне удовлетворилась сообщением, что их обнаружили в сейфе.

Учитывая то, что Юстина, дико жаждавшая углубиться в дневник прабабушки, тоже выразила желание посидеть спокойно, семейство довольно-таки быстро рассредоточилось, и каждый занялся тем, чем ему хотелось. Людвик и Барбара делили отцовское наследство, Гортензия застыла в глубокой задумчивости над железным коробом, Юстина же с нетерпением отправилась домой, оставив мужа выражать благодарность талантливым слесарям. Амелька с Дарэком присоединились к нему...

С самого начала, с первой же страницы толстенного тома, несчастная правнучка увидела трудности, поставленные перед ней прабабушкой. Юстина тут же прекратила корить себя за то, что ранее отнеслась к делу несерьезно и до сих пор не прочла, что полагается. Марцыся обнаружила пропавший документ в квашеной капусте, ну так что же из этого, ведь было как раз Юстинино венчание, потом свадьба и свадебное путешествие, рождение ребенка, война... Так каким же образом она могла в таких условиях прочесть нечто подобное?..

Дневник панны Доминики был написан аккуратно, четким почерком, черными чернилами, с соблюдением соответствующих интервалов, так что слова сами бросались в глаза. А вот прабабушкин дневник...

Мало того, что почерк у нее был ужасным, совершенно неразборчивым, прабабушка царапала как курица лапой, так она еще и облюбовала себе какую-то идиотскую жидкость зеленого цвета, недостойную даже и зваться-то чернилами. К тому же жидкость эта совершенно выцвела и полиняла. Все же вместе напоминало результат диких плясок вдребезги пьяной мухи, угодившей в сильно разведенную водой акварельную краску. Читать прабабушкин дневник было совершенно невозможно, его надо было отгадывать, расшифровывать, словно древнеегипетские иероглифы. В прежние времена у Юстины ни в коем случае не хватило бы на него терпения!

Возможно, не хватило бы его и сейчас, если бы не допинг со стороны панны Доминики. Кусочек за кусочком из ее дневника вырисовывалось нечто в высшей степени интересное; правда, налет на усадьбу являлся кульминационной точкой программы, однако же, еще задолго до упоминания о нем, панна Доминика намекала на чрезвычайно таинственные отношения внучки с бабушкой, пребывающей на смертном ложе.

«...*смертельно больные, перед лицом вечного избавления души, имеют обыкновение многие перемены в своем характере производить. Вот так же и моя благодетельница стала тихой и нежной, а кузину Матильду возлюбила безмерно. Быть может, потому, что ранее она на нее ужасно ворчала, и лишь однажды кузина с кузеном приезжали к нам с коротким визитом, а было это сразу же после их венчания. А сейчас моя госпожа никого видеть не желает, кроме внученьки своей, та же весь день у постели умирающей бабушки проводит, и ни один из слуг, ни кузен Матэуш, ни я, никто туда больше не допускается. Благодаря чему, прости меня, Господи, мы успели переработать всю вишню безо всяких потерь, и за спаржевыми грядками присмотреть как надлежит, и даже зимнюю одежду я от моли уберечь вовремя смогла...*»

«...*выше моего понимания, о, ужас, я даже вся похолодела внутри, думая, что вижу перед собой привидение, ведь кто бы мог подумать, что сама ее светлость, с помощью одного только* человека, с ложа поднимется и по дому ночной порой ходить станет? Кузина Матильда вела ее, и шли они из библиотеки, и слава Богу, что я, словно бы по наитию свыше, спустилась вниз, ведь, чтобы снова уложить госпожу в постель, и четырех рук оказалось недостаточно. Ее светлость, словно в добрые старые времена, фыркнула на меня, сказав при этом: «Я еще покуда жива и, пока жива, буду поступать так, как мне угодно. Ты что же, книги мне читать запретишь?» Вот как она на меня разгневалась. Никаких книг при них не было, однако ж благодетельница моя и впрямь весьма была им привержена, и чем старше становилась, тем больше времени в библиотеке проводила...»

«...шептала ей на ухо, меня рукою отодвигая, а кузина Матильда бумаги ей показывала, как будто старые письма, я сумела расслышать лишь то, что ее светлость сжечь их повелела. Не показалось мне это удивительным, ибо всякий напоминание о юности своей хранит до самого конца, а после либо в гроб вместе с собой положить велит, либо же сжечь...»

Все подобного рода замечания панны Доминики, сделанные как бы на полях событий, происходивших в доме, явно указывали на то, что в последние мгновения перед кончиной бабушка Юстининой прабабушки поверяла своей внучке какие-то тайны. Значительно позже, и, возможно, под влиянием профессиональной ошибки пана Ромиша, появились упоминания о реликтах наполеоновской эпохи. Кто может знать, а вдруг ее светлость действительно была дочерью императора, и кто знает, не затерялись ли в усадьбе какие-нибудь сокровища, папенькино наследство?

Недаром ведь стремились в дом злодеи, а подмастерье кузнеца всякие глупости по пьяни болтал. Ну а что не сумели они попасть к сокровищам, так ничего в этом странного нет: ведь таинственные работы, от которых даже никакого следа не осталось, производились намного раньше. И наверняка совсем не тот подмастерье, а пан Ромиш обо всем догадался. Слишком уж молод был подмастерье, и только прежний кузнец, который, возможно, на старости лет как-то проговорился...

Ах, этот пан Ромиш, личная катастрофа панны Доминики!.. Юстина искренне пожалела ее. Кроме всего прочего, панна, по-видимому, с юных лет не отличалась приятной внешностью, ведь даже управляющий на нее не клюнул, а ведь, в конце концов, красавицы, несмотря на свою бедность, выходили все-таки замуж. Интересно также, отчего это бабушка прабабушки всего лишь сто рублей оставила в наследство своей доверенной компаньонке, домоправительнице, ключнице, или как ее там еще именовать полагается, да вдобавок еще и дальней родственнице своей... Ведь если бы денег было побольше, это уже было бы хоть какое-никакое приданое.

Все сильнее заинтригованная историческими загадками, Юстина задумалась над тем, а не переписать ли ей просто-напросто дневник прабабушки. Ведь если текст переписываешь, в него и вникаешь глубже. Яркий свет, лупа... До рождения второго ребенка у нее еще остается немного времени, и она, быть может, успеет привести хотя бы часть текста в порядок.

Юстина отложила в сторону остальные творения панны Доминики и засела за работу.

Дочку, появившуюся на свет ранней осенью, назвали Марией Серафимой. О Серафиме она всю оставшуюся жизнь старалась умалчивать, а Марию тотчас же переделали в Маринку, из которой получилась Марина. Девочка с младенчества отличалась весьма внушительной внешностью, а посему имя Марина подходило ей как нельзя больше.

Павлик пошел в школу, отчего ни у кого времени не прибавилось: его следовало отводить и приводить, по крайней мере, в течение первого года обучения. Правда, идти было не так уж и далеко, но все же ему приходилось дважды переходить дорогу. Семилетнему ребенку это было явно не под силу. Привыкшая к наличию слуг родня существенную помощь оказать была не в состоянии: ведь, например, Дорота на заре своей туманной юности выходила на улицу не иначе как в сопровождении лакея, а, как минимум, горничной. Самостоятельная в послевоенном духе Амелька уже посещала гимназию, однако располагалась она совершенно в другом направлении, да и часы занятий не совпадали. Барбара полностью исключалась, так как была занята собственными делами, а на Марцелину нельзя было сваливать все. Ну да, конечно, утром она отправлялась за покупками и по пути отводила Павлика в школу, но приводить его домой приходилось уже лично Юстине. Она использовала эту принудиловку, чтобы погулять с ребенком.

Впрочем, лишения ее не были столь уж тяжкими. В сравнении с работающими женщинами она вела истинно королевскую жизнь, особенно учитывая то, что младшего ребенка кормила грудью, так что ей не приходилось отравлять себе жизнь размельчением треклятых крупинок в порошковом молоке. Однако электрических стиральных машин в разоренной войной стране пока еще не водилось, в противоположность длиннющим очередям за элементарными товарами, и, хотя Косьмин снабжал семью одними продуктами, а Барбара — другими, все же быт спотыкался о трудности на каждом шагу, а денег начинало не хватать.

Юстина, несмотря на вынужденную экономию, старалась содержать дом на высоком уровне, в результате чего работа над дневником Матильды сильно хромала.

Прабабушка начала его на шестнадцатом году жизни, и он сразу же расцвел пышным цветом, ибо Матильда рано вышла в свет и ее уделом стал головокружительный успех. В самом начале было описано упоительное катание на санях, запряженных лошадьми. Особое внимание уделялось мехам, которыми был отделан ее салоп, сменной обуви, воланам и бантам, украшавшим ее платье, локонам, что на морозе удручающе развились, и, ясное дело, последовавшей вслед за катанием мазурке, с которой начался скромный бал. Какой-то пан Анзельм уже заранее оставил эту мазурку за собой, и встали они с ним в третью пару, хотя панна Саломея и была недовольна, ведь она старше и уже третий сезон выезжает, а тут вдруг ей, Матильде, такая честь выпала...

Довольно-таки долго Юстина никак не могла разобрать, где же происходил этот бал после катания, пока, наконец, не расшифровала названия местностей. На второй день общество вернулось из Борков в Крэнглев. Ну да, ведь прабабушкина девичья фамилия — Крэнглевская, а эти Борки, случайно, не прадедушке принадлежали?.. Да нет же, у прадедушки был Глухов...

С трудом прорвавшись сквозь фрагмент, повествующий о катании на санях, Юстина хотела было пропустить дальнейшие подробности насчет нарядов, но ей вдруг стало жалко. Эти кошмарные зеленые чернила могут еще больше выцвести, и тогда весь текст станет совершенно невозможно прочесть, а очаровательные подробности конца прошлого века канут в забвение. Нет, жалко их. Ну хорошо же, пусть остаются, ведь никто же ее не торопит!

Таким вот образом Юстина не только решила свою дальнейшую судьбу, но и собственную внучку снабдила практическими знаниями. Потому что вскоре в корсеты, кружева, веера и придворные салоны вмешались дела в высшей степени трагические.

«...Зосенька, подруга моя лучшая, бедненькая, несчастненькая, — писала прабабушка, — я и сама уже думала, что с паном Вацлавом все к счастливому завершению близится, а тут вдруг все разбилось о такую мерзость! Родители согласия своего не дают, разве что все лэнтовские угодья на нее записаны будут, понеже на нищей пан Пшецлавский не женится. Нищей, мою Зосю нищей назвать при ее-то полста тысячах приданого! Вся в слезах, она передала мне все это, а ей сообщила ее Пэтронэля, что за лакея родителей пана Вацлава замуж идти сговорилась. Этот-то лакей и подслушал, как они пана Вацлава против Зоси настраивали. Я еще верить отказывалась, она тоже все еще надеяться продолжала на то, что ведь пан Вацлав ради пары фольварков чувству своему не изменит, пока он, я сама это наблюдала, ни приехал, обдав нас всех холодом, словно гора ледяная. Говорят, таковые в

морях видывали, и стужею страшной веет от них. Вот и от него веяло. Глаза от Зоси отводил в сторону, я с умыслом оставила их одних, и что же из этого вышло? Он будто чужой, словно бы аршин проглотил, пень да и только, поспешил откланяться, об отъезде что-то бредя, и Зосю полуживой оставил. О! Какое это счастье, что после бабушки все наследство должно достаться мне, и никто нищей меня назвать не посмеет!

А вижу я, что самой счастливой станет Пэтронэля и что в низших слоях общества не деньги правят бал, а нежные чувства...»

Минуло несколько недель, прежде чем Юстина узнала о том, что счастье Пэтронэли также оказалось весьма проблематичным, ибо лакей пана Вацлава перенес свои аффекты на какую-то Теодору, служанку супруги старосты, пани Мшчоновской, которая сделала всем одолжение и умерла, а так как единственного своего родственника, племянника, не жаловала, завещала колоссальные суммы прислуге, чтобы сделать ему назло. Названная же Теодора целую тысячу рублей получила в наследство, после чего Пэтронэля тут же была забыта, а великая любовь соединила лакея с Теодорой.

Пролились новые слезы, из чего Матильда, личность, без сомнения, интеллигентная, сделала свои собственные выводы:

«...я подумываю о том, чтобы скрыть свое состояние. Жемчугов с бриллиантовым замочком надевать не стану, лишь только медальончик один с мелким изумрудом, что даже более подходит к светло-зеленому платью с зеленой отделкой и гирляндой в виде веточки внизу, у самого волана. И пусть даже он на коленях передо мной клясться станет, я уже не поверю, что он любит меня, а не мое приданое. И на что мне это приданое? Затем, наверное, чтобы не ведать, способна ли я сама вызвать в ком-то какие-то чувства.

Одна лишь Гонората счастлива, не имея за душой ни гроша единого, ведь кто же мог предполагать, что моя мать столь щедрое даст ей приданое, хотя она и приходится мне молочной сестрой. Но ведь мамка моя, а мать Гонораты, уже давным-давно умерла, а ранее мы позволяли ей жить у нас в доме из милости. А ведь лесничий полюбил Гонорату и безо всякого приданого пожелал в жены взять. Я ведь собственными глазами видела, как они в лесу обнимались, меня тогда так и бросило в жар и в глазах потемнело, а случилось это еще до дня Всех Святых *. Я спросила у нее об этом, она отпираться принялась, но заметно было, что лжет. А я несколько месяцев назад была еще почти ребенком и лишь удивлялась, ничего не понимая. А после случился страшный скандал. Его устроила бабушка, ведь у нее пропал веер с рукояткой, украшенной рубином, семейная реликвия. Бабушка кому-то дала его поносить, кажется, тете Клементине. Веер в конце концов нашла моя мать, но что все это время в доме творилось, даже вспомнить страшно. Вот почему все остальное ускользало от моего внимания, ведь мне довелось однажды увидеть этот веер, рубин, украшавший его, полыхал ярким огнем... Причина же семейных ссор скрывалась от меня, как и полагается скрывать такие вещи от детей. Я так до сих пор и не знаю,

---

* День Всех Святых в Польше отмечают 1 ноября.

в чем именно тогда было дело, но бабушка, наконец, забрала свой веер, и дома воцарился мир. А сразу же после этих событий меня впервые вывезли на бал. Вот почему лишь сейчас мне стало известно все о Гонорате и ее лесничем. Они повенчались, и только тогда мы узнали, что моя мать дает ей приданое. Молодые упали матери в ноги, рыдая от счастья, но ведь нет никаких сомнений в том, что жених Гонораты польстился на нее самое, а не на ее приданое. Я тоже бы так хотела, и сейчас размышляю над тем, каким образом бы мне прикинуться бесприданницей...»

То, что Матильда убрала подальше свои жемчуга с бриллиантовым замочком, не слишком сильно помогло ей: очередной ее поклонник, какой-то пан Флориан, с самого начала глупо проговорился, что прекрасно ориентируется в ее имущественном статусе. Матильде он совершенно не нравился, она резко раскритиковала его тонкий нос, близко поставленные глазки, и даже позволила себе совсем уж неприличное замечание по поводу его ног. Они, как ей казалось, были кривыми. А муж с кривыми ногами ее, по каким-то необъяснимым причинам, глубоко не устраивал.

С трудом расшифровав сведения о трех бальных туалетах, одной амазонке и шляпке с вуалью, одной трагедии в виде прыща на самой середине лба, одном провале на балу, когда у Матильды сломался каблучок, а также о начале нового романа Пэтронэли с новым конюхом, Юстина наконец натолкнулась на первое упоминание о собственном прадедушке.

«...ах, как же пан Матэуш станцевал эту мазурку! Я плыла, словно по воздуху, а глаза мои блестели, словно фонари. Я увидела его впервые в жизни и не знаю, кто он такой, говорят, что он недавно вернулся из какого-то путешествия. Мне не хотелось слишком пристально смотреть на него, чтобы он чего-нибудь не подумал, но я ничего не смогла поделать: он словно бы притягивал мои взоры к себе, я постоянно следила за ним взглядом. Кажется он весьма энергичным. Ужели и он тоже — охотник за приданым? Если это так, то во мне пан Матэуш горько разочаруется!..»

Далее прабабушка чрезвычайно расплывчато объясняла, каким именно образом намеревается симулировать перед паном Матэушем полное отсутствие денег. Упоминания о нем встречались сейчас уже почти на каждой странице, однако говорилось о нем в весьма противоречивых выражениях: то он был мил, то ужасен, то позволял веревки из себя вить, а то опять сам пытался взять верх над Матильдой, то его ожидали с великим нетерпением, то его не желали больше видеть. Зародыши первых скандалов появились уже в самые первые минуты их знакомства, а не помнивший себя от любви Матэуш был, безо всякого сомнения, обведен прабабушкой вокруг пальчика, словно малое дитя. Ведь, невзирая ни на что, он все же уверовал в кротость этой девицы.

Года через три оптических мучений Юстина, прорвавшись сквозь предложения руки и сердца, отказы, бурные разрывы, примирения и нежные объятия, официальную помолвку и список всего приданого, наконец-то добралась до свадьбы прабабушки и прадедушки. Только на одно приданое у нее ушло почти полгода, так как зачастую не хватало терпения на борьбу с жуткими каракулями, и Юстина время от времени давала себе длительную передышку. Хотя все эти тесемки, монограммы, пеньюары, банты, постельное белье, кухонные и прочие полотенца, драгоценности от жениха, от папочки, от бабушки, от тетки Клементины и от крестного отца, все это серебро, хрусталь, все эти мелочи, перчатки, веера, коробочки, статуэтки, часы и зонтики, привлекали Юстину своим старинным очарованием и красотой. Часть этих вещей сохранилась до сих пор и была вывезена из Блэндова, часть осталась в памяти Юстины, а остальные она могла прекрасно себе представить.

Однако же прежде венчания на арене появился брачный контракт. И, как оказалось, плюнув на обычаи и элементарные приличия, равно как и на непременную для юной, воспитанной девушки скромность, прабабушка лично вмешалась в это дело. Это по ее инициативе папочка, вместе со своим еврейским приятелем, талантливым нотариусом, родили документ, направленный против Матэуша. Разумеется, юная дама приняла участие в этом черном деле без особого шума, а папочку она на будущего мужа натравливала потихонечку, но зато весьма жестко и последовательно. И не отступилась, пока не добилась своей цели, ибо все еще желала быть любимой ради себя самой, а не ради богатого приданого.

В своем дневнике Матильда даже выразила удивление тем, что жених так покорно на все соглашается, деликатно намекнув на то, что он, по всей вероятности, глуповат. Однако этот недостаток не оттолкнул ее.

«...не знаю, что и думать, ведь и тетя, и баронесса, и Кларисса, и пани Вальдэцкая, и другие говорят, что глупый муж — это редкостная удача, лишь бы жена умной была, и тогда она без труда сможет обвести его вокруг пальца. И лишь одна пани Яворская с этим не согласна и говорит, что глупый муж — это ужасное горе, однако ж мне кажется, что она переживает за состояние своего мужа, которого он уже почти полностью лишился. Это тоже одна из причин моего решения касаемо брачного контракта: я не хочу, чтобы мой муж мог растратить <u>мое</u> состояние. Боже правый, «брачный контракт», ведь еще год назад я и слов-то таких не знала!

Но возможно и такое, что он и в самом деле искренно любит меня. Зосенька моя, истинный ангел, так говорит. Она мне даже не завидует, ведь все еще грустит по прошлому, я вижу, что она рада моему счастью. К тому же сдается мне, что и без пана Хенрика тут не обошлось: отчего-то он бывает у нас именно тогда, когда и Зося к нам приезжает. И, хоть сердце ее разбито, она не выказывает ему ни малейшего отвращения. Зося говорит, что пан Матэуш света белого не видит, когда я рядом. Ей доводилось слышать, что все считают его человеком удивительным, ибо он никогда ни у кого не берет в долг, а отцовское наследство приумножил так удачно, что теперь может позволить себе жениться по любви. Ради самой девицы, а не ради ее приданого. Возможно, что это правда, ведь, хотя он ничего и не говорит, но при виде меня глаза у него загораются, и я не могу сказать, что мне это неприятно...»

Мысль о том, что, оставив в полном распоряжении супруги ее приданое, он тем самым практически теряет всякую над ней власть, почему-то не пришла Матэушу в голову, и, ко всеобщему удовольствию, они с прабабушкой обвенчались.

После чего в прабабушкиной литературной деятельности наступил двухмесячный перерыв. Видимо, она была настолько поглощена прелестями супружеской жизни, что на продолжение мемуаров не хватало ни времени, ни желания. Работу над дневником она продолжила лишь неделю спустя после возвращения из свадебного путешествия, и откровения довольно-таки интимного характера обрушились на его страницы бурным потоком. С огромным интересом и даже с легким удивлением Юстина узнала, что дамы девятнадцатого столетия отнюдь не были такими уж сдержанными, как бы это могло показаться при чтении литературных произведений тех времен. Без сомнения, тогдашние литераторы скрывали все, что можно и нельзя, соблюдая приличия.

«...и стоит мне лишь подумать о том, что пан Флориан, со своими ужасными ногами, мог бы подойти ко мне в таком виде, как я вся дрожу от отвращения. Какое счастье, что я выбрала Матэуша! Хотя и не представляла себе, насколько он красив. Ведь он и впрямь красив, словно древнеримская статуя, а он говорит, что я еще прекраснее тех статуй, и требует, чтоб я в сокровенные мгновения одета была во все прозрачное. Я прикрываю глаза, чтоб не смотреть на себя в зеркало. Бывало, что, случайно все же взглянув на себя, я вся покрывалась жарким румянцем,

а он делал со мной все что хотел, хоть я и не сразу ему все позволила, а постепенно. Вспоминая при свете дня все, что он со мной по ночам творит, я чувствую стеснение в груди, и у меня перехватывает дыхание...»

«...какую же ужасную новость узнала я только что о Зэне! За пана Фулярского ее хотят выдать, какой кошмар! Она вернула нам визит, придя только с одной пани Липович, так как дядюшка уже почти не встает со своего кресла, а между родственниками, пусть даже и дальними, соблюдение правил хорошего тона дело не столь уж важное. Мне удалось уединиться с Зэней, пока Матэуш развлекал пани Липович итальянскими кошками, а ей их изображения чрезвычайно пришлись по вкусу, ибо кошек она очень любит. Именно тогда-то и поделилась со мною Зэня, вся в слезах, что отец принуждает ее вступить в этот брак ради самого себя, невзирая на ее чувства. А она пана Фулярского не любит, более того, чувствует к нему даже легкое отвращение!.. Легкое!.. Я в тот миг чуть было не онемела! Однако ж пан Фулярский с отцом Зэни таким аффектом друг к другу воспылали, что жить они будут все вместе, а пан Фулярский окружит отца Зэни всяческими благами. И ради того, чтоб угодить своему папеньке, Зэня должна пойти в кабалу.

Денег у них уже ни гроша не осталось, кредиторы нависли над ними, словно вороны и стервятники, ну и кто же в этом виноват, кроме одного только моего милого дядюшки? В Париже, на Ривьере, в Лондоне и в Вене он швырялся деньгами, только шум стоял. И так продолжалось долгие годы. Ведь и тетушка от огорчения скончалась, а у дядюшки осталась лишь дочь, чтобы измываться над ней. Вот он и измывается над Зэней как хочет, лишившись не только состояния, но и здоровья, говорят, вследствие болезней, коих причина в разврате кроется. Матэуш кое-что объяснил мне насчет таких недугов, я спросила его из любопытства. Фи, какая гадость!

Из того же, что я написала вначале, мне стало понятно, что правду говорят люди: в общей постели, среди объятий, любой мужчина расскажет все что угодно, самые страшные тайны раскроет, если желанная женщина сумеет с умом к нему подобраться...

Пан же Фулярский даже и с виду омерзителен до крайней степени. Толстый он весьма, наполовину лысый, все лицо — в прыщах и болячках, нос похож на губку, местами сизый, местами же красный, сбоку носа — шишка, из ушей у него клочья волос торчат, а изо рта слюни текут. Ну, не всегда, но временами. За едой он так сопит и чавкает, что других всякого аппетита лишает. Увидеть его хотя бы уже без сюртука, не говоря о, не приведи Господь, нижнем белье, тьфу, лучше уж сразу в речку прыгнуть. И несчастная Зэня должна с ним повенчаться, и терпеть его любезности, и в одну с ним ложиться постель...

Меня от одной только мысли об этом тошнить начинает.

Вот отчего я не сдержалась и стала настраивать ее против этого брака. Пусть же дядюшка сам расхлебывает последствия своей разгульной жизни. Пан Фулярский богат, а Зэня очень хороша собой, так что и неудивительно его желание стать ее супругом. Она же уже почти смирилась с этим, ведь отец-тиран застращал ее своим криком. Пан Фулярский сделал предложение, и дядюшка тут же принял его, а глупышка Зэня, вместо того, чтоб сразу же отказать, залилась слезами и убежала из гостиной. Она намерена со смирением принять этот крест. И тогда я открыла ей то, чего обыкновенно незамужним девицам не говорят. Я раскрыла ей тайну супружеских отношений. Как оказалось, Зэня, хоть и живет в деревне, никогда не наблюдала, как все это происходит у коров или, скажем, лошадей. Она чуть было чувств не лишилась, и вся задрожала, словно в лихорадке.

Раз так, сказала она мне, когда силы и голос вновь вернулись к ней, не пойдет она за пана Фулярского, а хоть бы и перед самым алтарем скажет «нет»! Из этого вышел бы ужасный скандал. Я посоветовала ей, чтоб она заранее восстала против отца, а пану Фулярскому недвусмысленно отказала, лучше в присутствии пани Липович, дабы он не посмел повести себя с ней излишне дерзко. Зэня так и решила поступить, однако ж я, зная ее кротость и уступчивость, не уверена в том, что она сможет настоять на своем.

Ну вот, чего только не творят эти деньги, ведь не одна Зэня, в случае чего, на всю жизнь несчастной станет, разве только пана Фулярского отравит. Будучи на ее месте, я именно так бы и поступила. Я пообещала ей приехать к ним и весьма нелицеприятно побеседовать с дядюшкой...»

Руководствуясь исключительно любопытством относительно дальнейшей судьбы дальней родственницы Зэни, Юстина с трудом прочла фрагмент, следовавший далее. Узнав же, что запуганная отцом Зэня все-таки за пана Фулярского вышла, она брезгливо отложила жуткий манускрипт в сторону и на некоторое время сделала паузу. Пауза была ею использована на размышления о том, какую же все-таки цель преследовала прабабушка, оставив ей в наследство свой дневник. Придя же к заключению, что это было сделано неспроста, Юстина попыталась было продолжить чтение, однако события семейного характера надолго отвлекли ее от этого исторического документа.

При обмене денег тетка Барбара потеряла так много, что не пожелала даже распространяться о своем горе. В семье стали явными признаки финансового краха, несмотря на то, что швейцарский счет продолжал существовать. Дополнительные хлопоты возникли из-за Амельки.

Две старушки из пятой комнаты скончались одна за другой, чего Юстина почти не заметила, хотя в похоронах обеих принимала участие. Жилое пространство старушек унаследовала Амелька, уже, к изумлению своей невестки, достигшая совершеннолетия. Девушка нашла себе жениха из прекрасной семьи. Жених был нищ и гол, ибо его прекрасная семья, вследствие войны и нынешнего строя, лишилась всего своего состояния. Амелька, имея собственную комнату, где молодой супруг смог бы без труда разместиться, остервенело рвалась к алтарю. Кроме того, она успела мимоходом закончить какие-то курсы фотографов. Теперь же, невероятно гордясь этим, стала фотографировать на улицах и зарабатывать деньги, тут же ощутив себя взрослой и исполнившись собственного достоинства. По существу, она имела право на самостоятельные решения, и запретить ей что-то не представлялось возможным.

Дарэк, сын Людвика, получил аттестат зрелости, но в варшавский вуз попасть не смог, так как среди его предков не оказалось ни единого рабочего или крестьянина. Пришлось поступать во Вроцлаве, а это влетело семейству в копеечку: надо же было ребенку где-то жить и даже, как это ни прискорбно, чем-то питаться. Дарэк облюбовал себе археологию.

Совершенно сбрендившая на почве своего внука Ядвига пожелала, чтобы Юречек учился в престижной варшавской школе, и несколько удрученная Гортензия приняла его к себе, на место сына. Тадэуш, отец Юстины, стал очень сильно сдавать. Видимо, на почве нервного перенапряжения у него отказала печень и иже с ней. Он не смог вынести такого парадокса, как неконвертируемая валюта, а ведь, трудясь в банковской бухгалтерии, постоянно имел с ней дело. У Дороты, в свою очередь, начались нелады с сердцем. Зофья и Мариан жаловались на нехватку рабочих рук: в свои шестьдесят лет Мариану было уже не под силу обрабатывать двадцать гектаров, а самый обыкновенный батрак в наше время — персонаж неприличный и абсолютно недоступный. И если бы не Ядвига, у которой с возрастом, казалось, сил не убавилось, а совсем наоборот, семья вряд ли сохранилась бы в целости и неприкосновенности.

Вот какие события сопутствовали новой беременности Юстины.

При наличии тринадцатилетнего Павлика, пятилетней Маринки, приунывшей, нервной Барбары, погрустневшей Гортензии, больного отца, ослабевшей матери, свадьбы юной сестрицы мужа, а также перед лицом возрастающих трудностей со снабжением и внезапного ограничения финансовой свободы, у Юстины не хватало сил на прабабушку. Она кружила по домам своих родных в качестве ангела-утешителя, стараясь держать руку на пульсе событий, смягчая, советуя, предупреждая истерические припадки и возвращая равновесие. Единственным ее утешением был муж, Болеслав. Он пока что был абсолютно здоров, а за успехи на железнодорожном поприще получил даже какую-то государственную премию, и это всем показалось подозрительным. Ах да, еще одним утешением являлась Марцелина, верной служанке, казалось, сносу нет, и жить она будет вечно.

Вот посреди такой семейной галиматьи и появилась на свет Идалька. Роды произошли дома, так как в больницу Юстина попасть не успела. В последний момент Болеслав приволок домой знакомую пани доктор, пани доктор потребовала помощи, которую пришлось оказывать Амельке с Марцелиной, так как Барбары дома не было. Младенец появился на свет в сногсшибательном темпе, однако Амелька все мероприятие провела, судорожно сжав челюсти. А когда ей, вдобавок, сказали, что это были самые легкие в мире роды, а другие бывают еще хуже, девушка поклялась себе никогда в жизни не подвергаться такому кошмару. Клятву свою Амелька сдержала.

Больше всего хлопот при упомянутом действе причинил Болеслав, неизвестно за кого переживавший больше, за жену или же за сестру. Обычно умевший держать себя в руках, сейчас он совершенно обезумел. Напрочь позабыв о том, что Амелька уже замужем, Болеслав рвал волосы на голове оттого, что юное созданье посвятили в такую грубую физиологию, метался по всему дому, нервно топал под дверью, протестовал, издавал горестные вопли и выдвигал сотни дурацких предложений. Поведение брата лишь утвердило Амельку в решении никогда не заводить детей.

Идальке исполнилось год и месяц, когда Юстина вернулась к чтению дневника. Будни стали такими тяжкими, а быт настолько заедал, что она заскучала по очарованию старины. Юстине было уже все равно, по какой именно причине прабабушка столь властно навязывала свой дневник правнучке. Быть может, она простонапросто предчувствовала наступление времен, когда его чтение станет единственной отдушиной.

Юстина с превеликим трудом разобрала, что прабабушкина подружка, Зосенька с разбитым сердцем, познала утешение в лице ранее упомянутого пана Хенрика. Он одним из первых в дворянской среде пошел в ногу с прогрессом и на приданое своей юной супруги построил сахарный завод. Не остановившись на этом, пан Хенрик возвел еще и кирпичный завод, а также занялся некими таинственными спекуляциями с железной дорогой, у которой, как гласила молва, было блестящее будущее. Несмотря на то, что к алтарю он шел практически нищим, так как единственным его наследством были заложенные-перезаложенные развалины, унаследованные им от дяди, теперь муж Зосеньки умножал свои капиталы и делал головокружительную карьеру в среде промышленников. Вот только не слишком много времени он ей уделял, так что Зосенька иногда чувствовала себя несколько заброшенной.

Поразительно мало места уделила прабабушка в своем сочинении рождению первенца, Томаша. Вероятно, ей было неудобно писать на ложе страданий, и отнюдь не очаровательные младенческие кулачки являлись для Матильды смыслом жизни: едва успев оправиться после родов, она тут же нашла своим силам совершенно иное применение.

В этом месте Юстина невольно подумала, что в прабабушкином дневнике, вероятно, больше правды, чем в сочинениях классиков девятнадцатого века, Диккенса, к примеру, или же Теккерея. У них дама, произведя на свет младенца, света белого не замечает, не выпуская свое укутанное в кашемировые шали сокровище из любящих объятий, не спит, не ест, да и не моется, скорее всего, ведь разве ж можно мыться с младенцем на руках?.. Муж и вообще перестает для нее существовать, и нечего удивляться, что супруги таких дам тут же пригревали на груди каких-нибудь куртизанок... Да что там, классики, похоже, лгали, а вот прабабушка чистую правду пишет... Точнее говоря, правда выражалась в том, что о Томашеке в дневнике не было почти ничего. Впрочем, ребенок, судя по всему, не причинял никаких хлопот.

Мамочка беззаботно оставила его дома, на попечении многочисленных нянек, сама же отправилась на похороны дядюшки.

«...ну и почему же Зэня не затянула вопрос с этим браком? — писала Матильда в дороге, по горячим следам. — Всего лишь год прошел, а ведь давно было видно, что дядюшка долго уже не протянет. Сейчас, освободившись из-под гнета чудовищного отца, Зэня могла бы пану Фулярскому *фигу показать, да лучше б ей вообще было за конюшего замуж выйти, тем паче после того, что нам недавно открылось: лишь теперь стало известно, что дядюшка, помилуй Господь его грешную душу, восседал на драгоценностях, оставшихся после покойной тетушки. Истинный кошмар, вот что это такое!..»*

Приведенный выше абзац Юстина прочла дважды, переписала и прочла еще раз, так как ничего не могла понять. Затем, с возрастающим интересом, приступила к дальнейшему.

«Все вокруг, а в особенности кредиторы, считали, что у дядюшки не осталось совсем ничего и что наследство покойной жены он тоже успел уже пустить по ветру. И вдруг, как только он умер, стало известно, что завещание покойной тетушки дядюшка все эти годы скрывал. А в завещании тетушка драгоценности, полученные ею в приданое, все отказала своей дочери. Так вот, эти драгоценности уцелели и сейчас уже полностью принадлежат Зэне, ведь пан Фулярский уплатил по всем долгам покойного тестя. Как мне кажется, у дядюшки не хватило дерзости продать наследство дочери. А может, дух его покойной супруги явился ему с того света, страшными карами угрожая, если он дочь свою еще более обездолит. Возможно и то, что дядюшка берег эти драгоценности про черный день, пожелав пустить их в дело самыми последними, и просто-напросто забыл, куда он их спрятал, и никак не смог найти. Последнее допущение кажется мне наиболее правильным, ведь старик уже и ходить не мог самостоятельно, и сознание у него помутилось, да так, что недоумком он казался,

пусть ему земля будет пухом. Или же нет. Пусть она все же немного там его прижмет, да простит меня Господь.

Так вот: уже после похорон, приступив к уборке, Зэня кресло, в каковом дядюшка провел свои последние годы, сжечь приказала. Ведь кресло это совсем уже ни на что похоже не было, да и, признаться честно, пахло от него чрезвычайно неприятно. Повторяя все время, что она в неоплатном долгу перед своим покойным папенькой, Зэня стала ломать кресло собственными руками. Я не перечила ей, хоть и считаю, что все долги покойный дядюшка давно уже получил с нее с лихвой. В камине горел огонь, я же была рядом с Зэней и только нос затыкала. Она же ножницами и острым ножом резала на куски сиденье и спинку кресла, бросая их в огонь. Вдруг, и я сама видела это, под толстой, потертой обивкой кресла Зэня обнаружила смятую бумагу и деревянную коробочку. Коробочка была плоской, и даже без замочка.

Быть может, это Зэнина мать с того света подсказала ей, чтоб она отдала своему негодяю-отцу последний долг. Ведь если бы этим занялся кто-нибудь другой, драгоценности могли быть похищены. Случаются ведь нечестные слуги. А так Зэня вновь обрела то, что ей принадлежало по праву, ведь бумага оказалась завещанием покойной тетушки, в коробочке же были ее драгоценности».

Подробное описание драгоценностей заняло у Матильды целых две страницы, и Юстина представила себе их без труда и с огромным удовольствием. Более всего заинтересовал ее медальон на цепочке, во все звенья которой было вставлено по рубину одинаковой величины и огранки. Сам же медальон украшен был бриллиантом величиной с орех фундук, в окружении рубинов покрупнее. Внутри медальона находились волосики, принадлежавшие, согласно завещанию, покойному братику Зэни, скончавшемуся в возрасте трех лет.

Юстина с легким сомнением подумала, что, должно быть, именно из-за этих самых волосиков братика Зэни дядюшка не решился растратить и это наследство тоже. А может, он просто не оценил украшение по достоинству, полагая, что его никто не захочет купить: ведь к чему кому-то волосики чужого ребенка?..

Живо заинтересовавшись тем, как же Зэня поступила с медальоном, Юстина жадно набросилась на продолжение, пропустив описание какого-то безусловного кошмарчика, состоявшего из золота, серебра, эмали и всевозможных камней размером с булавочную головку, но зато ужасно сияющих... — в описании этот ужастик был назван брошью.

«...на вид его можно оценить, самое меньшее, в пять тысяч рублей, ибо рубины в нем красоты неописуемой. Над медальоном и волосиками братика Зэня горько разрыдалась. Маменькину память она может сохранить, ведь пан Фулярский и так уже достаточно богат. Я посоветовала ей скрыть эти драгоценности от него. Нас с Зэней никто не видел, одна Габрыся, Зэнина нянюшка старая, к нам приходила, она взяла мою сторону, так как отношение ее к пану Фулярскому самое плохое, какое только можно себе представить, и, говоря о нем, старушка шипела, словно змея. Спрячьте, спрячьте, говорила она, еще неизвестно, что может в жизни случиться, так пусть же у барышни хоть что-то свое будет. Ведь об этом никому не известно, сказала еще Габрыся, а завещание покойной барыни подтверждает, что барин на камешки прав никаких не имеет. Я горячо поддержала старушку, напомнив, что в брачном контракте эти украшения перечислены не были, а значит, Зэня может их лишиться.

Она продолжала плакать, однако же послушалась нас. Кстати, все наши старания чуть было не пошли прахом, потому что нежданно вернулся пан Фулярский и тут же прибежал к нам. Я не растерялась и коробочку с украшениями вместе с документом в складках платья своего спрятала. Если б он что-нибудь заметил, я солгала бы, что это все мое, однако он, даже и не взглянув ни на что, поспешил удалиться: хоть он и болван препротивный, но запах неприятный почувствовал. Зэню муж ее хотел от оного занятия устранить, но она заартачилась и сумела настоять на своем. Как видно, теперь у нее больше воли к сопротивлению, чем при жизни отца. Ах, отчего же это дядюшка, хотя бы из чувства приличия, не скончался годом раньше?

Да, я чуть было не забыла сообщить о том, что объявился новый родственник. На похороны дядюшки прибыл племянник, пан Базилий Пукельник, о существовании которого все уже давно забыли, да и мало кому было о нем известно. Я и сама напрочь забыла о таковом, а тем временем сестра дядюшки, странно мне даже и тетей-то ее звать, еще до моего рождения сбежала с учителем музыки и всю оставшуюся жизнь прожила в чужих краях. Случился грандиозный скандал, хотя учитель тот, пан Теофил Пукельник, происходил из знатного рода, но родные прокляли его за решение посвятить свою жизнь музыке. Дядюшкина сестра, а из бумаг пана Базилия мне стало известно, что звали ее Теофилой, усмотрев в сходстве имен перст судьбы, без памяти влюбилась в своего тезку. Что же касается музыки, то пан Теофил, кажется, не ошибся в своем выборе, так как жилось ему совсем недурно, он давал концерты и сочинял легкие произведения, за каковые получал достойную плату.

Признаться честно, я лишь сейчас обо всем узнала, а более всего — от тети Клементины, которая в юности встречалась с ними в Париже. Пан Базилий же поведал мне о том, что в детстве некоторое время провел даже у дедушки с бабушкой по отцовской линии, так как по причине слабого здоровья ему рекомендовали пожить в деревне. Я же, подумав как следует, поняла, что дедушки уже не было в живых, а бабушка, мать пана Теофила, как всякая мать, смягчила свое сердце и внука приняла. Это вполне возможно, так как пан Базилий говорит по-польски не хуже, чем любой из нас. Его родители умерли, он же вернулся на родину и принялся разыскивать своих родных. Родственников по отцовской линии не осталось в живых, имение перешло в чужие руки, пан Базилий, подумав о матери, разыскал дядю и, как оказалось, попал прямо на его похороны.

Пан Базилий молод, ему от силы года 24. Я пригляделась к нему: он обладает весьма приятной внешностью, прекрасно воспитан и даже весьма обходителен в обращении, вот только во взгляде у него есть нечто такое, что мне совершенно не нравится. По временам он становится слишком уж резким, хотелось бы сказать, колючим даже. Правда, происходит такое весьма редко, и пан Базилий тут же глаза веками прикрывает, однако ж я успела заметить в нем эту особенность, когда пан Фулярский, со свойственными ему тактичностью и деликатностью поинтересовался у новоявленного родственника, на какие средства тот существует. Ко всем своим прекрасным качествам в придачу пан Фулярский наделен еще и совершенным отсутствием хороших манер и приличного воспитания. Пан Базилий сверкнул глазами, однако же ответил, что имеет неплохой доход от ценных бумаг, доставшихся ему в наследство от отца.

Зэня, будучи единственной родственницей пана Базилия, пригласила его пожить у них, сколько душа пожелает, а пан Фулярский подтвердил это приглашение, ибо весьма привержен компании...»

«...я никак не могу отделаться от мысли о том, что Зэне не было никакой нужды выходить замуж за страшилище. Возможно, эта мысль не оставляет меня с тех самых пор, как она, сопровождая каждое свое слово рыданиями, созналась мне в непреодолимом отвращении, каковое ощущает при одном только виде своего супруга. Он же, не совсем уже будучи способным к исполнению супружеского долга обычным способом, гнусности всяческие изобретает, ее к ним принуждая, так что с приближением вечерней поры Зэня внутренне вся содрогаться начинает. Пытаясь избежать такой напасти, она старается напоить его допьяна или же кормить чрезмерно, ибо, страдая болезнью печени, он на некоторое время оставляет ее в покое. Зато, если еда кажется ему особенно вкусной, пан Фулярский начинает пылать к своей несчастной супруге еще более жаркой страстью, что вызывает в ней одну лишь

неприязнь и тошноту. *Этот Зэнин кузен, Бази-*
лий, может оказаться полезным: если они с па-
ном Фулярским, к примеру, в карты играть ся-
дут или что еще, ей, быть может, удастся по-
тихоньку ускользнуть.

Боже правый, какая же ужасная жизнь у этой
несчастной! Под впечатлением ее признаний мне
приснился пан Фулярский, будто бы он в колено
меня целует, а на спине у него, неизвестно поче-
му, седло. Последнее я видела явственно, и укра-
шено оно было змейкой серебряной с мелкой би-
рюзой. Однако же не из-за этого седла отнюдь я,
страшно закричав, чуть не сбежала из постели,
и пришлось мне разбудить Матэуша, чтоб его
стараниями изгнать из своей памяти пана Фу-
лярского вместе с его седлом и поцелуями. Матэ-
уш смеялся, но сделал, что полагается, и это мне
помогло...»

Так и не успев узнать о дальнейшей судьбе
медальона с волосиками Зэниного братика, Юстина вновь вынуждена была прервать чтение ус-
покоительного дневника, так как в счастливое
существование прабабушки вторглась семейная
драма.

В Косьмине скончался Мариан. В усадьбе
остались две женщины и ребенок: шестидесяти-
восьмилетняя Зофья, пятидесятипятилетняя Ядвига и девятилетний Юрочка. Юрочка не подво-
дил возлагаемых на него надежд, учился блестя-
ще, рос как на дрожжах и твердо решил избрать
для себя профессию земледельца, однако в трак-
тористы пока еще не годился. Ядвига не отчаива-
лась и летом, при сенокосах, полевой страде и
уборке урожая фруктов, сумела привлечь к труду в своей усадьбе студентов, преимущественно

родом из деревни. Те из них, которым не было необходимости помогать в полевых работах собственным предкам, с удовольствием подрабатывали в Косьмине, так как уже всем стало понятно, что на одну стипендию такую роскошь, как новая обувь, не купить. Однако в году были, кроме лета, и прочие времена, и вот тогда-то начинали возникать сплошные трудности.

Пришлось Юстину с Гортензией командировать в Глухов. Их задачей было отыскать среди своих прежних подопечных таких, которые, недовольные правящим режимом, согласились бы вернуться на довоенную должность батрака. Нужны были сильные мужики, а и одна баба тоже пригодилась бы, ведь Зофья уже не справлялась с дойкой коров. Правда, в народе ходили слухи об электрических доильных аппаратах в Америке, и Барбара пообещала ввести это изобретение в семейной усадьбе, но пока еще не сейчас. Не в данный момент. Сейчас надо выждать, пока все образуется. Ведь если, упаси Бог, властям станет известно о ее швейцарском валютном счете, Барбару тут же посадят, а ей этого совершенно не хочется. Ну что ж, переждать так переждать, ничего не попишешь.

Юстине с Гортензией повезло: они нашли пожилых супругов, которых родные дети прогнали со двора. Супруги согласились переехать в Косьмин, и проблема утратила свои устрашающие масштабы.

Взрослый уже Дарэк, сын Людвика, защитил диплом и получил распределение куда-то в окрестности Немчи, дабы исследовать там гончарные печи начала нашего тысячелетия. Так как юноша отличался спокойным нравом, он легко смирился с изгнанием, утверждая, что три года — это не страшно. Потом срок отработки закончится, и он будет делать все, что пожелает. Гортензия, вся в слезах, искала утешения на груди у своей уравновешенной племянницы, рассчитывая на ее помощь в экипировке сына, так как уже пышным цветом расцвели времена, когда невозможно было достать вообще ничего.

Не успели все вздохнуть немного посвободнее, как умер Тадэуш, отец Юстины. Он все же не вынес единоборства с неконвертируемой валютой и покинул эту дурацкую юдоль, перебравшись в более нормальный мир. Перевозка тела покойного в полуразвалившуюся семейную гробницу в Глухове сначала показалась делом совершенно неосуществимым, а потом таким дорогостоящим, что на него ушли остатки денег от продажи бабушкиных гарнитуров.

Все формальности легли на плечи Юстины, так как больше никто для такой роли не подходил: Дорота окончательно скисла, Гортензия вообще не понимала, о чем идет речь, у остальных же не было времени. Именно в то время в Юстине зародилось страстное желание поменять хождение по инстанциям на тяжкий труд в каменоломне, в забое шахты или же, в крайнем случае, на нелегкую судьбу простого рыбака, тянущего невод в дальних морях. Похоронами отца режим окончательно добил ее, и прабабушкин дневник стал в конце концов казаться Юстине вожделенным успокоительным средством, неким лекарством от окружавшей ее действительности. Однако времени на его чтение у нее не было, и это стало для нее источником невыразимых страданий.

Надо сказать, что поглощенность Юстины чтением имела свою положительную сторону, которая заключалась в том, что ее старшие дети,

Павлик и Маринка, получали практическое воспитание. Случалось и так, что стоявшая в очередях Марцелина дома, в силу обстоятельств, присутствовать не могла, а значит, некому было приготовить и подать еду, срочно пришить пуговицу, отыскать потерю, погладить ленту, блузку или даже и штаны. Юстина воспитывалась в окружении многочисленной прислуги и умела прекрасно вести дом, даже очень большой, но вот такие дурацкие мелочи в голову ей даже не приходили. Утюгом она вообще пользоваться не умела. В результате оба ее ребенка, причем Павлик даже в большей степени, чем Маринка, научились обслуживать себя сами, понимая, что на маму рассчитывать не приходится.

Не успела тетка Барбара несколько ожить в результате небольшой оттепели в политике режима, как заболела бесценная и супернадежная Марцелина. И это уже было непоправимое горе. Юстина поместила ее в больницу, затем — в санаторий и, наконец, по желанию старой служанки, отвезла ее в родную деревню. Деревня располагалась в окрестностях Глухова. Там какие-то двоюродные внуки с радостью взяли Марцелину к себе, рассчитывая на наследство. Из этой же деревни Юстина привезла себе новую домработницу, которая Марцелине и в подметки не годилась, однако все же была лучше, чем вообще никого.

Почти одновременно с этими событиями начался разлад между Амелией и ее молодым супругом. Пока они еще ссорились в своей комнате, родные старались не вмешиваться. Однако же, когда молодые пару раз пробежались по всей квартире, причем Казя спасался бегством от Амельки, которая гналась за мужем с ножом, и это уже трудно было подвести под поговорку «милые бранятся — только тешатся», Болеслав решил вмешаться. Наказывать мужей, пыряя их ножичком, вероятно, было вполне приемлемо в иные времена и в иных краях, но не здесь й не сейчас. В конце концов в конфликт оказались втянутыми все, включая новую домработницу. Правда, источник недоразумений так и не был обнаружен, однако молодые поддались на уговоры и вернулись к скандалам в ограниченных пределах.

Более умиротворяюще, чем все прочие, на разгул страстей повлияла, быть может, новенькая домработница по имени Фэля. Она при случае высказалась на удивление здраво:

— После войны мужика уважать надоть, — возмутилась Фэля, забирая на кухню вырванный из рук Амельки нож. — Да и бабу тожа. Хватит и тех, кого ентот гад, Гитлер, загубил...

Юстине в целом приходилось кормить троих детей, одного мужа, одну тетку, одну золовку, одного шурина и одну служанку. Восемь человек плюс еще себя. Барбара умела заваривать превосходный кофе и смешивать коктейли, и этим ее кулинарные таланты ограничивались. Благодаря своему ресторану-кафе она знала рецепты сотен блюд, однако собственноручно не могла приготовить абсолютно ничего. Болеслав, получив довоенное воспитание, не имел понятия даже о том, как сварить яйцо. У Амельки, поглощенной без остатка прелестями супружества и своей любимой художественной фотографией, больше ни на что не хватало энергии. Оставались дети. Маринка практичностью не отличалась, Идальке было всего три годика, ну что с нее взять? Ну и Павлик...

По какой причине Павлик обожал готовить, понять было невозможно. Привезенная из деревни Фэля, девушка со средним интеллектом, но зато очень рациональная, с восторгом приветствовала его бурную деятельность на кухне, старательно выполняя всю остальную работу по дому. Павлик же предпочитал приготовление пищи на следующий день футболу с приятелями. Учитывая непреходящие трудности со снабжением, композиция блюд отличалась временами некоторой оригинальностью, однако Юстина против этого не возражала.

— Он когда-нибудь станет шеф-поваром в самом крупном ресторане мира, — вынесла свой вердикт Барбара, поглощая странноватый, но вполне съедобный сладкий рыбный гуляш. — Есть ли какие-нибудь кулинарные школы для мальчиков?

— Понятия не имею, — ответила Юстина. — А талант у него, несомненно, имеется.

— Без очереди была только треска, — уведомил родных Павлик. — Но завтра должны выкинуть мясо, и Фэля купит. Она обещала.

— Может, Ядвига что-нибудь пришлет...

— А тебе хочется стать шеф-поваром? — с некоторой долей подозрительности поинтересовался у сына Болеслав.

— То есть как? Придумывать блюда и готовить?..

— Нечто в этом роде.

— Еще бы. Это же сплошное удовольствие. Только никому не говорите, а то друзья меня задразнят.

— Я взяла бы его к себе на работу хоть сейчас, — вздохнула Барбара, — но, говорят, введут дополнительные налоги, и мне кажется, придется сворачивать дело. Они якобы будут такими, что все обанкротятся. Ну хорошо, я сверну свое дело,ережду, а потом снова откроюсь. А пока пусть Павлик развивает свои способности...

Благодаря необычным талантам сына Юстине удалось вновь наладить домашний механизм и после долгого перерыва вернуться, наконец, к дневнику прабабушки. Идалька — в саду, вместе с соседскими детьми, Маринка и Павлик — в школе, остальные члены семьи — или на работе, или где-то в городе, Фэля — на кухне... Юстине удалось найти немного времени и для себя.

Помощь, оказанная супруге прадедушкой по случаю ее страшного сна с паном Фулярским в главной роли, оказалась весьма результативной, и Матильда вскоре поняла, что Господь вновь благословил ее чрево потомством. Этот факт вызвал у нее некоторые нарекания, так как состояние ее мешало путешествовать, а на путешествия тот период был исключительно урожайным. Следовало нанести визиты бабушке в Блэндов, Зосеньке после родов, различным знакомым и дальней родне по случаю многочисленных помолвок и свадеб, в урезанную вотчину в Косьмине, где бывший управляющий превращал цветник в сад, и в прочие подобные места. Среди описаний пиров и банкетов снова блеснул рубиновый медальон.

«...а он так бы ей подошел! — писала прабабушка с раздражением и разочарованием, бьющими через край из ее торопливых каракулей.— *К этому платью ничего лучше придумать нельзя! Так ведь нет, она даже показать его не может, я сама ей это посоветовала...»*

«*С паном Фулярским дела у них идут все хуже и хуже, и она успела прошептать мне в уголке, что, должно быть, сбежит от него. Продав материнские драгоценности, Зэня выручит средства на прожитие, но как раз медальон — самый ценный среди всех украшений, а как же можно продавать волосики родного братца, говорила мне она. И я снова дала ей совет: пусть вытащит волосики и велит сделать к ним другую оправу, а один медальон — уже совершенно другое дело. Зэня со мной согласилась: жаль ей расставаться с памятью о матери, да и дело это отнюдь не простое, ведь следует все держать в тайне. Пана Базилия просить о помощи нельзя: он в такой дружбе с паном Фулярским, что наверняка выдаст ему Зэнин секрет. И тогда я пообещала ей лично заняться этим делом, как только избавлюсь от этой тяжести во чреве. Зэня была так мне благодарна, что даже разрыдалась...*»

Два года тяжких усилий понадобилось Юстине для того, чтобы добраться до событий ужасающих и невероятно сенсационных, описанию которых предшествовала тысяча несущественных мелочей. Интересное положение все больше ограничивало подвижность Матильды, вот почему ее стали занимать вопросы домашнего хозяйства и раздумья над тем, какие наряды заказать себе в недалеком будущем. Развлечение объемом в три страницы доставил Юстине роман кухонной девки с помощником конюха, на следующих трех страницах развивалось серьезное дело копчения окороков в можжевеловом дыму, который, невзирая на различные ухищрения, оказался более подходящим для колбас. Остальное заполнили неприятности, связанные с беременностью, а также сложности с купаньем, причем, как оказалось, никто не умел так хорошо вытирать прабабушкины ступни, как прадедушка Матэуш, лично и собственноручно.

И, наконец, в обычном порядке родилась Ханна, сенсации же начались с визита Зэни.

«*...и ей пришлось приехать верхом на лошади. Нет, это просто невообразимо! Пан Фулярский совершенно сошел с ума и не отпускает ее одну из дома. И даже ко мне, невзирая на приличия, он решил во что бы то ни стало ехать вместе с ней. Должно быть, разум у него окончательно помутился. И тогда Зэня, дождавшись, пока муж уснет, велела седлать себе лошадь, дабы этот старый гриб ненароком не проснулся, услышав, что запрягают экипаж. Она явилась ко мне с одним только конюхом, верхом на своей Мариэтке, очень беспокоясь о моем состоянии. Я была растрогана и утешила ее тем, что чувствую себя превосходно и уже поднялась бы с постели, если б не Петруска, которая утверждает, что от этого портится фигура. Бой часов спугнул Зэню, ведь она хотела сделать вид, что была на короткой прогулке верхом, вблизи от дома, а конюх у нее надежный и госпожи своей не выдаст...*»

«*...Боже ж ты мой, что я слышу! Какой кошмар, бедная, несчастная Зэня, ведь надо же ей было такой ужас дома застать! Я обо всем узнала от слуг, да и Матэуш к тому времени уже вернулся, так что все до самого конца мне рассказал. Придется мне, наверное, все же встать с постели, ведь Зэня так нуждается теперь в утешении. Завтра же поднимусь и велю готовить карету.*

На полдороги ее встретил слуга, значит, им было известно, что она отправилась ко мне, но прислуга к пану Фулярскому великой любовью не пылала. К Зэне же — напротив, ведь это был ее дом и ее верные слуги. Тот слуга, что попался ей навстречу, сразу же сказал, что дома госпожу ожидает горе, за доктором уже послали, а он сюда, вслед за барыней, отправился. На вопрос Зэни, что же, собственно, произошло, слуга ответил, что с его светлостью произошел несчастный случай и он, должно быть, скончался. Зэня, не тратя времени на лишние расспросы, погнала Мариэтту рысью. К нам же прибыл со страшным известием лесничий, который случайно оказался свидетелем встречи Зэни со своим слугой.

Матэуш немедленно отправился вслед за Зэней, а вернувшись домой, рассказал мне, что именно там, у них, произошло. Пан Фулярский, как обычно после обеда, дремал в кресле у камина, прикрывшись шалью. Камердинер старку ему принес, тихонечко, на цыпочках, передвигаясь, чтоб, не дай Бог, не разбудить это чудовище, а иначе прощай тишина и покой в доме, после чего удалился. Пан Фулярский же спал долго, все уже удивляться этому стали. И тут вернулся из охотничьего домика пан Базилий. Он готовил там себе оружие для охоты на кабанов. Пан Базилий прямиком направился в кабинет, говоря со смехом, что кузена давно уже пора бы и разбудить. Уже очутившись в дверях, он страшно закричал и кинулся в глубину комнаты, а лакей, который шел за ним следом, онемел от ужаса.

Ведь пан Фулярский совсем не в кресле дремал, а лежал перед камином в какой-то странной позе, с головой на его обрамлении, уже неживой. Матэуш видел его собственными глазами, так как пошевелить его никто не решался, хоть и поливали водой да в рот ему водку влить пытались. Труп пана Фулярского лежал все в той же позе, пока не приехал врач. Матэуш же явился почти сразу вслед за врачом. Валялась там, вся перекрученная, старая медвежья шкура, обычно лежавшая перед креслом. Матэуш считает, что пан Фулярский, должно быть, резко поднялся на ноги, поскользнулся на ней и рухнул затылком вниз, врач придерживается того же мнения. Покойный упал затылком на каменное обрамление камина и убился на месте, так как именно на затылке кость от любого удара ломается и человек жизни лишается.

Упокой его душу с миром, Господи. Таким вот образом Зэня вновь стала свободной. На людях она вынуждена принимать скорбный вид, но я-то знаю, что в душе она Господа нашего за милость Его благодарит...»

«...и вот что открылось. Только мне одной Зэня правду говорит, у нее даже лицо ноет оттого, что приходится все время держать его в напряжении, скрывая радость. Пусть Бог простит ее, но ничего лучшего и не могло приключиться. Были мгновения, когда она сама хотела или башку ему разбить, или же горло ножом перерезать во сне, либо сбежать в чем была, но последнее было бы напрасным, так как он все равно разыскал бы ее. В последнее время в пана Фулярского словно бес вселился, Зэне приходилось безустанно мыться и тереть себя мочалкой, потому что она сама себе уже была противна до потери сознания. Она никак не могла избежать того, чтобы муж ее покойный не принуждал ее ко всяческим мерзостям противным. Она поведала мне по большому секрету, что пыталась напиваться допьяна обыкновенной горилкой, потому что тогда становилась ко всем безобразиям мужа равнодушной, но даже и так случались с ней приступы рвоты. Я с ужасом взирала на нее во время этих признаний. Зэня словно обезумела от радости, что кошмар ее жизни наконец закончился. Этому трудно удивляться, ведь Зэня все еще красотой блистает и за эти годы совершенно не подурнела, наоборот даже, похорошела, хотя и не содержит себя в порядке, и прическа у нее словно соломенная стреха.

Но не об этом намеревалась я здесь поведать. Прежде чем я поднялась с постели и отправилась к Зэне, у нее уже успел побывать нотариус, пан Вжосович. Как оказалось, пан Фулярский только что, совсем недавно, завещание новое составил и все свое состояние ей оставил. Он мог поступить таким образом, ибо близких родных у него не было. Вдобавок еще открылось, что сделано это было по настоятельному совету пана Базилия, так как ранее пан Фулярский каким-то своим племянникам половину состояния завещал, обездоливая Зэню. А значит, и впрямь пан Базилий не совсем уж бесполезным человеком оказался.

Трудно прийти в себя после такого события, и Зэне больше не придется продавать маменькино наследство...»

«...слухи какие-то дошли до меня через горничную мою, Клароньку. Люди говорят, слегка при этом посмеиваясь, что у пана Базилия какое-то странное оружие, ибо оно само готовится к охоте. Потому что лесничий, тот самый, что нам о несчастии сообщил, говорит, что да, лошадь пана Базилия у охотничьего домика стояла, однако ж в домике том не было ни души. А в то же самое время в лес отправилась некая Кундзя из деревни, известная своей красотой. И вполне возможно, что пан Базилий, увидев ее в окно, и думать забыл о кабанах. Ну и что из этого, ведь пан Базилий молод...»

«...не кидалась Зэня на гроб мужа, так как это и выглядело бы чрезвычайно глупо, но под черной густой вуалью, как полагается, на скорбящую вдову походила. На следующий же день после поминок она тайком явилась ко мне, сказав, что уже привыкла ездить к нам верхом, ни к чему всем видеть карету, запряженную четверкой лошадей. Ездит же она только в сопровождении конюшего. Минуточку, а не слишком ли я часто об этом конюшем слышу?.. Неужели это я в неурочный час когда-то о нем подумала?..»

«...зовут его Эдмундом. В первое мгновение я пришла в ужас, однако тут же одернула себя. И в самом деле... Розтоцкий он, из достойного дворянского рода, а то, что беден и работать ему пришлось? Так что же в этом дурного, ведь многие обеднели, и отнюдь не по собственной вине. Кроме того, следует признать, что пан Эдмунд весьма хорош собой, он почти так же красив, как мой Матэуш...»

«...я уж только одергиваю ее как могу, чтобы не слишком рано она показывала все по себе, а иначе люди тут же начнут злословить. А уж не приведи Господь ей забеременеть, тьфу, тьфу, не сглазить бы, хотя, говорят, старуха Петруска и такое скрыть умеет, однако же Зэня говорит, что это ей пока не грозит, так как к такой степени близости они еще не пришли. Она после пана Фулярского просто ожила. Сама говорит, что словно бы врата небесные перед ней раскрылись. Сейчас Зэня принимает гостей с соболезнованиями, всем известно, что она богата, вот они и едут к ней толпой. Через год, говорит, я смогу копаться в женихах, а шутит она только со мной, потому что пока еще неприлично ей на людях веселиться. Вот почему, хотя бы одного облегчения для, она часто бывает у нас или же меня к себе приглашает, даже Матэуш удивляется этому. Я ему объясняю, что ведь она наша кузина, а моя задушевная подруга, кажется, я даже Зосю ради нее забросила...»

«...Езус Мария, святой Иосиф, и что же я слышу?! Нет, это не похоже на правду, быть такого не может! Я должна над этим подумать, прежде чем даже к Матэушу обращусь за советом.

Парнишка один, помощник садовника из Зэниной Малой Вси, увиваясь вокруг Кларонъки, проговорился как-то, что хочет поговорить со мной, ибо я — лучшая подруга пани Фулярской. Кларонька стала его расспрашивать, однако ж он ничего ей сказать не пожелал, а лишь все твердил, чтоб она провела его к ее светлости барыне. Я приказала привести его, и он сделал мне такое признание, что я до сих пор так и не могу еще собраться с мыслями.

Поведал же он мне о том, что в день смерти пана Фулярского был в саду, сбежав из-под бдительного надзора садовника, чтоб немножечко полениться, за что молит Господа простить его, и у дома прогуливаться стал. Таким образом, паренек этот оказался у самых окон кабинета, заглянул туда из праздного любопытства и увидел там такое, что по сей день не дает ему покоя. Занавески были задернуты, однако он разглядел там двоих и увидел, как один из них другого с кресла поднимал, а тот все норовил из рук у первого упасть, то и дело свешиваясь вниз, словно неживой. Затем первый положил второго на пол, голову же его уложил на обрамление камина. После чего схватил подушку, паренек решил, что для того, чтоб под голову лежащему ее подсунуть, но нет, человек тот что-то долго с ней делал и достаточно долго держал где-то на полу, после чего обратно в кресло ее швырнул. Занавески были мало прозрачными, так что паренек не видел черт лица тех людей, но все их действия разглядеть сумел. Никаких выводов он не сделал из этого, садовник увидел его издали и сердито окликнул, поэтому он отскочил от окна и побежал к нему, так что больше ему ничего не известно. Лишь потом он все же оглянулся назад и успел из-за кустов заметить, как кто-то вылез из окна кабинета, но не из большого, венецианского, а из другого, бокового, но кто это был, помощник садовника не узнал. Однако, когда распространилась весть о кончине пана Фулярского вследствие падения на камин, парень кое о чем стал догадываться, ведь он собственными глазами видел, как барина кто-то на этот камин уложил. Явился же он ко мне для того, чтобы я дала ему совет, как быть дальше, к первому встречному он с этим обращаться не стал, а только к лучшей подруге своей барыни. А ему известно, что у госпожи нет более близкой подруги, чем ее светлость пани Вежховская.

Слушая его рассказ, я так и помертвела. Со всей строгостью учинила ему допрос, но помощник садовника твердо стоял на своем. Так что же это должно обозначать, Господи помилуй, неужели пан Фулярский не сам по себе скончался?.. Может, он умер, сидя в кресле, и кто-то пытался его спасти, а после убоялся в этом сознаться? Или же, насилие над ним учинив, уложил его затем на обрамление камина, симулируя несчастный случай? И что же мне делать с таким признанием? Вполне можно было бы подумать, что дело обошлось не без участия Зэни, если бы не то, что она в это время у меня же и гостила, да еще вместе со своим конюшим, и это известно всем. А никто иной ради нее не пошел бы на такое, сама же Зэня на этакое вообще не способна, хоть бы ранее Бог весть что и говорила. Так что же это все-таки значит?..

Помощнику садовника я приказала пока что держать рот на замке, а язык за зубами.

Матэуш говорит, что такое вполне могло произойти. Мой муж выглядит очень угрюмым и озабоченным, так как знает, что я уже давно принимаю самое живое участие в судьбе Зэни. Пан Фулярский отнюдь не был человеком добрым и обходительным, совсем наоборот, его внешний облик как нельзя более соответствовал внутреннему содержанию, и у него вполне могли быть враги. Суходольских он пустил с аукциона, хотя, если немного постараться, можно было их еще спасти, да и к прочим милосердия у него не было. Вот почему он и был так богат. Если помощник садовника действительно все видел и ничего не нафантазировал, вполне возможно, что кто-то помог пану Фулярскому перейти в мир иной. Может, даже кто-то из его же слуг, так как они питали к нему сильную неприязнь.

Мы с Матэушем завтра же отправляемся к Зэне с ночевой. Мой муж хочет за это время провести собственное дознание, и не знаю сама, говорить об этом Зэне или же не надо...»

В этом месте трагическое повествование было прервано длинной фразой, которая дозела

Юстину до крайней степени бешенства. Написана она была крайне неразборчиво, и Юстина с превеликим трудом разобрала ее, ни чуточки не сомневаясь в том, что именно в этой фразе обнаружит, как минимум, ключ к разгадке страшной тайны. Как оказалось, там всего-навсего говорилось о подвязках: их цвет, наличие бантиков, растяжимость и тому подобные качества помешали прабабушке принять решение мгновенно, и она рассуждала по этому поводу в письменном виде.

Для того, чтобы читать далее, Юстине пришлось несколько расслабиться, передохнуть и напиться холодной воды. Выглянув в окно, она увидела, как ее младшенькая пытается напялить на голову мальчугана чуть моложе ее годами жестяное песочное ведерко. Эта картина показалась ей умиротворяющей, и Юстина вернулась к письменному столу. К счастью, прабабушка не прихватила с собой в гости к Зэне дневник, а к описанию событий приступила лишь после возвращения домой, так что ей как-то удалось не отклониться от основной темы, если не считать замечаний по поводу содержимого подушек, на которых ей довелось спать в гостях, занявшего ровно полстраницы.

«...нам с Матэушем повезло, и, прежде чем прибежала Зэня, мы с ним пробыли достаточно долго в кабинете, рядом с гостиной. Именно на это я и рассчитывала, удачно подгадав время приезда. Матэуш быстро осмотрел кресло и даже уселся в него, потом пошаркал ногами по медвежьей шкуре и тут же покачал головой, сказав, что она совершенно не скользит. Я тут же повторила эту попытку и признала его правоту: чтобы передвинуть шкуру, нужно приложить немалые усилия. Затем Матэуш внимательно осмотрел камин, а все каминные приборы по отдельности брал в руки и разглядывал их. Он даже приседал на корточки рядом с обрамлением камина, что-то бормоча себе под нос. Это меня рассердило, однако он ничего не успел сказать мне, потому что тут прибежала Зэня, а вслед за ней и пан Базилий...»

«...я устроила все таким образом, чтобы остаться у Зэни на ночь, излишне не напрашиваясь. Зэня отправилась отдать приказания прислуге, пана Базилия я заняла беседой, а Матэуш, будто бы ненароком, заглядывал в окна кабинета...»

«...лишь поздним вечером, уже в постели, он поделился со мной своими соображениями, сказав, что пан Фулярский, вполне вероятно, мог пасть от чьей-то преступной руки. Он крепко спал, свесив голову на грудь, злодей же в окно, открытое, как обычно летом, залез и по затылку изо всех сил его ударил. А после на камин уложил, что и увидел помощник садовника. Удар же удобнее всего было нанести кочергой. Матэуш сам держал ее в руках и говорит, что тяжела она чрезвычайно. Размахнувшись же как следует, можно этим орудием не только с легкостью человеку череп раскроить, но даже и свинью оглушить. Когда же я полюбопытствовала, для чего же убийце тогда понадобилась подушка, Матэуш напомнил мне, что я и сама, должно быть, знаю о том, как младенца в колыбели можно задушить, прижав к его личику подушку, а такой случай как-то имел место. Я даже задрожала вся. А он еще добавил, что преступник разве только для вящей уверенности в успехе содеянного подушкой пана Фулярского придушил, так как для убийства и одного уже удара было достаточно. Особенно если злодей еще и ударил свою жертву об обрамление камина, когда укладывал ее там. Так что помощник садовника вполне мог правду говорить. Боже правый, какой же это ужас. Но и мне тоже было что сообщить мужу, так как прислугу я взяла на себя....»

«...прислуга в один голос заявила, что в роковой момент все они отдыхали в людской. Но я взяла с собой в гости Кларонъку, так как полагала, что с ней они будут поразговорчивее. Так и случилось, и она тут же все мне передала. Его светлость уснул, ее светлость уехала, молодой барин Пукельник еще раньше отправился в лес, так что прислуга наслаждалась отдыхом. Известное дело: кота нет — мыши в пляс пускаются, ведь к тому же еще и пани Липович тоже отправилась с визитом и вернулась лишь на следующий день. А дело было в том, что кухарка приготовила в тот день новое блюдо, какие-то мясные шарики с разным вкусом, и всем хотелось попробовать их, что она им охотно разрешала, так как ей и самой было любопытно, какие же из шариков окажутся самыми вкусными. Кларонъка говорит, что в некоторых из них фарш был сладким. При этом речь в людской шла о панне Зажецкой, так как младший лакей принес известие, что ее с ужасным скандалом привезли домой из Парижа, где имел место какой-то скандальный роман. Это произошло совсем недавно, я и сама ничего пока не знаю, но сделаю все, чтобы разузнать. И рецепт мясных шариков тоже потребую...»

Глаза у Юстины устали, и она протерла их, на мгновение оторвав взгляд от дневника. Насчет мясных шариков у нее не сложилось определенного мнения, хотя и промелькнула туманная мысль о Павлике, который, должно быть, заинтересовался бы ими, но зато панна Зажецкая тут же вызвала приступ раздражения. Что еще за панна Зажецкая такая, о ней нигде до сих пор не было ни единого слова! Интересно, скольких еще своих подружек, знакомых и дальних родственниц не упомянула прабабушка и сколько их еще свалится как снег на голову?!.

«...Так они там все вместе и сидели, и лишь самая молоденькая из кухонных девок на минутку сбегала в огород, за мятой, и тут же вернулась обратно, испытывая равно великий интерес и к сплетням, и к мясным шарикам. Пока, наконец, не вернулся пан Базилий, все слышали, как он приказал расседлать коня, а потом еще у входа шумел, так что лакей тут же ушел к нему. Значит, в тот момент никто из них не мог выйти незамеченным и расправиться с паном Фулярским, ведь, если верить помощнику садовника, злодею понадобилось на это немало времени. Выходит, прислуга не виновата, что и Матэуш подтвердил, когда я все это ему передала.

Матэуш успел расспросить батраков на фольварке: ведь мы приехали рано, а у Зэни мы можем заниматься всем, чем душе угодно. Весьма кстати у нее больше никто не гостил, не считая какого-то купца, который не более одного часа говорил о делах с Зэней и ее управляющим. Так что Матэуш успел как следует всех расспросить. Подошел он к этому весьма разумно, ибо расспрашивал людей только о других, а не о них самих, делая вид, что кого-то разыскивает. И снова выяснилось, что одни в коровнике были, там как раз корова принесла близнецов, двух ярочек, красивых, словно куколки, а это — большая редкость, вот люди и пошли туда из любопытства. Другие, воспользовавшись отсутствием конюшего, скакали верхом по лугу за конюшнями, якобы объезжая лошадей. Получилось как-то так, что все всех видели собственными глазами, ибо отвлеклись они от положенной работы, как зачастую бывает в отсутствие господ. Лишь один из всех, младший кучер, как только конюший удалился, вскочил на лошадь и куда-то ускакал, однако всем известно, куда именно. К одной крестьянской дочери, с которой у них любовь. В том, что ездил парень именно к ней, сомнений быть не может: не успел он вернуться, как прибежал отец крестьяночки с воплями, что застал молодых людей за грешным делом. Однако тогда уже обнаружили, что барин скоропостижно скончался, и крестьянину пришлось замолчать, и больше он скандалить не осмелился.

Мы с Матэушем до поздней ночи рассуждали о том, нужно ли сказать обо всем Зэне или же не стоит, пока я не решила, что надо бы сказать. Ведь невозможно, чтобы слухи не разошлись среди людей. За примером далеко ходить не надо: пан Базилий вряд ли афишировал свое свидание, а ведь о Кундзе всем известно, так пусть и Зэня узнает все, что положено. Прикидываться, что она этому не верит, — дело ее. Матэуш посоветовал мне, чтобы я поступила так, как считаю нужным...»

«...Зэня выслушала меня на удивление спокойно, только ужасно побледнела, так что я испугалась, как бы она не лишилась чувств. А так как сидели мы с ней в саду, у фонтана, я набрала полные ладони воды, чтобы побрызгать на нее, но она не дала и сказала нечто весьма странное, еле переводя дух и не своим голосом.

— Я предпочла бы, — молвила она, — чтобы оказалось, что погиб он не от несчастного случая, а от руки обыкновенного разбойника, ведь тогда я могла бы больше не мучиться угрызениями совести.

— О каких угрызениях совести может идти речь? — удивилась я, а она ответила, что всегда желала своему покойному мужу самого худшего, ну вот и пожалуйста, все произошло так, словно бы по ее заказу. Вдобавок еще она не в состоянии грустить о нем, как положено, а наоборот, переполнена счастьем и радостью, вот и мучает ее совесть, ведь получилось так, будто это она его своими пожеланиями убила.

— Ты ведь хотела убить его, — напомнила я, — помнишь, говорила, что горло ему перережешь? — И сказав это, я испугалась, что Зэня обидится. Но нет, она сказала мне в ответ:

— Вот именно, я так и хотела сделать, а теперь вижу, что пожалел меня Господь. Ведь убей я его собственными руками, терзания больной совести свели бы меня в могилу, мне даже сейчас, и тебе это известно, очень сильно не по себе. Я ходила к исповеди, получила отпущение грехов, но все равно: если бы вдруг оказалось, что его убил кто-то, безо всякого моего участия, делом ли, помыслом ли, я испытала бы ни с чем не сравнимое облегчение!

Я невыразимо обрадовалась, что Зэня так считает, и поспешила утешить ее, так как уже была уверена в своих выводах, и до сих пор уверена в них. Пан Фулярский не сам по себе поскользнулся на медвежьей шкуре, а пал жертвой убийства. Зэня тут же ожила, и мы с ней стали гадать, кто бы это мог его убить. Зэня лучше меня знала, с кем враждовал ее покойный муж, потому что сейчас переняла все его дела. Кстати, она с горечью превеликой сказала мне, что, если б занялась делами еще при жизни отца, ей не пришлось бы терпеть такие муки в браке с паном Фулярским. Как оказалось, вести дела поместья — занятие не столь уж и сложное. Надо только быть поусидчивее и повнимательнее, остальное же само придет. Я слушала ее с превеликим уважением, так как уже видно, что Зэня наделена мужскими способностями к делам и управлению имением, и это при ее-то ангельской внешности. Чрезвычайная это редкость, хоть и, как говорят, случается иногда. Я поинтересовалась, не помогает ли ей кузен Базилий. Она как-то холодно ответила, что нет. Да, пытался он навязать ей свою помощь, но она ее не желает принимать. Затем мы с Зэней вновь вернулись к нашим рассуждениям.

Однако ни к чему они не привели: нам так и не удалось угадать личность преступника. В ближайших окрестностях таковых не водилось, к тому же дом был оставлен на прислугу совсем ненадолго. Зэня высчитала, что никого из господ не было дома не более чем до полтретьего. Может, кто чужой пришел, чтобы их ограбить, ведь пан Фулярский богатством своим славился, но его спугнули и он бежал, несолоно хлебавши. Может, он услышал шаги помощника садовника. И здесь проявился недюжинный Зэнин ум, так как она сказала:

— А к чему же тогда этому грабителю было симулировать падение пана Фулярского с кресла?

Но ведь и я отнюдь не глупа, так что тут же предположила, что грабитель, быть может, желал, чтобы ни у кого не возникло никаких подозрений, ибо в противном случае домашние стали бы остерегаться. Немного подумав, Зэня со мной согласилась, сказав, что на всякий случай усилит бдительность.

Зэня лишь со мной бывает откровенна, вот и сейчас она весьма рассудительно решила держать все наши выводы в тайне и предупредить Матэуша, а иначе ведь страшный скандал получится и позор вселенский. Боже упаси иметь дело с полицией и жандармами! В случае чего, скажем, что все эти слухи — не более чем глупые сплетни, которым никто из разумных людей не верит. Я полностью согласилась с ней.

На этом мы свои рассуждения и закончили. Нужно было идти в дом, так как немного раньше прибыла с визитом пани Езерская, вместе с двумя дочерьми и сыном. Сдается мне, что ей чрезвычайно хотелось бы просватать молодую вдову за своего сына. Учитывая Зэнино богатство, юноша вряд ли был бы против. Ну и, разумеется, пани Езерская привезла с собой сплетни о панне Зажецкой. Пан Базилий присоединился к нам с Зэней у фонтана, а после мы с ней уже все время находились среди людей. О панне Зажецкой я еще поведу здесь рассказ, однако же сперва закончу предыдущую тему. Мы с Матэушем весь обратный путь домой в карете ругались, отправив Кlaronьку на козлы, — к кучеру.

Мой муж одни глупости говорил, да так заартачился, что ему невозможно было ничего объяснить. Он, видите ли, вознамерился раздуть дело с убийством пана Фулярского до небес, дабы покарать убийцу, ежели таковой имеется, а в том, что имеется, он, как и я, не сомневается. Матэуш уже решил на следующий день отправиться к полицмейстеру и вообще выписать из-за границы сыщиков, на что я отвечала:

— А тебе-то что до всего этого? Тебе пан Фулярский, царство ему небесное, сват или брат? Жандармы в Зэнином доме? И чем же это тебе несчастная Зэня так досадила, что ты хочешь, чтобы злые языки ее имя трепали? За что же ее-то на позор и поругание выставлять, разве ты не понимаешь, что ее первую могут заподозрить в убийстве мужа?

А Матэуш ужасно разозлился и говорит мне:

— Но ведь Зэня у нас с тобой во время убийства гостила, не совершила же она его на расстоянии?

И тут я не преминула напомнить, что именно ему, а не кому-то там, придется свидетельствовать в том, что она была у нас, вызывая всякие подозрения.

— Какие еще подозрения?! — проорал в ответ Матэуш.

— А такие, глупый ты человек, — парировала я, — что ты, быть может, покрываешь ее, потому что у вас с ней роман!

Матэуш чуть не задохнулся от ярости и говорит:

— Да чтобы я, да чтобы с ней, да ты, никак, совсем ума лишилась!

— Это ты его лишился, — ответила я, — можно подумать, ты не знаешь, что люди какую угодно мерзость выдумать готовы, из мухи слона сотворить! Ты еще вдобавок и жену свою хочешь по жандармам таскать, ведь это я ее принимала у нас, а не ты, это у моей постели она сидела!

В конце концов мои аргументы все же каким-то образом дошли до него. Правда, он еще долго злился, фыркал и чуть ли не булькал от злости, но все же несколько поутих, вот только до самого конца никак не мог смириться с несправедливостью. Правда, и сам, наконец, пришел к мысли, что преступник не получил никакой выгоды от своего деяния, так как ничего не украл и вряд ли сейчас рад содеянному. Разве что он совершил убийство из мести, но тогда, как говорится, Бог ему судья. Однако до конца Матэуш не сдался и пообещал, что если еще раз нечто подобное случится, если к Зэне в дом кто-нибудь попытается тайно проникнуть или еще что, то он, Матэуш, сам позаботится о том, чтобы преступник не ушел от расплаты. И с этим я уже почти что согласилась...»

Разумеется, Юстине не удалось прочесть весь этот сенсационный текст сразу, одним махом. Несмотря на глубокий интерес и кропотливый труд, у нее ушло два месяца на то, чтобы расшифровать этот, можно сказать, роман в коротких отрывках, так как в ее жизни снова начали множиться какие-то нелепые препятствия.

Первым стало жестяное ведерко для песка, которое Идалька, непонятно как, сумела нахлобучить на голову мальчику, их соседу с третьего этажа. Ведерко при этом погнулось настолько странно, что снять его никак не удавалось, и мать мальчика явилась со скандалом, требуя помощи. Ребенок ревел, как пароходная сирена, благодаря чему, по крайней мере, было известно, что удушение ему не угрожает, однако же оставить на нем такое украшение не представлялось возможным. Наконец, поздним вечером жестянщик, вызванный Болеславом аж с вокзала Варшава-Западная, освободил юного мученика от жестяных оков.

Затем Амелька начала приводить в дом в рабочее время каких-то посторонних лиц женского пола, юных и очень красивых, которых снимала на портреты, утверждая, что от названных изображений зависит вся дальнейшая карьера как ее, так и фотомоделей. Вызванный действиями Амельки переполох лишил Юстину убежища, так как модели расползались по всей квартире, к тому же неудобно было отказать им в еде и пище, раз они мучились, позируя Амельке по нескольку часов кряду. Сеансы продолжались три недели подряд.

После Амельки представление устроила десятилетняя уже Марыня, расцарапав однокласснице лицо за то, что та обозвала ее содержанкой Наполеона.

Юстину тут же вызвали в школу, и она, неимоверно изумившись и пытаясь загладить неловкость, пыталась одновременно выяснить, откуда у девочек этого возраста взялись такие не совсем обычные слова. И узнала, что ее родная дочь хвасталась, что является по прямой линии потомком императора Бонапарта. А это, в свою очередь, вызвало ужасное раздражение у одноклассниц, которых дома учили, что они обязаны вести свой род только от неквалифицированных рабочих и неграмотных крестьян-бедняков. Контраст между императором и неграмотным безработным был слишком велик, так что впечатлительная молодежь не стерпела, в результате позволив себе произнести малоприличные обвинения в адрес Марыни.

— Господи помилуй, что еще за идея с этим императором? — спросила Юстина, возвращаясь с дочерью домой. — С чего ты это взяла?

— Ну как это, — обиделась Маринка, в глазах которой все еще стояли слезы, — ведь бабушка так говорила.

— Которая из бабушек?

— Бабушка Дорота.

Юстина начала лихорадочно вспоминать. Однако ни одного случая, позволявшего предположить у ее матери наличие склероза или же склонности к мифомании, вспомнить так и не смогла.

— И дедушка Людвик, — добавила Маринка.

— И что же именно они говорили? Повтори как можно точнее, потому что я такого не помню. Напомни мне.

— А тебя при этом не было, мама. Они говорили об этом очень давно, я тогда еще совсем маленькой была. Ну что на портрете изображена бабушка, которую больше жизни любил император Наполеон, и что он женился на ней так, на стороне, и у них была куча детишек, и что эти дети — наша семья.

Юстина на мгновение лишилась дара речи, однако память у нее изрядно освежилась. Правда, ведь об этом портрете прабабушка писала в своем завещании...

— Наполеон был влюблен совсем не в эту бабушку... — начала было она, но прикусила язык.

— А в которую же? — с огромным интересом подхватила Маринка.

— Совсем в другую. Она жила еще раньше. И, во-первых, он никогда не был на ней женат, а во-вторых, неизвестно, были ли у них какие-то дети. И вообще, все это было так давно, что сейчас уже не считается.

Маринка немного помолчала, однако вскоре попыталась внести ясность в волнующий ее вопрос:

— Но ведь это БЫЛО?

— Я же пытаюсь как раз объяснить тебе, что этого нельзя сказать со всей уверенностью. А о том, в чем нет никакой уверенности, говорить не следует. Только неумные люди так поступают, и потом им бывает стыдно. Я сейчас читаю дневник прапрабабушки, и там ничего об этом нет. А ведь прапрабабушка, должно быть, знала, чья она внучка, как ты считаешь? В особенности, если бы она была внучкой императора. Тогда это считалось почетным.

— А сейчас — нет?

— Сейчас совсем наоборот. Это плохо.

— Почему?

Юстина явно ощутила, что ей придется достичь каких-нибудь вершин: материнства, дипломатического искусства, а может статься, даже и политики.

Она с надеждой оглядела витрины ближайших магазинов, однако ничего интересного там не увидела.

— Потому, что очень многие не любили императоров. И королей. Очень многие страдали от голода и нужды, а императоры жили весьма обеспеченно. Богато. Сейчас, после войны, бедные люди пришли к власти и не желают вспоминать о временах несправедливости. Вот почему хвастать тем, что имеешь нечто общее с императорами, крайне нетактично. Справедливость требует, чтобы сейчас правили люди, которые раньше были бедными.

Маринка оказалась девочкой весьма сообразительной:

— Это все равно, что напоминать кому-то о том, что он косой? Или что не умеет пользоваться за столом ножом и вилкой?

— Нечто в этом роде. Это некрасиво. Ведь он научится ими пользоваться и станет не хуже других.

Явственно ощущая, что она обошла суть вопроса и выдала ребенку сильно искаженную истину, Юстина внутренне похолодела. Однако суть Маринка поняла:

— Ну, хорошо, я скажу им завтра, что ошиблась. Но она не имела права так меня обзывать!

— Там ни у кого не было никакого права. Давай замнем это дело.

— Ну, ладно. Но мне тоже хотелось бы прочесть этот прапрабабушкин дневник.

— Вырасти сначала.

— Нет, я хочу сейчас!

— Сейчас нельзя.

— Почему?

— Потому что сейчас... — тут Юстина запнулась, и вдруг в голову ей пришла спасительная мысль: — Ну, хорошо, читай на здоровье. Сама убедишься, почему сейчас нельзя.

И она преспокойно оставила дневник Матильды на видном месте, спрятав только переписанный уже текст.

Разумеется, Маринка набросилась на исторический документ, и тут же оказалось, что прабабушкины каракули, еще более выцветшие с годами, ребенку совершенно не по зубам. Это сразу же отпугнуло девочку, и вопрос был исчерпан.

И, наконец, еще одним источником стресса стала Барбара, как ни крути, законная хозяйка квартиры. Страдая в последнее время приступами раздражительности от не слишком блестящего состояния своих финансов, она выместила свою злость на душе в ванной. Пришлось ремонтировать всю сантехнику, и дом на три недели превратился в нечто вроде стройплощадки. А за сантехниками, разумеется, пришлось присматривать Юстине.

Вздохнуть посвободнее ей удалось лишь два месяца спустя, и она смогла спокойно штудировать интригующие сплетни о панне Зажецкой. Должно быть, прабабушке они пришлись по вкусу, так как скандальный зарубежный роман она описала без посторонних включений.

А все дело было в том, что панна Зажецкая, вывезенная для получения образования в Париж, достигнув серьезного возраста шестнадцати лет, решила начать самостоятельную жизнь. В глубокой тайне и с помощью французской горничной юная особа начала ускользать из-под крыла персонала строгого элитного пансиона, дабы воочию и вблизи наблюдать ночные развлечения прославленного города Парижа. Юстина предполагала, что панна Зажецкая училась в пансионе Сакр-Кер, хотя прабабушка и не уделила этой подробности должного внимания. Значительный, а возможно, и решающий вклад в это дело внес какой-то виконт Жан-Поль. Фамилия его неизвестна, ибо их у него было несколько, и вероятно ни одной настоящей. Панна Зажецкая, девица с формами прекрасно развитыми и весьма соблазнительными, пробудила в нем дикие страсти, сначала на расстоянии, а затем и без оного, результат же был прямо-таки чудовищным. Правда, виконт выказывал огромное желание освятить их союз перед алтарем, но кто же отдаст свою дочь, пусть даже и павшую, за голь перекатную?

А панна Зажецкая происходила из весьма состоятельного рода...

И она была отправлена в какую-то таинственную поездку, якобы для укрепления здоровья, причем в качестве курорта выискивали как можно более глухую и отдаленную деревню, неважно, в какой стране, ибо все сроки, позволявшие впоследствии внушить нужному жениху, что его молодая жена родила дитя преждевременно, давно прошли. После четырехмесячной терапии панну Зажецкую, в прекрасном состоянии, привезли в родной дом, одновременно значительно увеличив размеры ее приданого. Говорят, где-то там осталась здоровая деревенская баба с двумя новорожденными близнецами, хотя изначально она родила всего одного.

Слухи, разумеется, распространялись прислугой. При этом намекалось, что вот-вот сюда нагрянет виконт, который на почве панны Зажецкой чисто обезумел, да и она вне себя от горя и тоски по милому. Родители же панны Зажецкой повели себя в высшей степени нагло: они не только не пытались опровергнуть слухи, а вообще, как ни в чем не бывало, вывозили свою дочь в свет, невзирая на всеобщее, хотя и старательно завуалированное, возмущение. Не будь Зажецкие до неприличия богатыми, им, без сомнения, объявили бы в обществе бойкот, а так, перед лицом их миллионов, никто и не осмелился бы пойти на подобную глупость, и скандал постепенно испускал дух, задавленный золотыми покровами.

Красочное описание возмутительных страстей заняло у Матильды более пяти страниц, а у Юстины — почти полгода. После чего в дневнике вновь появились сенсации криминального характера.

«...она приехала, вся дрожа, ранним утром, и снова верхом, хотя погода ужасная, и я никак не могла хоть немного успокоить ее. Уж и холодной воды ей дала, и коньяка французского, и соли она у меня нюхала, пока, наконец, речь ее не приобрела хоть какую-то связность. Вот когда я поняла, в чем суть, и тоже пришла в ужас, хотя поверить этому почти невозможно.

А произошло вот что: не далее как вчера вечером Зэня давала камерный ужин, потому что обещали приехать князья Шумские, дабы встретиться на полпути, то есть у Зэни, с паном Вжосовичем, нотариусом. Шумские принесли ей всяческие извинения за то, что им пришлось совместить удовольствие от визита с делом. Зэне же это было даже удобно, так как и она имеет в этом деле свое участие. Правда, визит был несколько неожиданным, но ведь у Зэни постоянно кто-нибудь гостит, безо всякого предуведомления и без приглашения даже, и она, зная, как быстро распространяются такие вести, рассчитывала не менее чем на дюжину гостей. Вот когда я пожалела, что ответила вчера на ее письмецо отказом, но не везти же мне было своих гостей к ней.

И вот, уже под вечер, в любую минуту ожидая прибытия первой кареты с гостями, Зэня, уже совсем готовая и нарядная, торопливо вышла из своей спальни, чтобы приветствовать прибывающих внизу. И вот тогда-то...

В дрожь меня бросало, когда я внимала ее рассказу, да и сейчас я тоже вся дрожу.

Зэня как раз вышла на верхнюю площадку лестницы, когда почувствовала, как расстегнулась у нее застежка панталон.

— А ведь ты сама знаешь, какое это неудобство, — сказала мне она, — весь вечер, а, как минимум, полвечера, мучение, и я встала как вкопанная, уже занеся ногу для того, чтобы ступить на верхнюю ступеньку. И тут я ощутила какое-то препятствие. Как будто что-то остановило меня, прикоснувшись к лодыжке. Я застыла в неподвижности, словно соляной столп или пень, чуть не забыв о том, что с меня вот-вот упадут панталоны. Однако ничего дурного еще не подумала, а так как надо было спешить, я осторожно убрала ногу и вернулась в гардеробную. Вот только сердце билось в груди как бешеное, сама не знаю отчего.

Зэня вызвала звонком горничную, горя нетерпением, и услышала, как ее Флорка бегом поднимается по лестнице, так как Зэнина комната и гардероб вблизи от лестницы находятся, а дверь она второпях не затворила. И вскоре до ее ушей дошел ужасный грохот и крики. Зэня вскочила на ноги и тут же выглянула за дверь.

— Я и тогда еще ничего дурного не подумала, — сказала мне она, — потому что Флорка тут же поднялась на ноги, смутившись из-за того, что споткнулась и упала. Я велела ей привести застежку моих панталон в порядок, и, пока она занималась ими, мне стало не по себе, даже мороз по коже пробежал.

— Внизу уже раздавался стук прибывающих экипажей. Я же, словно по наитию свыше, велела Флорке остаться в гардеробе и привести в порядок все застежки, дабы в будущем такое больше не повторилось, сама же вышла, закрыв за собой дверь и прихватив маленькие острые ножницы. Не спрашивай, зачем, я тогда и сама еще этого не знала. Подошла я к лестнице, — продолжила

Зэня, — чуть дыша, а ты ведь знаешь, там довольно темно, потому как лишь одна свеча на подзеркальнике в углу стоит. Я присела на корточки, чтобы рассмотреть все вблизи, и ощупала пальцами, что же это за ногу меня задело, обо что Флорка споткнулась.

Я, в свою очередь, тоже внимала ей едва дыша, имея на этот счет самые дурные предчувствия. Итак, Зэня, присев на корточки, более на ощупь, чем взглядом, обнаружила нить. На этом месте Зэня прервала свой рассказ и еще глотнула коньяка.

— Это оказалась крепкая нить, каковыми мешки сшивают, — продолжила Зэня немного спустя, — а ведь знаешь, что нити такие, хотя и тонкими бывают, однако чрезвычайно прочными. Один конец ее был обмотан вокруг балясины, у перил, другой же — вокруг гвоздя, забитого в деревянную обшивку стены, низко, почти у самого пола. Нить была протянута поперек лестницы. И тогда я, наконец, подумала, — сказала мне Зэня, — что, если бы не застежка панталон, я шла бы быстрым шагом, свалилась с лестницы вниз и наверняка убилась.

То же самое и мне в голову пришло, так что и я к тому коньяку приложилась, хоть и ужасный это напиток, так как жгуч он невыносимо. Прежде всего я подумала о том, как быть с Матэушем, ведь он уже заранее пообещал в случае чего немедленно птицей лететь к полицмейстеру. Наверное, я ничего не скажу ему. Однако меня разбирало любопытство, что же было дальше.

— Ну и что же ты предприняла? — с трепетом в душе спросила я у Зэни.

— Быть может, поступила я глупо, — ответила она, — ведь поначалу хотела сохранить это в тайне, гости уже в дом входили. Но ведь кто-нибудь еще мог зацепиться ногой и убиться. Вот я и вынула ножницы и перерезала нить. И все. Потом же спустилась вниз, однако же ни кто приехал, ни с кем я приветствиями обменивалась, ни что вообще происходило, до сих пор не знаю. Юзэф сказал мне, так как я позже спросила, что все гости остались весьма довольны, а уехали они от меня чуть ли не под утро, потому что и в карты еще играли, и князь с нотариусом долго говорили.

— А проводив гостей, — продолжила Зэня, — я первым делом пошла к этой нити, но от нее не осталось ни следа, ничего, даже гвоздь исчез. Одно лишь маленькое отверстие в обшивке, я его нащупала пальцами и даже сумела разглядеть при свете свечи. Однако мне это все не привиделось, в этом я уверена, ведь и Флорка девушка ловкая, да и вот, посмотри-ка: перерезая эту нить, я отрезала от нее кусочек, чтобы хорошенько рассмотреть ее при свете...

Тут Зэня достала из маленькой коробочки и продемонстрировала мне конопляную нить, и впрямь точно такую, какой мешки сшивают, кусочек длиною в палец. И я содрогнулась от ужаса: ведь не сама же эта нить попала на лестницу и не сама она привязалась к балясинам. Хоть бы дети какие-нибудь проказливые в доме водились, но ведь нет там детей. И прежде чем я успела хоть слово молвить, оказалось, что это еще не все. Зэня продолжила свои излияния:

— Я не стала тебе ничего вчера говорить, так как не предполагала, что это имеет какое-то значение. Как тебе известно, в моей гардеробной, у самых дверей, стояли на консолях высоких мраморные статуи, ведь мой покойный муж мрамор любил и везде его понаставил. Так вот: одна из них упала, и, если б я не успела внезапно отступить, не разумом руководствуясь, а тем, что вспомнила вдруг о том... что... в саду лежит... Здесь она совершенно смешалась, так и не сказав мне, что же именно лежало в саду, но затем все же продолжила свое повествование:

— А шел дождь, и я вздрогнула и отступила, чтобы бежать в сад. И если б не это, то статуя, без сомнения, упала бы мне прямо на голову. Я приказала выбросить обе фигуры, да и не такой уж это страшный случай, и лишь Бога поблагодарила за спасение. А после еще одна странность произошла: я люблю после обеда пить воду с соком из смородины, и это тоже тебе известно. Помню, что как раз кто-то был у меня в гостях, не помню только, кто именно, кажется, человека четыре. А, это случилось как раз тогда, когда кто-то крикнул «горим!». А мы в тот момент кушали десерт. Все бросились к окнам и действительно увидели в парке нечто вроде пламени. Однако вскоре выяснилось, что это солнце осветило красную листву клена, а день был облачным, так что и впрямь могло показаться, что что-то там вспыхнуло. Мне и самой сначала так показалось. Слуги помчались в парк, возникла суматоха, как оказалось, неоправданная. Все мы снова вернулись к столу, все еще взволнованные, вот кто-то и смахнул мой стакан, размахивая руками. И не успел подбежать лакей, как пес слизнул напиток, ну, знаешь, у меня ведь по всему дому бродят собаки. Ну так вот: через два дня этот пес издох... — Зэня говорила мне все это, а я чувствовала, как вся холодею от ужаса. У меня перехватило дыхание, я ни слова не могла из себя выдавить. Далее Зэня сказала, что лишь теперь ей пришло в голову, что она трижды избежала гибели. И если статуя могла сама по себе упасть с консоли, а пес сдохнуть по другой какой-нибудь причине, то нитка на лестнице случайно оказаться не могла. Под конец же Зэня спросила, не кажется ли мне, что ее, возможно, кто-то пытается убить так же, как ранее пана Фулярского.

Мы с Зэней были вне себя от ужаса: не иначе как над ней нависло проклятье, или же враг где-то рядом притаился, о чем ей неизвестно. Я прямо так и сказала, что уже трижды она уцелела лишь благодаря истинному чуду Господню. Зэня со мной согласилась и призналась, что со вчерашнего вечера стала всерьез опасаться за свою жизнь. Она сказала мне, что в собственном доме боится по лестнице ходить, что первым делом примчалась сюда, ко мне, и не знает, что еще ожидает ее после возвращения домой, какие еще ловушки ей там уготованы. Уезжая, она разбудила пана Базилия, велев ему не выходить ни на шаг из дома и за всем внимательно следить. Потому что он более всего любит по полям и лесам бродить, то ради охоты, а то и просто так, а дома сидит редко.

Я уже было начала размышлять над ее рассказом, как вдруг Зэня, правда, крайне неохотно, сделала еще одно признание. Она приехала ко мне, как обычно, в компании своего конюшего, пана Розтоцкого, а по пути о последнем событии ему рассказала. И он сказал ей в ответ, что не три, а четыре раза она смерти избежала, ибо не так давно, чуть меньше двух недель назад, он сам, собственноручно, менял ее лошади подпругу, заметив, что она как-то странно излохмачена. Более того, подпруга была явно подрезана. Как раз намечалась охота, лошади уже довольно долго ждали седоков, еще не все дамы были готовы к выезду, и пан Розтоцкий в последний момент, когда Зэня уже выходила из дома, еще раз проверил сбрую ее Мариэтты. И если бы не это, то, случись на пути какая-нибудь, не дай Бог, канава или кусты, подпруга наверняка бы лопнула, а Зэня на всем скаку свалилась бы с лошади. Пан Розтоцкий ничего не хотел ей говорить, чтоб не напугать ее, и молча терзался, но теперь ему стало понятно, что нельзя об этом молчать, ибо творится что-то неладное.

Я, можно сказать, почти что полюбила пана Розтоцкого за то, что он выказал такую остроту ума. В той охоте я и сама участвовала и прекрасно помню, как Зэня садилась в седло последней, и кто-то там сердито выговаривал конюхам. А скакали мы тогда по таким дебрям, что, свались Зэня с коня, не миновать бы ей гибели.

И вот, пытаясь все это осмыслить, я терзалась мыслью о том, следует ли посвящать в это дело Матэуша или же лучше не надо. Я, вероятно, склонилась бы к последнему, если б не то, что он сам внезапно нарушил наше с Зэней уединение. Вошел и буквально окаменел, глазам своим не веря, что две дамы еще до полудня в одиночестве пьют коньяк. Меня при виде его лица даже смех разобрал. Ну вот и пришлось ему все рассказать, потому что он никак не отступал, сделав совершенно правильный вывод, что для такого дамского разврата нашлась серьезная причина. Ведь даже шансонетки и куртизанки лишь под вечер пить начинают, так он нам прямо и заявил.

Я еще колебалась, пока Зэня, выказав недюжинную смелость, не стала просить у него помощи.

При условии, что он ничего не скажет и не сделает без ее на то согласия. Меня бы он, наверное, не стал слушать, но она все же посторонний человек, хоть и дальняя родня, так что пришлось ему согласиться.

Когда же Матэуш услышал всю историю, то и сам к коньяку слегка приложился, после чего приказал нести второй завтрак, даже не выговорив мне, так как понимал, что я была не в себе. Следует признать, что временами Матэуш проявляет себя хорошим мужем, понимающим и сообразительным. Он заявил нам, что мужчины на пустой желудок думать не могут, а здесь, по всей видимости, дело весьма серьезное.

Я тоже распорядилась подавать на стол, дабы не показаться хуже, чем мой супруг, и в кабинете начались новые рассуждения. Мне и самой интересно было, что же ему в голову придет.

Матэуш сначала поинтересовался у Зэни, попросив ее быть с ним откровенной, не известно ли ей о каком-нибудь сокровище, хранящемся в ее доме. Неважно, осталось ли оно после пана Фулярского или же от Зэниных предков. Зэня на это ответила, на удивление скоро вновь обретя здравый рассудок, что финансовые дела ее рода за последние сто лет известны ей доподлинно, а дворцу их не более ста лет. Единственное, что там было спрятано, — драгоценности, оставшиеся после матери Зэни, уцелевшие лишь благодаря больной памяти дядюшки и волосикам ее братика. Но их она уже нашла, а больше ничего и быть не может. Да и какое там сокровище, если вот уже целое столетие ее семья только теряла свое достояние, ничего не приобретая. А состоянием пана Фулярского, полностью доставшимся ей, она распорядилась с умом.

Матэуш весьма похвалил ее за предусмотрительность, подумал и спросил, составила ли Зэня уже завещание. В ответ Зэня как-то смутилась и после некоторых колебаний ответила, что нет, так как вполне здорова, да и решение такое дается ей с трудом ввиду отсутствия родственников. Я тут же поняла, в чем дело, однако промолчала. Матэуш же, будучи мужчиной, ни о чем не догадался, хотя и приходилось ему уже слышать о пане Розтоцком. Однако он лишь конюшего в нем видел, и только.

Сразу же после этого мой муж заявил:

— Выходит, единственный ваш родственник — пан Базилий. И если бы вы внезапно покинули сей мир, не будучи замужем и не имея детей, именно он унаследовал бы все ваше состояние.

Скажу честно, я удивилась этому даже более Зэни, пан Базилий в качестве ее наследника? Такая мысль никогда не пришла бы мне в голову. Если б он имел жалкий вид, то и я бы на него подумала, но ведь он всегда вел себя беззаботно, и никакой нужды или же неприятностей у него, казалось, не было.

Еще немного подумав, Матэуш спросил нас весьма ласково, не съездить ли нам с Зэней на какие-нибудь воды. Мне эта мысль пришлась по вкусу, однако Зэня ответила, что в данный момент не может оставить хозяйство, так как находится как бы в половине пути к его полному процветанию. Пан Фулярский начал очень многие и очень выгодные дела, и, если пустить эти дела на самотек, она понесет крупные убытки. А еще Зэня сказала, что понимает, какие подозрения возникли у Матэуша в связи с личностью пана Базилия, но она не может этому поверить. Необходимо разыскать убийцу пана Фулярского, а пан Базилий не может им быть, потому что в тот день он отсутствовал даже чуть ли не дольше ее самой, так как ранее нее из дома выехал.

Матэуш спорить не стал. Я очень удивилась, ведь обычно он любит настоять на своем. Затем Матэуш долго о чем-то размышлял и наконец спросил, нет ли у Зэни кого-нибудь, достойного доверия. Она на это ответила, что есть. А еще спросила, будто ее посетила внезапная мысль, меняет ли дело ее замужество и кто после замужней женщины по закону родства состояние ее наследует. Матэуш ответил ей, что, при отсутствии завещания, родня может добиваться соблюдения своих прав на имущество по суду, хотя мужу кое-что и полагается. Однако же, составив завещание, можно отписать своему супругу все, так же, как это сделал пан Фулярский.

В ответ Зэня просияла и, со значением взглянув на меня, сказала, что если она проживет еще чуть-чуть, то злодею не на что будет рассчитывать. Тогда Матэуш тоже вроде бы обрадовался и шутливым тоном стал расспрашивать ее, есть ли у нее уже на примете достойный жених. И хотя ничего конкретного так и не было сказано, однако ж Зэня стала собираться в обратный путь, будучи явно в более приподнятом настроении.

На прощание же, у самой двери, она спросила у меня:

— Что, если б я нашла себе ну хотя бы и миллионера, но из разбогатевших крестьян? Неужели нас не стали бы принимать в обществе вместе с нашими миллионами?

— Так уж лучше выходи за пана Розтоцкого, — честно ответила ей я, — ведь он же дворянин, из приличной семьи, и даже миллионов ему не *надобно, достаточно было бы и тысяч, пусть было бы у него совсем небольшое состояньице. Ведь пан Фулярский тоже не королевских был кровей.*

— Но конюший...

— Ну так что же? Было бы состояние, и о должности его тут же все даже думать забудут.

Зэня, со слезами на глазах, расцеловала меня и уехала домой. Пан Розтоцкий держал коней, я издалека взглянула на него и ответила на его поклон. Эх, не будь у меня Матэуша...»

Потрясающая история Зэни заняла Юстину так, что она, можно сказать, не заметила, как самая младшая ее дочь пошла в школу. Дети были уже вполне самостоятельными, и мамочку они не особенно беспокоили. Она же, принуждаемая завещанием, выполняла свой тяжкий долг, читая, вне зависимости от собственного желания, дневник прабабушки.

Занятие это привело в ужас всех: Барбару, Болеслава, Амельку, Павлика, Маринку и даже Идальку. Они, в свою очередь, известили остальных родственников о том, что их жена, племянница и мать предалась каторжному труду, превосходящему по сложности расшифровку древнеегипетских иероглифов. Ведь куда этим самым иероглифам до той субтильной, бледно-зеленой, неразборчивой паутины, которую Юстина с явственными мучениями преобразует в нормальные человеческие фразы. И неудивительно, что она за таким занятием теряет ясность ума и забывает, сколько у нее детей. Ведь никто не имеет права заменить ее, вполне возможно, что она сама охотно предпочла бы галеры, но выбора ей не было оставлено. Ничего не поделаешь, прабабушкин дневник читает. И лежащий на ее плечах груз следует уважать...

Юстина должна была его читать, это понимали все, и никто не протестовал. Все еще завещание Матильды определяло быт семьи, все еще существовал Косьмин, мясное благословение в стране, где свиньи каким-то непонятным образом были начисто лишены анатомических фрагментов, из которых делают ветчину и отбивные, а прочий скот состоял из голов, хвостов, а иногда даже и конечностей, где все еще сохранились на черный день жалкие крохи разделенных между внучками прабабушкиных гарнитуров. И где все еще висел на стене портрет подозреваемой в связи с Наполеоном прапрабабушки, почерневшей от времени так, что и пол ее не определишь. Если б не прапрадедушка рядом, можно было бы предположить, что сей шедевр живописи суть изображение кавалериста. Ну, или попа. Хотя раввин с седой бородой тоже был бы вполне приемлемым.

С другой же стороны, Юстина неизменно являлась в некотором роде моральной твердыней и опорой. Она пользовалась авторитетом, продолжая оставаться самой главной правнучкой...

Ощутив, что ее занятие обрело некую законность, она, с неясным чувством облегчения, вновь перенеслась в прошлое.

«...я никак не могла найти себе места от беспокойства. Как нарочно, явилась с визитом тетя Клементина. Она насела на меня на следующий же день после приезда, когда я еще сама не знала, что ей сказать, потому что тетя сделалась излишне настойчивой, и отделаться от нее не было никакой возможности. Вскоре я поняла, что

тетя подозревает меня в каких-то кознях против Матэуша, который, сразу же после наших с ним рассуждений, уехал не знаю куда, вот я и сказала ей, что речь идет о некой барышне, смертельно влюбленной в одного из лесничих. Пришлось мне выдумать целую историю, в основу которой было положено их неравное финансовое положение, и говорила я все это с таким пафосом, имея в виду Зэню, что тетя Клементина безоговорочно поверила мне. А поверив, полностью признала мою правоту, сказав, что если б этот лесничий внезапно получил наследство или еще как-то разбогател, то общество приняло бы его, будь он даже из самых захудалых дворян, так как деньги правят миром. Тетя даже сама привела мне пример, как один французский торговец скотом выдал своих дочерей за аристократов. Ужасно переживая за Зэню, я уговорила тетю нанести ей визит...»

«...мы с ней успели обменяться лишь несколькими фразами, рассматривая наряды. Она успела сказать мне, что у нее уже появилась некая идея, но для этого ей надобно съездить в Варшаву. Остановится она там в отеле...»

Предложение насчет нарядов Юстина не столько прочла, сколько угадала. Получилось, что Зэня с прабабушкой сделали вид, что осматривают Зэнин гардероб, дабы переговорить с глазу на глаз.

«...как же я испереживалась, как намучилась, пытаясь отговорить ее от рискованного шага, не описать никакими словами! Не знаю, что бы могло случиться, если бы тетка не подслушала наш разговор и не помогла, поделившись собственным опытом. Я уже давно знала, что тетя Клементина всегда была влюбчивой, но и не подозревала даже, до какой степени!

На рассвете приехала Зэня, полагая, что все спят и мы с ней будем наедине. Ей проще было вырваться ко мне, чем мне — к ней, так как она сама себе госпожа, и никто не имеет права спрашивать, куда и зачем она едет. Пани Липович ни во что не вмешивается, а со слугами считаться нечего, подумаешь, большое дело, пойдут гулять слухи, что у пани Фулярской не все дома, так как она на рассвете на уток охотится!

Ну и пусть. Фузею она взяла, не таясь, а уж пан Розтоцкий, пока мы с ней говорили, насчет уток расстарался.

Мы с ней направились в беседку, я — в пеньюаре, Зэня — в амазонке, там она мне обо всем и рассказала. Если она выйдет замуж и тут же составит завещание в пользу супруга, никому не будет никакого интереса ее убивать. Все горе лишь в том, что объявить об этом никак нельзя, хотя и надо. Надо, чтобы злодей, задумавший убить ее, узнал, что ничего, в случае ее смерти, не получит, и отказался от своих намерений. А нельзя, потому что со дня смерти пана Фулярского еще и года не минуло, и неприлично вдове так скоро вновь к алтарю идти, да к тому же еще с собственным конюшим. Один скандал люди еще как-нибудь переварили бы, а вот два — это уже многовато. Если бы хоть на пана Розтоцкого какое-никакое наследство свалилось, но на это надежды нет. В Варшаву же Зэня едет для того, чтобы посоветоваться с нотариусом там, а не здесь, где все ее секреты сразу же станут достоянием гласности. Вот только не знает она в этих кругах никого, а ведь можно и на мерзавца какого-нибудь попасть. У пана же Вжосовича справляться насчет варшавских нотариусов она не хочет, дабы он не подумал ничего лишнего и не стал к ней плохо относиться.

Да, это горе так уж горе! Мы с Зэней никак не могли прийти ни к какому разумному решению, как вдруг в беседку ворвалась тетка Клементина, тоже в пеньюаре и ночном чепчике. Мы в испуге вскочили с мест, а тетка села и тут же выговорила нам за то, что мы ее раньше не допустили до секрета, сказав при этом:

— Глупые девчонки! Ведь вы для меня и впрямь девчонки, хоть и замужем побывали, я на целых двадцать лет старше вас, и на двадцать лет дольше живу на этом свете. — Тетя недодала себе, самое меньшее, лет пять, мне это доподлинно известно, однако мы с Зэней промолчали и лишь, по ее приказанию, сели. Зэня же страшно побледнела, я видела, что она вот-вот сорвется. Кажется, тетка тоже это заметила, так как поспешила продолжить свою речь, сказав прямо:

— Я все слышала и со вчерашнего еще дня чувствую, что здесь что-то не так. Вот почему я специально и пошла за вами следом. Ну так кто же он такой, этот лесничий? Я ведь прекрасно поняла, что ты мне глаза замылить пыталась,— обратилась тетя ко мне, — я-то сразу поняла, что речь идет о Зэне! И знайте, что я полностью на ее стороне и смогу дать вам толковый совет, — добавила еще тетя Клементина.

И тогда мы с Зэней рассказали ей все как на духу, а так как утро выдалось несколько прохладным, тетка велела нам возвращаться домой и там, в утренней столовой, продолжить наш разговор за чашкой шоколада. Слуги все еще спали, и я тихонечко пошла будить свою Кларочку.

И тут обнаружилось такое, что поразило меня словно гром среди ясного дня: не одна моя Клара спала, а с любовником. Она, вскрикнув, тут же прикрыла его с головой одеялом, я же приказала ей замолчать, сказав при этом, что пусть благодарит Бога за то, что у меня сейчас совсем иное на уме, а не ее добропорядочность. И что с любовником пусть она творит, что душе угодно, нам же немедленно подает шоколад, и чтоб без лишнего шума. Это ей пришлось весьма по вкусу. Не успела я и дверь за собой притворить, как она тут же вскочила с постели и шоколад нам вмиг подала. А кто таков ее избранник, о том я даже и не спросила. Тетке и Зэне я ни о чем не сказала, потому что на романы прислуги времени сейчас не было.

И вот как тетка Клементина помогла нашему горю. Она одобрила Зэнин выбор, так как пан Розтоцкий понравился ей с первого взгляда и вообще, как сказала тетка, чувствуется в нем порода, несмотря на то, что вынужден он служить. Так вот, пану Розтоцкому надобно владеть хоть какой-то собственностью, без этого обойтись никак невозможно. А у Зэни деньги есть. Так что надо спешно купить имение, все равно какое, лишь бы крупное, и пусть даже оно будет до крайности запущенным и в долгах, таких сейчас великое множество продается. Купить его следует на Зэнины деньги, но на имя пана Розтоцкого. Средства же на покупку оного должны быть наличностью или же в ценных бумагах на предъявителя, которыми пан Розтоцкий как бы сам от себя и заплатит. Купив же имение, следует немедленно распустить слухи о том, что пан Розтоцкий получил его в наследство от каких-нибудь из своих родственников. Истину же будет знать только нотариус, а такого тетка Клементина знает. Имение надо выбрать где-нибудь подальше, упаси Бог, не в нашей округе. К тому же можно было бы объявить и то, что покойный родственник пана Розтоцкого поставил в завещании своем условие, что наследник сможет получить имение лишь будучи человеком женатым. А поскольку имение до крайности запущено, то и со свадьбой поторопиться надобно. Высокое же происхождение пана Розтоцкого якобы было раскрыто уже давно, хотя он сам и держал его в тайне. И здесь надо бы найти какого-нибудь жида, чтобы он по секрету об этом всем как можно скорее поведал, якобы случайно проговорившись. И слухи моментально распространятся.

Обвенчаться же им следует тотчас же, в Варшаве, без лишнего шума, получив на то разрешение епископа. Это возможно, так как тетка лично знакома с одним епископом, который охотно окажет ей такую услугу. Напишет она ему тотчас же, и сама на венчание поедет, потому что обожает всяческие венчанья и свадьбы и не лишит себя такого удовольствия. Я сразу же решила, что тоже поеду, а Матэуш пусть поступает так, как пожелает. А еще тетя посоветовала Зэне сразу же составить пресловутое завещание, но и пан Розтоцкий пусть тоже составит свое, в пользу Зэни, ведь береженого Бог бережет.

А через одну-две недели молодожены вернутся сюда и вроде бы станут еще скрывать перемену в своей судьбе ради приличия, но весь свет уже будет знать о том, что поженились они столь спешно ради того, чтобы не упустить свою выгоду. И это решит все вопросы, так как роман общество возмущает, а вот выгодную сделку одобрят все. Слухи о богатстве пана Розтоцкого должны быть сильно преувеличенными, проверять никто не станет, а Зэня, заключившая столь выгодный брак, ни с каким неодобрением не столкнется. Визитные же карточки и уведомления о венчании они разошлют месяца через три, после годовщины смерти пана Фулярского, а не до нее. Только дети, упаси Бог, чтоб у них слишком рано не появились, так как это даст пищу слухам, так что с детьми им следует немного повременить.

Слушая тетины советы, я была поражена ее знанием света. К тому же и Зэня поддакивала ей: да, что там ни говори, а деньги — главное. И пусть люди сколь угодно кривляются, но примут в семью даже и крестьянина, и жида, если он несметно богат, только чем ниже происхождение, тем больше золота понадобится, чтобы присыпать его. С паном Розтоцким же, истинным дворянином из славного рода, денег понадобится не так уж и много.

Весьма приободрившись, Зэня отправилась домой, прихватив несколько уток, мы же с теткой стали собираться в Варшаву. Не такое уж это и дальнее путешествие, да и отели, по словам тетки, там весьма приличные. К родственникам и знакомым, сказала она, заезжать не следует, чтобы никто ни о чем раньше времени не узнал.

Едва успела Зэня скрыться с наших глаз, как вернулся откуда-то Матэуш.

Про Варшаву он тут же от тетки узнал и раскричался, что запрещает мне туда ехать. Я смогла бы убедить его в своей правоте позже, в спокойной обстановке, но раз так, пришлось и мне настоять на своем и никаких запретов не потерпеть. Однако, когда выяснилось, что я еду в компании тети, Матэуш весьма неохотно пошел на уступки. *В отместку он шепнул мне на стороне, что сделал одно дело, но не скажет мне, какое, раз у меня свои секреты, то и у него тоже могут быть свои. Мне показалось, что ему хочется сопровождать нас в Варшаву, но что-то ему в этом мешает. И все же мне ужасно любопытно, какое же дело он сделал.*

Ну и все вместе так сошлось: *тут неразбериха со сборами, там — Зэня, как мне было известно, почти готовая к отъезду, я хотела было поторопиться с выездом, как вдруг среди прислуги возникло какое-то смущение. И вот Кларочка, которая со вчерашнего утра чуть ли не молилась на меня, словно на божественную картину, поведала мне о том, что какой-то посторонний человек среди людей бродит, действуя то лестью, то угрозами, и вопросы разные задает. А барин на его стороне, и отвечать ему велит. К тому же еще из Блэндова пришло известие о том, что бабушка больна и желает видеть меня. Не могла же я ехать сразу в двух направлениях, а в том человеке явно чувствовала я секрет Матэуша. Вот и пришлось мне, обычным способом, приголубив его в постели, заставить выдать мне свой секрет. Как оказалось, человек этот — какой-то специальный агент, не государственный чиновник, а такой, какого частным образом нанимают. Говорят, весьма он сноровист и хитер и любую тайну разгадать способен, а сюда его пригласили ради раскрытия убийства пана Фулярского.*

Взамен я немного открыла Матэушу цель нашей поездки в Варшаву. Он даже и не очень возмущался. Итак, мы едем. Платье с отделкой из кротов возьму с собой...»

Все описание гардероба, который прабабушка брала с собой в Варшаву, Юстина старательно отработала, опасаясь, что между рюшами, палантинами и вуалями могли затесаться какие-нибудь замечания, представляющие ценность для сенсационного расследования. И действительно, среди сомнений и колебаний по поводу юбок и шляпок появилась та самая Кундзя, соблазнившая в лесу пана Базилия. Что-то там с этой Кундзей было не так, однако неизвестно, что именно. Соблазняла она уже давно, но память человеческая — штука ненадежная, и прабабушка так и уехала, не разжившись подробными сведениями на этот счет.

Ровно десять страниц заняло у Матильды ее пребывание в столице, которое она живописала урывками и в спешке. Все было сделано так, как посоветовала тетка Клементина, венчание Зэни с паном Розтоцким прошло тихонечко, ранним утром, у бокового алтаря маленького костела на Старе Място, в присутствии всего лишь четырех свидетелей, а именно: Матильды, Клементины, посвященного в суть вопроса нотариуса и очень дальнего кузена жениха. Кузен этот владел деревней вблизи от столицы, взятой в приданое за женой, и управлял своим достоянием так, что стыдиться его особенно не было причин. Прислуге было приказано ждать на улице, не допустив ее до секрета, хотя в молчании Кларочки Матильда была абсолютно уверена.

Коварную покупку имения для пана Розтоцкого также удалось осуществить, и все вздохнули с облегчением.

Проведя над пресловутыми десятью страницами целый месяц, Юстина впервые за все время осознала, что читает она медленнее, чем писала прабабушка. Она обеспокоилась, хватит ли у нее жизни на прочтение семейной реликвии, и подумала о собственных наследниках. На какую из дочерей свалить продолжение обязанности, с одной стороны, невероятно приятной, с другой же — придавившей ее невыносимо тяжким бременем?.. Ну, может, и не дочь продолжит ее дело, может, она еще дождется рождения внучки...

И Юстина, вздохнув, продолжила свое чтение.

«...по вызову бабушки я вынуждена была ехать дальше, оставив их там, мне едва успели отделать два платья в магазине. В Блэндов мне ехать совершенно не хотелось. К счастью, бабушка, как оказалось, не так уж и плоха, и я вскоре вернулась, а сейчас скоро еще раз к ней поеду...»

«...я застыла от изумления, узнав от Матэуша, по большому секрету, о том, что обнаружил тот агент. Виновником оказался пан Базилий, это показалось мне совершенно невероятным, я и сейчас еще прийти в себя никак не могу и пребываю в сомнениях. Однако же, как говорит Матэуш, агент установил, что у пана Базилия нет ни гроша за душой, а ценные бумаги, доставшиеся ему от его папеньки, не что иное, как плод его фантазии. А то, что у него когда-то было, он уже успел истратить и сейчас все больше грязнет в долгах, тайно занимая деньги у одного еврея. Это во-первых. А во-вторых, история с Кундзей совершенно иначе происходила, и не ради пана Базилия она тогда в лес отправилась, а ради свидания с сыном мельника. Это уже неоспоримый факт, так как они с ним поженились и родили ребенка. А встречались тогда втайне, потому что мельник искал для сына богатой невесты,

а не простой крестьянской девки, пусть даже и раскрасавицы. А дело с Кундзей разрешилось весьма даже легко: прежняя ключница Зэни, приходившаяся Кундзе крестной матерью и жившая в господском доме уже из милости, скончалась от старости и болезней, оставив все свои сбережения одной только Кундзе. Свидетелем тому был приходский священник. Так что пришлось мельнику закрыть рот, и все было сделано тихо и мирно, так что почти никто ни о чем и не узнал, и скандала никакого не получилось. А мельников сын не стал бы брать Кундзю после пана Базилия, так как сей молодой человек весьма норовист и честолюбив.

Следовательно, пан Базилий с Кундзей в лесу не любезничал, в охотничьем домике его не было, там лишь была привязана его лошадь, ну так где же он был тогда? Агент говорит, что, если быстро бежать, можно в четверть часа от охотничьего домика до господского дома тайком добраться. Он сам делал такие опыты, и никто его не заметил. А опыты он проводил так, что меня их описание даже развеселило, а именно пообещал по отдельности одному помощнику лакея и одному мальчику из конюшен, что даст каждому по рублю, если они угадают, где и в какое время он был. Мальчишки старались не сводить с него глаз, ведь каждому очень хотелось получить свой рубль, однако не заметили, как он крался сквозь заросли, так что ничего не заработали, получив лишь по десять копеек в качестве утешения. Зато видно, что прокрасться к господскому дому возможно, и агент говорит, что пан Базилий именно так и поступил. После чего вошел в кабинет через окно, убил пана Фулярского, изобразив, будто бы тот сам поскользнулся, и никто так ни о чем бы не догадался, не случись там в ту пору ленивого помощника садовника.

А еще агент напомнил, и пан Вжосович это подтвердил, что ведь именно пан Базилий уговорил пана Фулярского составить завещание в пользу Зэни. На самом же деле он не ради нее старался, а ради самого себя, так как в случае ее смерти именно пан Базилий унаследовал бы все ее состояние. И кто бы иной мог консоль обрушить и нить на лестнице привязать, если не тот, кто сам жил во дворце. Вдобавок еще агент разыскал помощника лакея, который вспомнил, что видел пана Базилия издали, как тот, будучи на верхней площадке лестницы, нагнувшись, вроде бы поправлял себе обувь. Помощник лакея поспешил скрыться, испугавшись, что, быть может, недостаточно хорошо почистил господские сапоги. Страх наказания заставил мальчика молчать и после.

Агент говорит, что для него этих улик более чем достаточно, Матэуш с ним полностью согласен. Он весьма горд собой и не преминул мне заметить, что, пока я по столицам развлекаюсь, он здесь все дело с умом разрешил. А еще добавил, что сейчас остается лишь подождать возвращения Зэни, дабы пана Базилия за руку на месте преступления схватить.

В ответ на это я расстроилась, и пришлось мне сознаться мужу, что Зэня уже снова замужем. Он же разозлился, зачем нам было это делать, раз и без замужества дело раскрыто. Это, в свою очередь, разозлило меня: да где же это видано, чтобы рисковать жизнью Зэни и заставлять ее жить в постоянном страхе?! Лучше уж пусть злодей узнает обо всем и прекратит свои гнусные поползновения. Матэуш же в ответ заартачился: зло должно быть наказано, и точка. Я же спросила:

— Неужели явный преступник в родне такое уж замечательное приобретение? Что скажут люди? Не лучше ли устранить опасность тайком, без огласки?

Мои слова заставили Матэуша усомниться в своей правоте, отчего он рассвирепел еще сильнее. К счастью, разговор этот мы с ним вели в постели, то есть в таком месте, где весьма легко примириться друг с другом. Вот мы и помирились. Матэуш еще только сказал мне, что посоветуется на этот счет с агентом, я же решила непременно написать Зэне. А чем дело кончится, я узнаю не сразу, так как мне снова придется отправиться в путь...»

«...бабушке уже получше, хотя она никак не может поправиться окончательно. Я даже боюсь доверить бумаге все, о чем она мне поведала...»

На этом месте раздраженная донельзя правнучка подумала, что, пользуясь своими любимыми зелеными чернилами, прабабушка могла без опаски изливать на бумагу даже самые кровавые тайны. Если бы не присущая ей, Юстине, обязательность, усиленная любовью к истории, эти тайны, вероятно, никогда не увидели бы дневной свет, и ни единая живая душа не узнала бы о них. Даже если бы прабабушка собственноручно укокошила половину населения округи. Юстина вспомнила о Наполеоне, протерла глаза и вернулась к тексту.

«...но все же я напишу. Вероятно, все же правда, что император соблазнился нашей прародительницей. Так-так, минуточку, мне надо подумать: эта дама приходилась моей матери бабушкой, а мне — прабабушкой, так значит, я — родная праправнучка Наполеона! Ну, это, разумеется, огласке предавать не стоит, ведь официально никто об этом не знал, включая прадедушку. И лишь после его кончины родные могли кое о чем узнать. А и в этом нет никакой уверенности, ведь бабушка ничего такого мне не говорила. Но ведь не без причины император столь богато одарил ее. И тот самый веер, из-за которого во времена моего девичества разгорелся целый скандал, тоже входил в число подарков Наполеона. Но есть и другие драгоценности. Должна признаться, что, когда я слушала бабушкин о них рассказ, меня даже в жар бросило. Ах, увидеть их!.. Может, и увижу...

А вот с Доминикой положение вещей совершенно ужасное: недаром говорят, что за грехи отцов страдают дети. По женской линии Блэндов переходит от бабки к внучке, так что достанется он мне. Доминика же ничегошеньки не унаследует. Жалко мне ее немного, но я ничего не могу поделать.

И кто бы мог подумать, что в прежние времена творились такие ужасы! Это мне бабушка в подробностях поведала: еще при короле Понятовском молодая госпожа Блэндовская погубила своего супруга, он покончил с собой, а потом снова ее сын связался с блудницей. Сама же она свое внебрачное дитя задушила и схоронила его в саду. Это раскрылось лишь много лет спустя. А и предков наших эти Блэндовские разорили, половина состояния на них ушла, так что прадедушке пришлось с большим трудом приводить свои дела в порядок. А когда уже Блэндовские разорились окончательно, ведь у них в роду швырялись деньгами *один другого хлеще, Блэндов перешел к Заводским. Из рода Блэндовских осталась где-то там полунищая Доминика, и бабушка пожалела ее. Она взяла последнюю из Блэндовских к себе в дом, сначала кормила ее из милости, потом же поставила ее ключницей. Однако бабушка моя поклялась не оставлять Доминике ничего по завещанию, и мне тоже придется принести такую же клятву. Только кров и хлеб пусть у нее будут до самой кончины...»*

Открыв тайну бедности панны Доминики, Юстина вздохнула с великим облегчением, так как этот необычайный факт с самого начала терзал ее. Как это, доверенной экономке, да вдобавок еще дальней родне, только и оставить, что сто рублей, и ничего больше?!.

Юстину дико интересовали упомянутые в дневнике любовные шашни времен короля Понятовского, однако же надежда на подробности ужасных событий даже не замаячила в ее душе. Единственным источником сведений мог быть только секретер панны Доминики, который она успела разобрать лишь частично, но письма от блудниц и адресованные блудницам там вряд ли можно было надеяться обнаружить. Тем не менее, секрет удалось выяснить, и это уже была победа!

И все-таки интересно, были ли панне Доминике известны причины, по которым она подвергалась такой дискриминации?.. В дневнике своем она не упомянула об этом ни единым словом...

И Юстина снова принялась за чтение.

«...если б она хотя бы красивой была, так ведь и этого нет! Вроде бы ничего отвратительного в ней нет, но она с детства какая-то скованная,

словно бы палку проглотила. И нельзя даже сказать, что она очень худая, нет, а ведь какой кажется костлявой. Сама не знаю... глазки маленькие, нос — большой, рот узкий и какой-то растянутый, а волосы — жиденькие, неопределенного цвета... Должно быть, со времен прекрасной Блэндовской-блудницы женская половина их рода уж очень сильно выродилась...

Я разглядывала ее, пока мы с ней говорили. И тут она сказала мне, что ей доподлинно известно о том, что в завещании ее благодетельницы, то есть моей бабушки, для нее ничего не будет и что она, панна Доминика, знает даже, почему, но говорить об этом не будет. Вот и все, она, при попытках расспросить ее на эту тему, глохнет и немеет. Я не стала настаивать, зная обо всем от бабушки, но у Доминики при этом был такой вид, что мне ее еще более стало жаль.

Ладно, Бог с ней, с Доминикой. Бабушка прямо сказала мне, что императорские подарки на виду не держит. Разные дела происходили, это всякому известно, во времена моего детства то и дело разгорались бои, к тому же мы сейчас находимся совсем не под той властью, о какой мечтали, безобразия творятся и бесправие, вот почему бабушка предпочла спрятать сокровища. А еще она с сарказмом спросила:

— А что же, мне за копчением колбас надо было надзирать в бриллиантовом колье?!

В последнюю свою бытность в Париже, еще при жизни дедушки, и в опере, и в великосветских гостиных на бабушку мою, ой, как все оглядывались. Надо ведь было себя показать, вот она и показала, тем более, было чем привлечь всеобщее внимание. И это был последний раз, потом

она уже никогда не надевала наполеоновские дра-
гоценности. Только жемчуга она иногда под пла-
тье надевает, ведь они умирают, если их не но-
сить. А было бы жаль.

И одно ожерелье она щедрою рукою тут же
мне и подарила, улучив момент, когда никто не
видел. Двойное, с бриллиантовым замочком,
а посередине каждого ряда — одна жемчужина
покрупнее прочих, черная. От такой красоты у
меня даже дыхание перехватило...»

Юстина в этот момент даже слегка поперхну-
лась. В ее памяти возникли смутные воспоминания времен детства: как это, ведь эти жемчуга
она сама на прабабушке видела! В Глухове было
большое торжество, золотая свадьба прабабушки и прадедушки, ей, Юстине, тогда лет восемь
было... Однако, как всякая нормальная девочка,
на украшения она внимание обращала: на матери было золотое платье со шлейфом, на тетке
Ядвиге — золотая шаль, ужасно длинная, на юной
еще тогда, еще не вдовой Барбаре — воротник в
виде мельничного жернова, кружевной, шитый
золотом, еще на какой-то даме... кто бы это мог
быть?.. Платье в золотые цветы, с золотым же
бантом... На всех было что-нибудь золотое, кроме прабабушки: она была в черном, с жемчугами
на шее. И только веер был у нее расписан золотом, вот именно, тот самый памятный веер с рубином в рукояти. Ну и эти жемчуга...

И куда же все это могло деться?..

Ну как же, Боже милосердный, ведь ответ должен быть заключен в дневнике прабабушки! Уже
и так понятно, что прабабушка все спрятала. Где?
В Блэндове, вне всяких сомнений, хоть она изо
всех сил напускает тумана. Езус Мария...

Юстина с жадностью набросилась на продолжение.

«...*ты должна носить их, сказала бабушка. Подбирай такие платья, чтобы все подходило, ты молода и бываешь в обществе, так что жемчуга носи всегда, ну разве что иногда нет.*

Я во весь голос возблагодарила Господа за то, что у меня есть дочь. Бабушка же сказала:

— Может, у тебя их будет еще больше, так что и внучки должны появиться на свет, ты же сама видишь, что наследует мне не твоя мать, а ты.

Ну а дальше бабушка поведала мне о том, как поступила с императорскими сокровищами. Она их спрятала, но не слишком удачно, вот в чем все горе и состоит. Правда, есть еще один тайник, намного надежнее, старинный, но его следует подновить и кое-что там изменить. О тайнике еще прабабушка позаботилась. Делали же его двое доверенных слуг, которые поклялись обо всем молчать. Главным был Шимон. А ведь Шимона я с детства знала, он часто развлекал меня, а руки у него были просто золотые. Сейчас он уже очень стар, жить ему осталось недолго, так что бабушка записала, как открыть тайник, и эти записи достанутся мне после ее смерти. А еще она сказала мне, что весь господский дом подвергся переделке и реновации, еще при жизни ее матери. Однако основа осталась прежней. И именно на старинную кладку мне следует обратить особое внимание. А уж три ключа на одном кольце беречь как зеницу ока...

Мы с бабушкой вели долгие, неспешные беседы, когда днем, когда вечером, а когда и по ночам. Она интересовалась, как мне живется с

Матэушем, и я призналась ей, что Господь благословил меня на этот брак. Да, мы с ним иногда ссоримся, но, видимо, лишь для того, чтобы внести разнообразие, ведь примирение наступает почти что незамедлительно, а тот самый мой скандальный брачный контракт оставляет мне всяческую свободу действий. Бабушке это весьма понравилось.

Из любопытства я спросила ее насчет прабабушки, потому что казалось мне, что она, должно быть, была изрядно красивой. Как оказалось, сама прабабушка повелела оставить портреты в Пляцувке, ибо это — памятное место. Я уже не стала интересоваться, ведь разве кому известно было, когда и куда император устроил себе увеселительную поездку, а ведь из Яблонны до Пляцувки не так уж и далеко... И я решила при первом же удобном случае съездить туда и взглянуть на портрет прабабушки...»

«...так я и гостила у бабушки, пока не приехал за мной Матэуш и не забрал меня домой. А дома снова Зэнины дела вышли на первый план, о чем Матэуш ранее ни единого слова мне не сказал. Боже, какой ужасный человек! Однако другого мужа мне, наверное, и не надо бы было. Матэуш позаботился о перекладных лошадях, так что добрались мы домой всего за один день. На следующий же день я отправилась навестить Зэню, будучи уже немного наслышанной о произошедших в мое отсутствие переменах, так как Матэуш все же не смог слегка не проговориться.

Пан Базилий проявил упорство и поспешность, приготовив все к возвращению Зэни и полагая, что вернется она одна и уставшая. А от усталости ужин съест легкий, возможно, ванну еще примет, после чего отправится спать, перед сном же любимого своего напитка отведает, после чего ночью приключится с ней приступ боли, который все спишут на усталость после долгого пути. Ее сок из смородины уже был приготовлен, пан Базилий к приходскому священнику играть в марьяж отправился, чтобы, на всякий случай, никто не застал его дома. А в соке этом больше было белены и всякой иной отравы, чем смородины. Это проверил агент, следивший за паном Базилием и видевший, как тот подменил графинчики. Он отправил эту мерзость в какую-то там лабораторию, так они это место назвали. Если б только Зэня напилась ее, она вряд ли дожила бы до утра. Однако ж она пить ничего не стала, отправившись тайно к пану Розтоцкому. Но все равно агент следил за тем, чтобы она даже и рукой не касалась этого напитка.

Лишь на следующий день агент отправил содержимое графина на анализ, после чего Матэуш поступил так, как посоветовала ему я. Они с агентом поговорили с паном Базилием наедине, рассказали ему все, что было известно, подкрепив свою речь показаниями свидетелей и сказав о том, что Зэня вышла замуж и составила в пользу мужа завещание. После же спросили, что ему предпочтительнее: или жить в имении из милости, но во всем сознаться, или же отправиться восвояси, и тогда все его преступления будут скрыты во имя фамильной чести. Пан же Базилий в ответ повел себя невероятно нагло. Он заявил, что с удовольствием уедет, так как видит, что здесь ему ничего не получить, однако ж фамильная честь обойдется в тысячу рублей, каковую ему должно будет выплатить, дабы он не оставил после себя плохую память. Матэуш от такой наглости чуть не упал замертво, агент же скоренько обломал пана Базилия, и тот вскоре согласился на половину первоначальной суммы.

Господь воистину сотворил чудо и явил нам свою милость, так что к моему возвращению пана Базилия уже не было, а жизнь Зэни — вне опасности. Однако же пан Базилий, подлая душа, отомстил и о ее замужестве слухи распустил. Ко мне тут же стали приступать с расспросами, ну а я стала говорить о том, что все дело упиралось в огромное наследство, пан Розтоцкий снискал себе вновь состояние, а неприличная поспешность обусловлена была условиями завещания. Кажется, что агент и с жидами все дело насчет слухов, благоприятных для Зэни, устроил...»

«...из чистого любопытства, потому что слухи о пане Базилии все-таки немного распространились, люди не стерпели и к Зэне стали наведываться, да столь настойчиво и бесцеремонно, что пришлось ей спешно приглашения разослать. Все делают вид, что осуждают ее, однако же пан Розтоцкий и в самом деле происхождение свое ведет из рода весьма почтенного, так что уже начинают поговаривать, что конюшим он сделался ради собственного удовольствия. А пани Вальдэцкая даже выдумала, что он уже давно по Зэне сох и из любви к ней еще к покойному дядюшке на службу поступил ради того, чтоб хоть издали на нее любоваться. В общем, из всего этого получился настоящий роман, история пылкой и верной любви, а то, что в деле были замешаны деньги, никого не волнует...»

«...Матэуш увидел жемчуга, которые я, по повелению бабушки, под платьем носила, и выудил из меня, что это — не единственное, что после

*императора уцелело. О Наполеоне он сам дога-
дался, ведь я отпиралась и отпираюсь, не желая
марать честь своих прабабушек...»*

Пока Юстина добралась до конца Зэниных
перипетий, прошло столько времени, что Павлик
успел окончить учебу в институте пищевой промышленности, косьминский Юрочка поступить
в сельскохозяйственный, Амелька — подать на
развод, Маринка же — найти себе жениха. Тетка Барбара отправилась в Швейцарию, дабы привести в порядок свои финансовые дела, и вернулась оттуда не слишком довольная жизнью. Как
выяснилось, от денег остались жалкие крохи.
Зофья в Косьмине скончалась, но Ядвига, вдох-
новляемая фактом существования внука, держалась молодцом. Людвика городские власти обя-
зали привести в порядок дом. Это требование
продиктовано было исключительно вредностью,
так как какой-то госчиновник пожелал приобрести здание в свою собственность. Благодаря об-
наруженным в сейфе и тщательно сбереженным
долларам чиновника оставили с носом. Владение
конвертируемой валютой, особенно доставшейся в наследство от предков, перестало уже к тому
времени являться преступлением, караемым смертной казнью, так что Людвик восстановил из развалин две комнаты, отремонтировал крышу,
а также еще одну ванную, тем самым приобретая дополнительный метраж, с которым не знал,
что делать, чтобы не попасть под прицел господ-
ствующего строя.

К счастью, тут вернулся тридцатилетний уже
Дарэк, сын Людвика, вместе с молодой женой из
состоятельной семьи. По счастливой случайно-
сти, Дарэк, наконец, получил работу в варшав-

ском Институте археологии, так что смог привезти супругу в столицу. Кроме того, они ждали ребенка. Три человека же на эти две комнаты решали проблему полностью.

Богатая родня Дарэковой жены решила, в качестве свадебного подарка, разориться на «мерседес». Варшавскую же родню это событие потрясло до глубины души: ведь довоенные автомобили, которыми некогда пользовались члены этого семейства, пропали уже в начале войны, так что этот «мерседес» блеснул воспоминанием о прежней роскоши. Все молодое поколение тут же кинулось на курсы вождения, дабы получить водительские права. Старшее же поколение в лице Болеслава, Барбары и Юстины таковые имело с юных лет, и даже более того, все они действительно умели водить машину. Старые же их водительские права были до сих пор действительны. Предусмотрительная Юстина продлила их, на всякий случай, сразу же после войны, и теперь праздновала победу, вновь проявив дар предвидения и здравый смысл. «Мерседес» — неплохое начало: быть может, в семье появится больше механических средств передвижения...

— Если бы только можно было просто пойти и купить себе автомобиль! — раздраженно высказалась Барбара. — Но эта система распределения... Одному только Славику может что-то и перепадет.

— У меня служебная машина, — с грустным вздохом промолвил Болеслав. — С водителем...

— Машину! — гневно фыркнула Амелия. — Я себе даже приличный увеличитель не в состоянии купить!

— А я бы и от мотоцикла не отказался, — пробормотал Павлик.

— Купить можно, — назидательно произнес Дарэк. — Частным путем, от моряков, иномарку б/у, требующую ремонта. И черт знает в каком состоянии.

Семейство вновь собралось в полном составе, чтобы поздравить молодых. Дополнительно родные намеревались высказать свое неодобрение Маринке, которая совершенно одурела на почве замужества в возрасте семнадцати лет, до окончания средней школы.

Именно с Маринкой у Юстины было больше всего хлопот. О высшем образовании для дочери она даже и не пыталась мечтать, так как было понятно, что интеллект последней колеблется где-то на уровне прабабушек, а не современной молодежи. Но аттестат зрелости Маринка должна была получить, так как бумажки такого рода уже начинали приобретать определенный вес.

За столом Гортензии собралось четырнадцать человек. Людвик с Гортензией, неким образом на почетных местах, Дарэк со своей молодой женой, Иоасей, Ядвига, с обожанием глядевшая на внука, восемнадцатилетнего уже Юрочку, Дорота с несколько подорванным здоровьем, Барбара, разводящаяся с мужем Амелька, разумеется, без мужа, Юстина с Болеславом и все их чада: Павлик, только что получивший диплом, семнадцатилетняя дурочка Маринка, и самая младшая, одиннадцатилетняя Идалька.

В самом начале Людвик произнес речь.

— Ну что ж... дорогие мои... мы очень рады приветствовать в своем кругу Иоасю, да, кстати, жена подсказывает мне, что она пришлась весьма кстати, а то за столом снова было бы тринадцать человек... А это — плохая примета...

— Почему это плохая? — подозрительно поинтересовалась его родная сестра Барбара, перебив Людвика.

Людвик, несколько сбитый с толку, бросил на нее жалобный взгляд, однако ответить ничего не успел.

— Неужели ты не помнишь, как в прошлый раз, когда за столом нас было тринадцать, пострадали последние брюссельские кружева Дороты? — возмутилась Гортензия. — К тому же еще все, что могло, разбилось, не стол был, а побоище какое-то...

— А!.. Может, и так... Ну, хорошо, хорошо, можешь продолжать.

— Я забыл, что хотел сказать, — с обезоруживающей откровенностью признался Людвик. — Ну, нашего полка прибыло... Нет, не это. Дети растут...

— В противоположность деньгам, — услужливо подсказала Барбара.

— В противоположность деньгам, — повторил Людвик и вздохнул. — Но нам и так приятно... Ну, приятно вообще. Ну так... как это.. ваше здоровье!

Официальная часть завершилась, и можно было приступить к развлекательной части. Барбара, Дорота и Амелия проявили внимание к несколько оробевшей Иоасе, Павлик, заинтересованный производством пищевых продуктов, вцепился в Ядвигу и Юрочку, Людвик просвещал Болеслава в вопросах разведения лошадей, Маринка пыталась обрести союзника в лице недавно женившегося Дарэка, Гортензия то и дело потчевала всех и каждого, Юстина пристально таращилась на все еще почерневший и, честно говоря, нераспознаваемый портрет прабабушки, не слушая, что ей говорят. Идалька же хранила вежливое молчание.

— Дядюшка, нельзя ли, наконец, прабабушку хоть немного отмыть? — внезапно спросила ее мать. — Дядя Людвик! Не отдать ли вам прабабушку в реставрацию? Ведь это, наверное, и стоит-то не так дорого?.. Дядя Людвик!

Людвик с некоторым усилием оторвался от описания рождения необычайного жеребеночка женского пола на конном заводе в Мошне, пытаясь в течение нескольких секунд вспомнить, кто же приходился прабабушкой этой кобыле неземной красоты. Он даже мельком удивился, кому это понадобилось мыть ее, и лишь после этого вник в суть вопроса своей племянницы. Взгляд его был тут же направлен в сторону стены.

— А, прабабушку... Отчего же нет, можно... Но...

— И прадедушку. Раз прабабушка уделила особое внимание этим портретам в своем завещании, о них, наверное, следовало бы позаботиться? Тетя Гортензия сама говорила, что завещание — дело святое...

— Ну, говорила, — без особого желания призналась Гортензия. — Иоася, вон те грибочки попробуй... Я так считаю. Вот мы и позаботились, здесь им ничто не угрожает.

— Но они такие черные...

— А разве это можно отмыть? А если мы их повредим этим мытьем?..

— Ну что вы такое говорите, тетя, сейчас все картины можно обновить, то есть почистить, им это никак не вредит, — возмутилась Амелька, некоторым образом причастная к произведениям искусства, после чего тут же вернулась к разговору с Иоасей.

— Это, должно быть, дорого, — сказала Гортензия.

— Пусть даже и так, нас это, наверное, не разорит? — мимоходом заметила Барбара.

— Кого как. Все, что было у нас, ушло на дом.

— Я не могу говорить всякие умные вещи, потому что у меня денег нет, — кисло произнесла Юстина. — Однако, в конце концов, прабабушка с прадедушкой не только мне предками доводятся. Вся их родня сидит сейчас здесь.

Людвик смутился. Он ощущал себя некоторым образом главой этой семьи, но ведь Дорота была старше его, и он неуверенно взглянул на нее.

— У меня тоже денег нет, — с достоинством заявила Дорота. — Я у кузена живу, из милости. А моя дочь остается на содержании тетки...

Тут уж пришел черед бурно возмутиться Болеславу. Он настоятельно напомнил о том, что работает, и, по нынешним временам, совсем неплохо зарабатывает. Его сестра тоже работает, и тоже что-то там зарабатывает. Юстина, с некоторым усилием, воздержалась от скромного замечания касательно того, что его прекрасные заработки позволяют им лишь питаться, и ничего более, если бы не Барбара, то им пришлось бы, вероятно, обувь плести себе самим. Из лыка. Барбара, оторвавшись от Иоаси, приняла участие в зарождающейся ссоре, напомнив, что, начиная с конца войны, все они паразитируют на Ядвиге, а нынче и на Юрочке, а иначе всю свою жизнь потратили бы на стояние в очередях за мясом. Ядвига замахала руками и стала великодушно все отрицать. Юрочка же, весьма огорченный, пытался уведомить родственников о том, что он в настоящий момент переводит все хозяйство на витамины, сад и теплицы, так что с мясом у него самого могут возникнуть затруднения. Гортензия с тоской вздыхала, вспоминая о канувшем в Лету богатстве, доставшемся ей в наследство от предков. Осталось лишь то, что было на ней, а ведь приданое у нее было что надо. О прабабушке с прадедушкой все забыли, и дискуссия исподволь свернула в сторону денег.

Хуже всех представлялось финансовое положение Дороты, которая, теоретически, жила на весьма скромную пенсию после Тадэуша. Затем шли Юстина с Болеславом и тремя детьми: кроме зарплаты Болеслава у них, собственно говоря, ничего не было, потому что Блэндов был экспроприирован уже давно.

Однако Ядвига была личностью благородной. Несмотря на свое молитвенное отношение к Юрочке, несмотря на то, что ради него готова была превратиться в неумолимую хищницу, Ядвига превозмогла себя и проявила крайнюю порядочность, мужественно напомнив родным, что Косьмин достался ей в наследство от матери, а дочерью этой же матери и родной сестрой ее, Ядвиги, является не кто иной, как именно Дорота. И честно говоря, хотя после войны пришлось всячески изворачиваться, половина Косьмина по закону принадлежит Дороте. Разумеется, делить они эти двадцать гектаров не станут, и Дорота не будет сейчас заниматься кормлением птицы и сбором яблок с деревьев, но вот половина доходов ей полагается. Тут уж запротестовала сама Дорота, напомнив Ядвиге, что эти самые возрастающие доходы — не ее, Дороты, заслуга, а Ядвигина, а теперь еще и Юрочкина. Так что ни о какой половине и речи быть не может, не примет она ее, и пусть они хоть убьют ее, не примет — и все.

— Это был бы весьма оригинальный мотив убийства, — задумчиво произнес Юрочка. — Жертву убили, так как ей не хотелось денег.

— Да нет же, хочется мне их, — оскорбилась Дорота, как будто ее заподозрили в чем-то крайне неприличном. — Но родную сестру эксплуатировать не буду. Даже ради родной дочери я на такое не пойду!

— За дочь ты можешь так бурно не переживать, — высокомерно буркнула Барбара.

— Ты совершенно права, — одновременно похвалила Дороту Гортензия. — Половину — нет, а вот четверть дохода ты можешь получить...

— Четверть мы все уже давным-давно получили, мясом, сырами и всякой всячиной!

— Но денег — ни гроша, — сурово изрекла Ядвига. — А теперь ты их получишь. И мы все оценим, как полагается, чтобы Юрочка мог тебе все выплатить. За один раз все не получится, мы будем выплачивать тебе эту сумму в рассрочку. И Юстинка в этом, и Болечек, и ваши дети, так что давайте уж сразу и решим этот вопрос, чтобы Юрочка не погряз в долгах.

По кратком размышлении семейство предложение одобрило, испытав при этом прилив великого облегчения. Всем вдруг показалось, что финансовые трудности канули в Лету, и причин для беспокойства больше нет. Людвик вернулся к беззаботной болтовне с Болеславом о лошадях, причем в нее активно включился и Юрочка, Павлик мечтал наяву о настоящей, то есть Западной, Европе. Ведь, хотя ему было уже обеспечено место работы, да еще где, в отеле «Европейский», в качестве помощника шеф-повара, и в этом, разумеется, помогла ему Барбара, но юношу манил большой мир. Юстина объясняла Гортензии, что желает взглянуть на лицо прабабушки, дабы убедиться воочию, в самом ли деле та достигала красотой своей императорских высей, Дорота же выражала исполненные возмущения сомнения в ухаживаниях Наполеона. О Маринке, можно сказать, все и думать забыли, но тут она сама неосторожно обратила на себя всеобщее внимание.

— Как это, — неожиданно заговорила она, — так ведь и на мое замужество тогда денег хватит. На платье и на фату. А свадьбу можно здесь отпраздновать, скромненько.

Посторонние разговоры угасли на полуслове, как отрезало. Юстина отвлеклась от красоты фривольной прабабушки.

— Идалька, сходи, посмотри, как там бабушка обставила новые комнаты наверху, — сказала она ласково, но весьма настойчиво. — Ты их еще не видела.

— Видела, — вежливо возразила Идалька, — но могу еще раз посмотреть.

— И полюбуйся с высоты садиком, — доброжелательно посоветовала Барбара.

— Вот именно, — тут же подхватил Павлик, — в это время года, в ноябре, там красота просто неописуемая.

Идалька как-то странно повела глазами, однако послушно выполнила приказ старших. Дорота проводила поднимающуюся по лестнице внучку взглядом и тут же сделала дочери замечание:

— Наконец-то! Да где же это видано, чтоб при ребенке о наполеоновских амурах сплетничать?

— Наполеон все же фигура историческая, — попытался замять вспыхнувший было конфликт Людвик. — Цезарь и Клеопатра — тоже не лучезарный образец высокой морали, а ведь все-таки молодежь учится...

— И неправильно это...

— Значит ли это, что и я должна последовать примеру Цезаря и Клеопатры? — сердито поинтересовалась Маринка. — Пожалуйста, мне не жалко. Но жить мы будем вместе!

— Интересно, где? — спросила Гортензия.

— У него. Он скоро получит квартиру, их дом идет под снос, это развалина на Кошиковой. И молодой перспективной семье дадут три комнаты. А у меня будет ребенок.

— Иисусе сладчайший... — с ужасом прошептала Юстина, в памяти которой тут же всплыл ужасный пример панны Зажецкой. — И ты ничего мне об этом не сказала?..

— А когда, интересно? Вы ведь, мама, не слушаете, что вам говорят, только знай мучаете какую-то Зэню столетней давности.

— А кто он вообще такой, этот юный негодяй, ее жених?! — разнервничалась Дорота.

— С вашего позволения, бабушка, не негодяй!..

— Студент политехнического, факультет электротехники, токи малого напряжения, — по-деловому вмешалась Амелия. — Скоро закончит, он на последнем курсе. Из состоятельной семьи, у них четыре комнаты, при сносе дома их расселят, но за новую квартиру придется заплатить. Я с ними знакома, они дочку замуж выдавали, а я на этой свадьбе работала фотографом. По заказу, им это обошлось в копеечку.

— Какой дочки? — поинтересовалась Гортензия.

— Их дочки. Сестры этого самого жениха, как его там?.. Ах да, Янушек.

— И у них хватило денег?..

— Еще как хватило. Будущий свекор всю войну просидел в Англии, занимая высокий пост, он какая-то большая шишка в науке, но патриотично вернулся на родину. Счет в лондонском банке у него легально.

— А тебе откуда все это известно?

— Ну а как же, я ведь с ним знакома. Я больше из него выдоила, чем эта влюбленная идиотка. Я знакома со всей их семьей.

— Буржуа... — вырвалось у Дороты.

— Ну и что из этого? Зато они богаты...

— И много их там, в этой развалине под снос? — подозрительно поинтересовалась Барбара.

— Пятеро. Родители, сестра жениха с мужем и сам Янушек. Если он женится, будут три семьи и будут иметь право на три отдельные квартиры.

— В таком случае пусть уж они поженятся, — решительно высказалась Гортензия. — И там, у них, Маринка будет жить. А деньги как-нибудь уж мы найдем, пусть не говорят, что он взял ее в одной рубашонке!

— Но ведь, тетя, ей всего семнадцать лет!..

— А сколько было прабабушке, дневник которой ты читаешь уже, слава Богу, двадцать лет подряд?

— Не двадцать, а всего лишь восемнадцать. Ей было семнадцать, но ведь и времена тогда были совсем другие!

— А школа? — сурово спросила Барбара. — А аттестат зрелости?

— А к чему он, ведь не в университет же ей поступать... Ну так я и говорю, что хотя бы школу ей надо закончить, аттестат получить! — с отчаянием простонала Юстина. — Выпускной класс! Если она выйдет замуж, ее же исключат!

— Если родит внебрачного ребенка, тоже исключат, — разумно заметила Амелька.

— И рожу,— упрямо заверила их Маринка.— И никто меня не заставит не рожать.

— В прежние времена ее можно было бы куда-нибудь увезти и скрыть до поры до времени, никто бы ни о чем не узнал и не было бы никаких сплетен, — угрюмо сказала Дорота. — А теперь что? Все явно, и такой позор...

— Может, в Косьмине?.. — робко подсказала Ядвига.

— В Косьмине я тоже не сдам экзамены на аттестат зрелости, — зареклась Маринка.

Юстина внезапно выключилась из общей дискуссии, так как история панны Зажецкой нахлынула на нее со страшной силой. Ведь эта кретинка так убивалась по своему возлюбленному, интересно, будет ли что-нибудь о ней в дневнике прабабушки... И праведный гнев Юстины на свою глупую дочь пошел на убыль: не она первая, не она последняя, в конце-то концов...

Тут Барбара, привыкшая разбираться с различными проблемами самостоятельно, приняла решение и распутала конфликт.

— Нечего рыдать над пролитым молоком, — сказала она весомо. — Ну, сделала она глупость — ничего не поделаешь, что с возу упало, то пропало. Пусть уж они обвенчаются и поселятся в развалине под снос, а она окончит вечернюю школу. Поступит в последний класс и получит аттестат. При таком условии я согласна и денег на квартиру, если понадобится, добавлю.

— Тогда я устрою свадьбу, — предложила Гортензия с неприличным энтузиазмом. Однако она никак не смогла удержаться и скрыть свои истинные чувства. Гортензия обожала устраивать приемы, а благовидных предлогов было так мало!

Настроенная на значительно большее сопротивление, Маринка подавила в себе удивление и бросилась на шею всем своим теткам и бабушкам. Жених был представлен родне на следующий же день. Он произвел прекрасное впечатление, проявив великолепное домашнее воспитание, манеры у него были безукоризненные, иностранными языками он тоже владел, ну, может, к жизни подходил несколько излишне оптимистично, но, в конце концов, безмятежность души — это не дефект. Была надежда на то, что он как-нибудь уживется с Маринкой.

Выдать дочку замуж безо всякого приданого, перед лицом дневника прабабушки, было для Юстины абсолютно немыслимым. Амелия могла устраивать какие угодно фокусы, так как была совершеннолетней, независимой материально и росла без матери. Однако Маринку сироткой не назовешь, да и времена уже наступили мирные. Так что ее следовало снабдить всем необходимым, да так, чтобы разбогатевшая буржуазия не заносилась. Чтение дневника, так же, как и портрет, были забыты, свадебный наряд приобретен в валютном магазине на деньги Барбары, но о разных там простынях, полотенцах и личных вещах Юстина должна была позаботиться сама. От Маринки, вынужденной посещать школу до конца полугодия, проку большого не было, несмотря на то, что решалось именно ее будущее. И все снабженческие сложности упали на плечи Юстины.

Торжественное венчание прошло в костеле святого Михала, после чего Маринка и впрямь поселилась у родителей мужа, но спокойствие продолжалось недолго, так как снос развалин оказался правдой. Молодые получили отдельную квартиру, и Маринке следовало помочь уже с меблировкой оной. Потом родилась Эва, потом Павлик стал собираться в путешествие по Франции, потом Амелька решила снова выйти замуж за коллегу по профессии, и они общими усилиями устраивали себе фотоателье на каком-то чердаке, потом Людвик свалился с лошади и сломал руку, после чего нуждался во всяческом обслуживании и выхаживании, а во всех этих мероприятиях никак нельзя было обойтись без помощи Юстины. Она все еще была молодой, все еще нигде не работала, располагая свободным временем, и все так же отличалась рассудительностью, сдержанностью и уравновешенностью. Она подбирала мебель для Маринки, давала советы Амелии, ходила по инстанциям ради Павлика, утешала Гортензию, была сиделкой при Людвике и возила его к его горячо любимым лошадям...

К дневнику прабабушки ей удалось вернуться после двухлетнего перерыва, ощутив это возвращение как пропуск в рай.

«...я снова целую неделю провела в Блэндове, так как в бабушке жизнь уже едва теплилась. Ее указания я записала на маленьких листочках, потому что, отправившись туда в спешке, не взяла с собой свой дневник. Хуже всего то, что у бабушки стала очень быстро пропадать память, вследствие перенесенного ею легкого удара, так что я сама уже не знаю, что она сказала мне осмысленно, а что перепутала. Все, что мне удалось понять, я выполнила. По ее пожеланию я разыскала весьма неразборчивые записки, которые хранились в тайнике секретера. Как оказалось, принадлежали они еще перу моей покойной прабабушки. Бабушка велела мне сохранить их, но прочесть их с первой попытки мне не удалось.

Как мне показалось, бабушка приказала внести кое-какие изменения. Я тут же подумала, что кто-нибудь мог что-то увидеть или о чем-то догадаться, и я сразу же решила перепрятать драгоценности по-своему. Я сначала даже чуть было не решила взять их с собой, в Глухов. Опять же в Глухове нет никакого тайника, а ведь вещи все весьма соблазнительные. И крупные, табакерка с портретом императора, к примеру...»

«...все легло на мои плечи, ведь именно я была ее главной наследницей. Бабушка отдала Богу душу, а мне пришлось взять бразды правления в свои руки и позаботиться о достойных похоронах. С этим я справилась надлежащим образом, дождавшись даже комплимента от своей матери, которая сказала, что не ожидала от меня такой расторопности. Замечания различные высказывались, весьма двусмысленные, и хорошо еще, что никто ничего не украл. Это заслуга Доминики, которая приглядывала за чужой прислугой. Потому что из наших, могу сказать со всей уверенностью, никто ни единой булавки бы не тронул. Меню я продумала весьма тщательно, особенно миндальный торт необычайно удался...»

Описание поминок заняло у Матильды всего лишь две страницы, но зато подробное перечисление траурных туалетов растянулось на пять, так как прямо из Парижа пожаловала очень дальняя родственница, когда-то панна Кларисса, ныне же баронесса Гардан, и привезла оттуда новую моду отделывать бархат черными кружевами. Кроме того, тетя Клементина раскопала в глубинах своих шкафов украшение истинно кладбищенское, а именно искусно вырезанные из слоновой кости черепа, вызывающие одновременно одобрение, легкую зависть и такое же омерзение.

Тут же после похорон Матильда, избавившись от гостей и родных, поссорилась с Матэушем.

«...я сразу сказала ему, что так скоро уехать не могу. Мало того, что надо было спрятать подальше от чужих глаз серебряный сервиз, так еще и изменения, оговоренные с бабушкой, мне ввести предстояло. А предпочла я сделать все это сама, даже Матэушу ничего не говоря, за что он на меня разозлился. Ему надо было возвращаться домой, присматривать за хозяйством и дела вести, ведь бабушкины похороны пришлись как раз на страдное время, чем я была весьма довольна. Безо всяких угрызений совести, потому что мое это дело, а не его, я обманула Матэуша, сказав, что через два дня после его отъезда вернусь домой, а сама еще почти целый месяц провела в Блэндове.

Вернувшись же, наконец, домой, я сделала все, что нужно, и помирилась с ним после грандиозного скандала, финал которого был весьма пламенным, на что я отнюдь не жалуюсь...»

«...я постоянно беспокоюсь, не случится ли там ничего плохого. Прислугу я уволила, оставив лишь несколько человек, самых преданных, остальные же отправились восвояси, потому что жене дяди Карпевского безразлично было, кому на ухо нашептывать, а хоть бы и прислуге. Ключи же на одном кольце закрепить я велела уже здесь, дома... Терзаемая сомнениями, я, кажется, напрасно забрала с собой сервиз, особенно же вазу суповую, каменьями изукрашенную. Ведь слишком это ценная вещь, чтоб ее для кого попало на стол ставить. Хотя, с другой стороны, о Наполеоне по ней догадаться невозможно: ваза намного древнее времен императора. Бабушка, упокой, Господи, ее душу, говорила, что это — вещь эпохи Возрождения, ну, не знаю даже... Но уже даже одни рубины, бриллианты и сапфиры, коими она украшена, свое значение имеют. Кажется мне, что ничего подобного ни у кого больше нет, ну так и не в буфете же я ее хранить стану. И все же я, кажется, зря привезла ее домой...»

«...одни лишь жемчуга я себе оставлю, а за драгоценностями, в случае надобности, сама съезжу...»

В душе Юстины снова что-то дрогнуло. Так что же, в конце-то концов, с этими драгоценностями?..

«...придется мне за засолкой огурцов самой проследить, чтобы ядреными получились и до весны таковыми оставались. Если бы не все эти работы, я уже уехала бы. Единственное утешение в том, что здесь назревает чрезвычайно забавный скандал, потому что Зэнина пани Липович нашла себе воздыхателя. Да ведь ей, по меньшей мере, сорок лет, а может, и все сорок пять, хотя сама она сознается лишь в тридцати четырех. По моим подсчетам, ей уже лет десять тридцать четыре года. Они как пристали к ней, так ни на шаг вперед продвигаться не желают. Хотя, надо сказать, лицо у нее гладкое, морщин очень мало, а фигура, хоть и излишне пышная, но все же форм весьма приятных для глаз.

Зосенька моя, сама о том не ведая, скандалу этому поспособствовала, так как отправила к Зэне своего управляющего, когда я сказала ей, что пан Розтоцкий свое якобы наследственное и весьма запущенное имение не продать намеревается, а поднять хочет, и какие-то новые методы применить при этом. А так как пан Хенрик занят своими заводами, Зося охотно руководила имением и самостоятельно отдавала приказы управляющему. Вот и отправила она управляющего к пану Розтоцкому. А так как в ту пору господ не случилось дома, принят он был пани Липович, и из чистой скуки она его развлекать разговором принялась. Управляющий же с первого взгляда насмерть в нее влюбился. Именно такой вывод напрашивается, потому что ездит он туда как безумный, просиживая по многу часов подряд, лишь бы подстеречь пани Липович, да и она отнюдь не против. Правда, принимает для видимости вид оскорбленной невинности, но видно невооруженным глазом, что на самом деле она готова броситься ему на шею. И кажется мне, что пани Липович охотно стала бы хозяйкой в собственном доме, пусть даже и через неравный брак. Смешно все это и неприлично, ведь она из порядочной семьи, и уже первый брак опустил ее в более низкие сферы, а теперь и совсем, можно сказать, в простонародье угодит. Однако говорят еще и то, что Зосин управляющий неплохо у нее подкормился и сейчас на больших деньгах сидит...»

«...Ужасные дела нынче творятся, и все жалуются на то, что дворянская честь в совершеннейший упадок приходит, дочерей отдают Бог знает за кого, и сыновей тоже Бог весть на ком женят. Но знаю сама: молодой Эдя Вальдэцкий взял в жены купеческую дочь, и все в обществе клялись, что принимать ее не будут, крик стоял страшный, хотя и на расстоянии, так как молодые в Варшаве венчались, и что же сейчас? Дворец приведен в порядок, все поставлено на широкую ногу, а когда они вернулись из свадебного путешествия, то все тут же побежали к ним с визитами из любопытства. Я тогда основательно повеселилась. Рядом с этой купеческой дочкой наши дамы и девицы служанками казались: и туалеты, и манеры, и стать у нее словно у истинной принцессы. А панна Потоцкая, как оказалось, ее самая близкая, сердечная подруга. Правда, особой красотой молодая не отличается, зато золота у нее не счесть, и к великосветской жизни привычна она как редко кто. И вдобавок еще, следует заметить, купеческая дочка отнюдь не глупа...»

«...и еще один ужасный скандал! Поздним вечером нежданно кто-то постучал в нашу дверь. Все были дома, так что я не испугалась. Тымэк пошел открывать, потому как он — самый сильный среди наших лакеев, а Вавжинец, на всякий случай, встал за ним с фузеей. Оказалось, что не злодей к нам явился, а Веся Шелига, одна-одинешенька, пешком, и едва живая. Она упала мне в ноги, вся в слезах. Я думала, что она или разума лишилась, или же несчастье какое приключилось. От нее невозможно было добиться ни единого связного слова, и я уже стала предполагать самое худшее: может, пожар случился или грабеж какой. Вместе с Матэушем, с Кларочкой и со всеми женщинами в доме мы старались привести Весю в чувство. Матэуш хотел уже за доктором посылать, и лишь тогда несчастная внятно воскликнула: «Нет!» И тут уже у Матэуша лопнуло терпение. Он чуть ли не насильно влил в нее большую рюмку горилки. Лишь после этого Веся, отдышавшись, перестала дрожать и начала говорить.

Я сразу же поняла, что ее рассказ не предназначен для ушей прислуги, и всех из кабинета прогнала. Так как повсеместно известно, что Зэня в своих горестях ко мне прибегала и я ей помогала, то и Веся так же поступила, и, кроме того, мы — их ближайшие соседи. С превеликим смущением она призналась мне, что высмотрела себе уж совсем непонятно кого, управляющего несколькими сахарными заводами. Он и новые возводит, и над всеми начальство имеет, будучи компаньоном хозяев. У Весиного отца этот человек для своих нужд участок земли покупал, так они с ним и познакомились. Веся влюбилась в него без памяти, — он в нее тоже, и даже осмелился сделать предложение. В ответ же ее отец, в безумном гневе, заявил, что скорее дочь родную жизни лишит, чем голодранцу отдаст. Я отнюдь не удивилась этому: старый Шелига высоко целится, сына своего женил на Конецпольской, а тут вдруг какой-то Потыра, непонятно откуда, простой рабочий. Я была поражена до глубины души таким неприличным союзом и сразу же все ей высказала. В ответ Веся подскочила с криком, что это неправда и что пан Потыра из старой шляхты, хотя и не из магнатов, и что никакой он не рабочий, а высокообразованный человек, получивший образование в Вене и в Берлине, и что совсем он не голодранец: заводы, которыми он управляет, наполовину — его собственность, и средства у него имеются. Вот какую пылкую тираду она произнесла в мой адрес, добавив еще, что он возьмет ее замуж безо всякого приданого.

Тут я спросила, знает ли ее отец про приданое, подумав, что у Шелигов еще три дочери на выданье, кроме старшей, замужней. Всем известно, что на ее приданое отец потратил все, что у него было, лишь бы только за графа Струминьского ее выдать. Так что на приданое других дочерей много у него остаться не могло, и это уже кое-что. Веся ответила мне на это, что о приданом даже и речи еще не было, так как после первых же слов пана Потыры ее отец схватился за саблю, сорвав ее со стены. К счастью, оказалось, что это были одни лишь ножны, без клинка, вследствие чего вышел большой конфуз, так что кровавых эксцессов не последовало. Лишь крик поднялся такой, что пан Потыра ретировался. Ей же запретили даже вскользь упоминать о нем.

Однако влюбленные не отступили и стали встречаться тайно, чтобы держать совет, как бы им уведомить отца Веси о приданом. Ведь Весе прекрасно известно, что на приданое для нее и ее незамужних еще сестер денег у родителя уже нет. Значит, я угадала верно. Веся далее сказала, что из-за отцовских амбиций они с сестрами останутся в старых девах и уйдут в монастырь или же станут жить из милости у своих сестры и брата. Веся вдруг так разоткровенничалась, что я даже удивилась. Ни одна из сестер дивной красотой не отличается, даже граф Струминьский не на Марию польстился, а на огромное приданое, которое отец наскреб для нее, обездолив остальных дочерей. И если нашелся человек, которому она, Веся, нужна, да вдобавок еще она его любит, так и выйдет она за него, что бы ни произошло. И пусть отец ее приданым подавится, и граф Струминьский тоже.

Я в ответ поинтересовалась, что говорит ее мать. Веся в ответ сказала, что мне и самой известно, как ее мать подчинена отцовской воле, и ничего не осмелится предпринять. Она лишь поплакала над судьбой дочери, и ничего более. Но Веся знает, что ее мать дала бы свое согласие на этот брак, теперь только отцу каким-то образом надо об этом приданом сказать и о том, что пану Потыре никакие миллионы не нужны, а нужна она, Веся.

Ну и в конце концов Веся сказала нам, каким образом очутилась у нас столь внезапно, можно сказать, ночью, и одна. Они с паном Потырой совещались, когда к ним подкрался старик Шелига и, будто бы ничего не произошло, весьма вежливо сказал, что пана Потыру он в гости не приглашал, так что пусть он отправляется восвояси, а дочь свою Шелига домой уводит, и это — в его воле. У Веси сразу же возникли дурные предчувствия, а отец ее аж весь раздулся от злости, и, как только пан Потыра на коня вскочил и исчез из виду, старый Шелига, наконец, взорвался. Что тут было, не описать словами, просто Судный день какой-то. Отец потащил ее в кладовую, чтобы там запереть, а там на окнах решетки, так что убежать ей не было бы никакой возможности. Отец метал громы и молнии, мать то и дело роняла ключи, и Веся, среди всей этой неразберихи, вырвалась и убежала в чем была. Побоявшись сбегать на конюшню, чтобы взять лошадь, она поспешила удалиться пешком, вот так и попала в наш дом, потому что по пути вспомнила обо мне.

Я пришла в неописуемое смущение, ведь Весе не исполнилось еще восемнадцати лет и отец обладал всей полнотой власти над ней. Кроме того, в первый момент я и сама возмутилась, ведь надо же, в самом деле, каких-то Потыров себе находить, это уж слишком! Однако постепенно мое мнение переменилось. Ведь и в самом деле, дочери старика Шелиги красотой не блещут. Да, хозяйственные они, ничего не скажешь, потому что отец требовал, чтобы домашнее хозяйство все они вести умели на высшем уровне, но это и все. Никаких талантов, образования тоже никакого, и вдобавок бесприданницы. Кому они нужны? Веся права, останутся они в старых девах, живущих из милости при родственниках. А теперь такие времена...

И я сразу же вспомнила панну Целестину, которая лет пятнадцать назад, я тогда еще ребенком была, не пошла за доктора. Панна Целестина происхождение свое вела от сенаторов, вот только бедна была и вместе со старой тетушкой жила на жалкие остатки прежней роскоши, чуть ли не впроголодь. Красотой она, как и сестры Веси, не отличалась, вот только голос у нее был дивный, и когда она пела, невозможно было остаться равнодушным. Влюбился в нее доктор из Груйца, человек весьма состоятельный, образованный, приятной наружности, но скромного происхождения. Неизвестно даже было, не из крестьян ли он. Панне Целестине он тоже по сердцу пришелся, ну так что же из этого, испугалась она, что скажут люди, и отказала ему, хотя сама себе была хозяйкой. Вот так все и закончилось. А недавно кто-то говорил мне, что сейчас она уже стара и очень несчастна, живет в чужих людях, обучает барышень музыке и пению и, кажется, не совсем в своем уме.

Вот почему я и засомневалась касательно Веси, она же не сводила с меня глаз, словно с иконы. Наконец, я велела ей дождаться утра, а если отец ее, в погоне за дочерью, ворвется сюда, я сама с ним поговорю. Матэуша я звать не захотела: для него пан Потыра тоже человек второго сорта, так что, вполне возможно, он встал бы на сторону пана Шелиги, а я еще пока сама не знаю...»

«...так как в нашем доме он ее разыскивать и не подумал, я велела запрячь лошадей в карету, и сама поехала к нему, оставив Весю у нас. Он принял меня с глазу на глаз, весьма учтиво, хотя видно было, что внутри у него все кипит. Я решила сразу же брать быка за рога и спросила, безо всяких околичностей, какое приданое он дает за своими дочерьми. Надо заметить, что он разинул рот, да так и застыл, глядя на меня как баран на новые ворота.

А смело я к нему приступила потому, что в ранней моей юности, едва я только подросла, он всегда испытывал ко мне слабость, оказывал всяческие знаки внимания и галантен бывал даже чрезмерно. Ручки целовать то и дело принимался и подпругу безо всякой в том нужды поправлял при любом удобном случае. Если б он, не приведи Господь, овдовел, то, вероятно, стал бы свататься ко мне, невзирая на дочерей и сына. К счастью, пани Шелига, хоть и хрупкая с виду, здоровьем отличается воистину железным. Отношение его ко мне с годами не переменилось, на что я и рассчитывала.

Наконец, к нему вернулась способность говорить, и он гаркнул на меня, забыв в ярости, что я давно уже замужем и мать двоих детей:

— Послушайте-ка, барышня, какое вам дело до приданого моих дочерей, что это вообще за напасть такая, что-что-что?!. — зашелся он в квохтающих звуках, клокоча от ярости и ужасно при этом побагровев.

Я ответила, что время летит быстро, и оглянуться не успеешь, как мне придется собственным детям приданое собирать, это во-первых, а во-вторых, кто знает, быть может, удастся мне для одной из его младшеньких поклонника сыскать, так должна же я знать, что ему о девице говорить. А к нему у меня самые теплые чувства, так что пришла я сюда исключительно из чувства дружбы и симпатии. И таким взглядом его одарила, что он тут же и думать забыл о своем гневе и о дочерях своих да ко мне придвинулся. А поскольку я с нахалами справиться умею, никакого ущерба он мне не причинил. Правда, чуть ли не за шампанским послать порывался, чтобы из туфельки моей его пить, и, вообще, весьма похож был на бугая в охоте, но я не показала по себе никакого отвращения, а вновь вернулась к разговору о приданом.

Вот так, слово за слово, он, наконец, признался мне, что за младшими дочерьми он ничего дать не сможет и что не знает, куда их пристроить. Тут я стала ходить вокруг да около пана Потыры, да все намеками, намеками, пока не договорились мы до того, что пусть себе Веся с ним сбежит. Пан Шелига согласия своего не даст, он скорее задавится, чем такие слова произнесет, но, раз уж дело будет сделано, молодых не проклянет. Я дипломатично обратила его внимание на то, что таким образом у него будет замечательный предлог, чтобы не давать дочери приданого. Это ему понравилось, потому что не хочет он признаваться в своей несостоятельности...»

«...С доброй вестью я к Весе возвратилась, и что же оказалось? Пан Потыра, нахал он или что, кривляется и сомневается. В одной рубашонке он ее замуж возьмет, как же, это говорилось ради красного словца, на самом же деле он желал проникнуть в приличное общество и рассчитывал хоть на какое-то приданое. Глупая Веся продолжает любить его и говорит, что она, рано или поздно, не с отцом, так с матерью обо всем договорится. Ведь приданое матери так или иначе должно перейти к детям, а его пан Шелига не пустил на ветер. Да и не расточитель он, просто на двоих своих старших детей так разорился...»

«...я неописуемо разозлилась, да еще Веся проболталась, и моя роль в этой истории стала достоянием гласности. С Матэушем мы ужасно поругались, ведь он то подтрунивал надо мной, то упрекал меня, то ядовито интересовался, какими же я способами задабривала пана Шелигу, а то и вообще начинал скандалить. Однако пан Потыра все же подумал как следует и, видимо, нашел родство с графом Струминьским более привлекательным, чем приданое, потому что в конце концов они с Весей сбежали, не слишком скрываясь и не будучи слишком усердно преследуемы...»

С трудом расшифровывая историю глупой Веси, Юстина чуть не забыла о том, что ищет в этих зеленых каракулях вести о прабабушкиных драгоценностях. Сейчас она уже перепечатывала текст на машинке, которую неким таинственным образом удалось где-то достать Барбаре. Юстину затянули перипетии столетней давности, ей было интересно узнать, как же сложились дальше судьбы героев, и она беспокоилась, сумеет ли узнать об этом из дневника. По мнению Юстины, Веся была не такой уж и глупой: она решила во что бы то ни стало выйти замуж, что в те времена действительно было единственной возможностью устроить свою жизнь, и добилась своей цели. Если пан Потыра сумел разбогатеть, то, как знать, не в одной ли он гостиной с графом Струминьским сигары курил...

Юстина с большим нежеланием вынуждена была прервать чтение дневника, так как в семье произошли удручающие события.

Факт смерти Дороты не стал для родных неожиданностью. Она уже несколько лет жаловалась на сердце, которое в конце концов отказало, и она мирно скончалась во сне. Дороту похоронили без проблем, хотя и встало это в копеечку. Свое последнее пристанище она нашла в глуховском склепе, рядом с покойным мужем, а дочь ее лишилась возможности приобрести себе новое зимнее пальто. Вскоре после этого родной дом покинул Павлик, уехав, почти легально, в Соединенные Штаты, где его ожидало место шеф-повара в ресторане средней руки, владелец которого, поляк, решил выйти в дамки путем улучшения меню. Павлик мечтал пробиться тем же путем и конфиденциально сообщил родным, что больше на родину не вернется. Смерть матери и прощание с сыном навсегда немного выбили Юстину из колеи, и, как будто этого еще было мало, Барбара впала в какое-то помешательство и решила выйти замуж. За полковника польской армии в отставке.

Вся родня пребывала в жутком страхе, потому что полковник был не каким-нибудь там обычным артиллеристом или сапером, а во время оно трудился в военной контрразведке. Связи же его были столь таинственными и опасными, что к нему почти что запрещено было даже приближаться. В связи с чем всем посторонним пришлось освободить жилплощадь.

— Дитя мое, все это временно, я с ним немножечко поживу на старости лет, а потом мы умрем, и вы заживете спокойно, — утешала Барбара впавшую в жуткую панику Юстину. — Антось оформит все как подобает с моим правом собственности на квартиру, разгосударствлением жилплощади и так далее. А я уже сейчас могу сказать, что все завещаю тебе. Тебе одной. И Пляцувка станет твоей, и эта квартира, и мои деньги, и все остальное. И ни о чем не беспокойся, я все это оформлю нотариально, я ведь не совсем еще сошла с ума, просто он мне нравится. Посмотри сама, как он великолепно держится...

— Он моложе вас, тетя, — бестактно буркнула Юстина.

— Подумаешь, велика важность, всего-то на четыре года... Был бы старше, не так бы держался. А там Гортензия с Людвиком одни остаются...

— Как это одни? А Дарэк с семьей...

— А разве ты еще не знаешь, что Дарэчек с Иоасей уезжают куда-то в Африку, в археологическую экспедицию, и Стэфанка берут с собой, но это не навсегда, а всего лишь на четыре года. Людвик с Гортензией остаются вдвоем в семи комнатах... Еще прицепится кто-нибудь.

— Но ведь это — их собственность!

— Ну так что же, что собственность? Времена такие, что прицепиться всегда можно. Дитя мое, сделайте это ради меня, оставьте мне дом ненадолго, а там у Славика будет отдельный кабинет...

Несколько огорошенная сообщением об очередном отъезде молодого поколения, Юстина уступила, подумав, что, действительно, они уже много лет живут, не зная горя, исключительно благодаря тетке, договорилась с Гортензией и стала готовиться к переезду.

На это потребовалось два месяца.

Семикомнатная вилла на Служевце и впрямь оказалась вполне удобным жилищем для пяти человек, вот только Идальке пришлось поменять школу. К тому же все помещения несколько захламились, так как Барбара, по непонятным причинам, попросила также, чтобы они увезли с собой большую часть мебели. Геня все еще продолжала занимать пост домработницы, выполняя свои обязанности безо всяких капризов, Гортензия вела хозяйство, и казалось, что у Юстины появится время на себя, а точнее говоря, на прабабушку. Увы, Гортензия была несравненной домохозяйкой, у нее тоже была масса свободного времени, и она очень любила поговорить.

— Ты, кажется, думаешь, что Барбара на старости лет прямо-таки влюбилась в своего Антося без памяти? — таинственно спросила тетка Гортензия всего лишь через две недели после того, как Юстинина семья обосновалась в четырех пустующих комнатах, помогая ей расставлять книги. — Ну вот еще, у нее совсем не то на уме.

— А что, например? — заинтересовалась Юстина, ожидая от Барбары всего, чего угодно.

— Что-то они там комбинируют, Антось с людьми встречается... ну, такие, знаешь ли, шпионские делишки...

— Да что вы такое говорите, тетя, он же давно на пенсии!

— Да на какой такой пенсии, то есть, разумеется, официально, может, так оно и есть, но в действительности, кто его знает. И я скажу тебе, что Барбара надумала, чтобы собрать вокруг него этих людей...

— Ну? — нетерпеливо спросила Юстина, так как Гортензия, для пущей важности, сделала эффектную паузу.

— Она открывает казино!

— Что?..

— Казино она открывает, я же тебе говорю. Вот зачем ей понадобилось освободить дом!

— Езус Мария!.. Ведь это нелегально!..

— Ну и что, что нелегально? Для таких, как он, все легально. Власти по отношению к ним слепнут и глохнут, а ведь не станет же она развешивать об этом объявления. Все будет тайно.

Юстина чуть было не задохнулась.

— Боже милостивый!.. А откуда вам это известно, тетя?!

— Разве ты не знаешь, что ваша Фэля дружит с нашей Геней, они постоянно бегают друг к другу в гости, а Фэля ведь не глухая и не слепая. Правда, ее выгоняют и запрещают по вечерам в гостиные заходить, но она кое-что увидела и сумела передать, а обо всем остальном я уж сама догадалась. Рулетка там у них и карты, покер главным образом. Столы они расставили сразу же, не успели вы оттуда съехать, а общество у них уже несколько дней как собирается.

— Но, тетя, это выше моего понимания! — немного оправившись от первого шока, сказала Юстина. — Как это они оказали такое доверие Фэле, оставив ее у себя?.. Тетя Барбара, понятное дело, знает ее, но вот Антось этот?..

— Фэля говорит, что Барбара оставила ее на определенных условиях. И этому я не удивляюсь, ведь сама она понимает в домашнем хозяйстве примерно столько же, сколько коза в оперных ариях, а Фэлю ты всему выучила, за ней даже присматривать не надо. Вдобавок Барбара велела ей поклясться на распятии сохранить все это в тайне. Фэле дано указание в случае чего говорить, что господа любят принимать гостей и играть с ними в бридж.

— А Гене она сказала?..

— Геня — совсем другое дело, она в счет не идет. Кроме того, известно, что Геня умеет хранить тайну.

— Так, может, и вам, тетя, было бы лучше сохранить ее?..

— Да разве ж я хоть слово кому-нибудь сказала? Тебе одной, так как считаю, что тебе следует об этом знать...

У Юстины волосы встали дыбом. Она на всякий случай заставила Болеслава собрать информацию о нелегальных казино и немного успокоилась, узнав, что в Сибирь за это не ссылают и к стенке не ставят. Штрафы сдирают огромные и оборудование конфискуют, вот и все, пожалуй. Возможно, в случае рецидива грозит тюремный срок, однако, с другой стороны, к этой категории преступлений, говорят, относятся с исключительным снисхождением из высших соображений: они дают возможность отлавливать владельцев крупных садово-огородных хозяйств и частных предприятий из тех, кто побогаче, и сдирать с них три шкуры.

Все эти сведения были секретными до невозможности и строго конфиденциальными. Болеслав сумел раздобыть их лишь благодаря тому, что во время оккупации спас жизнь одному такому, а тот в настоящее время занимал неофициальную должность начальника охраны другого такого. Официально же никакой охраны и никакого начальника в природе не существовало.

Также на всякий случай, Юстина ощутила необходимость в том, чтобы предупредить Юрочку, который успел уже превратиться в богатого садовника-огородника, и с этой целью отправилась в Косьмин на одном из двух «вартбургов», в которые превратился свадебный «мерседес» Дарэка.

Ядвига, будучи старше Барбары всего лишь на один год, выглядела, правда, не столь моложаво, но все еще держалась молодцом.

— Я решила, что непременно дождусь правнуков, — сообщила она Юстине в самом начале разговора. — Я Юрочку не тороплю, но предпочла бы, чтобы он уже женился. Дружит он с одной такой Крысей, не знаю только, получится ли у них что-нибудь, ведь ее тянет к животноводству. Она предпочла бы выращивать свиней, а не цветную капусту. А еще больше — лошадей.

Юстине хотелось выполнить свою миссию как можно тактичнее, лучше всего поговорить непосредственно с Юрочкой, который в данный момент отсутствовал. Ей пришлось его подождать, и она поддержала тему.

— Так ведь одно другому, наверное, не помешает? Конюшня все еще цела, а немного места для паддока найдется?..

— И что, будет она этих лошадей помидорами кормить? Я предпочла бы, дитя мое, общность интересов.

— Но ведь это и есть общность, они оба живут в деревне. Было бы хуже, если б она захотела во что бы то ни стало жить в центре города...

Юрочка вернулся домой, когда Ядвига уже почти что позволила убедить себя в том, что лошади могут мирно сосуществовать с огурцами. Юстина отправилась вслед за ним в теплицы, якобы за овощами, и исполнила свое намерение, укладывая витамины в корзину.

— Вот почему ты должен как можно дальше держаться от тетки Барбары, — посоветовала она в завершение своего драматического пересказа.— И если даже узнаешь по секрету о каком-нибудь казино, не ходи туда. Они только и ждут таких, у которых деньги водятся.

— Все сложилось настолько удачно, что у меня пока нет больших денег, — беззаботно ответил Юрочка. — Что же касается казино, то лично я предпочитаю лошадиные бега, так что опасаться нечего. Моя девушка любит лошадей...

— Вот именно! Бабушка беспокоится, что ты обоснуешь здесь конный завод...

— Бабушка напрасно расстраивается, у нас нет частных конных заводов. Но лошади три не помешают, и я уже веду переговоры с дедушкой Людвиком, вы ведь знаете, тетя, что он продолжает держать двух кобыл у крестьянина на Вычулках. Он обновляет их, покрывает чистокровными жеребцами и уже получил потомство, великолепных полукровок. Так почему бы и мне не держать лошадей?

— Так ты хочешь сказать, что посещаешь бега?

— А почему бы и нет? Редко, времени не хватает. Но Крыся ездит в качестве любителя, так что и я иногда там бываю.

— И делаешь ставки?

— Разумеется, раз уж я туда попал, то как же не поставить? И я выигрываю. На деньги от выигрышей я купил «шкоду». Да вы и сами подумайте, тетя: кто в нашей семье не разбирается в лошадях?

Действительно, Юстина осознала, что Юрочка прав. Какие-то гены предков, должно быть, переходили из поколения в поколение, потому что в лошадях разбирались, собственно говоря, все, даже Маринка. Юстина рассеянно припомнила, что все дети в семье катались и катаются верхом при любом удобном случае, пользуясь тем, что Людвик держал лошадей. Ей вдруг стало обидно, что сама она, упорно занимаясь прабабушкой, лишила себя этого развлечения, потом у нее появилось какое-то туманное ощущение относительно Идальки, после чего окончательно перешла на сторону Юрочки и незнакомой пока что Крыси. Отцепившись от казино, Юстина утешила Ядвигу, что все будет хорошо, и вернулась домой с продуктами.

Оказавшись дома, она отыскала красную книгу с зеленым содержимым и вновь начала с жадностью читать такой успокоительный текст.

«...Боже мой, только сейчас я могу написать обо всех этих ужасах! С тех пор, как из Блэндова спешно примчался курьер, я никак не могла собраться с мыслями, мне постоянно было плохо, но на истерики времени у меня не было. В это просто невозможно поверить!

В этом ужасном ошеломлении один лишь Матэуш был мне утешением, потому что он все сделал как надо, и мы в тот же день очутились там. Доминика как каменная, старалась казаться спокойной, однако я видела, что она что-то подозревает, высматривает и вынюхивает. Быть может, я поступила неправильно, оставив все в таком состоянии...»

«...когда я увидела раненого, со мной чуть удар не приключился, ведь я сразу же узнала его.

А еще бабушка намекала на то, что кузнец не заслуживает доверия, так как на старости лет стал излишне словоохотлив. Этот же, раз навел на наш дом злодеев, должно быть, знал слишком много. Хорошо еще, что, в бессознательном состоянии находясь, он не мог говорить. Говорят, это Марта так его избила. Я украдкой дала ей два золотых империала, и уж она, верно, не станет ими слишком открыто хвастать. И когда я так стояла над ним, Бог спас меня: злодей подох, так и не успев ничего сказать, спаси, Господи, его грешную душу...»

«...я чуть было чувств не лишилась, мне сделалось худо, и пришлось скрыться ото всех, а лучше всего я чувствовала себя в библиотеке...»

«...а и Шимон подтвердил, что злодей покойный был сыном того, кто вместе с кузнецом над входом работал. Тогда он еще был мал, но зато потом отец многое рассказал ему. Слава Богу, не все, потому что самые важные вещи Шимон делал сам и скрыл все, что только смог...»

Очень внимательно прочитав бледно-зеленые каракули, превосходившие на этот раз все, что было до сих пор, так как прабабушка нервничала и царапала так, что никакие иероглифы не сравнятся с ее «чистописанием», Юстина ощутила необходимость в дневнике панны Доминики, дабы сравнить оба текста друг с другом. Панна Доминика описывала события, тогда как прабабушка изливала на бумагу свои ощущения и переживания, игнорируя информационный аспект.

Юстина не сразу смогла разыскать дневник панны Доминики: при переезде, несмотря на все ее старания, все вещи куда-то «разбежались». В конце концов оказалось, что дневник припрятала Гортензия, для которой не существовало разницы между старинными семейными документами и бумагами, подтверждающими родословную лошадей Людвика. Она, не мудрствуя лукаво, засунула все вместе на чердак. Людвик был несказанно благодарен Юстине за то, что она заодно и его пропавшие бумаги разыскала. Он не осмеливался спросить у жены, куда та дела их, и сейчас ужасно радовался, что они нашлись, можно сказать, чудесным образом.

Два описания одной и той же сенсационной драмы дали Юстине полную картину ситуации. Вероятно, прабабушка в библиотеке не только наслаждалась одиночеством и приводила в порядок свое психическое равновесие, но и проверяла, в каком состоянии находится мистический тайник. Следовательно, вход туда, должно быть, находился именно в книгохранилище...

«...я нашла, что все в приличном состоянии и последние переделки держатся хорошо. Мне не кажется, чтобы Доминика что-нибудь там обнаружила, и не смогла заметить никаких следов человеческого присутствия. Дабы сбить людей с толку, я устроила неразбериху, а все счета за производимые при жизни бабушки работы предпочла изъять: она слишком много писала там о том, кому и сколько заплатила, не хватало еще, чтобы кто-нибудь заинтересовался, за что именно. Я долго раздумывала над тем, не увезти ли мне все это в Глухов, но Глухов — собственность Матэуша и достанется Томеку, тогда как Блэндов — мой, и я распоряжусь им по своему усмотрению. К тому же тогда в Глухове тоже пришлось бы начать переделку, и все обратили бы на это внимание, так что лучше не надо...»

*«...все бабушкины указания я спрятала по-
своему и об этом предпочитаю не писать, а своей наследнице сама скажу перед кончиной, где
искать. Если она будет умной, то и сама обо
всем догадается. Событие это вывело меня из
равновесия ужасно, но, поскольку в Пляцувке все
оказалось в порядке, то я уже немного успокоилась...»*

Оторвавшись на некоторое время от чтения,
Юстина задумалась над тем, сказала ли прабабушка что-нибудь перед смертью. И кто, вообще
говоря, должен был стать ее наследницей?.. Боже
правый, да ведь Хелена же!..

Хелена, ее глупая старшая сестра, которая в
тот момент была еще жива! Бог знает, сказала ли
ей что-нибудь прабабушка, а если да, то что именно, но даже если она и открыла своей наследнице все секреты, эти сведения утеряны безвозвратно. Хелена не была способна проявить к теме
серьезный подход, в голове у нее гулял ветер,
к тому же еще она питала отвращение ко всякой
писанине и наверняка ничего не записала, а ко
всему этому делу отнеслась с присущими ей легкомыслием и беззаботностью. Устную передачу
информации черт побрал, беспросветная идиотка, спаси, Господи, ее душу...

И вообще, в момент кончины прабабушки обе
сестры были на Ривьере...

Юстина тяжко вздохнула, подавив внезапно
разгоревшиеся в душе горечь и гнев, и вновь
принялась мучительно преобразовывать каракули в читабельный текст.

*«...поэтому, чтобы развлечься, я поеду в Вар-
шаву...»*

«...не хватало еще, чтобы Матэуш мне что-то запрещал. Я поехала — и все, приказав отвезти себя на лошадиные бега, что Матэуш, должно быть, предвидел, так как тут же отправился вслед за мной, осыпая меня упреками, потому что появляться на публике, когда носишь под сердцем дитя, неприлично. Я лучше знаю, как мне поступать, под корсетом по фигуре ничегошеньки еще не видно, а через пару недель я уже не смогу никуда отлучиться из дома, так что это был последний шанс немного развлечься. Только платье мне понадобилось новое, так как прежние уже стали мне тесноваты, и я заказала сшить бархатное, цвета сапфира, с шелковой драпировкой, которая смогла бы скрыть и намного более располневшую фигуру. Шляпка цвета васильков, на ней — цветы гортензии и перья темные, сапфировые, переливающиеся, под цвет платья, да еще розовая вуаль. Ну и в тот единственный раз я блеснула своими сапфирами, поддавшись искушению, но их я тут же отвезла обратно. В тех бегах принимал участие Росинант, из конного завода, оставшегося после дедушки, я велела поставить на него для меня, ну и пожалуйста, он победил! И я выиграла. Матэуш так сильно злился на меня, что сам тоже делал ставки, назло, не на Росинанта, а на Дантеса графа Тышкевича, и проиграл. Дантес пришел к финишу лишь третьим. Однако, поскольку я больше не стала играть, сделав вид, что послушалась его, Матэуш опомнился и выиграл много, поставив на Золотую Звезду пана Регульского, которая, нежданно-негаданно, вышла вперед. Матэуш сумел как-то высмотреть ее, а в лошадях, признаться, он разбирается очень хорошо...»

«...я удивилась, хотя и не было у меня твердой уверенности, но, кажется, пан Пукельник где-то в толпе мелькнул. И как ему только не стыдно появляться на публике!..»

«...я привезла две дюжины перчаток с вышивкой, и все верят, что они парижские, а тем временем одна вышивальщица с улицы Длугой такие делает, о чем почти никому неизвестно. А те дамы, которые покупают у нее, держат это в секрете...»

«...пропала целая бочка капусты, потому как груз был недостаточным, а ведь я с самого начала об этом говорила. Дощечка кое-где прогнулась, кое-где же оттопырилась, и капуста пропала. Хорошо еще, что Теофила унюхала и не взяла такую капусту на кухню, ведь один котелок можно было бы и пропустить, не заметив, а как раз надо было начинать готовить бигос. Дома я еще могу гостей принимать, а вот выезжать уже нельзя, так что весьма кстати в Паментово приехали родственники. Говорят, что панну Луизу пришлось вывезти из Варшавы вследствие превеликой компрометации, и они временно скрылись здесь, у своих кузенов, а так как Паментово от нас близко, я узнаю обо всем от прислуги...»

«...да ну, все эти сплетни насчет панны Луизы кажутся мне слишком уж преувеличенными. Компрометировал же ее пан Вольский, увиваясь вокруг нее безо всякого стыда, а ведь он женат! Жену он где-то за Скерневицами держит, никто ее давно уже не видит, говорят, что она уже несколько лет больна, но это неправда. Кларочка говорит, что слышала от их прислуги, что пани Вольская отнюдь не больна, просто так «прекрасна» собой, что стыдно с ней в обществе показаться. Горбатая, рябая и хромая, а пан Вольский женился на ней ради огромного приданого. Он пользуется необычайным успехом среди барышень, потому что умеет танцевать как-то так, что голова идет кругом, и все девицы думают, что его больная жена недолго заживется на свете, а у них будет уже прирученный воздыхатель. Однако никто из них не замечает, что пан Вольский более на молодых замужних дам поглядывает. Не приходится, впрочем, удивляться, что Кларисса, к примеру, предпочитает его своему мужу-уроду. Так что, если панна Луиза скомпрометирована, так и прочие — тоже, а что-то не вижу я, чтобы все они из Варшавы уезжали...»

«...значит, верно я подумала, шила в мешке не утаишь, панна Луиза послужила всего лишь предлогом, на самом же деле они скрылись от кредиторов. Разорились в пух и прах, тянутся из последнего, лишь бы только сохранить видимость, а в Паментове, у родни, прожить дешевле, чем в городе по балам ездить, при троих-то взрослых дочерях. Говорят, пани Войнич сама уговаривала свою дочь, чтобы та пана Вольского привечала, задумав настоящую интригу, это подслушала их камеристка. А так и волки сыты, и овцы целы, они проявили показную высокую мораль, да к тому же еще и экономят на прожитии...»

«...у нас, по крайней мере, вопросы конкуренции решаются честным путем, так как стрелец, ни от кого не скрываясь, из-за дочери седельных дел мастера, бегал с фузеей, правда, не успев зарядить ее, а конюх — с вилами, и никто из них не притворялся. Дочь седельщика и впрямь очень хороша собой, может, даже излишне хороша, так как из нее получились бы две девицы более скромных габаритов. Волосы у нее по колено, лицом же красна, словно мальва, но им такая нравится. Она сама прекратила их «дуэль на бегу», вопя громким голосом, чтоб они и мечтать о ней не смели, потому как она уже сделала свой выбор в пользу десятника с кирпичного завода, за него и выйдет. Все это из-за Веси: пан Потыра изо всех сил предприятие свое развивает, мало ему сахарного завода, он еще и кирпичный строит. Один из новых десятников и приглянулся дочери седельщика. Надо сказать, что вкус у девицы отменный, потому что ее избранник — мужчина представительный, да к тому же еще и дом кирпичный себе строит, что она и не преминула подчеркнуть. Я из окошка, словно из ложи, с превеликим весельем наблюдала весь этот спектакль, потому что соперники прибежали к самому господскому дому. Результат же был таков, что стрелец вместе с конюхом напились в корчме и, воспылав друг к другу дружескими чувствами, рыдали над своим общим горем...»

«...кажется, последнее я уже Рождество встречаю вместе со своими родителями. Отец тяжело болен и долго не протянет, да и мать моя что-то плохо выглядит. Я взяла с собой всех детей, даже Лукашека, хоть он еще даже и ходить не начал. Говорят, что крупные, полные дети позже других на ножки встают, я и сама это вижу на примере Хани: она более хрупкого сложения, вот и ходить начала намного раньше Томашека...»

Даты прабабушка не проставляла, и Юстина поняла, что начинает путаться. Сколько же времени прошло с кровавого налета в Блэндове до того последнего Рождества? Полтора года? Два?

Очень большой период времени прабабушка совершенно пропустила в своем дневнике...

В некоторой растерянности Юстина вновь обратилась к дневнику панны Доминики и лишь тогда осознала, сколько ей еще предстоит прочесть. Две толстых тетради и стопа отдельных листов бумаги, она туда и не заглядывала, сначала увлекшись дневником прабабушки, а потом вконец одурев от кошмарных, с каждым годом все более выцветающих каракулей. Панна Доминика отличалась систематичностью и любовью к порядку, даты ставила везде, все счета снабжала пространными комментариями. Быть может, благодаря старой деве можно было бы все это привести в стройную систему...

В разгар Юстининых сомнений по поводу очередности прочтения дневников ей помешала Гортензия.

— Не могу понять, что ты нашла в этих обрывках, — осуждающе заявила она. — Читаешь и читаешь, так и ослепнуть недолго. А я тут за Дарэчека беспокоюсь, ведь они вроде бы в городе живут... а есть ли вообще в этой Африке города?

Юстина не сразу сумела вынырнуть из девятнадцатого века, и единственным африканским городом, который пришел ей в голову, стал Каир. Гортензия же уже неслась дальше:

— Про Каир и мне известно, кажется, там даже и Алжир находится, но ведь они на севере, я видела на карте. А они где-то там, посередине, и даже больше к югу. Но дело не в этом, а в том, что они то и дело выезжают в какие-то экспедиции, вот что меня волнует, там же дикие животные и негры. Они, случайно, не людоеды?..

— Дарэк не стал бы рисковать жизнью Иоаси и Стэфанка, — сурово одернула тетку Юстина, одновременно силясь припомнить, что ей приходилось в последнее время слышать о каннибализме. — И, кроме того, там уже вовсю распространяется цивилизация, и даже дороги местами имеются.

— Они ездят по бездорожью, — вздохнула Гортензия. — А как подумаю, что там бананы, апельсины, лимоны, финики и всякое такое, причем сколько душе угодно, так начинаю почти что завидовать им. Как мне испечь кекс с цукатами, если даже изюма нет? А ты знаешь, что Геня научилась гадать на картах?

Связь между тропическими фруктами и гаданием показалась Юстине весьма туманной, и она никак не могла решить, каким образом на это среагировать.

— Ну и что же? — осторожно спросила она.

— Ну и достала говяжью вырезку, так что завтра будут настоящие бифштексы. Кроме того, нам наверняка достанут еще и ветчину, телячьи мозги и печень. И туалетную бумагу, целых две коробки, так что на какое-то время хватит. А еще есть надежда на австрийские трусики.

Австрийские трусики добили Юстину окончательно. Не произнося ни звука, она вопросительно уставилась на Гортензию.

— Видишь ли, Геня гадает на картах продавщицам и директорам магазинов, — с великим удовлетворением объяснила Гортензия. — Она специально, этак дипломатично, начала с них, и теперь все они бегут к ней, ведь берет она только по одному злотому, чтобы сбылось. Если совсем бесплатно гадать, то не сбудется. И теперь у нас есть любой дефицит, из-под прилавка. И без очереди. Геня у нас неглупая. Ну, может, это я немного ее уговорила...

Разумеется, Юстина, будучи не глупее Гени, все поняла. Несмотря на свою погруженность в прошлое, она прекрасно знала о дефиците товаров и теперь с оживлением поинтересовалась:

— Тетя, а чешки? Идальке нужно в школу...

— Дитя мое, мне это известно еще лучше, чем тебе. Должны привезти на следующей неделе, но только для своих, так что нам достанется, я уже и размер им дала. У заведующей обувным нелады с мужем, и Геня ей по картам дает ценные советы. Вот почему вчера не было вареников, Гене пришлось много времени провести за картами. Зато бумаги для машинки тебе достанут столько, сколько захочешь, да еще и домой принесут...

— Хочу! Боже правый...

— Ну так и получишь! Но я совсем не это хотела тебе сказать. Раз уж ты зарылась в эту древнюю макулатуру, хотя я не понимаю, к чему тебе это, я хочу сказать тебе, что Людвик... не знаю даже, может, это у вас фамильное, как безумие или чахотка... хотя из двух зол я уж предпочитаю этот ваш бзик, а не чахотку... в общем, Людвик в своих лошадиных бумагах обнаружил какие-то письма. Ну, может, и я их нашла, потому что Людвик не проявил к ним особого интереса. И если хочешь, я могу тебе их дать.

— Какие письма?

— Да откуда ж мне знать? Старые. Людвик что-то там говорил о том, что какой-то паршивец хотел обмануть отца. Или даже дедушку. Ну, в связи с лошадьми, но Людвику это неинтересно, потому что метрик там не было. К тому же, в конце концов, никто никого и не обманул, так что какое Людвику до этого дело? Твой дядя, дорогая, на старости лет уже так поглупел, что я нисколько не удивлюсь, если он скоро совсем переселится в какую-нибудь конюшню. Мне иногда так и хочется подать ему в тарелке обыкновенный овес и послушать, что он на это скажет...

На одно мгновение Юстине тоже стало интересно, как среагировал бы дядя Людвик на овес в тарелке, но гораздо больше заинтересовали ее письма. Дедушка, то есть ее прадедушка, неужели Матэуш?.. Эпоха должна перекликаться с дневником прабабушки...

И Юстина с великим воодушевлением выразила желание заполучить письма своих предков. Гортензия, покряхтывая, поднялась с кресла, Юстина поспешила вслед за ней вниз, в кабинет Людвика. Среди сугубо лошадиных документов нашлись три письма и один какой-то черновик ответного письма. Юстина с жадностью схватила их, но, разумеется, не сумела вернуться наверх сразу же, потому что Гортензия еще не до конца выговорилась. Буйным цветом расцветали сплетни о казино Барбары, их следовало прокомментировать, Юрочка женился на Крысе, Людвик отсутствовал, так как занимался перегонкой лошадей в Косьмин, фургон он нанимать не стал, лошади пошли под седлом, сорок три километра, ничего особенного, добрый конь и больше пройдет, а здесь нет никакой спешки, все равно что обычная тренировка. Вот только продлится это долго...

— И я скажу тебе, что он поедет сам, — сердито, с горечью говорила Гортензия. — Господи, да ему же седьмой десяток пошел, а он все еще готов нестись сломя голову через заборы. Пора бы ему уже примириться со своей старостью. Они оба такие, Барбара тоже знать не желает, сколько ей лет, все девочкой прикидывается...

— Но, тетя, дядя Людвик прекрасно держится, — утешала ее Юстина. — Может, как раз благодаря лошадям, он ведь каждый день катается верхом. На свежем воздухе, это же прекрасная гимнастика!

— Да ну тебя с твоей гимнастикой, мы две войны пережили... А ты хоть знаешь, что твоя Идалька тоже верхом катается? А то погрязла вся в старых бумажках, и понятия не имеешь, что вокруг тебя творится, а она, то на рассвете, а то и под вечер, все к лошадям бегает. А ее сбрендивший дедушка потворствует ей в этом. А этот Ядвигин Юрочка, как я надеялась на то, что он так и останется при своих помидорах, так нет же, Крыся перекрестила его в свою веру, и он согласился разводить лошадей. Ах да, еще вот какая от Гени польза будет: Крысе достанут тюлевую фату, импортные туфельки, а платье — из креп-сатина, наше, сшито на экспорт. А перчатки, представь себе, чешские, до локтя, шесть пар всего пришло, и одну Геня получила за ворожбу, что какой-то там разведется и на такой за занавесками женится...

— За какими занавесками? — глупо вырвалось у Юстины.

— За желтыми. Не говори, что не знаешь! Осуждение в голосе Гортензии было таким мощным, что Юстина резко мобилизовала свою политическую сознательность.

— Ну конечно же знаю. Так у Гени и такие клиентки есть?..

— Одна из этих, высокопартийных, даже сама к ней приходила. Я же говорю тебе, Геня не дурочка и знает, что кому предсказать. А карты ее любят. Сейчас я думаю, какой бы им подарок к свадьбе подарить. А тебе что в голову приходит?

Весь остаток вечера был посвящен практическим рассуждениям, и Юстина смогла возвратиться к более любимому занятию лишь тогда, когда к ужину вернулся Людвик, целый и невредимый, а вместе с ним Идалька, которая, как оказалось, сразу после уроков, на полпути, переняла одного из коней, доставленная к нужному месту на автофургончике Юрочки. Когда же ее спросили насчет уроков, девочка очень удивилась и заверила, что уроки сделала во время перемен, осталось лишь маленькое осложнение с чем-то из области физики, что она и так не понимает, хоть целый год над этим сиди. Юстина это нечто тоже не поняла и отправила дочку к отцу. Болеслав, как оказалось, знал, в чем дело, и проблему превращения энергии в силу, или же силы в энергию, решил без труда.

Юстина до такой степени растрогалась необычайной ученостью своего мужа, что оставила в покое историю, и весь остаток вечера посвятила семье. Хобби младшей дочери явилось для нее некоторой неожиданностью. Юстина ничего не знала о том, что Идалька катается верхом. Должно быть, взыграли гены прапрадедушки Матэуша, а следовательно, ей, наверное, не надо препятствовать?..

Лишь на следующий день Юстина, с замиранием сердца, приступила к чтению корреспонденции предков.

Как оказалось, времена более или менее совпадали. Какой-то пан Тшемша, от имени своего клиента, желал приобрести у прадедушки двух лошадей по не слишком выгодной цене, так как, правда, одна из них оказалась великолепной, зато другая не оправдала надежд. Сделка должна была иметь форму продажи с нагрузкой. Юстина прекрасно поняла суть проблемы, так как именно в ее современном мире наступила мода на такие сделки. Вожделенный предмет можно было приобрести только при условии приобретения вместе с ним чего-нибудь совершенно ненужного, например, чайник или же ночник — исключительно в наборе со статуэткой, изображающей борющегося рабочего, или же с собранием биографий революционных деятелей. Статуэтка и биографии тут же отправлялись на помойку, а чайником и ночником пользовались согласно их назначению. По-видимому, сто лет назад произошло аналогичное явление.

Прадедушка не стал продавать коней за жалкие гроши, но в процессе переписки пан Тшемша назвал фамилию своего клиента, а именно пан Базилий Пукельник. Несколько ошарашенной Юстине не пришлось долго думать, откуда ей известна эта фамилия, однако ее удивило то, что явный преступник ведет себя так смело и нагло пытается завязать торговые отношения со своим ближайшим соседом. Остальные письма вдобавок свидетельствовали о небывалой подвижности пана Пукельника, который осматривал лошадей почти что во всех имениях прадедушки и прабабушки: в Глухове, в Блэндове, в Косьмине, и даже в Пляцувке, находившейся в большом удалении и отгороженной от остальных имений стольным градом Варшавой. Что же он так прицепился к этим лошадям, как репей к собачьему хвосту?..

Из черновика ответа явственно следовало, что прадедушка разделял мнение правнучки и с паном Базилием не желал иметь никаких дел, невзирая на то, что с памятных событий в доме Зэни прошло уже много времени. Сравнив даты на письмах и в дневнике панны Доминики, Юстина констатировала, что свою оживленную лошадиную активность пан Базилий начал развивать добрых десять лет спустя после отъезда от Зэни. Быть может, он питал надежду, что старое преступление забылось?..

Внезапно Юстина заинтересовалась, как сложилась судьба пана Базилия. Женился он в конце концов? Поселился где-то поблизости? Расплатился со своими кредиторами? Раз покупал лошадей, значит, были же у него какие-то средства? Откуда же они у него возникли?..

Вероятно, ответ следовало искать в дневнике Матильды, но ведь Юстина собиралась временно переключиться на дневник панны Доминики. — И тут ее одолели сомнения.

Она сидела над двумя рукописями, одна из которых была написана четким почерком, другую же приходилось расшифровывать с неимоверными усилиями, неуверенно переводя взгляд с одного манускрипта на другой, и тут к ней снова ворвалась Гортензия в состоянии крайнего возбуждения.

— Ну вот тебе и пожалуйста, ведь говорила же я! Кончилась Барбарина райская жизнь, все это до поры до времени, тоже мне, притона ей захотелось! И если не кончится это большим горем, значит, этот мир перевернулся вверх тормашками! Ты, должно быть, ни о чем не знаешь, Геня только что прибежала от Фэли, а там — настоящий Содом! Даже верить не хочется!

— А что случилось? — забеспокоилась Юстина, на всякий случай отодвинувшись от письменного стола. В голове мелькнула мысль, что Барбара устроила в своем доме бордель. Намек на Содом навевал именно такое предположение.

Гортензия плюхнулась в кресло.

— Убивают они друг друга в этом ее казино! Трупы по углам валяются! Фэля сегодня утром нашла!

— Много?..

— Что «много»?

— Этих трупов.

— Один. А сколько тебе надо? Одного мало?

— Одним многовато... И что же?

— Вот именно, что ничего, но что-то точно будет. Этот Антось такой тихушник, Фэли рот заткнул, потому что она уже и кричать принялась, «скорую» какую-то специальную вызвал и велел сказать, что один из гостей умер от инфаркта. Как же, от инфаркта, ведь там все в крови, Фэля говорит, она подслушала, что его пристрелили. Там кто-то с кем-то перешептывался, Барбара придумала, что у него было прободение язвы желудка и кровотечение, потому что Фэля от этой крови пришла в панику, а ведь именно ей знать лучше, ведь это она там прибирает, и ей велели придерживаться версии насчет желудка. Ну и посмотри сама, я же говорила, что не к добру это казино!

Несколько ошеломленная таким сообщением, Юстина сама не знала, каким образом прокомментировать данное событие. Кажется, тетка Барбара и впрямь на старости лет связалась с какими-то очень странными делами... В убийстве ее, несмотря на все, все же вряд ли обвинят, скорее уж Антося, который, должно быть, сумеет без труда выкрутиться, а может, даже и не его, а кого-нибудь из посетителей казино. С другой же стороны, не станут же Антось с Барбарой разглашать тайну своего нелегального казино... Ах да, правда, ведь официально там играют в бридж...

— Тетка Барбара сильно переживает? — озабоченно спросила Юстина.

— Ну, прямо, — обиделась Гортензия. — Фэля говорит, что с нее все как с гуся вода. На труп взглянула — и ничего.

— Значит, это кто-то посторонний...

— Ну конечно же посторонний, а не родственник. Но знакомый, раз там оказался. И посмотри, что творится: его застрелили, ну, Фэля спала и ничего не слышала, но ведь все остальные-то? Что, никто грохота не услышал?

— Увлеклись игрой...

— Да-да, как же, как же: один другого пристрелил, а остальные оттащили покойника в уголок, чтобы по нему не топтаться, и продолжили игру, да?

— Ну, не топтаться, это даже некоторое соблюдение приличий...

— Неудобно им, должно быть, было, этакое под ногами... Где им до каких-то приличий! Интересно, получит ли это дело огласку, а ты как считаешь, что они там не поделили?

— Деньги, наверное...

— Одними деньгами тут дело не обошлось, не верю я в эти деньги. Ведь не мог же убийца тут же, на глазах у всех, ограбить труп! Быть этого не может, на грабеж никто не стал бы так спокойно смотреть. Я с самого начала говорю: Барбара Антося всяких подозрительных приводит, казино — это только предлог, ну вот тебе и пожалуйста, наверняка это был какой-то шпион, или же он в ком-то другом шпиона распознал, или еще что-нибудь. Наверное, сейчас этот рассадник заразы прикроют?

— Почему бы вам, тетя, не позвонить тете Барбаре и не спросить обо всем у нее лично?

Вероятно, Гортензии такая мысль без подсказки в голову не приходила, потому что это предложение очень ее обрадовало.

— А ведь ты права. Позвоню. Якобы мне нужен рецепт приготовления горячего творожного пирога, а при случае, может, она и проговорится...

— Зачем же вам притворяться, тетя?

— Чтобы не подвести Фэлю, глупая ты девушка. Нет в тебе ни грамма дипломатичности!

Прежде чем Юстина успела решить, какой из дневников ей все же читать, Гортензия вернулась в состоянии, близком к невменяемости, и выпалила с порога:

— Ужас, да и только! Представляешь, там у них все как ни в чем не бывало! Труп вынесли, сделали уборку. Барбара сама сказала, что у них умер один посетитель, и вцепилась в этот желудок, а остальные уже собираются и играют в покер. Да во что же это мир сейчас превратился?! Я даже про творожный пирог забыла у нее спросить, но это как раз ничего страшного, потому что рецепт я знаю лучше, чем она. И все равно я буду печь его не сейчас, а лишь тогда, когда достану хороший творог...

Под свежим впечатлением от пана Пукельника Юстина хотела было сказать тетке, что мир, собственно говоря, не так уж и сильно изменился, так как сто лет назад преступление было скрыто столь же ловко, а здесь ведь речь могла идти об обычных разборках в лоне какой-нибудь мафии или шайки, но воздержалась, зная, что Гортензия не питает пристрастия к истории. Юстина, однако, решила увидеться с Барбарой и, на всякий случай, проверить, не пала ли тетка духом. А также сориентироваться в общей ситуации, ведь Бог знает, каковы могут быть последствия такого трупа...

Вот почему она забыла о панне Доминике и вернулась к прабабушке.

«...Я, наверное, прикажу посадить на яйца побольше гусынь, потому что стадо у меня уменьшается, хотя они орут по утрам так, что даже в спальне слышно. При закрытых окнах не было бы слышно, так нет же, Матэуш прямо-таки молится на этот свой свежий воздух...»

«...Зэня невероятно счастлива и цветет, словно роза, что первым родился сын, она так рада, а пан Розтоцкий только что не молится на нее. Я как раз застала у нее Клариссу, та даже пожелтела от зависти, ведь у нее самой — две дочери, а пан барон тоже сына горячо иметь желает, так что покоя он ей не даст. Кларисса не выдержала и призналась нам, а были мы только втроем, Зэня еще не встает, что она чуть ли не зубами скрипит от супружеских нежностей пана барона, и ужасно боится, чтобы не получилось у них, как у Левицких, восемь дочерей и ни одного сына. Они все еще пытаются, хотя пани Левицкой уже тридцать пять лет исполнилось, но так как пан Левицкий — мужчина интересный, то и беды в том нет никакой. Зэня говорит, что родит столько, сколько сможет, ведь роды у нее были очень легкими, хотя она три года ждала. Старая Петруска, по слухам, сказала, что получилось так у Зэни оттого, что при первом своем муже у нее внутри все было сжато, так что плод не мог в ней удержаться, и лишь тогда, когда она познала счастье со вторым, все у нее там расслабилось. И теперь она может рожать сколько угодно.

Я из любопытства спросила про пана Базилия, не слышно ли о нем чего, потому что сейчас он больше не представляет никакой угрозы: наследник у Зэни уже есть. Зэня ответила, что через жидов приходят вести, говорят, он возле Радомя девицу себе нашел, не Бог весть какую родовитую, зато с таким приданым, что рассказчики все как один даже причмокивают от восторга. Похоже на то, что ее выдадут за него, и он наконец-то женится на деньгах...»

Прочитав это сообщение, Юстина кивнула сама себе головой. Ну да, значит, видимо, пан Базилий женился, и деньги на прадедушкиных лошадей у него были. Но почему же он так вцепился именно в прадедушкиных, а не в каких-нибудь других? А, может, у прадедушки просто были хорошие...

«...похороны моего отца пришлись на погожий день, казалось, что уже лето, а не весна, которая в этом году, кажется, запаздывает, потому что еще неделю назад был снегопад. Томашеку достались после дедушки золотые часы, мне же — ничего, потому что я уже все, что мне следовало, получила, а все остальное заберет мой брат. Мать беспокоит меня, и выглядит-то она плохо, и никакого желания жить у нее нет, вслед за отцом, как она говорит сама, скоро отправится. Невестка была в платье десятилетней, как минимум, давности, отделка пришита небрежно, вероятно, после она поменяет отделку на лиловую, для полутраура. Не знаю, то ли она сама такая неряха, то ли брат мой для нее скуповат? У меня не было времени спросить об этом у матери. Однако ж на поминки рулет был подан из разных сортов мяса. Должно быть, на него ушло полбыка и целый боров, не говоря уже о прочей живности, а так искусно приготовлен был этот рулет, что просто во рту таял. Только старая Юзэфина умеет так готовить. А рецепт она дать не сумела, говорила так, что я ничего не смогла понять.

Не успела я вернуться домой, как разгорелся новый скандал: средняя дочь старика Шелиги, Людвика, кажется, сбежала из дома. Не знаю, не помогла ли ей в этом немного Веся. Людвика одна отправилась в Варшаву, и как только у нее смелости хватило!.. Говорят, все дело в банковском служащем, который приезжал сюда по делам старика Шелиги. А так как Людвике уже исполнился двадцать один год, она имеет право сотворить любую глупость. Да, несладко приходится Шелиге с дочерьми, но зачем же он так высоко метит? Кончилось тем, что граф Струминьский приехал выговаривать ему, что он не затем женился, чтобы с простонародьем брататься, а их беседа была столь любезной, что слышно было даже на фольварке. Отсюда и я обо всем узнала. Младшая дочь, Эвелина, говорят, сидит взаперти, в кладовой, чего Веся избежала, и грозится тоже убежать, даже если ей придется наняться в прислуги и выйти за сапожника, потому что старой девой стать не хочет, и точка. Говорит, что явится с этим сапожником в гостиную своей сестрицы, графини. Почему именно с сапожником? Я на ее месте предпочла бы портного... Матэуш говорит, что я в слишком большой дружбе с прислугой, но если бы не это, я ни о чем не могла бы узнать из первых рук...»

«...Людвика не так глупа, как могло бы показаться, оказывается, тот служащий —

232

племянник банкира, но девицу без приданого взять ему в жены не разрешают. Пана Шелигу чуть удар не хватил, ведь он-то думал, что для простых мещан его дочь — великая честь, а мещане-то, как оказалось, против этого брака. Деньги волнуют их больше, чем честь. Они предпочли бы богатую купеческую дочь, а не бедную шляхтянку, и вообще, они и сами могли бы купить пана Шелигу со всем его скарбом, и еще бы у них много денег осталось. Уже и граф Струминьский не так сильно петушится, его дела с банком таковы, что не прочь был бы породниться с банкиром. И совсем не от Шелиги разрешение требуется, а от дяди того самого чиновника. Надо сказать, странные времена нынче настали.

Изо всех индюшачьих яиц лишь два оказались плохими, так что выклюнулась у меня стайка хорошеньких индюшат. В последний перед родами месяц я уже никуда не буду выезжать, а вот после родов...»

«...и так вести о венчании Людвики доходят до меня только через посредников. Пан Шелига заартачился и продал половину леса, лишь бы только мещане приняли его дочь, а так как граф Струминьский уже совершенно переменил свое первоначальное мнение, старик и сам не знает, что ему думать. Эвелину он из кладовой выпустил и даже в Варшаву с собой взял, потому как именно там прошло венчание. Вдобавок же ко всему оказалось, что Весин пан Потыра отнюдь не из последних, с наибогатейшими купцами запанибрата, а князь Любомирский совещался с ним на свадьбе с глазу на глаз в отдаленном кабинете. Пан Шелига до такой степени ото всего этого одурел, что я чуть не лопнула от смеха, *когда Кларочка рассказывала мне об этом. А туалеты на всех дамах были такие, что ах!.. Вся драпировка сзади переходит в шлейф, перед же — с подрезом к коленям, говорят, это — свежайшая парижская мода, я тотчас же прикажу сшить себе точно такие же, самое меньшее, три, и пусть Матэуш говорит все, что угодно, но на карнавал я поеду в Варшаву. Маленький ужасно пинается...»*

«...в крестные я пригласила Зосеньку, и младшенькую свою Зофьей назвала...»

На этом месте Юстина прервала чтение, не только потому, что ей пришлось уделить немного времени свадьбе Юрочки и Крыси, а также нескольку неприятному разговору с Барбарой, но также и потому, что ей пришлось вспоминать свою двоюродную бабку Зофью, умершую несколько лет назад в Косьмине. Ведь это именно она была тем младенцем, который так пинался в животе у прабабушки. Минуточку, как же, черт побери, была фамилия двоюродной бабушки Зофьи по мужу?..

Юстина никак не могла вспомнить. Дедушка Марьян, да, дедушка Марьян, а фамилия?..

Костэцкий. Это удалось выяснить с помощью Гортензии. Она, разумеется, тоже забыла, но зато у нее до сих пор сохранился список приглашенных на ее же собственную свадьбу. В этом-то длинном списке она и отыскала Зофью и Марьяна Костэцких и даже их детей, Дануту и Анджея, которых не было в живых со времен войны.

Успокоившись в вопросе двоюродной бабушки Зофьи, Юстина смогла вновь приступить к своей исторической каторге.

«...должно быть, у матери было предчувствие, или же она чувствовала в себе болезнь. И если похороны отца пришлись на погожий день, то мамины — в самый ужасный. Дождь лил как из ведра, на кладбище ноги по щиколотку уходили в грязь, платье я выпачкала по колено, наверное, придется выбросить, а в случае траура я новое сошью. Хорошо еще, что я надела не длинную шубку, а короткую, черную, котиковую. После матери мне досталось кольцо, которое отец подарил ей по случаю их помолвки, с розовой жемчужиной, окруженной рубинами, весь ее золотой швейный прибор, бриллиантовое колье — часть ее приданого и короб с бабушкиными бумагами. Невестка бросала на меня сердитые взгляды, однако все, пиши пропало: эти вещи предназначались дочери, а не сыну. Сдается мне, что это она скупая и жадная, а не мой брат. На ней было то же самое платье, что и на похоронах отца, а это уже скандал! Неужели у нее только одно траурное платье на все случаи жизни? А что на короб она с завистью смотрела, так это нисколько не странно: он большой, из литого золота, украшенный орнаментом из мелких сапфиров, среди которых местами вставлены крупные рубины, а по углам — четыре бриллианта. Должно быть, невестка отнюдь не бумаг столь страстно жаждала.

Юзэфина снова блеснула своим талантом, однако это уже, наверное, ее последний банкет. Скоро ей исполнится семьдесят, и только ради моей матери она еще сдвинулась с места, с трудом, опираясь на палку. А так старушка живет у сына и все больше лежит в постели, а такую невестку, как у нее, можно всякому пожелать. Мне кажется, что Юзэфина учит ее искусству стряпни, и, возможно, ее рецепты каким-то образом сохранятся, но пока я об этом не стала спрашивать. В случае чего, надо бы подумать...»

«...в коробе оказались письма. Боже мой!.. Так значит, прабабушка и в самом деле была любовницей Наполеона!..»

«...сейчас мне стало понятно, почему она их спрятала, вместо того, чтобы хвастаться ими. Добыча... Какая там добыча, это ж обыкновенный грабеж. И кто? Император?!. Вещи короля, королевы, царские... ну хорошо, пусть будут боярские...»

«...пока у нас есть то, что есть, пусть все это полежит. Как знать, быть может, и впрямь когда-нибудь будет Польша? Это даже трудно себе представить, но ведь такое уже случалось. Раз уж Франция стала республикой, значит, наверное, все уже может случиться...»

«...я спрятала вместе с прочими вещами. В случае нужды все будет весьма кстати, а тем временем я опасаюсь показывать это. Хотя, с другой стороны, семьдесят лет прошло, наверное, очевидцев тех событий уже давно не осталось в живых? Но могли остаться описания предметов, да хотя бы письма, такие же, как те, что достались мне в наследство... Ай да ладно, на всякий случай пусть себе эти императорские подарки еще подождут...»

Юстина снова сделала паузу. Прапрабабушкино наследство, короб, да еще из литого золота... Ничего подобного она никогда даже в глаза не видела. Господи помилуй, да куда же прапрабабушка могла деть этот короб и бумаги?

О том, чтобы сжечь, не могло быть и речи, так где же все это? Осталось в Глухове и навсегда потеряно?.. Да нет же, она ведь спрятала их вместе с прочими вещами...

И Юстина вновь вернулась к чтению дневника.

«...В Матэуше взыграла гордость. Он хочет выставить на бегах двух коней, и теперь все работники только конюшней и заняты. Томашек обратил в свою веру гувернера, и теперь они тоже сидят там же, вместо того чтобы заниматься. Оба нагло заявляют мне, что мальчик схватывает все на лету. И если бы только они одни, так нет же, даже Ханусе удалось уговорить свою гувернантку, и сейчас они тоже занимаются, так сказать, на природе. Правда, я не уверена в том, делается ли это только из любви к лошадям, слишком уж она игриво по сторонам поглядывает. Как же, как же, прогулки с барышней ради свежего воздуха! И в конюшне он, разумеется, наисвежайший, особенно тогда, когда подстилку меняют. Я полагала, что это пан Владислав так сильно привлекает нашу гувернантку. Раз он постоянно сидит со своим питомцем в конюшне, а не дома, так и панна Ванда вынуждена искать его компании там же, но здесь все оказалось не так просто. Наш конюший еще совсем молод и весьма хорош собой, однако он женат. Ветеринар же наш уже в годах. Ах, вот что, остается Матэуш. Что-то она слишком близко к Матэушу держится, да она с ума сошла, неужели на Матэуша виды имеет? Придется и мне, наверное, в конюшню переехать... А может, детей разослать по школам? Хотя нет, это ни к чему, Лукашек еще слишком мал, не говоря уже о Зосе, все равно придется гувернантку держать...»

«...напрасно она старается, я уже успокоилась. Матэушу она нужна как собаке пятая нога. Пан Владислав тоже на нее не зарится, чему трудно удивляться, потому что она старше, ей под тридцать уже, а ему — едва двадцать пять исполнилось. Так что, если она не надумает пококетничать с ветеринаром, а он у нас вдовец, или же не выберет себе кого-нибудь из конюхов, придется ей и дальше в девичестве оставаться. Мне ее даже немного жалко, потому что она, в сущности, приятная особа, а Ханя растет под ее присмотром воспитанной барышней...»

«...нежданно-негаданно из Паментова прибыла целая компания, чтобы посмотреть на наших лошадей. Одиннадцать человек, да еще молодежь. Какое счастье, что прислуга у меня свои обязанности знает, а в леднике всегда есть запасы. Хорошая была мысль, чтобы ледник сделать большим и хранить там лед после каждой зимы. Одеться я сразу смогла, так как, по счастливому стечению обстоятельств, успели уже прийти два летних платья, а после Зоси я нисколько не располнела. Правда, мне показалось несколько странным то, что Эвелина, младшая из дочерей Шелиги, каким-то необъяснимым образом приехала к нам почти одновременно с ними, ощутив в себе внезапный прилив любви к нашим лошадям. Меня что-то насторожило, и я присмотрелась повнимательнее. И вот оно! Пан Вонсович-младший! Я желаю ей удачи, ведь уже самое время, двадцать четыре года ей уже исполнилось, а насчет пана Вонсовича старый Шелига вряд ли станет очень уж сильно возражать.

Братьев Вонсовичей всего лишь двое. И, хотя старший из них, который уже женат, унаследовал все отцовские угодья, но младший совместно

238

с ним владеет лесопилками. Я с удивлением узнаю, что поместное дворянство начинает сейчас заниматься промышленностью и торговлей, и уже почти никто этим не возмущается. Возможно, это результат того, что после земельной реформы многие очень сильно обеднели...»

«...банкет, что я устроила в саду, чрезвычайно удался, а нашим лошадям все предсказывают победу. Я и сама вижу, что Матэуш вырастил и выучил великолепных животных...»

«...от Кларочки мне известно, что у Шелигов дома постоянные скандалы, Эвелина постоянно рыдает, ведь, как оказалось, пан Вонсович без приданого жениться на ней не собирается. Говорят, супруга пана Шелиги взбунтовалась против мужа и велела деньги, полученные ею в приданое, Эвелине предназначить. Причем не после своей кончины, а еще при жизни. А в эти деньги, по слухам, пан Шелига уже успел руку запустить. Интересно, получится что-нибудь из этого или же нет, ведь там некому раскошелиться: пан Шелига породнился через своих старших детей с весьма родовитыми, но почти что нищими людьми. Разве что поможет муж Людвики, ведь только они понемногу обрастают перышками. Пан Потыра же все еще на всем экономит, все деньги вкладывая в свои дела...»

«...я давно уже так хорошо не развлекалась, и это — полностью заслуга Матэуша, честь ему и хвала! Душа радовалась, глядя на то, как обе наши лошади побеждали на варшавском ипподроме, и Титан, и Ромашка! В экипаже у меня оказалось столько цветов, что пришлось бросать их в толпу, а иначе мы задохнулись бы от их изобилия. Я и платье специально выбрала в цвет, зеленое, с черным позументом, потому что

Матэуш решил одеться в зеленое с черным. Зеленый мне к лицу. Кажется, Матэуш вернул все свои затраты, и даже с большой прибылью. Я тоже делала ставки и выиграла более шестисот рублей. Матэуш почему-то на этот раз не возражал, а смеялся, что верная жена приносит удачу. Поссорились мы с ним лишь дома, когда он стал дуться на меня за то, что граф Дэмбицкий не отставал от меня весь день, словно репей. Ну, не отставал, так что же из этого? Кнутом его следовало отгонять? Я так и не созналась мужу, что до графа Дэмбицкого мне столько же дела, сколько до прошлогоднего снега...»

«...благодаря нашим лошадям меня выбрали королевой бала, и натанцевалась я всласть, больше, чем, бывало, в девичестве. Пришлось мне, скрепя сердце, съездить в Блэндов за изумрудами, однако я ни о чем не жалею...»

Наконец-то Юстина получила конкретную информацию о драгоценностях. Прабабушка ездила за ними в Блэндов, так, как решила ранее. И что потом? Как она поступила с этими изумрудами? Отвезла обратно в Блэндов или же оставила у себя?..

Впервые за все время, и весьма своевременно, у читающей дневник правнучки возникла мысль о том, что пресловутое прабабушкино сокровище, должно быть, и в самом деле существовало, и где-то там находилось. Юстина внезапно застыла, склонившись над текстом, ощутив вдоль позвоночника леденящую дрожь.

Боже милосердный!.. Ясно ведь, что именно там, в этом проклятом Блэндове, было спрятано сокровище! Ей, Юстине, самой старшей правнучке, предназначенное... И что, оно лежит там до сих пор?.. Или пропало?.. Господи Боже ты мой, ведь это же целое состояние, а они здесь из последних сил изворачиваются!.. Ведь была же она там, ну почему было не осмотреть, как полагается, эту проклятую библиотеку, почему она, законченная кретинка, не прочла прабабушкин дневник еще до войны?!

А ведь ей еще казалось, что это Хелена глупая и легкомысленная, тогда как она, Юстина, уравновешенная и рассудительная. Ха-ха, ну и рассудительность!.. Она, оказывается, даст сто очков вперед своей старшей сестре по части идиотизма...

Потрясение было таким сильным, что на то, чтобы прийти в себя, ушел целый час. Юстина чуть не лопнула от бурлившей в душе несмываемой обиды на самое себя. Она сходила в ванную, попила водички, а потом, немного подумав, спустилась вниз и вмазала от души сто граммов великолепно охлажденной в холодильнике рябиновки, не особенно стесняясь присутствием Гени и Гортензии. Последние, при виде пьющей Юстины, бесповоротно остолбенели.

— Езус Мария, дитя мое, что ты делаешь? — в ужасе спросила Гортензия. — Что с тобой?

— Пани, наверное, уже знает о том, что приключилось у пани Барбары, — предположила Геня. — От такого любой выпьет, даже и яду.

Шум в ушах прошел, Юстина очнулась от своего транса, посмотрела на них и мгновенно приняла решение. Она не скажет им правду. Ни за какие блага мира не сознается в такой чудовищной житейской ошибке. Она оказалась идиоткой, поступила как дебилка? Ну вот и прекрасно, по крайней мере, никто не узнает об этом. Юстина внезапно поняла, что потеря занимаемой ею до сих пор позиции самого разумного человека в семье стала бы для нее абсолютным провалом, падением со смертельным исходом. Она не вынесла бы этого. Горю уже не помочь, это было возможно еще в сорок пятом, но не двадцать лет спустя, после всех реноваций и ремонтов, которые там, без сомнения, проделывались... Значит, надо об этом молчать. А иначе весь остаток ее жизни пойдет коту под хвост.

И Юстина взяла себя в руки, холодно сообщив собравшимся:

— У меня упало давление. А что случилось у тетки Барбары? Я ни о чем не знаю.

— Никто не знает, — заявила интригующе Гортензия. — Они заперлись в комнатах и никому не открывают. Фэля плачет на кухне. Она сказала нам по телефону.

— Они там хотя бы живы?

— Живы, наверное, потому что иногда шумят.

— А телефон? Что говорят?

— Ничего. Не подходят. Только Фэля...

— Ну так, значит, надо туда съездить, разузнать! Почему вы не едете, тетя?

— Они меня не пустят, так зачем же ехать?..

— Значит, поеду я. Меня впустят. Или я ворвусь туда, пусть даже с применением силы. Может, этот Антось сошел с ума и насильно удерживает там тетку Барбару...

— Можно подумать, что Барбара такая кроткая и позволит себя удержать. Но ты, возможно, права, наверное, надо бы съездить. Однако мне кажется, что лучше бы съездить мужчине. Болечеку или Людвику. И надо же, как назло все наши дети в отъезде!.. Послушай, а может, Юрочку вызвать?

— Где же вы сейчас будете его искать, тетя, он наверняка ездит по своим клиентам. Поеду я. В переднюю Фэля меня впустит, позвоните ей и предупредите, что я приеду.

— На машине?

— Ну а на чем же?

— А ты разве не пьяная после этой рябиновки?

Несколько огорошенная, так как она успела уже забыть о лечебной стопке, Юстина честно подумала:

— Нет. Я совершенно трезва. Еду!

Одним из пост-«мерседесных» «вартбургов» пользовался Людвик, другим же — Юстина. Барбара, стараниями Антося, ездила на более элегантном личном транспорте: у ее дома был припаркован «вольво».

Предупрежденная по телефону о визите, зареванная Фэля притаилась под дверью и открыла при первом же нажатии звонка. Она приветствовала Юстину с огромным облегчением, сообщив шепотом, что господа там уже с утра и, может, даже совсем не ложились. Ночью что-то произошло, но она не знает, что именно, так как сама почти что уже уснула, но слышала какой-то шум, и гости ушли все сразу, а обычно они уходили в разное время и поодиночке. А когда она хотела прибрать, оказалось, что все двери заперты, и барыня крикнула, чтобы Фэля убиралась и не надоедала. И велела никого не пускать, дверь не открывать, но Фэля открывает и только через цепочку смотрит. Вот так продолжается до сих пор: можно пройти только на кухню, в маленькую ванную, в каморку для прислуги и в переднюю, остальное же заперто на семь замков. Слава Богу, что хоть второй телефонный аппарат здесь, так что она смогла хотя бы родным позвонить.

Юстина уселась на кухонный стул и поразмышляла над ситуацией. Впутываться в таинственные, политически-партийно-преступные дела Антося... ну уж нет! На это у нее не было ни малейшего желания. Подождать?.. Как долго? Пока они не проголодаются и не выйдут сами?..

— У них там есть что поесть? — спросила Юстина, вклинившись в торопливый шепот Фэли.

— И еще сколько! Там целый холодный буфет, и чайник электрический, и кофе, и чай...

Следовательно, ожидание ни к чему не приведет, на холодных закусках можно протянуть целые сутки. Как же вытащить оттуда Барбару?..

Прежде чем она успела прийти к какому-нибудь решению, прозвенел звонок, и появилась Амелия.

— А, так и ты здесь? — обрадовалась она при виде Юстины. — Что происходит? Тетка Гортензия, вся в панике, изловила меня, говорит, Антось тетку Барбару убивает, а может, и наоборот, в общем, меня отправили на выручку. На всякий случай я взяла с собой два фотоаппарата. В чем дело?

— Пока не знаю. Со слов Фэли, они сидят взаперти еще с ночи, я как раз думаю над тем, каким бы образом вытащить тетку из заточения...

— Надо что-нибудь поджечь, — не задумываясь, ответила Амелия. — Понарошку: увидев дым и услышав крики о пожаре, они выйдут оттуда как миленькие, я тебе это гарантирую. Что бы тут... Мокрые тряпки! Пусть Фэля намочит парочку тряпок, мы их под дверь подоткнем.

— Ты когда-нибудь, наконец, повзрослеешь? — возмутилась Юстина.

— А что, ты собираешься сидеть здесь и ждать до Страшного суда? Я таким количеством времени не располагаю. Ты к ним хотя бы постучалась? Они знают, что ты пришла?

— Понятия не имею. Кажется, еще нет.

— Так постучись. Поджечь можем во вторую очередь. А если не хочешь, то я могу.

— Ну хорошо, попытайся...

Едва только Амелия подняла руку, намереваясь постучать в дверь гостиной, как открылась соседняя дверь, и Барбара вышла добровольно. На ней было элегантное утреннее неглиже, да и выглядела она вполне нормально, только как будто бы старше, чем вчера.

— Привет, девочки, как дела? — произнесла она спокойно.— Ну ладно, успокойте Гортензию, с чего это она истерику устроила? Знаю, это Фэля подняла панику, но ничего особенного не произошло. Всякий имеет право на мелкие неприятности, так отчего же моя жизнь должна все время идти как по маслу? В чем, собственно, дело?

Фэля на цыпочках убежала и скрылась на кухне, Юстина с Амелией обменялись взглядами.

— У нас — ни в чем, — ответила Амелия. — Мы думали, что может у вас, тетя...

— Я лично опасалась, что у кого-нибудь снова что-то открылось или там лопнуло, — с леденящей вежливостью намекнула Юстина. — И что-нибудь нужно... Но раз нет, значит, нет.

— Нам не вмешиваться? — подозрительно поинтересовалась Амелия. — Что же, собственно, произошло?

Барбара старательно прикрыла за собой дверь кабинета.

— А ведь я говорила, что каждый должен знать меру, — сказала она, понизив голос. — Так нет же, им всегда лишнее подавай, гиенам оголтелым. Ну хорошо, я скажу вам, все равно все раскроется. У кормушки грядут перемены, — тут Барбара указала пальцем на потолок, — и они готовы друг другу последний золотой зуб выдрать. В общем, они тут слегка перессорились, каждый тянет одеяло на себя, а я эту шайку финансировать не собираюсь. Получится или нет, надо выждать. Пусть Фэля напоит вас чем-нибудь, у меня пока другое на уме, надо Антося успокоить, а то он весь испереживался. И Гортензии тоже скажите, пусть она пока не мельтешит. А мы тут как-нибудь справимся...

Продолжение этой истории дошло до Юстины на следующий день, с помощью очередных звеньев обычной цепочки. Амелия полностью потеряла интерес к этому делу и даже по телефону не пыталась ничего о нем разузнать. Ей хватало своих проблем.

Гортензия же выслушала сообщения Гени с нескрываемым удовольствием и немедленно помчалась к племяннице.

— Фэля говорит, что ты угадала правильно: твое предчувствие оказалось верным. Говорит, там снова был труп. Что ж они так друг друга убивают у этой Барбары? Ни одна из вас правда ничего своими глазами не видела?

Юстина даже еще не успела приступить к любимому занятию и сейчас отказалась от мысли сесть за письменный стол.

— В передней был порядок, — вздохнув, сказала она. — А дальше, я ведь говорила, тетка нас не пустила.

— А именно там он и валялся. Не удивительно, что Антось нервничает. Если уж кого-то должны обвинить, так лучше пусть его, а не Барбару. Труп они вынесли только вечером, весь день держали дом на замке. Фэлю помогать заставили, внушая ей, что это хвативший лишнюю рюмку посетитель, отнесли его в машину, якобы для того, чтоб отвезти в больницу. Якобы они думали, что он протрезвеет, но ничего не вышло, так что того... Ну, к врачу. А вызывать будто бы на дом не хотят, нечего, мол, квартиру превращать в лазарет, еще чего. Так Барбара Фэле объясняла, какой ужас, им пришлось самим везти его...

— Как это самим? Кому?

— Фэле с Барбарой. Антось только с этажа его снес, он же силен как вол. А потом сразу же вернулся домой и заперся там.

— А они с этим гостем что?..

— В больницу поехали, так, как им Антось велел, на Грохов. А там вокруг темно, так что они выволокли этого типа из машины, посадили на ступеньки и сбежали. Никто и не заметил...

— Не может быть! Ни людей не было, ни машин «скорой помощи»? Около больницы?

— Может, и были, но никто не заинтересовался. Даже если кто и заметил, подумали, наверное, что пьяного привезли, там же их много. Возможно, он просидит так до утра, и только днем его оттуда уберут. Кошмар какой-то.

Юстина была такого же мнения, ей тоже стало не по себе. Кроме того, она была поражена: с трудом верилось в то, что никто не проявляет интереса к убийствам в доме Барбары. А ведь это уже второй труп! Может, на этот раз и впрямь речь шла о каком-то выпивохе, а Фэля сгустила краски, вообразив, что это труп, и передав сведения в согласии со своим заблуждением...

— Честно говоря, Фэля сказала, что они приткнули его в темном местечке, — продолжила

Гортензия. — И не слишком с ним церемонились: вытолкнули из машины — и вся недолга. А дом все еще на запоре, казино не работает, здесь явно что-то не так. И сидят там оба, Барбара хотя бы по квартире расхаживает, но Антось, как залез в спальню, так носа оттуда не кажет, заперся на замок изнутри. Барбара сама носит ему еду на подносе, и не из прихожей, а через столовую. А когда кто-то звонит, по телефону или в дверь, Фэле приказано говорить, что господ нет дома. Уехали и вернутся только через месяц. Ну что ты на это скажешь?..

— Понятия не имею. Кажется, у них и впрямь неприятности. Мы ничем помочь им не можем, это дело надо просто переждать.

— Главное, чтобы Барбара могла прикидываться невиновной, тогда бы я почти нисколечко не беспокоилась, — вздохнула Гортензия. — На Антося здоровье свое тратить я не согласна. И зачем ей было все это, не иначе сбрендила на старости лет...

Лишь неделю спустя, и с превеликими усилиями, Юстина сумела вернуться к своему чтению. В течение этой недели тетка Барбара один раз вышла из дома, приехала специально к ней и объяснилась, решительно запретив Юстине хотя бы одним словом делиться с Гортензией или с кем-либо еще. Антось оказался легкомысленным и дерзким: воспользовавшись переполохом в высших партийных сферах, он решил слишком крупно обогатиться. Все дело заключалось в том, что и все остальные, особенно те, кому грозило падение с партийного Олимпа, воспылали точно таким же желанием. Они толпились в казино, надеясь на огромные выигрыши, ведь деньги среди них были в ходу в количествах, намного превышающих то, что мог представить себе рядовой человек. Ну и Антось, вполне возможно, чуть-чуть мухлевал. Однако жульничать пытались все, и, честно говоря, они там друг друга шантажировали. И продолжают в том же духе. Антось предпочитает не выезжать в город, во избежание какого-нибудь несчастного случая. Все это — до поры до времени, вскоре произойдут внутренние перемены, и тогда все успокоится и вернется в норму.

На Юстинин вопрос, зачем ей все это было, Барбара пожала плечами:

— Ради денег, дорогая моя, а ты как думала? Прежние мои средства уже почти совсем исчерпались, а здесь был шанс немного подзаработать. За Пляцувку я налоги плачу, дикие жильцы уже стали легальными и живут там даром, к тому же мне еще и прогрессивный налог всобачили... Без Антося я бы ни за какие коврижки не стала вести нелегальное казино, зато с ним — пожалуйста, ведь ясно, что никто меня не тронет. Ведь это он решает, что законно, а что — нет и кого хватать, он и эти его, с позволения сказать, друзья. Такие они все ему друзья, как я — царица Екатерина. Может, я и переборщила слегка, а Гортензия права насчет моего безумия, но ведь я же не знала, что это — такое болото. Мне казалось, что все не так страшно. Я бы уже охотно дала задний ход, ведь вложенные в казино средства давно окупились, да еще и заработать удалось, в этом отношении я не жалуюсь. Но Антось по самые уши погряз в дерьме, и мне немного жаль его. Я его даже довольно-таки крепко полюбила, скажу я тебе. Старый конь борозды не испортит... Ну, ничего: не обращайте на нас внимания, а ты никому ничего не говори. Гортензии скажи, что речь идет о супружеских изменах или что-то в этом роде, придумай какие-нибудь романы, а если хочешь, так даже и дуэль...

Уяснив для себя, что Барбара сподобилась выйти замуж за шантажиста, партийного мошенника и беспринципную пиявку, а также оценив по достоинству последний теткин совет, Юстина сумела полностью удовлетворить обезумевшую от любопытства Гортензию. Та, ни минуты не колеблясь, уверовала в разврат и безобразие, царящие в правительственных кругах. Мало того, Гортензия даже отнеслась к этим явлениям с некоторой ностальгической меланхолией, прокомментировав Юстинино сообщение следующим образом:

— Смотри-ка, ведь, невзирая на времена, люди нисколько не меняются! Во времена моей юности было точно так же: министры, генералы, занимавшие высокие посты, устраивали себе неприличные балы, а их жены и невесты тоже гуляли по-черному! Чем выше, тем хуже. Наверное, теперешние позавидовали им. И вот что еще: сдается мне, что Фэлю они от всего этого отстранили, чтоб она, при виде разврата, не побежала с жалобой к священнику...

Перед лицом подобного беспредела прабабушкины записки, хотя сейчас уже и несколько действовали на нервы, могли быть для души исключительно целебным бальзамом...

«...поглощенная без остатка нашими лошадьми и этим шумным балом, я не знала, что там, на стороне, разразился такой громкий скандал! Пани Машковская, в девичестве Вальдэцкая, пани Вальдэцкой средняя дочь, завела роман с прославленным паном Вольским, а ее муж как раз на

бегах-то их и высмотрел. А до замужества она была тише воды, ниже травы до такой степени, что все считали ее весьма недалекой. А тем временем там такой страстный роман, что уже и конюхи смеялись, потому что влюбленные по преимуществу в конюшнях встречались, якобы ради езды верхом. Пан Машковский повел себя несдержанно, и должна состояться дуэль. Возможно даже, этим утром она уже состоялась, хотя их и пытались помирить. Отпереться пани Машковской не удастся, потому что муж ее застал их с любовником в объятиях друг друга. Не иначе они совершенно ума лишились: мыслимое ли дело так себя вести на глазах у всех...»

«...дуэль состоялась, они стрелялись. Пан Машковский пану Вольскому ногу выше колена задел, а пан Вольский пану Машковскому в руку угодил, но оба живы, и ничего с ними не случится. Пани Машковскую аж под Замость, к дальней родне, в глухую деревню сослали. Она уезжала вся в слезах и в обидах, но тетка Клементина говорит, чтобы дело забылось, и года вполне достаточно, если пан Машковский не наделает глупостей. Лишь бы только последствия этого романа на свет не появились, это может только усугубить щекотливость положения. Однако мне кажется, что после этакого их еще долго никто знать не захочет, да и пану Вольскому лучше было бы уехать, используя в качестве предлога хотя бы раненую ногу...»

«...зима была довольно суровой, и полно волков настреляли. Матэуш уже пообещал мне пелерину волчьим пухом подшить, но на это потребуется время, так что только к следующему сезону она готова будет. Нет на свете ничего теплее такой пелерины, к тому же она почти невесомая. Наши кони в большой цене уже третий год подряд, так что никаких денежных затруднений у нас нет, и Томашека можно будет послать учиться даже и на два года. По-английски он говорит не очень хорошо, так пусть же немного поживет в Лондоне, это нам по средствам. Но он, как мне кажется, еще слишком молод. Хотя получилось бы как раз так, что после отъезда Томашека пан Владислав начнет заниматься с Лукашеком...»

«...как бы мне умудриться делать вид, что я ни о чем и понятия даже не имею? Пан Владислав с ума сошел на почве моей камеристки, да и она слишком уж большой взаимностью ему отвечает. Не дай Бог, придется мне с ними расстаться, а я этого совсем не хочу. Томашек, я ведь вижу, и образован хорошо, и манеры у него, и общительность, а у Эмильки вкус к нарядам воистину парижский, но не могу же я закрыть глаза на оскорбление нравственности. Вот еще не было печали, да черти накачали! Наверное, придется мне, на некоторое время, сделать вид, что я оглохла и ослепла, а может, Матэуш с ним тет-а-тет побеседует...»

«...Зэня, после двоих сыновей, дождалась наконец-то дочку, а Кларисса, родив троих дочерей, разрешилась от бремени сыном. И роды у них были почти что в один и тот же день. Как же мы с ними смеялись, когда они пожаловали ко мне, обе сразу, над тем, что каждая из них счастлива по противоположной причине. Зэня выглядит великолепно, а вот Кларисса слишком сильно располнела, жалуется, что наряды уже некуда расширять, а она продолжает полнеть от еды. Говорит, что питается одними сладостями, в качестве противоядия от пана барона...»

«...Зосю свою я вижу редко, потому что только я могу к ней приехать, она, при шестерых уже детях и огромном хозяйстве, никак ко мне выбраться не может. Хотя пани Липович, ой, что я говорю, она же уже несколько лет, как стала пани Хольдэр, перешла после замужества от Зэни и немного помогает ей по хозяйству. Пани Хольдэр весьма довольна своим малоприличным замужеством. Помню, как все над ней смеялись, а я вижу, что она поступила правильно и сейчас, будучи полноправной хозяйкой в собственном доме, прямо-таки цветет...»

Уже после этих нескольких страниц Юстина сориентировалась, что прабабушка отчего-то стала реже секретничать со своим дневником. Судя по детям, она пропускает целые месяцы, и даже годы, словно бы за это время ничего не происходило. Или же у нее иссякло вдохновение?..

Вскоре обнаружилось, что причины такой сдержанности были совсем иными. Прабабушка была очень сильно занята.

«...Я все еще так и не могу решить, правильно ли я поступила, вводя изменения в библиотеке. Однако, как мне кажется, удалось убедить всех в том, что речь идет о новомодных удобствах и разнообразных современных изобретениях. А поскольку Матэуш постоянно ворчал, попрекая меня американскими идеями, никого не удивило то, что нововведения я начала с Блэндова, а не с Глухова. Называется это электричеством, я это запомнила, а обошлось оно мне дороже, чем ванные и трубы с горячей водой, а также ватерклозеты. К последним прежде всех прочих привыкла прислуга, понеже теперь ей не приходится выносить

ночные горшки. Это правда, меня сочли умалишенной, так как, хотя в Варшаве все это уже входит в моду, в деревне никто за это не берется. Я наняла немца, который побывал в Америке и практиковался в Санкт-Петербурге, так он даже покраснел от усердия, хотя, как и всякий немец, весьма флегматичен. Я с самого начала ничего не понимала, да и теперь не понимаю, но это неважно, главное то, что проводились строительные работы. А немец вернулся в Пруссию, и след его простыл.

Я так сильно потратилась, что пришлось на карнавал всего лишь два новых туалета сшить. В который раз я поняла, какое же все-таки счастье этот мой брачный договор, ведь я могла делать все, что хочу, совершенно не оглядываясь на Матэуша. Это так разозлило его, что мы целых три недели провели в Варшаве в сплошных балах, доставив тем самым удовольствие Хани и пани Ванде: ведь раз я свою дочь на семнадцатом году жизни вывела в свет, то теперь ей можно было веселиться на балах. Я слегка подтрунивала над Матэушем, говоря ему, что, раз не надо жену наряжать, можно заняться гардеробом дочери. Ничего не скажешь, показал он себя во всей красе. Я хотела снова съездить в Париж, но на это мне не хватило средств, ведь они уходят на Томашека, однако все же меньше, чем я опасалась. Одно платье шелковое, цвета сапфира, довольно темное, сильно драпированное и с золотой сеточкой, а к нему — сапфиры с рубинами. Второе же — из мясистого атласа, зеленое, с отделкой из серебристого тюля. И с ним-то я, наконец, показала свои бриллианты. Ханусе я запретила одеваться во все белое, это было хорошо для прошлого года, теперь уже пусть она

надевает кремовое и лососевое, именно эти цве-
та, при ее темных волосах, идут к ней более про-
чих. Денег на дочкины наряды я не пожалела, все
равно по счетам платил отец...»

В описании карнавального гардероба бабушки
Ханны между строк угадывалось настоящее упо-
ение прабабушки, которая отнеслась к нарядам
дочери, быть может, даже более придирчиво, чем
к собственным туалетам в свои юные годы. Корсеты, перчатки, веера, чулочки со стрелками, по
наиновейшей парижской моде. А в Париже тех
времен неистовствовала, можно сказать, развяз-
ность, согласно которой низ платья был важнее,
чем его верх, и этот низ должен был быть весь в
оборках. Это было ужасно неприлично, а доносил
об этом явлении Томашек, который вот уже два
года путешествовал по Европе. Юстина растроганно погрузилась в дамские тряпки, составляю-
щие резкий контраст с перипетиями, к примеру,
Барбары. Ее лишь вновь обеспокоили упоминания о сапфирах и бриллиантах. Черт побери, так
опустошила прабабушка наполеоновскую сокровищницу или же нет?.. Ой, кажется, да...

«...на время проведения работ я предпочла все
держать под рукой, вот только никому не было
известно, где именно, даже Матэушу. И об этом
я даже сама для себя откровенно писать не ста-
ну. И снова не знаю, не совершила ли я ошибку,
ведь возле Хануси так и вертятся всякие, труд-
но даже понять, кто есть кто. Мне не хотелось
бы, чтобы мою дочь взяли замуж ради денег.
А так, как Чеся Гавроцкая, я тоже поступать
не стану. В прежние времена она была такой
скромной барышней, а сейчас распустилась до

невозможности. Старше меня на три года, и пора бы уж ей немного постареть, так нет же, обеих своих дочерей, а они старше Хануси, до сих пор дома держит и за малых деток выдает. Сколько ей лет, она и под страхом смертной казни не сознается, хотя это и так всем известно, ведь я же сама им по секрету нашептала, что больше сорока. Правда, выглядит она неплохо, но видно, что свежесть ее неестественна. Танцевать рвется, на комплименты напрашивается так, что чуть в голос не визжит, стыд и непотребство. Другое дело, что пан Гавроцкий в совершенного рамолика уже превратился...»

«...стоит мне взглянуть на Матэуша, как я всякий раз думаю, что все же не ошиблась в выборе мужа. Может, и правда он так прекрасно держится благодаря лошадям, ведь по целым дням проводит в седле, да и на конюшне спуску себе не дает. В последней мазурке он превзошел всю молодежь, а в гостиной выглядит так, что не одна пошла бы за него без раздумий. Ну, граф Струминьский тоже производит хорошее впечатление, однако же он, на мой вкус, излишне субтилен, и не знаю, смог бы он так же, безо всякого напряжения, на руки меня поднять и вверх по лестнице пронести, как это делает Матэуш. Говорят, и я даже читала об этом, разнообразные телесные упражнения на свежем воздухе весьма способствуют продлению молодости...»

«...я все время думаю о том, как бы своих дочерей уберечь от искателей богатого приданого. Ханя весьма неглупа и понимает, что ей говорят, но панна Ванда немного портит картину. Девочка видит на ее примере, что без средств никакой карьеры не сделаешь, и никто на тебе не женится, так что не очень ей хочется скрываться со своим приданым. Да и по моим драгоценностям тоже слишком серьезные выводы люди делают, так что я уже и сама не знаю... Сделать вид, что камни поддельные? Ни за что! Бабушка в гробу перевернется...»

«...а это что еще за эпидемия такая? Все как одна куры начали квохтать, а яйца кто нести будет? Я почти целую неделю только этим и занималась, надо было присмотреть, чтобы прислуга всех кур завертела. Однако ж такая мера едва дюжине из них разум вернула, остальные же продолжают выражать желание высиживать цыплят. Разве только увеличить поголовье гусей и уток? Ничего не поделаешь, пусть они высиживают утят и гусят. Хорошо еще, что гусыни и утки не очень горазды высиживать своих птенцов. И что же мне Буйновская голову этим забивает, как будто сама не знает, что ей надо делать...»

Юстина снова оторвалась от печатной машинки. Что это еще за Буйновская? Ни о какой Буйновской до сих пор нигде не упоминалось. Кто бы это мог быть, черт возьми?.. А, наверное, экономка... Ведь должна же была быть у прабабушки какая-то экономка, видно, что в хозяйственные мелочи она лично не вникала...

«...вот и получила Чеся за свою молодость вечную и за девчушек несмышленых дома, так ей и надо. Едва только я упомянула здесь о ней, как уже ее постигла беда: старшая дочь, Броня, кажется, с новым писарем сбежала. Вернувшись домой после карнавальных балов и триумфов, Чеся застала дома страшный переполох, потому что Броня весьма изящно все дело обставила.

Говорят, она отправилась в Паментово, в гости к Крысе Паментовской, которая подвернула ногу и не может ходить, чтобы подруге своей служить в ее болезни утешением. Пан писарь же якобы получил известие о кончине своего дядюшки. Вот они и разъехались, для видимости, в разные стороны. И только на третий день обнаружилось, что Брони в Паментове не было и нет, а молодые пан и пани Козловские пребывают в Радоме и уже успели обвенчаться. А нечего было оставлять взрослых дочерей в деревне, пока их мать в Варшаве развлекалась! Никто пани Гавроцкую не жалеет, и все говорят так же, как я: так ей и надо.

А когда молодая пани Козловская привезет бабушке внучка, мне хотелось бы присутствовать при этом лично и собственными глазами Чесин восторг наблюдать...»

«...вся молодежь революцию какую-то устраивает, даже трудно в это поверить. Младший из Вальдэцких желает изучать юриспруденцию и адвокатом или же нотариусом стать, молодой Паментовский на факультет сельского хозяйства рвется, прочие же идут изучать медицину, инженерию, политехнические науки им снятся. А уж хуже всего то, что и девицы с ума сходят: малышка Зелиньская подросла, и не первого бала требует, а учебы в Женеве, ей тоже врачом стать захотелось. Так уж я, из двух зол, предпочитаю своего Томашека, который не желает совсем ничего делать, а начинает подыскивать себе выгодную партию. Что же касается Хани, то можно не бояться, что она возжаждет великой учености...»

«...я только сейчас узнала, потому что все, неизвестно отчего, скрывали от меня, что пан

Пукельник с превеликим усердием пытался что-то разнюхать. Он проявил такую наглость, что осмелился явиться с визитом к Зэне. Изображал откровенность, сам упомянул о прошлом и за свои преступления усердно прощения просил. Нет, не просил, молил о прощении, списывая все свои злодеяния на молодость и глупость. И Зэня простила его. Я уж думала, что она ума лишилась, но, как оказалось, ум здесь ни при чем, скорее уж совесть.

Она сама призналась мне по большому секрету, что при одном только виде пана Базилия вспомнился ей прежний ее муж, и было такое мгновение, когда она чуть было сама не стала благодарить пана Базилия за то, что тот избавил ее от мужа-чудовища. Так как же было ей прикидываться непримиримой? А ее он, в конце концов, так и не убил, так что пусть там Господь его душу блюдет, а она может облегчить его страдания. На ее месте я предпочла бы никогда больше и в глаза не видеть пана Базилия, дома четверо детей, и кто его знает?.. Однако Зэня говорит, что пан Базилий уже не нуждается в ее наследстве, потому что разбогател за счет приданого жены, это известно от прислуги. У Зэни сейчас новая горничная, дочь той самой Кундзи, что когда-то вмешалась в некоторые события. Девушка совсем еще молоденькая, а красоты такой, что ей даже камень все секреты раскроет.

А пан Базилий сказал, что приехал покупать лошадей, и просил замолвить за него словечко перед Матэушем. Потому что Матэуш якобы заартачился и лошадей продавать ему не желает...»

«...да так, в конце концов, и не продал. Это произошло уже пару лет назад, но я узнала об этом лишь сейчас: оказывается, пан Базилий уже успел побывать во всех наших имениях, а дольше всего пробыл в Блэндове. Я даже похолодела вся и порадовалась, что успела там все переделать. Может, я и напрасно подозреваю его, но Блэндов Блэндовом, а что за дела могли у него быть в Пляцувке? Там Матэуш разводит першеронов, а пан Базилий на фольблютов зуб точит, ну так как же это? На что ему першероны? Он выставит их на бега?

Ой, не нравится мне это совсем, придется, наверное, снова ехать в Блэндов и провести там дружескую беседу с Доминикой...»

«...я еще более обеспокоилась, но в то же время и обрадовалась. Пан Базилий со всяким разговоры заводил, якобы ради лошадей. Усердно разыскивал тех, кто был у меня занят при переделке дома, дивился и трубам, и электричеству, говоря, что и он бы не прочь завести у себя такие новшества. И тут я сама себя похвалила за то, что наняла тогда того самого немца. Так что разузнать он смог всего-то ничего...»

— Что это ты там читать изволишь так жадно, что света божьего не замечаешь? — раздался внезапно от дверей раздраженный голос Гортензии. — Я стою здесь и стою, обращаюсь к тебе, а ты словно оглохла! Неужели тебя ничто больше не волнует кроме этой старой макулатуры?

Столь внезапно оторванная от пана Пукельника Юстина с некоторым трудом переместилась во времени и собралась с мыслями. Она как раз начала не меньше прабабушки переживать из-за его шпионской деятельности, преисполнившись уверенности в том, что пан Базилий пронюхал об императорских дарах, он ведь видел на прабабушке сапфиры и бриллианты, так что прабабушка, возможно, излишне оптимистично оценивала нулевой результат его активности?..

— Нет, — ответила Юстина Гортензии, протирая глаза и потирая лицо. — Просто я устаю, потому что это очень трудно прочесть.

Гортензия подошла к ней и окинула взглядом письменный стол, сказав при этом:

— А я бы даже и не пыталась. Что это вообще такое, не человеческий же почерк, в самом деле?! Словно бы грязная муха по бумаге поползала... Я тебе говорю, что Антось вернулся.

— А он уезжал? — неуверенно удивилась Юстина.

— Ты не в своем уме или что? Как уехал после тех убийств, так больше чем полгода его не было. Ты и Барбару не видела, когда она сюда прибегала? Ты же говорила с нею!

Юстина окончательно пришла в себя. Действительно, теперь она вспомнила. Антось просидел в собственной крепости почти три месяца, после чего уехал в неизвестном направлении. Были предположения, что он сбежал и больше не вернется. Но вернулся же...

— И что же?

— Что «что же»?

— Ну, раз он вернулся, так что же?

— Откуда мне знать? Но я так боюсь, что все начнется сначала. И Барбара беспокоится, я это прекрасно вижу. Что же можно предпринять?

— А что вы можете предпринять, тетя? Ничего. Ведь и после тех событий ничего не произошло, все уладилось...

— Ну да. От сердца у них эти гости поумирали. Но если там снова начнется эпидемия инфарктов, то у них, в конце-то концов, или квартиру отнимут, или еще что. Надо бы поговорить с Барбарой, ты ее наследница, скажи ей, пусть успокоится. Правда, пока что Антось тише воды, ниже травы, будто его и нет вообще, но на улицу выходит, так что я не знаю...

Чтобы успокоить тетку, Юстина пообещала ей вмешаться. Пан Базилий беспокоил ее больше, чем Антось, и ей хотелось как можно скорее вернуться к прабабушке...

«...Ханя на диво вышивать гораздa, она весь шарф вышила, да так, что никто не верит, что это она, и все восхищаются. Она старалась так ради самой вышивки, а не ради наряда. Наряды интересуют её меньше, чем это может показаться. Ей почти что все равно, что на ней надето, и я весьма недовольна такой небрежностью. Хотя цвета она, следует признать, подбирает великолепно. Вертятся вокруг нее поклонники, а более других — средний Бурский, и это беспокоит меня...»

«...и что же оказалось? Наконец-то я все высмотрела! Пан Казимеж Кольский в мои зятья метит, вроде бы ничего такого, но я заметила, как краснела моя Ханя. Матэуш считает, что молодого человека вряд ли интересует только приданое: Кольские живут неплохо, дочери приданое они уже выплатили, остался один сын, как раз этот Казя, и начинает уже вести хозяйство почти самостоятельно. Старый пан Кольский уже еле жив, а пани Кольская — дама характера весьма мягкого, так что ссор там не будет. Однако возможно и то, что Матэуш не против оттого, что у Кольских лошади весьма изрядные...»

«...он сделал предложение, я дала свое согласие, несмотря на то, что Кольские живут далеко, аж на Пилице. Ханя счастлива и совершенно не скрывает этого. Вот только чтобы Томашек не совершил какую-нибудь глупость, ведь он снова вырвался у меня в Лондон, но к свадьбе сестры должен вернуться. Так уж и быть, пусть они обвенчаются через три месяца, с приданым управиться успеем, а чего же еще-то им ждать?..»

С трудом продираясь сквозь описание этого самого приданого, Юстина с ностальгической грустью думала о том, каким же было имение бабушки Ханны до Первой мировой. Но тогда Юстины не было еще на свете, а то, что она видела позже, в период между двумя мировыми войнами, говорят, нельзя было даже и сравнить с прежней роскошью и великолепием. И все же, даже в запомнившемся Юстине виде поместье Ханны производило сильное впечатление. Кажется, дедушку погубили лошади, он вложил в них огромные средства, но во время Первой мировой войны все они пропали. А лошадьми он окружил себя, вероятно, под влиянием своего тестя...

Ну, хорошо: свадьба свадьбой, но куда же подевался этот чертов Пукельник?..

«...ой, кажется мне, что панна Гражинка Винич решила во что бы то ни стало очаровать Томашека. Хоть свадьба и была шумной и многолюдной, я все примечала. И как-то так все время получалось, что панна Гражинка постоянно оказывалась рядом с моим сыном, да и Томашек не избегал ее. Они явно были близко знакомы, интересно, откуда?.. На всякий случай, я тут же навела о ней справки у гостей, ведь люди всегда все

знают. Как оказалось, Виничи обуржуазились, и, хотя обе бабушки панны Гражинки были из сенаторских родов, сейчас ее семья владеет, главным образом, деньгами, земли же у них очень мало. Ну, остались еще у них на востоке большие леса, дающие доход, однако пан Винич больше склонен к промышленности. Возможно, это не так уж и глупо, но... Не знаю... Теперь я начинаю прекрасно понимать пана Шелигу: милее невестка из магнатов, а не из буржуазии. Опять же, с другой стороны, у них нет долгов, и кредиторы не сидят у них на шее... Панна Гражинка девица образованная, светская, ну, может, чуть-чуть излишне смелая, но что поделаешь, ведь вращается она в городском обществе и все время ездит по Европе. Так-так, минуточку: а не ради нее ли Томашек так рвался в Лондон, а потом вернулся домой без сопротивления?.. А я-то поверила, что ради лошадей!.. Ну, не знаю, надо еще с Матэушем посоветоваться...»

«...а у него одни лошади на уме, до сына же родного и дела нет, ведь он не в конюшне обитает. А я благодарю Бога, что Томашек не унаследовал от отца эту болезненную страсть. Хотя и к хозяйству его не тянет, а это уже беспокоит меня. Может, и лучше, чтоб он жил на проценты с капиталов...»

«...они совсем не желают там жить и не торопятся ремонтировать дворец, который уже более для летучих и прочих мышей пригоден, чем для людей. Им хватает особнячка в непосредственной близости от Варшавы, но и там необходимо кое-что обновить. Они же, вместо того, чтобы позаботиться об этом, продолжают до бесконечности свое свадебное путешествие, но ведь ни пан Винич, ни Матэуш не будут жить *вечно. И что же он думает, мой старший сын, неужели собирается только тратить деньги?..»*

Юстине понадобилось немало времени для того, чтобы осознать, что она сидит сейчас именно в том самом особнячке дедушки Томаша. Ремонт, без сомнения, был все-таки произведен, и не только ремонт: здание подверглось капитальной перестройке, превратившись, еще задолго до войны, в современную виллу. Должно быть, это перст Божий: ведь если бы не этот, не оцененный прабабушкой по достоинству особняк, Бог знает, где бы они все сейчас жили. Потому что дворец, невзирая на мнение мышей летучих и простых, у них отняли бы, так же, как отняли все остальное. Двоюродный дедушка Томаш, разумеется, женился на Гражинке...

«...ну и что же мне делать с этой Настей? Она моя самая лучшая доярка, десять коров одна доит, да еще как! Ни капли молока после нее никто не выжмет! Я совершенно не желаю прогонять ее, а ведь фигура у нее уже так округлилась, что сплошной стыд и непотребство. А дровосек, которому она так усердно судки с обедами таскала, как оказалось, женат и о женитьбе на Насте даже не помышлял. Ну вот, снова обо мне станут говорить, что я мирюсь с аморальным поведением дворовых. Может, Матэуш подыщет ей какого-нибудь конюха, мы ему заплатим, лишь бы он взял ее в жены. Да еще с Лукашеком горе: он, видите ли, ботанику штудирует, не избежав всеобщей эпидемии, да так тихонечко, что я ничего и не замечала. За границу ехать не желает, а желает какую-то фабрику обосновать, лабораторию, так он ее называет,

да еще и разбойника какого-то бородатого на роль инструктора себе выписал...»

«...только теперь они устроили Доротке крестины. Я была против того, чтобы ждать с этим целых три года, хотя водное крещение она прошла без промедления. Однако они непременно хотели пригласить в крестные матери родственницу Кольских, а та никак не могла приехать из России раньше. Ну так что же, что она княгиня, какая в этом выгода крестной-то дочери? В конце концов этот ее князь, которого она так усиленно выхаживала, скончался, оставив ей все свое состояние. Может, пани Кольская и верно рассчитывает на то, что княгиня не забудет свою крестную дочь в завещании, но кто ее знает, она ведь еще довольно-таки молода...»

Юстине показалось, что к собственным детям прабабушка проявляла достаточно умеренный интерес. До сих пор она почти ни словом о них не упомянула, пока ее внимание не привлекли их женитьбы и замужества, причем рождение первой внучки тоже никак не было отмечено в ее дневнике. Матери Юстины исполнилось три года, когда ее, наконец-то, заметили, да и то по причине запоздалых крестин. Крестная, княгиня, ничего ей не оставила: легкомысленная дама не предвидела революции и лишилась всего своего состояния. Это уже Юстина помнила сама, по разговорам, услышанным в своем довоенном детстве. Интересно, через какое время прабабушка заметит существование остальных своих внуков?..

Прежде чем Юстина смогла в этом убедиться, ее чтению был положен радикальный конец. Дурные предчувствия оправдались, Барбариного

Антося убили. Его смертельный исход был назван автомобильной катастрофой.

Комментировать события начала Гортензия:

— Ну вот еще, не сам ведь он эту аварию устроил, да и где же, под Паслэнком? А с какой это стати его туда занесло? Барбара проговорилась, что он не ездил за город. Они хотели снова открыть это свое казино, так что Антось ездил только по Варшаве, и даже встречался с людьми, ну и пожалуйста, они все-таки отомстили ему. Он ведь боялся, и все же так рисковал. Мне кажется, что кто-то его к этому принуждал, пока они его где-нибудь не подстерегли и не вывезли под Паслэнк, неизвестно еще, живого или уже мертвого, и там подстроили эту автокатастрофу. Говорят, там на горе какие-то опасные виражи, так что столкнуть машину вниз ничего не стоит, ну а кто упадет, тот уже и покойник. А ты что об этом думаешь?

Юстинины знания касались исключительно виражей:

— Там круто, дорога и впрямь опасная...

— Так зачем бы ему было туда ездить? По словам Гени, Фэля сказала, что Антось в последнее время стал ужасно нервным, лишился аппетита, исхудал, словно жердь. Так что не до виражей ему было. И озлобился, чуть что — и готов скандал. Не хотелось бы оговаривать покойного, упокой, Господи, его душу, но для Барбары все это, может быть, и к лучшему. Она тоже исхудала. Там такие страсти творились, к ней явились с обыском. Геня говорит, Фэля сказала, что после этого обыска ей пришлось целых два дня уборку делать. Барбару просто чудом не арестовали. Может, сейчас, наконец, все уляжется, но ее нельзя оставлять одну в таком состоянии. Ты должна идти к ней...

Юстина была того же мнения, так что отправилась к неарестованной и осиротевшей Барбаре и на месте услышала продолжение истории.

— Ясно, дорогая моя, что он не по своей воле поехал в Гданьск, — меланхолично подтвердила Барбара, сидя за столом и потягивая коньячок. — Выпей тоже немного, такая малость тебе не повредит, а Фэля сейчас кофе сварит... Я со дня на день ждала, когда его уберут, потому что он стал им неудобен. Ну и отомстить им тоже очень уж хотелось, за эти последние убытки. Меня они оставили в покое, я ведь была им солью на раны: беспартийная, да и что за происхождение у меня такое, из довоенных помещиков. Именно поэтому меня и оставили: сама понимаешь, ведь разврат и падение нравов в стране народной демократии — это, упаси Бог, не факторы там какие-нибудь, а классовый враг. То есть я. Надо было перевешать таких на фонарях в подходящий момент, но раз уж они этот момент упустили... Сейчас уже все по-другому, и классовый враг присутствует лишь в их болтологии.

— Они ничего плохого вам не сделают, тетя? — забеспокоилась Юстина.

— Нет, потому что я — священная корова. Вдова заслуженного человека. Пусто здесь немного...

Юстина оглядела гостиную, следуя взглядом за теткиным жестом. Сквозь раздвижные четырехстворчатые двери виднелась большая часть столовой.

— Вы же сами, тетя, велели вывезти мебель. А раз вы сейчас повыбрасывали ломберные столы...

— Ты с ума сошла, разве стала бы я выбрасывать такие дорогие вещи?! Не я выбросила, это они забрали. Откроют казино в другом месте, без этого уже не обойтись, надо же им откуда-то черпать свои тайные доходы. Вещи Антося тоже забрали, обыск устроили. Я уже, слава Богу, ничего не значу, ничем не владею, никакой угрозы ни для кого не представляю, так что ко мне можно не цепляться. Именно такой линии я и придерживалась, не совсем же я пока еще ума лишилась. Должна тебе сказать, дорогая, что с наслаждением поживу себе немного в спокойствии.

— Тогда почему у вас такой... унылый вид, тетя? По Антосю горюете? Ну, я понимаю...

— Ну вот еще, горюю, не валяй дурака. За последние месяцы он уже надоел мне хуже горькой редьки, я чуть с ума не сошла. У меня рак.

— Что?!.

— Рак у меня, ничего не попишешь. Не я первая, не я последняя. Но жизни мне осталось меньше, чем я надеялась, вот и обидно немного.

Юстина лишилась дара речи. Она решительно хватила глоток коньяка, отдышалась и попыталась снова заговорить. Ей пришлось как следует прочистить горло.

— Это точно?.. Откуда вы знаете, тетя?!.

— Ну, кретинкой ты меня, наверное, не считаешь? Мне предлагают операцию, хотя, возможно, уже чуть-чуть поздновато для этого. Но я все же согласилась. Пусть делают. Быть может, благодаря ей я годика два лишних еще проживу. Вот только предупреждаю тебя на берегу: эти два года я потрачу, если буду, конечно, в состоянии, на сплошные развлечения. Может, в Монте-Карло махну, блат у меня есть, и паспорт мне сделают. Ах, да!.. Я чуть не забыла: надо бы предостеречь Людвика.

— Перед чем?!.

— Перед этими шакалами. У меня уже подслушивающие устройства сняли, один знакомый проверял, так что я могу теперь говорить свободно. Из лошадиных бегов они тоже хотят извлекать тайные доходы. Могут потребовать подстраивать подставные заезды. Людвик должен знать, что это такое и как это делается. Понимаешь, это когда лучшую лошадь придерживают, а неважнецкая побеждает. Еще до войны в Англии на этой почве случился какой-то скандал.

К собственному удивлению, Юстина ощутила, что знает и понимает, о чем идет речь. Несмотря на отсутствие интереса, все связанное с лошадьми было ей близким, должно быть, эта информация передалась ей с генами от прадедушки Матэуша. Какие-то не оцененные по достоинству знания, полученные в детстве и ранней юности...

— Хорошо, я скажу дяде. Раз даже я поняла, он поймет тем более.

— Только потихонечку, чтобы никто не услышал. О моем же раке можешь не говорить никому, нечего Гортензии причитать над моей головой. После моей смерти переедете сюда, квартира уже твоя, я оформила все нотариально. Делайте с Болеком что хотите, но, если ты лишишься этой квартиры, меня на том свете хватит удар!..

Совершенно ошеломленная беседой с теткой Барбарой, Юстина, дабы обрести равновесие перед тем, как вернуться домой, отправилась на дальнюю прогулку. Лишь посетив несколько уцелевших в военной заварухе зданий, дворца Шустра, Крольчатника и Вилановского дворца, она набралась сил для разговора с Гортензией.

Злокачественную опухоль Юстина заменила аппендицитом, намекая на то, что его Барбаре, вероятно, удалят, так как у нее сильно колет в боку. Это Гортензию расстроило не слишком сильно. Остальное же она приветствовала с чувством облегчения, успокоившись в вопросе коварных репрессий и похвалив стремление своей невестки к спокойной жизни, после чего всерьез озаботилась, что ей надеть на похороны Антося. Достаточно одной шляпки, или же прицепить к ней черную вуаль? До войны вуаль была бы необходима...

Больше хлопот причинил Юстине предупреждаемый ею Людвик, который ни в какую не желал принимать к сведению возможность махинаций на бегах. Пришлось призвать на помощь Юрочку и Крысю. Однако это помогло лишь самую малость. Людвик упрямо желал держать руку на пульсе, скрупулезно проверять честность забегов и при малейшем подозрении протестовать. Ему невозможно было объяснить, что официально у него нет никаких прав и что признают его там, в общем-то, лишь из вежливости, а в результате протестов его и вообще выкинут оттуда и запретят пускать на бега. При всей своей незлобивости, Людвик пришел от этого в неслыханное негодование и не желал даже слушать дурацкие разговоры.

Барбару прооперировали успешно, однако Юстина узнала по секрету от ее лечащего врача, что не исключено появление метастазов. Учитывая же то, что изобретение финикийцев продолжало действовать безотказно, а Барбара снова распоряжалась им свободно, сделано было все, что только было возможно. Правда, против ее путешествия врачи не возражали, однако не могли предугадать, когда и где ее болезнь еще может дать о себе знать.

Барбаре было рекомендовано вести спокойный образ жизни, так что Юстина делала за тетку все, что могла. Она заняла очередь за паспортом, принесла и унесла обратно визовые формуляры, приобрела билеты на парижский поезд. Правда, очередь в банке ее миновала, так как Барбара, теоретически, выезжала с полагающимися ей по регламенту пятью долларами.

— Не бери в голову, дитя мое, — раздраженно ответила она на исполненные заботы вопросы своей племянницы, — я ведь держу связь с Дарэком и Павликом, это во-первых, а во-вторых, мне лишь бы до Женевы добраться. Пользуясь случаем, я оформлю все, что нужно. Ведь Антось понятия не имел о швейцарском счете, так что эти гниды тоже о нем не знают. И мне удалось сохранить остатки вклада. Кроме того, неужели ты и правда думаешь, что я еду с пятью долларами? Не смеши меня.

Не имея ни малейшего понятия о том, что именно Барбара намеревалась увезти за границу контрабандой, Юстина успокоилась, только получив радостный привет из Парижа. После чего стало ясно, что тетка ни водкой не торговала, ни под мостом ей ночевать не приходилось.

В квартиру же на Мадалиньского временно переехала взбешенная и разобиженная на весь мир Амелия. Она как раз разводилась со своим вторым мужем и поклялась самой страшной клятвой больше никогда в жизни не вступать в брак.

— Никакой прописки! — злобно сказала она обеспокоенной Юстине. — Я здесь цветочки поливаю и Фэлю своим обществом развлекаю. Мастерскую я этому паразиту не отдам, она наполовину моя, но быть там не хочу, а не то убью его. Клопа придавишь, а сидеть придется как за человека, он меня специально провоцирует, так что я пережду здесь и выплачу этой дряни его половину. Ему невыносимо осознавать, что в нашей профессии я лучше его!

Все они, то есть больная Барбара на чужбине, взбешенная Амелия в ее квартире, дико раздраженный Людвик и неслыханно заинтересованная ситуацией как таковой Гортензия, не позволяли Юстине вернуться в столь прекрасные былые времена. Единственным утешением служила ей пятнадцатилетняя Идалька, девочка спокойная, уравновешенная, умненькая, умевшая рационально распределять свое время между школой и лошадьми и цветущая здоровьем, вероятно, благодаря свежему воздуху.

— Не расстраивайтесь, мама, — с сочувствием сказала она. — В случае чего, я обуздаю дедушку Людвика. На тренировках о многом говорят, так что я в курсе. Этих самых... ну, этих... вы ведь понимаете, мама... их никто не любит. В случае чего, все будет известно заранее, так что я тогда скажу...

Правда, обещание было несколько туманным, но Юстина отчего-то успокоилась. Во-первых, она тут же прекратила волноваться насчет того, не вращается ли ее дочь в какой-нибудь неподходящей компании. Зато у Юстины появилась новая забота: она начала задумываться над собой. Похоже на то, что мораль времен прабабушки влияет на взгляды современников ее правнучки. Лишь бы только не перегнуть палку...

Приехали в отпуск Дарэк с Иоасей и Стэфанеком, и дома тут же стало тесно. Правда, девять человек в семи комнатах как-то разместить можно, но все уже давно привыкли к свободе жилищного пространства, и ограничение ее переносили не самым лучшим образом. Юстина лишилась своего рабочего места, бумаги ей пришлось собрать в кучу и приткнуть хоть куда, так что ни о каком прабабушкином дневнике и речи быть не могло. Пятилетний Стэфанек ночевал в гостиной, Болеслав занимался наукой в спальне. Все родные утешали себя надеждой на то, что в следующий раз, после возвращения Барбары, три человека переселятся уже в другое место, и дома станет посвободнее.

Не успела Юстина привести в порядок свои вещи после отъезда молодого поколения, как Гортензия принялась плакаться ей в жилетку.

— Он сделал какие-то открытия! — рыдала тетка. — И зачем мой ребенок оказался таким способным! Теперь его приглашают работать в Америку, в университет какой-то, или как там его. И он говорит, что примет это предложение, потому что платят там очень хорошо. К тому же, его могут отправить в какие-то дикие места, а по-моему, уж лучше бы снова в эту Африку, пусть даже и без городов! И он никогда не вернется! Единственного сына я никогда больше не увижу!

— Но тетя, он ведь там на законных основаниях, так что снова в отпуск приедет, — утешала тетку Юстина. — Ему надоест путешествовать по работе, так что отпуск он проведет в спокойствии, у нас. А даже если и нет, так вы сами, тетя, съездите к ним. Тетя, мне намного хуже. Павлик приехать не может...

— У тебя еще остались дочери! — душераздирающе зарыдала Гортензия.

— И слава Богу, но ведь сын мне тоже не чужой. А я радуюсь, что ему повезло, и ничего не говорю. Может, он еще вернется в Европу...

— Тогда он будет поближе к тебе!

— Самолетом всюду близко...

Примерно через месяц Гортензия позволила себя успокоить. Успокоению весьма поспособствовала Амелия, не столько лично, сколько посредством своего мужа, который, накануне бракоразводного процесса, оказал ей любезность и абсолютно добровольно погиб в настоящей автокатастрофе, им же самим и устроенной. Пьяный вдрабадан, он вез свою очередную пассию неизвестно куда и, безо всяких на то рациональных причин, врезался прямо в трансформаторную будку на окраине Ломянок. Пассия не получила в аварии ни единой царапины, однако, так как тоже была пьяна, и тоже — вдрабадан, она так и не смогла объяснить, куда и зачем они направлялись. В результате этого случая Амелия моментально избавилась от своих проблем. Она не только освободилась от уз Гименея, но и, будучи наследницей своего все еще законного супруга, стала законной владелицей всей квартиры вместе с мастерской. К изумлению Юстины, Амелия совершенно не была этим довольна.

— Я хотела отомстить ему за его блудливость,— сердито сказала она. — А он ускользнул из моих когтей. Я не поступлюсь и доберусь до мерзавца на том свете...

— А ты как думала? Он же изменял ей направо и налево, и так легко отделался, — с полным пониманием прокомментировала слова Амелии Гортензия. — Вот что я тебе скажу: если б у него было право выбора, он наверняка предпочел бы отправиться на тот свет, лишь бы она не добралась до него.

Юстина так и не сумела навести порядок в своих исторических документах до самого возвращения Барбары, так как у Людвика обнаружили предынфарктное состояние. Причиной его стали, разумеется, события, связанные с бегами, в которых прекрасно ориентировалась огорченная Идалька.

— Я говорила дедушке, что это — в виде исключения и только один-единственный раз, но он и слушать ничего не пожелал, — жалко оправдывалась она. — Сам директор приказал, хотя и зубами скрипел от возмущения, но ему пригрозили увольнением. Он придумал им забег четвертой категории, так что и ущерб-то был бы невелик, но дедушка разбирался в лошадях и совершенно напрасно распереживался...

Лечение Людвика продлилось долго, его следовало держать подальше от бегов, а это была непростая задача, так как с возрастом он становился все упрямее. Помог в беде Юрочка, забрав дедушку к себе и умоляя помочь в содержании двух кобыл и одного коня, что и оказало на Людвика неожиданно благотворное действие.

Барбара вернулась в пустую, оборудованную лишь Фэлей квартиру и решила еще немного пожить.

— Мне пошло на пользу это Средиземное море,— заявила она Юстине. — Мне было абсолютно все равно, вот почему в Монте-Карло я выиграла. Я имею в виду, в общем, так как одним разом я там не ограничилась. Боже правый, там все выглядит почти так же, как было до войны. Вот только народу немного побольше, но это мелочь. Мне было наплевать, ко мне вернулась молодость. Теперь я буду делать все, что только пожелаю.

Казалось, наступило временное затишье, так что Юстина смогла сделать окончательную уборку после визита родных. Ну а затем она разыскала свою рукопись, машинопись и оригинал, над расшифровкой которого так долго и усердно трудилась.

«...не везет моей Зосе в жизни: ее муж, едва отстав от жены нотариуса, что они якобы скрывали, но все об этом знали, уже начинает с гувернанткой любезничать. А ведь Зося ту только-только наняла! Я слишком поздно увидела, кого она в дом берет, а иначе сразу бы ей сказала, что такую юную, хорошенькую девушку, да при таком муже, лучше дома не держать. А сейчас Зося сама не знает, что ей предпринять: ведь даже если она уволит гувернантку, муж готов поместить ее где-нибудь поблизости и содержать. Зосе не остается ничего иного, как только прикидываться слепой...»

«...Доротка у меня, потому что Ханя вот-вот должна рожать, а ребенка очень трудно держать на расстоянии в одном с рожающей матерью доме. Девочка приехала к нам вместе с нянькой. К счастью, хоть у моей дочери хватает ума не нанимать в прислуги красивых женщин. Старшая дочь старика Шелиги, ныне графиня Струминьская, оказала мне нынче честь, прибыв с визитом, надутая, как пузырь. Однако при виде ребенка она тут же смягчилась и горько разрыдалась над моей внучкой. Ведь сама графиня четверых уже выкинула, а один ребеночек родился у них хилым и умер, и неизвестно, будут ли у них еще дети. Наверное, больше не будет. Мне ее даже жалко стало...»

«...как оказалось, молодой Паментовский был прав, столь сильно урезав свое Паментово. Все ипотечные долги он тем самым ликвидировал, а доход с урезанного имения он получает ничуть не меньше, чем с прежнего. Матэуш говорит, что это рациональное ведение хозяйства приносит такие плоды. К тому же еще молодой Паментовский произвел настоящую сенсацию: ему сватали купеческую дочь из Радомя, у которой, говорят, сто тысяч приданого, и все уже только и ожидали, когда он сделает ей предложение, а он вдруг попросил руки панны Турской, за которой и десяти-то не дают, а если и дают, то вряд ли их выплатят. Старик Турский небогат, живет своим трудом, из управляющих вышел, когда Старую Весь частично делили на участки. И если бы не то, что он знатного рода, его не стали бы и в обществе-то принимать. Однако же дела у старика идут полным ходом, хозяин он преотличный. Говорят, молодой Паментовский сказал прилюдно, что ему нужна хозяйка, а не кукла для украшения, отчего многие на него обиделись, а купеческая дочь приняла какой-то яд, решив, что ее скомпрометировали. Однако ее удалось спасти. Я, из любопытства, съездила посмотреть на панну Турскую. Ничего не скажешь, хороша она весьма...»

«...неужели у меня так и будут одни внучки рождаться, и ни единого внука? Девчонки так и сыплются: сразу же после Ханиной Ядвиськи у Гражины, жены Томашека, Бася родилась. Так что у меня уже три внучки. Интересно, что же будет, когда придет пора всем им приданое давать, хотя наши имения все еще в прекрасном состоянии. Я молчу об этом, но, кажется, так происходит благодаря лошадям. Матэуш управляется с ними на удивление разумно и то и дело побеждает на разных там бегах. Матэуш никак не может смириться с тем, что у Томашека к лошадям душа не лежит и что сын наш совершенно в делах отца не участвует. Так что в этом отношении муж мой более дружен с зятем своим, чем с сыном родным. Может, еще и поэтому мне так хочется внука...»

«...лопнула бутыль с вином из смородины для прислуги, и глупая девка вылила все в корыто, из-за чего в огород ворвался совершенно пьяный кабан. Все изрыл, истоптал, никак в руки не давался, я никогда еще в жизни не видела, чтобы откормленная свинья так прыгала и бегала. Наконец, животное от выпитого вина уснуло, свалившись как раз в клумбу с лилиями, и лишь тогда его схватили и выволокли прочь. Клумбу же всю напрочь вытоптали. Кажется, на подворье еще несколько свиней, налакавшись вина, спало мертвым сном, но такую прыть лишь один этот кабан проявил...»

«...наконец-то фрукты в сахаре получились превосходными, потому что на этот раз уж я лично присмотрела за тем, чтобы прислуга не поленилась в последний раз перетрясти их и просушить как следует. Как мне кажется, в прошлом году девка из лени, вместо того, чтоб их перетряхивать, лишь помешивала фрукты рукой, от меня же это скрыли....»

«...раз такое дело, значит, и я, наверное, поеду. Мне уже не до путешествий, так что это, быть может, последний случай увидеть большой мир. Матэуш хочет участвовать в лошадиных бегах в Париже. Затраты огромные, но и Диана, и Разбойник, я и сама это вижу, лошади достоинств исключительных. Мы из-за этого не обанкротимся. Надо бы мне новые туалеты хотя бы на первое время заказать, потому что из прежних почти ни один уже мне не подходит.

Правда, до Клариссы мне все еще далеко, но и я тоже располнела. Зэне можно только позавидовать: какой она была, такой и осталась, издалека ее можно за юную девочку принять. Я велю сшить платья в Варшаве, по парижской моде, а дело это спешное: Матэуш хочет ехать так, чтобы дать там, на месте, лошадям выстояться, чтобы не выставлять их на бега прямо после дороги. Сейчас железные дороги весьма укорачивают время путешествия. И раз уж мне придется блистать, возьму-ка я с собой императорские драгоценности...»

«...в этом темно-зеленом шелке я кажусь в два раза стройнее...»

«...после некоторых раздумий я продала еврейским купцам весь запас, по рублю за фунт. Мои лучше, чем киевские. И деньги будут, чтобы их тратить, а на будущий год еще сделаем...»

Оторвав усталый взгляд от пресловутых «следов грязной мухи», Юстина некоторое время провела в раздумьях над тем, что же такого прабабушка могла продать и какую сумму получила. При одной лишь мысли, что она так ничего и не узнает, так как прабабушка не сочтет эту тему достойной внимания, она ощутила прилив раздражения и набросилась на продолжение текста, невзирая на доносящийся снизу шум.

«...я поступила правильно, эти пятьсот рублей за сухое варенье...»

Тут Юстина ощутила неимоверное облегчение.

«...весьма пригодились мне для начала, в варшавских туалетах я вполне могла появиться,

а за парижские заплатил уже Матэуш. Я никогда бы не подумала, что на старости лет так весело могу развлекаться. Обе наших лошади победили, хотя и не в главном забеге, так что все наши затраты вернулись, а на бал-маскараде я даже имела успех. Я никому, кроме Зэни, не призналась, что была на маскараде, даже Зосе ничего не сказала, вдруг она расстроится? Зэня секреты хранить умеет, а мне бы не хотелось, чтобы мои дети узнали о том, как их мать в Париже забавляется. Матэуш в прекрасном настроении и умеренность проявил великую, не пытаясь прорваться к Триумфальной арке, хотя, кто его знает?..»

«...наконец-то дождалась я и внука. Жена Томашека, Гражинка, подарила мне Людвика. Мы с Клариссой договорились, чтобы вывезти мою Зосю в свет вместе с ее средней, Изабелькой. Быть может, я и продержала бы Зосю еще годик дома, но, честно говоря, мне самой очень уж хочется продемонстрировать свои парижские туалеты, да и для нее я тоже платья привезла, осталось лишь по фигуре их приладить...»

Хотя шум внизу затих, но Гортензия все же оторвала Юстину от чарующего чтива.

— Разве ты не знаешь, что там твоя дочь со своим умалишенным дедушкой воюет?! И все из-за лошадей, всю жизнь мне эти лошади отравили! Она во что бы то ни стало хочет ездить верхом, ведь она в школу ходит, и я уже сама не знаю, кто там прав, потому что Людвик ей запрещает!..

— Минуточку, тетя, успокойтесь, — попросила Юстина, несколько растерявшись, так как в такие моменты у нее, как правило, настоящее время путалось с прошедшим. — Присядьте, пожалуйста. В чем дело?

Гортензия засопела, фыркнула и рухнула в кресло.

— То есть как это в чем дело? Ей уже исполнилось шестнадцать, и она хочет участвовать в бегах в качестве ученицы! Так это называется! В качестве любителя — это я еще понимаю, но чтобы в качестве ученицы?!. Ведь ей придется ухаживать за лошадьми, как же она в школу-то ходить будет, да и Людвик ей запрещает, потому что там какие-то ужасные махинации, так значит, и Идальке в них тоже участвовать придется?!.

Юстина немного помолчала, после чего, пытаясь вспомнить, в чем заключались неприятности годичной давности, предположила:

— Дядя наверняка преувеличивает... А Идалька ведь девочка разумная, и до сих пор никаких хлопот с ней не было...

— И благодари за это Господа нашего! Но, кажется, тебе лучше в это вмешаться, потому что я уже и сама не знаю, как быть. И зачем он только из этого Косьмина вернулся? Ах да, правда, ведь у Юрочки купили коня, какая-то из конюшен, и хотят его выставить на бега. К тому же еще и Барбара бега посещает, высохла вся, словно щепка, она, случайно, ничем не больна?

В Юстине что-то сильно дрогнуло, она почувствовала себя обязанной вникнуть в семейные дела. Снова намечались осложнения, которых невозможно было избежать. Они так и не дадут ей спокойно закончить работу над прабабушкиным дневником!

Начала Юстина с дочки, которая оказалась под рукой.

— Но, мама, ведь у нас сейчас каникулы, — спокойно сказала ей Идалька, удивившись переполоху. — Три месяца — испытательный срок. Если не справлюсь, откажусь, а так мне за это хотя бы платить будут. И в забеге поеду, мне уже это обещали. На дедушку не надо обращать внимания, им там иногда приходится чуть-чуть обманывать...

— И ты хочешь принимать участие в этом обмане?!

— Может, жребий падет не на меня. Не на фаворита же меня посадят. Я только попробую, ну что вы имеете против, мама?

— Лично я, собственно говоря, ничего, — немного подумав, призналась Юстина. — Ну а дедушка?

— Дедушка протестует вообще. Дедушка считает, что бега должны быть идеально честными, как в стародавние времена, и не знаю где, потому что у нас всякое случается... Ну, дедушка несовременный... Бабушка Барбара все это понимает и делает собственные выводы. Но я ведь никого не обманываю и на обман не пойду, так что, наверное, можно мне хоть немного доверять?.. Кто знает, может, у меня все получится и я стану жокеем?

— Неужели тебе этого хочется?

— А почему бы и нет?

Юстина критически оглядела свою дочь.

— Я не эксперт, — холодно сказала она, — но вижу одно препятствие. Насколько мне известно, жокею полагается быть маленьким и легким, а ты, к сожалению, родилась в семье, где женщины отличаются дородством. И года через два-три или умрешь от голода, или же превысишь вес. Так что подумай как следует...

— Значит, мне надо ловить мгновение, — практично решила Идалька. — Поезжу немного, а потом перестану, и на старости лет у меня будут приятные воспоминания. Не обделяйте меня радостью, мама.

Следующим был на очереди разговор с раздраженным Людвиком, мечущим громы и молнии на падение нравов и глупость вообще. Он считал, что скрывать возможности и положительные качества хорошей лошади преступно, а до финансовых нужд неких таинственных организаций ему не было ровным счетом никакого дела. Он не желал, чтобы в это моральное болото втягивали его двоюродную внучку, праправнучку его дедушки, который коней ценил больше собственной жизни. Юстина потратила множество времени и сил, чтобы убедить Людвика не проклинать Идальку.

В последнюю очередь Юстина отправилась к Барбаре.

— Я ведь говорила тебе, что все так и будет, и велела предостеречь Людвика, — спокойно сказала Барбара. — Я хожу на эти бега из любопытства, мне хотелось увидеть все собственными глазами. Дела не так уж и плохи, раза два в году они приказывают устраивать забег для себя, а все остальное уже — это самое обыкновенное мошенничество. Ничего особенного. Ну да, Людвика может хватить удар, но лишь время от времени. А вообще-то, у него низкое давление, так что он, возможно, и выживет. А от меня как раз скрывают то, что у меня метастазы. Они даже слегка удивлены тем, что я все еще жива, но ты не бери в голову. Сама по себе я проживу до самой смерти.

Барбара очень сильно отощала и уже начинала слабеть, но все еще держалась на одном упрямстве. Прежде чем она умерла, Идалька успела уже отказаться от карьеры жокея, Юстина же отработать огромный кусок прабабушкиных текстов.

«...я прекрасно знаю о том, что прислуга начала роптать, однако решила возродить старинные традиции делать припасы, и даже Доминику к этому подключу. Может, я даже пообещаю им премию, ведь все это вот-вот пригодится: Зосенька с первых же своих шагов в обществе пользуется неслыханным успехом. Я, признаться, такого не ожидала, ведь я прекрасно осознаю, что моя младшая дочь, хотя и очень хороша собой, но излишне худа, хотя и миниатюрной ее не назовешь. Нынче в моде полные барышни, а у моей ручки тоненькие, о ямочках на локтях даже и мечтать не приходится, попа как у мальчика, и грудка тоже маловата. А ведь вокруг нее кавалеры так и вьются. Может, снова по известной причине: ведь все знают о нашем состоянии и землях и о том, что мы постоянно богатеем. И что у моей Зоси завидное приданое, у редкой барышни такое сыщется, а я все так же не хочу, чтобы мою дочь взяли в жены ради ее денег. С Ханей все хорошо, муж любит ее, это сразу видно по тому, как она цветет, а вот за Зосю мне стало страшно...»

«...как же все обхаживают этого молодого Порайского! Не успел он появиться в обществе после дальних странствий, как уже все барышни взяли оружие наизготовку. Жених он самый завидный во всей округе, под Люблином у него огромные имения, да еще какое-то гигантское промышленное предприятие и надежда на наследство после бездетного дядюшки. Миллионное

состояние. Мужем Зоси мне его видеть совсем не хочется, он такой кривляка, что она не была бы с ним счастлива. Зато Кларисса так хочет заполучить его в зятья, что даже вся горит. Войничи и вообще до прямой компрометации дело довели, отправляя с ним свою Эмильку каждый день, якобы на прогулку. И все их усилия пропали даром, потому что пан Порайский, не будь дураком, крестьянские хаты навещал и ни на минуту с глаз людских не исчезал. Павлинку Висьневскую аж из-под Гарволина привезли, здесь она позволила запереть себя вместе с ним в оранжерее, и тоже напрасно: пан Порайский выбил стекло и, в присутствии садовников, даму из заключения освободил с превеликим почтением. Мне смешно становится от всех этих хитростей. Ни минуты покоя ему не дают, а в Варшаве, кроме дворянских девиц, еще и банкирские да купеческие дочки, словно процессия, за ним следуют. Так что пан Порайский может копаться в них, словно в падалице...»

«...Лукашек настоял на своем с этой ботаникой, а пусть его радуется. Хуже то, что полвлуки земли, на которых он какие-то странные, весьма похожие на сорняки, растения посадил, расположены между нашими прудами и Загроблем. А там панна Флора Гробельская как раз домой после выезда в свет вернулась. Гробельские допутешествовались до того, что лишились всего своего достояния, и тогда пан Гробельский скончался где-то в окрестностях Вены, и, говорят, смертью неприличной. Я слышала, что жена с дочерью везли его домой, уже тяжело больного, потому что он так им велел, и на какой-то станции докторов вызывали, однако было уже поздно, и пан Гробельский испустил свой последний дух на руках у жены и дочери, прямо на перроне, словно какой-нибудь нищий. Тем временем багаж их уехал, а из прислуги одна горничная с ними осталась, и страшные вещи там происходили. Наконец они отца и мужа своего в гробу на родину привезли. Сами же сейчас остатки проживают, оправдывая излишнюю экономию трауром, однако общеизвестно, что у них почти ничего не осталось. И вот я слышу от прислуги, что мой Лукашек уже одно лишь имя панны Флоры перстом судьбы считает, вроде бы там Флора и здесь флора, и лишь ради нее от своих исследований отрывается. Панна же Флора неземную любовь к сорнякам проявляет...»

«...ну вот тебе и раз: я только сейчас узнаю о том, что она свалилась в пруд, Лукашек спас ее, так и состоялось их знакомство. Какой ужас! Публичное оскорбление морали, ведь оба были без одежды, Лукашек в одной рубашке, панна же Флора — босиком, в одних чулках, потому что свои легкие туфельки растеряла в воде, верхнее платье, которое зацепилось за камыши, мой сын с нее сорвал, оставив ее в одном исподнем, да еще и отнес в усадьбу на руках. И это все видели. Я уже понимаю, чем это чревато. Моему сыну нет нужды гнаться за богатым приданым, но чтобы уж на дочери банкрота жениться, этого я для него не искала. Да вдобавок еще на такой, которая привыкла ко всяким там Парижам, Венам и разным бадам...»

Метод, с помощью которого ее двоюродная бабушка Флора завлекла двоюродного же дедушку Лукаша, ужасно насмешил Юстину. Растроганно вздохнув, она вспомнила, что эти двое, как говорят, любили друг друга больше жизни, это даже Юстина могла в своей ранней юности наблюдать. Вместе они этой жизни и лишились, во время последней войны. Так же, как их дети. В тридцать девятом году вся их семья пыталась добраться до Глухова на машине. В эту-то машину и угодил снаряд. Им не пришлось оплакивать друг друга...

«...назло мне, Матэуш говорит, что наш младший сын весьма умен: он рассмотрел, что берет, прежде чем принять решение, ведь под платьями могут скрываться различные дефекты. Может, и не было тогда великой нужды срывать с нее платье, но сын наш воспользовался случаем, а, говорят, ноги у панны Флоры стройны чрезвычайно, так что одни лишь они целого приданого стоят. Стыд и грех-то какой. А Матэуш хихикает, словно дьявол, и над нарушением приличий подтрунивает...»

И тут Юстина вдруг вспомнила: ну, конечно же, она видела свою двоюродную бабушку Флору на золотой свадьбе прабабушки и прадедушки! Ей вспомнился злобный шепоток, что Флора новую, неприличную моду использует, чтобы наконец-то публично показывать свои ноги, к чему у нее с юности была охота, и как только Лукашек не запретит ей это... Она была в золотом, переливающемся платье, а спереди — разрез по колено, вот откуда и разговоры о ногах..И что только не откладывается в детской памяти!..

«...не верится мне, что у юной барышни хватило ума придумать этакое самостоятельно! Зося пришла просить, чтобы я ни в коем случае не принимала предложение пана Порайского. Она де сказала ему прямо, что немил он ей, однако же он непременно желает поговорить с ее родителями. А ей он не нужен, индюк надутый. К тому же лицо у него словно овечья морда, а претензий у него хватит, самое меньшее, на наследника престола. Вдобавок он еще и глуп. Я откровенно поговорила со своей младшей дочерью, и сама удивилась тому, что она не поддалась всеобщей моде на пана Порайского. И кажется мне, что Зосе нравится кто-то другой, кто именно, не знаю, потому что так далеко она в своих откровениях не пошла. Я немного беспокоюсь, а она, наверное, молчит, так как еще не уверена в своем избраннике...»

«...пару недель мне пришлось посвятить консервированию фруктов, постоянно приглядывая за девками, но сейчас мы уже восполнили все убытки и наделали новых припасов. Да и купцы еврейские постоянно спрашивают, нет ли у меня еще, ведь, как оказалось, мои фрукты лучше киевских...»

«...вот и купил Матэуш этот доходный дом в Варшаве. Я разозлилась на него за то, что он до последней минуты скрывал это от меня, но, осмотрев здание, перестала ругать его, ведь оно весьма красиво. Построено совсем недавно, вся внутренняя отделка — самая современная, повсюду ванные и туалеты, электрическое освещение и всевозможные удобства. В конце концов Матэуш проговорился, что покупка эта обошлась ему чрезвычайно дешево: дом строился для пана нотариуса Вежбицы, а тот обанкротился, деньги пропали, и дом пришлось продать за полцены. Я никогда бы не подумала, услышав однажды о скандальном романе нотариуса с какой-то авантюристкой, что Матэуш извлечет из этого выгоду...»

«...пани Гробельская пошла Флоре на большие уступки, отдав ей все и оставив себе лишь заранее оговоренный маленький доходик, которого хватит на жизнь в Трувилле. Это и к лучшему, мне бы не хотелось, чтобы у Лукашека теща на шее сидела. Я готова была бы сама дать ей денег, особенно учитывая то, что требования она выдвинула самые скромные...»

«...шила в мешке не утаишь: Зосю околдовал пан Мариан Костэцкий. Неужели моя дочь напрочь лишена честолюбия, зато скромностью страдает явно избыточной? Разве может пан Костэцкий сравниться с паном Порайским?! Правда, приходится согласиться с тем, что пан Костэцкий намного интереснее пана Порайского. Зато он небогат, у него всего-то тридцать с небольшим влук под Вышковом, ну, еще леса большой кусок... Я сейчас понимаю, какое же это счастье, что у нас есть средства! Ведь только благодаря этому мои дети могут жениться и выходить замуж по любви, не оглядываясь на поместья и приданое своих избранников. Матэуш разузнал, что пан Мариан — хозяин по призванию, по миру не разъезжает, а сам всем управляет и даже постепенно выплачивает отцовские долги. А Зося, и это видно, любит деревню и до городских развлечений совсем не охоча...»

Добровольно оторвавшись от мучительно тяжелого текста, Юстина с грустью вздохнула. Деньги, вечно эти деньги! Только благодаря этому материальному благополучию жизнь ее родных протекала на льготных условиях и без проблем.

А сколько горя пришлось бы им вытерпеть, если бы у них не было никаких средств...

«...какой ужас! Должно быть, злодеи решили воспользоваться свадьбой Зосеньки, и просто чудо Господне, что мы все уцелели! Гостей было человек двести, и, как обычно при таком стечении народа, сумбур великий. Ну разве уследишь за всеми сразу, да и никто бы никогда не подумал ничего такого, ведь одни знакомые собрались! Однако с ними были их слуги, а здесь уже возможно все...»

«...у меня и сейчас еще руки немного дрожат, стоит мне вспомнить все, что тогда приключилось. Жизнь нам спасли наши собаки. Гости только-только разъехались, и наступило спокойствие, усталая прислуга отправилась спать, разумеется, не все слуги были трезвыми, потому что я не слишком следила за остатками со свадебного стола. Мы с Матэушем тоже уже жаждали отдыха, да и сторожа, кажется, заснули. Обычный лай собак не привлек ничье внимание, пока Франя, помощница кухарки, не выглянула в окно буфетной. Я уж и не стала интересоваться, что она делала ночью в буфетной, потому что сдается мне, что пребывала она там в компании младшего садовника, и ради него именно служебный вход не слишком старательно заперт был. Но я не стану ничего говорить, ведь это именно они первыми подняли тревогу. Прежде, чем поднять крик, молодые люди дверь открыли нараспашку, и в эту-то дверь как раз в дом ворвались с бешеным лаем собаки. А тем временем двое разбойников уже у самой нашей спальни оказались, и вот там-то и набросились на них собаки, страшный переполох учинив. Вместе с тем за оранжереей взметнулось пламя. И вся прислуга, разумеется, бросилась бы тушить пожар, не заметив злодеев в доме, если бы не собаки. Матэуш догадался, что злоумышленники именно такой план и составили: решили поджечь хворост за оранжереей, всех слуг из дома на пожар выманить, а тем временем двое из разбойников здесь, в доме, зарезав нас, преспокойно занялись бы грабежом. И не в каком ином месте, а именно в спальне. Вот почему я полагаю, что кто-то подсмотрел, где я держу драгоценности. Потому что наличных денег, как легко угадать, после свадьбы дома много не было, едва-едва несколько десятков рублей уцелели.

Если бы не собаки, злодеи привели бы свой план в исполнение. Однако же, услышав страшный шум и крики, не менее половины слуг помчалось к нам, наверх, а Матэуш с пистолетами из спальни выскочил. Пожар батраки с фольварка вскоре потушили, в оранжерее всего два стекла лопнули, разбойники же, все в крови и в ранах от укусов, все же сбежали. Собаки их хорошенько потрепали, так что лечиться им придется очень долго. От пожара сбежал третий из злодеев, этот, кажется, нимало не пострадал, потому что в темноте никто не понял, что он здесь чужой. Матэуш тут же вызвал жандармов, с самого утра у нас — дым коромыслом. Жандармы по кровавым следам пошли и уже днем обнаружили, что злодеи, должно быть, скрылись на бричке, потому что в одном месте след обрывался, как ножом отрезало. А на дороге столько колей, что невозможно узнать, которая из них принадлежит бричке преступников. Если кони у них были добрые, то уже к рассвету они могли быть очень далеко.

Ой, не нравится мне это совсем. Если бы они, не дай Бог, перерезали нам во сне глотки, то наверняка попали бы к своей вожделенной добыче. Хотя я драгоценности, разумеется, не на виду держу, а в тайнике, за зеркалом, но догадаться, где тайник, они вполне смогли бы. А может, кто-то и подсмотрел, когда я открывала его?.. Так что же, мне следует все украшения снова отвезти в Блэндов и не надевать их более? Жалко было бы, в Вене мое рубиновое колье произвело настоящий фурор...»

«...наконец-то, через полтора месяца! Они сняли старую хату под Груйцем, куда преспокойно и отправились. Никто их ни в чем и не подозревал. Разбойников всего было четверо. Двое из них до сих пор никак не могли оправиться от тяжелых ран, но недавно им чуть-чуть полегчало, и они уехали в неизвестном направлении. Весть же о них разошлась через старую знахарку. Они силой удерживали ее у себя, пока она не подлечила немного тех двоих. Так что единственным утешением может служить мне лишь то, что собаки как следует их порвали, да один из них пулю в ногу получил от Матэуша вдогонку. Кто такие они, тоже неизвестно, не местные, откуда-то издалека родом. Тем более я думаю, что кто-то у нас шпионил, ведь иначе откуда бы чужакам было знать о драгоценностях, что достались мне в наследство от бабушки...»

«...у нас в доме полным-полно детей: всех моих внуков привезли ко мне на именины. А вместе их восемь человек, три мальчика только и пять девочек. Самой старшей, Ханиной Доротке, уже исполнилось пятнадцать лет, да, по детям сразу видно, как быстро летит время. Самой же младшей, Лукашековой Казе, едва три месяца.

Ханя совершенно за собой не следит, она ужасно располнела и жалуется на печень, однако печень не мешает ей потворствовать своему непомерному аппетиту. Людвись, сын Томашека, осчастливил Матэуша, потому что если Томашек не любит заниматься хозяйством, то его сыночек в дедушку пошел, одни лошади на уме, что тот, что другой предпочли бы поселиться прямо в конюшне. Так что своим старшим внуком Матэуш хвастает направо и налево. А Зося, как видно, замужем очень счастлива, она стала на удивление хозяйственной...»

«...интересно, неужели пан Пукельник никогда так и не отцепится от наших краев? Он привез к Зэне своего сына, мальчика почти что взрослого уже, ему скоро исполнится девятнадцать лет. Пан Пукельник овдовел и говорит, что с единственной своей родней, потому что кроме Зэни у него родных нет, хочет поддерживать связь. Сын же его весьма похож на своего батюшку...»

«...я уж и сама не знаю, следует ли верить в слухи, что распространяют жиды. Однако я с жидами нахожусь в дружбе, так может, они мне и правду говорят. Говорят, что пан Пукельник как-то упомянул в Радоме о моих сокровищах, а ему-то что до этого? Я спросила, откуда пану Пукельнику может быть о них известно, а старик Гольдбаум говорит, что тот видел меня в Париже, когда я щеголяла своими бриллиантами. Я и не знала, что пан Пукельник там был, так что вполне возможно, так оно и было. Мне все это еще больше не понравилось, потому что этот человек способен на все...»

«...идут какие-то разговоры о войне. Вот еще чего не хватало. О России говорят, что она — колосс на глиняных ногах, там постоянно не стихают бунты и волнения. Пруссия и Австрия якобы хотят воспользоваться этим. Чепуха, ведь они отделены от России Польшей, настолько даже я еще в карте разбираюсь. Но если бы эти слухи оказались правдивыми, мне следует подумать...»

«...разговоры о войне ведутся постоянно, одни им верят, другие же нет. Матэуш уже начинает беспокоиться за лошадей. Говорит, что каждая война губит этих животных. Наверное, я все же поеду в Блэндов. Береженого Бог бережет...»

«...так я и сделала. На всякий случай. Доминика пыталась смотреть мне на руки, но я избавилась от нее. Мне будет спокойнее после того, как я все спрятала в безопасном месте, и не все вместе, а по отдельности. Может, все же никакой войны и не будет...»

«...и всякие выдумки насчет революции слышны. Какая еще революция, неужели французской было мало? Матэуш в последнее время читает газеты, он и всегда их читал, а сейчас читает вдвое против прежнего. Не понимаю, что творится с этим миром. Английских суфражисток я, признаться, всегда поддерживала, крестьянам у нас живется неплохо, никто из моих с голоду не умрет. Что же касается этих каких-то там скандалов с рабочими, то я тоже считаю, что они должны жить лучше, но чтобы сразу революции устраивать? Ничего хорошего из этого не последует...»

«...свинья у меня опоросилась девятнадцатью поросятками. Я считаю делом чести удержать их всех при жизни...»

На свинье прабабушкин дневник внезапно кончился, остальные страницы красной книги были девственно чисты. Для Юстины это обозначало полное поражение, ведь последние записи, не считая войны и революции, недвусмысленно указывали на то, что императорские драгоценности все же были спрятаны в Блэндове. А она отнеслась к тамошнему дому без должного внимания, не проверив его содержимое...

Юстина сидела над законченным текстом, переполненная горечью и недовольством собой, как вдруг к ней ворвалась Гортензия с сообщением о состоянии здоровья Барбары.

Ее хотели положить в больницу, но она не согласилась. Дома лежит. И, хочет она этого или же нет, кто-то должен возле нее сидеть. Медсестра не годится. Оставь эти каракули и сдвинься с места!

Юстина даже содрогнулась.

Как это? Лежит?.. Три дня назад...

Три дня назад, три дня назад! Она позавчера слегла. И уже не поднимется, ты мне глупости какие-то рассказывала об аппендиците, а я уже давно знаю, что с ней! Толпа народа ей там ни к чему, но один человек непременно должен быть возле нее!

С этим Юстина согласилась без единого слова протеста. Она собрала весь свой бумажный хлам и вновь забросила столь давнее свое занятие. Юстина почти совершенно перебралась к Барбаре, которая, кроме Юстины, подпускала к себе только Амелию. Медсестры, которым платили по-королевски, не отходили от больной круглые сутки.

Через две недели Барбара сдалась и умерла.

* * *

Прошел целый год, прежде чем Юстина привела свое окружение в относительный порядок.

Повторный переезд на прежнее место натолкнулся на многочисленные препоны, так как Барбарины апартаменты были искушением для многих. Власти различного уровня пытались захватить их для себя, но Барбара, как оказалось, проявила достаточно ума и оформила квартиру в собственность своей племянницы. На продажу или обмен Юстина не согласилась. Болеслав занимал на железной дороге прочное положение, и лишить его поста не представлялось возможным, Идалька же пока еще ходила в школу: чтобы выжить эту семью, пришлось бы приложить слишком большие усилия, вот почему власти в конце концов сдались, и наступил миг спокойствия.

Идалька, наконец, получила аттестат зрелости и поступила на факультет польского языка и литературы. Вскоре у нее появился жених, который Юстине пришелся весьма по вкусу, так как был тихим, сговорчивым, из хорошей семьи, а свою несомненную интеллигентность и эрудированность не слишком афишировал. Жених был старше Идальки, он уже окончил вуз и теперь работал художником-графиком. Правда, его профессия была несколько ненадежной, и излишком ее был неописуемый беспорядок, однако она давала возможность работать по свободному графику, а иногда даже и зарабатывать весьма приличные суммы.

Главной заботой Юстины стал вопрос о том, куда же спрятать бумаги, доставшиеся ей от прабабушки. Ей ни за какие блага мира не хотелось бы, чтобы родные узнали о том, какой идиоткой она оказалась, безо всякого смысла лишив сама себя исторического наследства, которым прабабушка блистала в Париже и в Вене. В квартире не было подходящего для такой цели укромного местечка, чердака здесь не имелось, а подвал был сырым, сырость же, как известно, вредна для бумаг. В общем, Юстина не знала толком, что ей с ними делать, и пока оставила их у Людвика и Гортензии. Она была уверена в том, что Людвик наверняка не станет в них заглядывать, Гортензия же, хотя и любопытна не в меру, уже давно утратила к бумагам всякий интерес.

Зато Юстина забрала наследие панны Доминики, чтобы как следует разобраться в нем. Большой надежды на получение какой-либо информации у нее не было, просто она не могла столь резко и бесповоротно оторваться от тех благословенных, безопасных и чудесным образом стабильных времен. Юстина даже подумала, что прабабушка прекратила вести свой дневник именно потому, что и у нее война и послевоенный мир вызвали неодобрение и неприятие. Должно быть, межвоенное двадцатилетие пришлось ей не по душе.

Итак, Идалька — студентка вуза, Маринка — пристроена замуж, Болеслав, прекрасный специалист, — при надежном, ну, может, несколько излишне беспокойном, но зато досконально известном ему деле, Амелия — признанный артист-фотограф, можно сказать, уже даже с именем, Фэля — вне себя от счастья, что закончился-таки недавний разврат... Можно было немного передохнуть. Правда, ныло сердце при мысли об отсутствующем Павлике, но известия от него приходили утешительные, он уже стал шеф-поваром в одном из лучших отелей, и якобы даже его уже однажды приглашали на какой-то миллионерский банкет. Вполне возможно, на этом банкете развлекалась мафия, но это не имело никакого значения. Мафия не скупилась и платила очень прилично.

Отбросив мысли о повседневных заботах, Юстина вновь потянулась к вожделенному чтиву.

Уже вскоре она обнаружила фрагмент, где излияния панны Доминики уступили место прабабушкиным делам. Это произошло сразу же после признаний насчет пана Ромиша. Именно на этом месте, заинтригованная и подгоняемая нетерпением, Юстина презрела ключницу и углубилась в манускрипт, требовавший больших затрат труда и времени, который, однако, показался ей более интересным. Теперь же, после всего, что она прочла в дневнике прабабушки, сочинение панны Доминики оказалось для нее прямо-таки сенсационным.

Непосредственно после рассуждений о сушеных сливах, которые удались не самым лучшим образом, так как одни получились слишком жесткими, другие же — слишком мягкими, а такие долго не хранятся, панна Доминика писала:

«6 октября 1885 г.

Видимо, кузине Матильде нечем заняться, хотя это кажется мне просто невозможным, раз она сейчас, когда необходимо делать запасы из зимних сортов фруктов, нашла время, чтобы здесь у меня над головой стоять, отвлекая меня от дела. Я ведь ей сама показала, какие сливы следует собирать в первую очередь, и никто ошибиться не может. Она велела значительную их часть отослать в Глухов к праздникам, так как те, что она там сушила, удались на славу и могут подождать, эти же будут использованы в первую очередь. То, что одно удается лучше, другое же хуже, — дело обычное, так что я и сама догадалась бы, как мне поступить. Да и в Крэнглев я сливы отправить намеревалась, так что все кузинины капризы совершенно ни к чему были. Неужели она только сейчас очнулась и поняла, что в Блэндове фруктов больше всего родится? Косьминские сады еще слишком молодые и такого урожая не дают.

Зато к вечеру кузина отчего-то умерила хозяйственное рвение и снова, по своему странному обыкновению, затворилась в библиотеке. Признаться, мне любопытно, чем она там занимается. Неужели книги столь рьяно читает? Я специально отправилась туда, отнесла ей кофе, спросив при этом, не желает ли она какого-нибудь пирожного. Однако кузина Матильда от пирожного отказалась, и даже сливок не пожелала, выказав при этом какое-то нетерпение. Она вынула из шкафа какую-то книгу, этот огромный том стоял направо от середины полки, а когда я вошла, лежал уже на столе. Она же раскрыла его и как будто бы что-то в нем искала. И я ушла, решив принести ей свечи, однако она больше не пустила меня. Казалось, кузина оглохла. А ведь ни чтение, ни питье кофе к шумным занятиям не причислишь, так что она должна была услышать мой стук и голос, однако ж не ответила ни единым словом. И лишь час спустя я услышала, как ключ в замке повернулся, и снова пришла в библиотеку со свечами. К тому времени огромная книга уже была поставлена на место, кузина же Матильда понесла в спальню какие-то три другие книги. Однако же потом она вернулась вниз и бродила по всему дому допоздна. И сейчас, кажется, еще бродит, потому что я слышу какой-то шум.

8 октября.

Сегодня у меня с утра и до самого вечера было столько дел, что я не сумела даже написать здесь о прошедшем дне. Кузина Матильда открыла новые приправы к сливочным сырам, вот мы и забавлялись с ней этими сырами, и следует признать, что некоторые из них достойны похвалы. Мне еще не приходилось пробовать такие. Особенно же один, с апельсином и ананасом, пришелся мне по вкусу, да еще грибной. Быть может, и впрямь сушеные боровики придали сыру особенный вкус, я потом сама попробую сделать такой же. Больше всего времени ушло на сыр с копченостями, так как их требовалось очень мелко нарубить, а потом растереть.

Сегодня кузина Матильда наконец-то уехала без лишних хлопот. Я тут же отправилась в библиотеку, дабы из любопытства рассмотреть тот самый огромный том. Диковинная это оказалась книга, целое собрание сочинений какого-то Шекспира, переведенное с английского языка и написанное в форме пьесы, где всяк только о своем талдычит. Неприличное все это ужасно, хотя половину даже и понять-то невозможно. Что же такого она в этих сочинениях увидела или же найти желала? Одну из трех книг, которые кузина взяла с собой в спальню, она оставила на столе, две же остальные то ли спрятала, то ли с собой увезла. Вот я и не знаю, что это за книги, та же, что осталась здесь, оказалась пьесами господина Мольера на французском языке, которые еще моя покойная благодетельница читать любила.

Я заметила, что обивка на кресле с подлокотниками совсем протерлась, но кузина Матильда не хотела даже говорить об этом, сказав, чтобы *я поступала, как хочу. Надо бы осмотреть и остальную мебель, быть может, придется менять обивку сразу на всей. А деньги на это я возьму от продажи гусей.*

10 октября.

Одна гусыня не желает есть столько же, сколько прочие, так что ее одну среди всех откормить мы, наверное, не сумеем. Однако, поскольку она, в целом, здорова и молода, я оставлю ее в живых и на следующий год посажу на яйца.

11 октября.

Дошли до меня вести, что старик Шимон, прежний слуга, завершил свой земной путь...»

На этом месте Юстина поняла, что совершила ошибку, спрятав прабабушкин дневник у Людвика. Без сопоставления обоих текстов ей не разобраться во времени. Панна Доминика писала даты, прабабушка же — напротив, но как раз параллельные комментарии к одним и тем же событиям казались Юстине самыми интересными. Ведь и в самом деле, какого черта прабабушка отправилась тогда в Блэндов? Чтобы освежить в своей памяти Шекспира? И когда это было?.. Минуточку, шестого октября, а не совпал ли ее приезд с первыми бегами в Варшаве, на которых она блеснула сапфирами?..

«...вот я, на всякий случай, и донесла кузине Матильде об этом происществии в письме. Я полагала, что она, быть может, захочет приехать на похороны старого слуги, но пришел ответ от ключницы Буйновской, где она пишет, что кузена с кузиной нет дома, потому что они на

какие-то лошадиные состязания в Варшаву уехали...»

Ключница Буйновская чрезвычайно обрадовала Юстину. Значит, она угадала правильно, это была прабабушкина экономка, всего один раз упомянутая в ее дневнике. Неужели ею так мало дорожили?..

В Юстине родилось неимоверное желание спросить об этом прямо у прабабушки, и полная невозможность выполнения этого желания чуть не помрачила ее ум. Сколько же еще таких вот вроде бы мелочей, из которых и складывается сама жизнь, опустила прабабушка?!

На этот вопрос до некоторой степени ответила панна Доминика.

«...я уж думаю, а не написать ли мне им еще раз, ведь на старуху Буйновскую полагаться нельзя. Говорят, она все еще довольно-таки скоро передвигается, однако же в умственном отношении совершенно опустилась, и кузине Матильде особенно полезной быть больше не может. Пришлось у старушки даже ключи отнять, так как она постоянно их теряла. Так что живет она у кузины из милости. Я же подожду два дня и напишу им еще раз.

12 октября.
Погода стоит на удивление хорошая, затянулось нынче бабье лето. Я отправила девок по грибы, не находя для них срочной работы. Грибов они принесли много, были даже и боровики, не говоря уже о зеленухах. Пусть же они и завтра в лес идут. Зеленухи я тут же мыть велела, потому что полощут их долго, в нескольких водах,

чтобы песок из них удалить. А если бы в маринаде песок на зубах скрипел, я сгорела бы от стыда. Боровики я сразу же все в сушку отправила. Господь внял нашим мольбам, потому что за все лето боровиков мы собрали очень мало. Я еще проверила, как обстоят дела с той гусыней, обнаружила, что кормить ее далее нет смысла, так что пусть она останется до будущего года, вместе с отобранной мною стаей.

13 октября.

Я и сама пол-леса обошла, ибо нашла на меня великая охота собственными руками грибы брать. И счастье улыбнулось мне: я не только насобирала множество грибов, но еще и обнаружила орехи в зарослях орешника. А было их там столько, что одной мне не унести, так что пришлось звать на помощь. Девки набрали орехов в фартуки, а Кацпэрэк, сын Матэйовой, добровольно предложил сбегать в лес на рассвете и обобрать остальные орехи. Я тотчас же велела пересыпать их песком, чтобы они дольше сохранились.

Мне очень захотелось замариновать боровики помельче, и я велела оставить их до завтрашнего дня, потому что сегодня уже поздний вечер настал, столько времени ушло у нас, пока мы все принесли в дом и почистили.

14 октября.

Я и сама не была уверена в том, правильно ли я поступаю, ведь грибы есть, пока они есть, а потом их не станет. Но, если наступят дожди, пропадут груши, хотя и говорят, что хорошая погода простоит до самого полнолуния. Вот почему сегодня собирали зимние груши, которые могут полежать даже и несколько дней в ожидании своего часа. Собрали мы более трех центнеров, и мне уже понятно, что придется брать девок из деревни, чтобы все груши очистить. За боровики я принялась сама, и мы с Матэйовой вместе приготовили их самым простым способом.

Кацпэрэк принес еще полмешка орехов из той же рощи.

Куры при теплой погоде несутся так, что я послала за купцами, так как яиц у нас — избыток. Пестрая курица снова снесла огромное яйцо, в котором наверняка окажется два желтка, так я его ради интереса оставила.

15 октября.

Письмо я решила не писать, так как кузина Матильда, должно быть, уже прочла предыдущее или же прочтет его, когда вернется, если только она и в самом деле уехала. Девки засели за груши. Ранним утром Кацпэрэк ездил в Груец, за сахаром и приправами, и вернулся оттуда сразу же после полудня. Мы тут же начали варить варенье, а чуть попозже я начну и маринады делать. С купцами я торговалась, но яйца ушли по низкой цене, ведь при такой погоде куры несутся повсюду. Я велела вычистить зимние овощехранилища, уже вот-вот надо будет снимать урожай. И кажется мне, что свалится на меня вся работа в одночасье.

16 октября.

Под вечер приехали кузен с кузиной, говорят, что прямо с именин пани Влодарской, имя которой Ядвига, а именины она празднует пятнадцатого числа. К ней же они заехали по пути из Варшавы. Значит, в Глухове их действительно не было. О Шимоне кузина Матильда усиленно расспрашивала, весьма сожалея о его кончине и выразив намерение съездить на его могилку. Я возблагодарила Бога за то, что они не появились здесь раньше, потому что весь день была работа, от которой руки чуть ли не отваливались, а к вечеру стало уже поспокойнее. Я распорядилась насчет ужина, как полагается, и даже то самое яйцо с двумя желтками, сваренное вкрутую, произвело сенсацию. Кузен Матэуш весь сияет, слухи о лошадях оказались правдой. Его лошади какой-то приз взяли, и он рассказывал мне о бегах, заявив о своем намерении завтра же осмотреть конюшни. А послезавтра они уедут. Кузина Матильда, как говорят, произвела настоящую сенсацию. Я жадно слушала рассказы о туалетах различных дам, а то мы здесь совсем в медвежьем углу зарылись, так хотя бы послушать, и то уже приятно. Меня потрясла весть о том, что Матильда якобы делала ставки на этих самых лошадей, да где же этакое видано, да ведь это — дело мужское! Они даже почти не ссорились, видимо, из-за этого триумфа кузен Матэуш был к ней весьма снисходителен.

Я до сих пор еще никак не могу прийти в себя от этих рассказов, а ведь они сегодня рано спать отправились. Впереди у меня — завтрашний день, и он обещает быть воистину безумным.

17 октября.

Я чуть было не вышла из себя. Осталось еще более половины груш, и тут кузина Матильда вмешалась самым ужасным образом!

После раннего завтрака кузен Матэуш сразу же побежал в конюшни, кузина же Матильда велела запрягать, чтобы съездить к Шимону на могилку. *Но прежде, чем подали экипаж, она зашла на кухню, по странному барскому капризу. И тут же подняла крик, чтобы из остатка груш сделать только сухое варенье, с которым как раз больше всего работы. А разве ж я могу сразу трех девок одним и тем же делом занять? Однако ж кузина заартачилась, ей, видите ли, совершенно необходимы засахаренные фрукты, как будто бы без них никак прожить невозможно. Я видела, как она оценивала на глаз, сколько их получится, а жадность так и била из нее ключом. Она на гордость мою воздействовать пыталась, говоря, что никто на свете не сумеет присмотреть за слугами так, как я. В Глухове, де, едва половину этого количества сделать смогут, а зимняя груша — самая лучшая. Блэндов ее, она здесь и распоряжается. Кузина сказала мне в лицо, что я боюсь работы. Я ужасно распереживалась и целый час не выходила из кухни, выполняя ее поручение. Больше всего сердило меня то, что экипаж перед домом ждал, а она все не уходила, наверное, проверяла, выполняется ли ее пожелание. Потом, наконец, уехала, но, не успев вернуться, тут же начала толковать мне о клюкве. А ведь известно, что с клюквой самые большие хлопоты, и редко бывает, чтобы она долго хранилась. А кузина, будто и не слышит, снова за свое. Неужто я чудотворница какая? Ягода-то ведь зимняя, и обычно ее до Пасхи сохранить лишь можно, но чтобы засахаренную?.. А она все никак не унимается, опыты делать, да опыты делать. Просто чудо, что я сумела видимость спокойствия сохранить.*

Кузен Матэуш вернулся из конюшен довольный, но что говорил, не помню, потому как у меня в ушах шумело. Кажется, что-то о том, что надо бы покрыть кобыл, но не мое это дело. Вместе они сошлись, слава Богу, только под вечер, когда я уже вовсю работала, и тут кузина Матильда вдруг отнеслась ко мне с великой нежностью, всячески нахваливая меня и говоря, что такой хозяйки изрядной нигде не сыскать. И что я в один миг одно другим заменить могу, и что все на свете умею. Много же мне придет от этой похвалы, хлопоты одни. Готовые фрукты я должна отправить в Глухов. Какое счастье, что они всего лишь на один день приехали. И пусть кто угодно умирает, но я — больше извещать их об этом не стану.

18 октября.

Ну вот я уже немного и успокоилась, потому что утром они уехали. Работа над грушами началась и пойдет своим ходом. Мне надо составить список, ведь морковь, сельдерей и порей придется выкапывать. Потом придет пора корнишонов, затем капусты и зимних сортов яблок. Все в свою очередь, да к тому же еще эта злополучная клюква. Вот так мне она за один свой визит прибавила работы. Отдохнув немного, я подумаю об этом завтра.

19 октября.

Грибы все еще родятся, хотя их уже и меньше. Странно, и как это кузина Матильда и из них еще варенье варить не приказала. Но, честно говоря, мне очень хочется наделать сливочных сырков...

20 октября.

И вот я решила, что сделаю их лучше, чем она. А потом отошлю ей, пусть видит.

Я все еще раздумываю над новостями: кака.. странная мода пошла на платья. Драпри кажется мне немного неприличным новшеством, но вполне может быть, что лицо под шляпкой с вуалью более привлекательно выглядит. Я не одобряю этих стремлений, что кому Бог дал, тем пусть и довольствуются, и ни к чему все это притворство. Корсет — это да, это мне нравится, но вот подвязки эти?.. Да кому же они нужны? С цветочками, с бантами? Одна лишь мысль о подобных излишествах приводит меня в священный ужас, до того все это неприлично.

Ну, может, один-единственный разочек я бы на это и взглянула, но сначала спрошу у приходского священника, не грешно ли подобное любопытство. Должно быть, странный это вид. Впрочем, в высшем свете, должно быть, весьма странные царят привычки. Хотя, с другой стороны, собственные, тобою же взращенные лошади, соревнующиеся с другими лошадьми, — это, наверное, дело обыкновенное и не предосудительное? Я спрошу у священника.

21 октября.

Лиса пыталась сделать подкоп под курятники, но ее спугнули собаки, и никакого ущерба она не причинила. Однако птица полночи никак не могла успокоиться. Вот и новое мне беспокойство: ведь и гусей, и уток надлежит в полном здравии сохранить, придется поставить какой-нибудь запор, ведь сторожа недостойны доверия. Они уснут, а очухаются уже тогда, когда половины поголовья словно и не бывало.

22 октября.

Я узнала от прислуги, что кузина Матильда совершенно уже лишилась чувства меры. Значит, мне не показалось, что она как будто немного раздалась вширь. Я думала, что это от возраста талия у нее располнела, и тут открывается сплошное непотребство. В положении появляться на публике, на бегах?! И кузен Матэуш позволил ей такое?! Да что же это за времена такие развратные наступили?!

Чудо истинное, что вся кастрюля не пропала, ведь, как оказалось, Андзя над ней задремала и очнулась в последний момент. К тому же еще мне пришлось услышать какие-то непотребные разговоры о том, что она и вовсе ночью не спала, а встречалась со своим возлюбленным. Что за возлюбленный такой? Должно быть, из деревни или же с фольварка, потому что точно не из дворовых. Надо бы мне разузнать, во избежание нового непотребства. Кастрюлю удалось спасти, и груши уже сохнут на сахаре.

27 октября.

Грибы, по причине сухой погоды, уже прошли, и только сыроежки да зеленушки еще родятся. Фельдман, который хочет купить у нас всю шерсть, какая только будет, привез мне гостя. Однако привела его к нам не шерсть, а лошади.

Какой-то пан Базилий Пукельник, весьма комильфо, приятной внешности и с прекрасными манерами. Он напросился в гости, я не возражала, так как он сослался на кузена Матэуша. Якобы пан Пукельник должен то ли покупать у него лошадей, то ли, наоборот, продавать или же меняться, и желает он осмотреть животных, чтобы выбрать тех, что ему подойдут. Я сразу же сказала ему, что посмотреть можно, лошадей мы своих не стыдимся, а вот что касается продажи, это уже дело не мое. Фельдман тоже знаком с ним, говорит, пан Пукельник живет в окрестностях Радомя, там у него имение. Значит молва о лошадях Матэуша разошлась уже широко и до странного быстро.

Я оставила пана Пукельника в конюшнях, велев не чинить ему препятствий, и только за ужином вновь встретилась с ним за столом, так что не знаю даже, когда он вернулся с фольварка. Мы с ним очень мило побеседовали о прежних временах. Его отец, оказывается, был близко знаком с моей покойной благодетельницей, пани Заводзкой, и часто бывал в Блэндове еще во времена ее юности. Сам же пан Базилий приехал сюда впервые, и я пообещала показать ему завтра весь дом, о котором он многое слышал от своего отца.

Если бы не надзор за приготовлением груш, у меня было бы побольше времени.

28 октября.

Пан Пукельник весьма вежлив и не требует к себе никакого внимания. Он проявляет большую самостоятельность, и это для меня настоящее счастье, потому что уже начинают копать морковь. Мне придется составить новый список, чтобы знать, что да когда, ведь прошлый год выдался дождливым, так что прошлогодний список мне не подойдет.

30 октября.

Весь вчерашний и весь сегодняшний день я была занята без единой минуты передышки: нужно было залить воск в надгробные свечи и сделать венки из хвои и бессмертников, а чем был занят пан Пукельник, об этом я не имею ни малейшего понятия. Вернувшись из буфетной, я застала его в библиотеке, куда он зашел, чтобы выбрать себе для чтения какую-нибудь книгу. Список уже составлен, я распределила работу так, чтобы даже дождь не смог нам помешать. Завтра пан Пукельник собирается уехать, и мне даже жаль, потому что приятно поговорить с обходительным человеком после целого дня трудов.

С грушами завтра, наконец, мы закончим, я готовила их тремя способами, и даже фаршированные сделать велела. Как видно, кузине Матильде удалось поймать меня в ловушку честолюбия: я была вне себя от стыда, если бы испортила эти груши. На ужин я распорядилась испечь жирную утку, а к столу вышла в лиловой шелковой блузке. Быть может, вид у меня был излишне нарядным, однако мне захотелось, хотя бы напоследок, не походить на прислугу. Пан Пукельник, быть может, посетит нас еще, так как окончательное решение касательно лошадей еще не принял.

31 октября.

Пан Пукельник уехал ранним утром. Он оставил после себя небольшой беспорядок в библиотеке, когда искал себе книги для чтения, но я с легкостью все там прибрала. Пан Пукельник признался мне, что очень любит читать. Так как завтра — день Всех Святых, с работой придется подождать, но никакого ущерба от этого не будет, я с умом распорядилась хозяйством, и в день поминовения усопших можно будет немного побездельничать. Я и сама отдохну, и смогу предаться воспоминаниям о тех из моих близких, которые уже пребывают в лучшем мире...»

Юстина вздрогнула от ужаса, прочитав все эти откровения. Так, значит, действительно этот кошмарный Пукельник ошивался по Блэндову да вдобавок еще и пользовался там поистине ужасающей свободой действий. В библиотеке беспорядок устроил, а эта идиотка, панна Доминика, ни о чем не догадалась. Присутствие в библиотеке прабабушки Матильды лишало ее сна, зато ничуть не удивило ее страстное стремление к чтению Пукельника. Интересно, что он там обнаружил?.. Наверное, ничего, раз прабабушка потом драгоценностями блистала, но какие-то открытия все же мог совершить и когда-нибудь в будущем воспользоваться ими...

С великим интересом Юстина приступила к чтению описания печальных праздников, во время которых некоторое оживление внесло «выступление» колесника. Тот от грусти и печали напился в стельку и горько рыдал под окнами господского дома. Затем пришла очередь триумфа панны Доминики над скупщиками ее безупречно откормленных гусей и безукоризненно вычесанной шерсти. После этого Юстина углубилась в проблемы снятия урожая капусты, ее переработки и различных способов засолки, а также узнала о геенне клюквенной, когда панна Доминика, в состоянии, близком к белой горячке, готовила из этой ягоды пресловутое сухое варенье. Этой зимой панна Доминика не испытывала теплых чувств к кузине Матильде.

Польдя, мальчик на побегушках, в тот период как-то исчез с глаз долой, однако вскоре выяснилось, что его, на некоторое время, командировали в Крэнглев, дабы там он набрался опыта и светского лоска. Вернулся же Польдя из своей командировки лишь год спустя, после похорон родителей прабабушки Матильды, а точнее, ее матери. Присутствовавшая на этих похоронах панна Доминика сама привезла его домой, или, быть может, это он ее привез. Она не скрывала своего удовольствия от возвращения столь доверенного слуги, который уже вступал в пору юности.

Прабабушка Матильда вновь посетила Блэндов лишь весной следующего года, тем самым вновь вызвав приступ раздражения у панны Доминики.

«2 июня...»

Уже успев понять, что панна Доминика редко упоминала, какое нынче лето Господне, а если и упоминала, то делала это почти исключительно в январе, Юстина перелистнула несколько страничек назад и констатировала, что речь идет о втором июня 1887 года.

«...от кузины Матильды мне нет никакого прока, уж лучше бы кузен Матэуш пожаловал. Она явилась всего на один день, нежданно-негаданно, словно гром с ясного неба, и снова успела устроить мне здесь переполох. В ней засела какая-то бешеная страсть к засахаренным фруктам, и мне было приказано всё, начиная с клубники и черешни, пустить на сухое варенье, презрев обычное. Хорошо еще, что кузина позволила мне взять в постоянные помощницы одну деревенскую девку, а иначе и не знаю, как бы я со всем этим справилась. Зато клюкву мою она искренне похвалила и даже пришла в изумление от того, что эта ягода так хорошо у меня засахарилась. Не скрывая своего восторга, кузина Матильда рас-

сыпалась в похвалах моему умению. И хотя бы это послужило мне утешением, так как меня оценили по достоинству.

Кузина Матильда вновь нагрянула в библиотеку, и на этот раз я высмотрела, что она одни книги привезла, а другие забирает с собой. Она даже обмолвилась, что берет их, чтобы читать. Якобы некоторые старинные книги трудно достать, а здесь сохранились книги моей благодетельницы. Надо бы мне выбрать время поспокойнее, взяться за чтение и посмотреть самой, что там есть. Ведь до сих пор прочла я оттуда очень мало и совершенно не знаю, какие у нас есть еще книги. А ведь редко в каком помещичьем доме сыщется столько книг, целых три огромных шкафа.

А еще кузина рассердила меня тем, что велела мне ехать в Крэнглев, чтоб у Юзефины рецепты записать. Или у ее дочери, потому что Юзефина от старости уже совсем выдохлась, так что приготовить еще может, а вот рассказать рецепт нет. Я и сама слышала, как она говорила: «этого горсточку, и этого тоже горсточку», на самом же деле одного едва щепотка нужна, другого же — целая пригоршня. Надо было раньше смотреть, как она готовит, а сейчас уже слишком поздно. Быть может, так и поступала дочь Юзефины, Бальбина, которую не так давно взяли в кухарки, но разве не могла кузина Матильда сказать мне об этом сразу, на похоронах ее светлости, пани Крэнглевской? Так нет же, теперь придется мне специально туда ехать, и займет это у меня, думаю, не меньше недели.

Ястреб разогнал стадо, и я не могу досчитаться четверти цыплят. А клубника вот-вот созреет. Может, я как-нибудь успею до урожая. Пусть бы она не наезжала сюда столь часто, потому что от этого одни лишь хлопоты.

14 июня.

Едва я только возвратилась из Крэнглева, как уже снова у меня огорчение. Вот и дождалась Андзя! Я уже надеялась на то, что слухи о ее возлюбленном не более чем сплетни, и тут вдруг такое непотребство обнаружилось! Я даже писать не могу от возмущения. Она, сколько было возможно, скрывала свое положение, а родила как раз тогда, когда меня не было дома, хотела и дальше все от меня скрывать, но разве скроешь такую явную улику, как ребенок? И в наличии любовника она созналась: подмастерье скорняка, приезжавший к нам за шкурами, понравился ей до такой степени, что она забыла стыд и совесть. Однако жениться он не желает. Я хотела немедленно прогнать ее, однако ж Марта, верная служанка, поспешила ей на помощь. Она и сама не без греха, хотя и вышла уже за нашего садовника. Так вот, Марта предложила, что возьмет ребенка к себе, чтобы он не мозолил глаза господам, будучи с Андзей. Да и священник приходский милосердие к грешнице проявил, слово за нее передо мной замолвив и сказав, что если она раскается и станет вести праведную жизнь, то пусть уж остается. Вот так, под двойным давлением, я и согласилась.

Что же до прочих дел, то Мадэйова с Польдей за всеми присмотрели. А из Крэнглева я привезла рецепты, каковые и опробую в свободное время, ибо некоторые из них кажутся мне очень уж странными.

17 июня.

Наконец-то я всю работу переделала, и хлеба сегодня напекли. Начинается самая урожайная пора на клубнику и черешню. Магдя, взятая мною из деревни, оказалась ловкой и работящей и помогает мне очень хорошо, зато Ягуся, родная племянница Мадэйовой, что при ней кулинарному искусству обучается, целую крынку молока на сыры, уже свернувшегося, на пол пролила. Я весьма удивилась, ведь девушку эту нельзя назвать неловкой. Мне сказали, что она на что-то загляделась и, взяв крынку с плиты, споткнулась о кота. Странно это, отчего-то до сих пор никому коты под ноги не лезли, уж скорее собака, если б она за кем-то гналась. И на что же это она могла так заглядеться? Чувствую я, что здесь какая-то кухонная тайна.

На Андзю я даже не смотрю, хотя и препятствий никаких не чиню, послушная нашему ксендзу. Андзя же старается изо всех сил, больше, чем раньше, так что я делаю вид, что не замечаю, как она отрывается от работы, чтобы покормить ребенка. Они с Мартой каким-то образом умудряются не выносить свои отношения на всеобщее обозрение, проявляя стыдливость, однако, я боюсь, как бы плохой пример не оказался заразительным. Но это уже забота приходского священника.

22 июня.

Через еврейских торговцев дошли до меня вести о пане Ромише: говорят, его не повысили в должности, так как жена его слишком глупа. Поздним вечером, глядя в открытое окно, я около часа думала о том, не слишком ли большую умеренность некогда проявила...

3 июля.

Сегодня снова кузина Матильда свалилась мне на голову, привезя с собой помощника лакея. В Крэнглеве пани Крэнглевская, от скупости великой, всех людей распускает, немыслимо ограничивая расходы, а мальчик этот уже немного обязанностям лакейским обучен. Здесь Кацпэр закончит его обучение, что же касается Польди, то он уже все науки превзошел, да и талантлив он весьма, так что сможет и Кацпэра, а может, даже и меня заменить. Самое время завести нового лакея, ведь со дня трагической гибели Альбина у нас остался один Кацпэр, которому иногда помогает Польдя. Так что я весьма довольна пополнением, а на мой деликатный вопрос о прочих людях кузина Матильда ответила мне, что самых способных из крэнглевской прислуги она забирает к себе, раз уж жену ее брата обуяло безумие неумеренной экономии. Ведь жалко лишаться хорошей прислуги.

Кузина весьма поощрила мое стремление варить сыры и расхвалила варенье. Завтра утром она, к счастью, уедет, а сегодняшний вечер проводит, запершись в своей любимой библиотеке.»

Дневник панны Доминики было намного легче читать, чем прабабушкины каракули, так что время, проведенное Юстиной за его изучением, можно было считать часами отдыха и досуга. Ей до такой степени понравился быт блэндовского господского подворья, что и она решила сварить варенье. Не сухое, разумеется, так как сильных девок для потряхивания посудой с фруктами у нее не было, а обычное, в сиропе. Фэля невероятно обрадовалась этой идее, сказав:

— Вот давно бы так, ведь покупное варенье никогда таким вкусным, как домашнее, не бывает. Да и я молодость свою вспомню, а то как увижу, что Геня у старых господ Вежховских варенье варит, так на меня тоска находит.

За время варки варенья Юстина успела узнать о том, что последняя клубника у панны Доминики не удалась, так как была переспелой, утята, которых вывела курица-наседка, сбежали от нее к пруду, и один утенок пропал, что новый помощник лакея по недоразумению подрался с Кацпэрэком Мадэйовой, Ягуся, некогда пролившая молоко, обручилась с виновником этого события, батраком Бартэком. Потом приехал кузен Матэуш, привез с собой новую кобылу, купленную у пана Лесьневского, и уговорил окрестных жителей покрывать своих кобыл его жеребцом, причем не просто даром, а еще и по два рубля за каждый эпизод мужичкам приплачивая.

Панна Доминика понимала даже смысл нововведений, и дальновидность кузена удостоилась ее сдержанной похвалы. А вот с кузиной отношения складывались хуже.

«14 февраля 1889 г.

Я очень сильно разнервничалась и решила засесть за свой дневник. Быть может, это поможет мне успокоиться. Сначала кузина Матильда ничего не говорила, вчерашний день был заполнен хлопотами по хозяйству, а сегодня, после позднего завтрака, она снова принялась за свое. А завтрак следует подавать поздно, так как кузина Матильда не любит начинать свой день затемно, а встает с постели уже тогда, когда солнце давно взошло. И пока она как следует проснется и очухается, уже и половина девятого наступает, так что за стол она садится уже в девять. И меня тоже в столовой задержала. И там, за сладостями, в конце завтрака, наконец, сказала, что хочет отослать меня в Пляцувку.

Я чуть не задохнулась: ведь Пляцувка эта — на краю света, совсем с другой стороны Варшавы, я ездила туда в детстве с моей покойной благодетельницей. Именьице там крохотное, куда ему до Блэндова! В первый момент я решила, что уже совсем до приживалок опустилась, но кузина тут же стала объяснять мне, что съездить туда придется совсем ненадолго. Я не поверила ни единому ее слову, и со мной сделался сердечный приступ. Кузина говорит, что в Пляцувке хозяйство пришло в упадок, из прислуги с прежних времен осталась одна лишь ключница, а сейчас она умерла от старости, так что надобно привести там все в порядок. Господский дом требует ремонта и уборки, там уже летучие мыши завелись, и мне предстоит с этими мышами воевать!

Кузина Матильда продолжала говорить, и я даже увидела в ее словах какой-то смысл, но успокоиться смогла не сразу. Кузина сказала, что там еще остались какие-то вещи после бабушки моей благодетельницы, и о них следует позаботиться. Особенно же о портретах, хотя и мебель кое-какая еще могла уцелеть. Дом надо и отремонтировать, и уборку в нем произвести, прислугу или нанять, или же уволить, в зависимости от надобности. А еще кузина сказала, что не может доверить такое дело первому встречному, ведь только я одна знавала ее бабушку, а мою благодетельницу, и никто, кроме меня, не станет вкладывать душу и во все вникать. Тут я поняла, что мой отказ в расчет не принимается.

А времени на все уйдет много, может, даже несколько месяцев, ведь придется надзирать за людьми до окончания работ.

Когда же я спросила, а как же хозяйство в Блэндове, кузина ответила, что дела здесь пойдут своим, уже установленным мною чередом. А если что-то будет не так, то я, вернувшись, смогу все исправить. К тому же и кузен Матэуш будет пребывать здесь чаще и подолгу из-за лошадей, и это, должно быть, правда, так как некоторые из кобыл уже ожеребились, и жеребята не подвели возлагаемых на них надежд. Так говорят все, потому что я-то в них не разбираюсь, хотя и замечаю, какие они красивые.

В общем, я уже почти что смирилась с ужасной мыслью об отъезде, как вдруг кузина Матильда сказала мне, что в Пляцувке был пожар. Сгорела людская и все хозяйственные помещения. Уже, несмотря на морозы, полным ходом идет восстановление, так что к моему приезду кухню уже отстроят. Боже милостивый, что же я там еще обнаружу?! И все это на мои плечи падет, а отказаться я никак не могу, ведь я и здорова, и в долгу по гроб жизни.

Особенно же кузина велела мне позаботиться о портретах, чтобы с ними ничего не случилось. Они висят в тамошней гостиной.

И как же я поеду в эту Пляцувку, ведь одна только дорога займет три дня!

16 февраля.

Кузен Матэуш утешил меня, что путешествовать я буду как королева, потому что он будет перегонять в Глухов лошадей. В Варшаве я должна буду остановиться на ночлег у ее светлости панны Клементины. Панну Клементину

Заводзкую, племянницу моей благодетельницы, я знаю даже слишком хорошо и предпочла бы остановиться у кого-нибудь другого, но и это лучше, чем ничего.

У меня просто голова от всего этого кружится. К тому же, раз уж я согласилась, уезжать придется послезавтра, в ужасной спешке. Я уже собрала все необходимое. Указания же по хозяйству дала Польде, он сообразительней, чем Кацпэр, возможно оттого, что моложе.

17 февраля.

Итак, завтра утром я отправлюсь в путь. Согласно моим подсчетам, отсутствовать я буду, самое меньшее, четыре месяца, а может быть, и еще дольше. Ну что ж, кузина Матильда сама этого хотела...»

Оторвав взгляд от текста и уставившись в окно, Юстина начала думать: прабабушка в своем дневнике ни словом не обмолвилась об отправке панны Доминики в Пляцувку. Может, там и был пожар, может, и правда надо было выжить оттуда летучих мышей. Дело совсем не в этом. Все указывало на то, что прабабушка просто-напросто избавилась от старой домоправительницы, чтобы без помех достать весь клад из тайников библиотеки.

Ведь она потом блистала драгоценностями в Париже и в Вене...

Кроме того, в Пляцувке, должно быть, и правда требовался ремонт. Старинный господский дом был деревянным, таким и остался. Дуб и лиственница — материалы прочные, вполне возможно, что дубовые конструкции сохранились и до наших дней, вот только осталось от дома меньше половины. Юстина помнила, что еще до войны это был огромный полуразрушенный особняк комнат на двадцать. А может даже и больше, ведь «диких» жильцов жило там семей восемь или девять. По три комнаты на семью, это было бы двадцать четыре или двадцать семь помещений. А ведь со времен прабабушки особняк несколько раз перестраивали...

Юстина с новым интересом углубилась в текст. Дорожные впечатления панны Доминики были просто потрясающими. Пользуясь случаем, тетка Клементина, дама светская и уже достаточно в годах, чтобы позволить себе невинные шалости, взяла ее с собой на ужин, разумеется, пошли они не вдвоем, а в мужской компании почтенного пана советника. Вероятно, Клементина решила совершенно ошеломить панну Доминику, раз она выбрала ресторан, являвшийся любимым прибежищем самой легкомысленной части общества. Палящие по зеркалам царские офицеры и веселые исполнительницы канкана на эстраде и на столах ошеломили провинциальную даму до такой степени, что она чуть было не разучилась писать. Должно быть, позже ее исповедь вызвала у приходского священника огромный интерес.

В Пляцувку панна Доминика приехала очень сонной, потому что не спала всю ночь, преисполнившись страшных впечатлений. Она сумела прийти в себя лишь три дня спустя.

На новом месте она тут же принялась за работу и навела в Пляцувке такой порядок, что еще целых полвека там не надо было ничего переделывать. Так что у Матильды не было ни единого шанса отправить ее туда снова. Вот почему весь ремонт Блэндова, вопреки желанию Матильды, происходил на глазах у панны Доминики, которая еще много лет спустя с ужасом вспоминала фривольные столичные сцены.

«5 февраля 1894 г.

Не слишком ли рано кузина Матильда младшую свою дочь в свет выводит? До меня дошли слухи через прислугу, которая, вероятно, получает такие известия от еврейских купцов, что этот сезон предназначен для Зосеньки. А туалеты, не поймешь даже, у кого краше, у матери или у дочери. Говорят, кузина Матильда привезла наряды из Парижа, где лошади кузена Матэуша одержали блестящую победу на бегах. Что же, Господи помилуй, может твориться в этом Париже, если я и варшавский-то разврат по сей день забыть не могу.

Пан Пукельник сегодняшним утром в гости напросился, на что я охотно согласилась. Трудно ему удивляться, раз он тоже лошадьми интересуется, потому что у кузена Матэуша лошади и впрямь отменные. Нынче большая мода на бега, и пан Пукельник признался мне, что хочет обосновать свой конный завод. Даже мне было понятно, что лошади, вывезенные из Англии, не столько более дороги, сколько к иному климату привычны, вот почему пан Пукельник предпочел бы наших. Интересно, отчего это кузен Матэуш именно ему лошадей продавать не желает. А именно на это пан Пукельник мне пожаловался.

Он очень огорчился, что в Пляцувке кузен Матэуш только рабочих лошадей разводит, и не до конца поверил мне, изъявив желание взглянуть на них. Ну что ж, дело хозяйское, пусть смотрит. Может, ему и рабочие лошади как-нибудь пригодятся. На ужин я распорядилась подать большой пирог с фаршем из мяса и грибов, который пан Пукельник очень нахваливал.»

Между одной и другой записями у Юстины мелькнула мысль о том, что эти подробности не были известны прабабушке, а иначе ее, наверное, хватил бы удар оттого, что пана Базилия принимали в ее же поместье по-царски. В свою очередь, панна Доминика наверняка не имела ни малейшего представления о его преступном прошлом...

«3 марта.

Нет, не может кузина Матильда жить спокойно! Снова она тут мне светопреставление готовит! Человек какой-то из Варшавы приехал и с Польдей совещался. Потом они ко мне явились, и я узнала, что грядут великие перемены: весь господский дом переделывать будут и изобретения новомодные вводить. Все перевернется с ног на голову. Тот человек уже сейчас стал обстукивать стены, кладку и покои рассматривать, измерять и размеры записывать. Я ничего не поняла из его объяснений, он говорил что-то о водопроводе и о силе какой-то страшной, что электричеством зовется. От нее свет должен быть. А кузина Матильда скоро явится сюда, чтобы кавардак здесь учинить.

Наседки уже сидят на яйцах, уток я тоже вот-вот посажу, а индюшки, которых я от морозов уберегла, несутся великолепно. Скоро Пасха, а она мне тут разруху устраивает. Не знаю даже, стоит ли начинать уборку, ведь скоро здесь будет ужасный беспорядок. А я уже и портьеры хотела в стирку снимать...»

Наконец-то Юстина добралась до ремонта блэндовского господского дома, которым прабабушка, в противоположность панне Доминике, так была довольна. Он начался не сразу, панна Доминика смогла спокойно провести генеральную уборку и все ранневесенние работы, потому что немец из Петербурга прибыл лишь в июне.

Потом уже дневник заполнили выражения критики, страхи и причитания. Панна Доминика была в большой обиде на окрестных помещиков, которые в некоторой степени попались в ловушку безумного новаторства кузины Матильды, оказав финансовую поддержку ее диким выходкам. А ведь уже забрезжила было надежда на то, что кузина разорится, и фанабериям придет конец. Ведь где же это видано, чтобы в собственном доме заводить такое, когда повернешь крылышко на стене, а у тебя люстра под потолком ярким светом разгорается! Или вода в ванных комнатах прямо из стены бежит. Не говоря уже об устройствах весьма интимного свойства, из которых ничего не надо выносить, а все куда-то само исчезает. Проблема исчезновения сильно мучила панну Доминику, ведь, хотя она и наблюдала прокладку труб собственными глазами, на то, чтобы сделать из этого самостоятельные выводы, у нее не хватило ума.

Центральное отопление Матильда устанавливать не стала, но все равно цивилизация в Блэндове распустилась пышным цветом.

Панну же Доминику настолько занимали электричество, горячая вода и канализация, что она совершенно проглядела капитальную переделку библиотеки, в которой, главным образом, и орудовал немец с каким-то своим помощником.

Юстину это очень огорчило, ведь, как уже было видно, о таинственных работах в библиотеке ей так и не было суждено узнать.

А ведь они там точно проводились, прабабушка сделала свое дело коварно и дипломатично, а когда разгорелась Первая мировая, без сомнения, воспользовалась своими тайниками. После чего отказалась от дальнейшего ведения дневника, не написав больше ни единого слова. Единственной возможностью вернуть императорские дары был самостоятельный обыск в блэндовском особняке. И ее-то как раз глупая правнучка лишилась безвозвратно, с легким сердцем отказавшись и от недвижимости, и от ее тайны.

Жалкие остатки надежды возлагались еще на дневник панны Доминики, которая тоже как-то все реже вносила в него свои записи. Ну что ж, она, по крайней мере, переплюнула прабабушку по части продолжительности своего писательского труда...

«7 января лета Господня 1909-го.

Как же все-таки через евреев разных и прислугу сплетни различные расходятся! Только сейчас я узнала, что, по слухам, в Вене и в Париже кузина Матильда, едва лишь пару лет назад, развлекалась, будто совершенно забыла о своем возрасте. А ведь она моложе меня не более, чем на шесть лет! Кузен Матэуш выставлял своих лошадей на бегах, а супруга его прямо-таки невероятные выходки устраивала. Вспомнила бабка, как в девках ходила. А говорят об этом евреи потому, что она якобы такими каменьями увешана была, что, Боже упаси, зависть всеобщая ее окружала. Откуда же такие драгоценности? Весть гласила о бриллиантах, рубинах, сапфирах, что же касается изумрудов, то я и сама видела их на ней не так давно, когда она мне здесь неожиданно бал устроила, привезя с собой после варшавских бегов целую компанию гостей. Граф Погоцкий еще тогда явился на ужасной машине, каковую автомобилем зовут, ездит же она сама, без лошадей.

Украшения у кузины Матильды есть, это мне известно, но чтобы такие, о которых даже евреи заговорили? А не остатки ли это, случайно, от того стародавнего разврата, о котором я даже и упоминать не желаю?

26 июня.

Проездом кузина Матильда едва на один день к нам явилась, с именин пана Меховского домой возвращаясь, и я даже диву даюсь, что она от сухого варенья меня освободила. Мне уже не нужно будет все фрукты в засахаренном виде готовить, теперь у нее возникла охота к маринадам. Уж я из двух зол предпочитаю маринады: за сиропом так смотреть не нужно, да и уксус против сахара дешевле.

Утиная молодь попряталась у меня в камышах, весь вечер пришлось за ними гоняться. Бартэк сказал, что завтра велит начать очистку пруда...

3 января лета Господня 1910-го.

...И что же это за мода такая настала, я глазам своим верить отказываюсь! Взрослые девицы днем носят такие неприлично короткие платья, что чуть ли не всю щиколотку видно! Какой ужас, да это же не мода, а неприкрытый разврат! Я слышала, что некоторые из них на лыжах по снегу катаются в еще более коротких *платьях, чуть ли не до половины икры, но такого уже, наверное, быть не может.»*

Хотя дневник панны Доминики, в отличие от прабабушкиного, читался легко, но время все же шло. Идалька решила обвенчаться со своим женихом, и родные молодых познакомились поближе. У жениха, Анджея, была только мать, отца уже не было в живых, а также сестра Бэата и брат Кароль. Жили они все вместе в трех комнатах с кухней в доме на улице Домбровского, то есть сравнительно недалеко, и с легкостью приобрели привычку то и дело забегать к будущей невестке, где жизненное пространство искушало своими гигантскими масштабами. Анджеек должен был вот-вот переселиться туда же и уже окончательно загромоздил одну из комнат. Однако и комнаты оказалось мало до такой степени, что иногда можно было споткнуться о его разноцветные планшеты даже в гостиной и передней.

Амелия, потерпев неудачу в браках, решила жить без штампа в паспорте с кем Бог пошлет и забыла, что такое постоянство чувств. Ее сожители менялись столь часто, что Юстина совершенно потеряла им счет, а с некоторыми из них даже и познакомиться не успевала. Впрочем, она и не стремилась к этим знакомствам, опасаясь, что ей пришлось бы в конце концов осудить свояченицу.

Ужасная драма приключилась и в Маринкиной жизни. Ее муж, не причинявший до сих пор никаких огорчений, внезапно забил копытом и поддался очарованию секретарши своего директора. Так, по крайней мере, утверждала дико обозленная Маринка. Однако муж, в доверительной беседе с тестем, сознался, что секретарша секретаршей, а он уже просто с этой расплывшейся кретинкой больше не выдержит. И что ему очень жаль, но масштабы глупости его жены превышают все пределы человеческого терпения, она уже превратилась из женщины в какую-то глыбу, и он должен развестись с ней, а иначе сойдет с ума. Болеслав вспомнил, что и впрямь его старшая дочь уже не помещается в нормальное кресло, и слова осуждения застыли у него на губах. Решение о разводе было принято. Маринка сдала одиннадцатилетнюю Эву на временное хранение Юстине, чтобы оградить ребенка от имеющих место дома неприличных сцен. Эва капризничала за едой, устраивала истерики из-за нарядов, охотно прогуливала уроки и, в целом, была ребенком невероятно проблемным.

Одновременно возникли финансовые затруднения, так как следовало как-то решить квартирный вопрос. Или муж выплатит жене ее часть, или жена — мужу, и кто-то из них останется жить в своих трех комнатах с кухней. При мысли о том, что ей вдруг свалились бы на голову обе дочки, у одной из которых захламляющий квартиру муж, у другой же — невыносимый ребенок, у Юстины потемнело в глазах, но она тут же решила отдать последнее, но Маринкину квартиру сохранить. К счастью, двенадцать лет назад большую часть стоимости этого жилья оплатила Барбара, так что дело удалось уладить ценой предпоследнего колье, но Эва пока осталась у дедушки с бабушкой, так как ее мать все никак не могла прийти в себя. Единственным плюсом во всей этой истории стала потеря почти десяти килограммов лишнего веса, каковых лишилась покинутая супруга.

Свадьба Идальки состоялась у Гортензии, которая сама на этом настояла. Она всегда обожала устраивать приемы, с возрастом же это превратилось у нее чуть ли не в страсть.

Вскоре после этого умер Людвик, немного неожиданно. Он уже некоторое время страдал болезнью сердца и умер, как считала Гортензия, из-за каких-то махинаций с лошадьми. Дарэк с Иоасей и детьми на похороны не приехали, так как находились где-то в Южной Америке. Прежде чем известие о смерти отца дошло до дебрей Аргентины, Людвик уже лежал в могиле. Гортензия стала подумывать о сдаче внаем или даже о продаже дома, который стал для нее одной, даже вместе с Геней, решительно слишком просторным, однако в отсутствие сына-наследника ничего предпринять не могла и пока что ограничилась раздумьями на эту тему.

В такой обстановке дневник панны Доминики был еще более спасительной отдушиной, чем ранее прабабушкин дневник. Такое блаженное спокойствие царило в Блэндове на рубеже веков, столь трогательно наивными были тогдашние драмы и сенсации, что для Юстины, в конце концов, чтение стало успокоительным средством. Лекарством, к которому рвался весь ее организм, тем более совершенным, что у него не было никаких вредных побочных эффектов.

До самого начала Первой мировой войны Юстина, вместе с панной Доминикой, погружалась в умиротворяющую атмосферу богатого и искусно управляемого господского дома. С растроганной улыбкой на губах, она узнавала о том, что глупая помощница кухарки стала коптить окорока на еловых дровах, и они пропахли смолой до такой степени, что даже собаки сомневались, можно ли это есть. О том, что пан Пукельник вновь явился с визитом, вместе со своим взрослым сыном, что панну Доминику сильно смутило, ибо она уже мельком слышала о том, что кузина Матильда пана Пукельника, по неким таинственным причинам, не выносит и в своем доме даже на порог не пускает. Она и в Блэндове запретила его принимать, но разве можно знакомого гостя прогнать с порога?.. О том, что кузен Матэуш устроил в Блэндове лошадиный аукцион местного значения, и панна Доминика заказала себе новое шелковое платье, так как в старых уже стыдно было на люди выйти. Кузина Матильда сей шедевр похвалила, и даже сама уплатила за материю.

Так, слово за слово, панна Доминика постепенно подходила вплотную к резким историческим переменам.

«2 января лета Господня 1913-го.

Такое случилось впервые, пусть даже и в праздник: Мадэйова пошла в корчму, ее затащили туда на помолвку самой старшей из внучек. И ничего хорошего из этого не вышло, потому что она новый платок в снегу потеряла. Сейчас она причитает и никак успокоиться не может, даже обед свежий готовить не стала, а разогрела вчерашний и мне подала. Весьма ловко это было проделано, но меня ей не провести. Я пожурила ее за это, но не слишком строго, ведь платка очень жаль, и Бог уже достаточно наказал ее.

А так как нынче карнавал, и все окрест на санях катания устраивают, то я велела свежий бигос приготовить. Пусть себе стоит на всякий случай.

9 марта.

Наседки уже сидят, и, что весьма странно, с птицей вообще нет никаких хлопот. Гусыни, утки и даже индюшки словно сговорились, и неслись очень обильно. Быть может, благодаря довольно теплой зиме. Пришлось мне совершенно закрыть глаза на поведение Флорки, помощницы поварихи. Девица эта разродилась плодом своего разврата и пусть поступает с ним, как хочет, лишь бы я об этом не знала. В прежние времена такое аморальное создание прогнали бы со двора, но нынче такое происходит, что я уже и сама ничего не знаю. Знаю только, что с Мадэйовой одна лишь она сравниться может, и на повариху учить ее надо, а иначе некому будет готовить.

3 августа.

Ну вот и снова гости к нам пожаловали. Семь человек. И это как раз сейчас, когда Мадэйова руку себе ушибла, со стремянки свалившись, и сейчас жалобно стонет, лежа в постели. Оказалось, что я недаром глаза закрыла на Флоркин грех. Она справилась со всей кухонной работой и кормила всех ничуть не хуже своей наставницы. Другое дело, что Мадэйова указания ей давала, а через два дня она и сама поднялась. Однако я уже сейчас вижу, что Флорка станет отличной кухаркой.»

Старик Кацпэр, камердинер, явно сдавал, и панна Доминика озаботилась, кто же заменит его, потому что Кацпэрэк Мадэйовой казался ей слишком подвижным. И она, кажется, не ошиблась в оценке его характера, если он, прислуживая за столом, уронил блюдо с фаршированной индейкой, да так, что вся начинка вокруг разлетелась. На этой-то начинке и поскользнулся какой-то кузен их светлостей, ушибив себе заднюю часть фигуры. Старуха Буйновская из Глухова умерла. От упавшей из печи в кабинете на ковер искры чуть было не разгорелся пожар. Молодая хозяйка Крэнглева оказалась, по словам прислуги, ужасно скупой, а кузина Матильда начала женить и выдавать замуж своих внуков. Свадьба панны Дороты была очень пышной, а Доминике по этому случаю подарили новое платье цвета перламутра...

Ну и наконец...

«24 июля лета Господня 1914-го.

Кузен Матэуш, приехав к нам ради лошадей, рассказывал мне странные вещи. Какого-то эрцгерцога австрийского убили, и оттого может случиться война. Кузен был весьма озабочен. Я даже не поняла, кто с кем должен воевать и что нам до этого. Если б так Россию кто победил, вот это было б хорошо, но кузен Матэуш говорит, что тогда к нам влезли бы немцы, а неизвестно еще, что хуже. Он привез газеты, но я не привыкла их читать и продолжаю пребывать в неведении. Кузен всего два дня пробыл и уехал. Надо бы спросить у ксендза викария.

10 августа.

На яблоки такой урожай, что половина его пойдет на продажу без переработки. Я еле справляюсь с работой, пришлось взять в помощь из деревни сиротку Владю. Ксендз викарий говорит, что может быть война, и молиться велит.

В деревне и на фольварке великое возмущение, ведь идут разговоры о призыве в армию, а кому же хочется москалям служить.

14 сентября.

Говорят, что война уже началась и что до нас она тоже докатится. Кузина Матильда приехала на пару дней и приказала попрятать все что только можно из вещей и припасов. Об этом я и сама бы догадалась, но она показала мне погребок, вход в который так хорошо скрыт, что никто и не догадается. Я живу здесь всю свою жизнь, а о погребке этом ничего не знала. Я даже упрекнула ее, но кузина ответила мне, что за столько лет весть о нем все равно разошлась бы, так всегда бывает. А так никому о нем не известно, кроме нескольких доверенных лиц. Она велела мне немедленно привести в порядок припасы и припрятать, самое меньшее, половину. Сама же кузина занималась не знаю чем в библиотеке и в кабинете. А еще долгие часы проводила в садовой беседке, неизвестно зачем, разве что ради прекрасной сухой погоды.

Белая курица снесла крапчатое яйцо, ну совсем как индюшачье, так что все ахали и удивлялись. Она велела мне выдуть содержимое, сохранив скорлупу в качестве диковины.»

— Кто велел? — подумала в этот момент несколько сбитая с толку Юстина. — Курица или прабабушка?..

«18 октября.

Совершенно невозможно ничего достать. Слава Богу, что я еще весной позаботилась о том, чтобы купить сахар и специи, хотя и не было у меня никакого предчувствия, просто как раз подвернулся случай купить все оптом и дешево. Одного батрака москали забрали в армию, да из деревни нескольких мужчин, и плач там стоит великий.

Коров и лошадей у нас тоже забирать пытались, но кузен Матэуш как-то уберег их...

16 января лета Господня 1915-го.

Говорят, зимнею порой на войне меньше сражаются. Так сказал старик Шмуль. Якобы в промерзшей земле трудно копать окопы, а без них никак не обойтись. Шерсть купцы хотели взять всю, но я оставила ее много, сами спрядем, ведь как знать, что будет дальше. Зимник уже установился, и по санному пути приехал на один день кузен Матэуш, обеспокоенный состоянием лошадей.

22 апреля.

Сахара мне еще дали с сахарного завода пана Потыры, это хороший знакомый кузена с кузиной, так что мне платить ничего не пришлось, они с ним сами рассчитаются. Говорят, к нам уже приближаются немцы, но я ни одного не видела, хотя иногда издали слышны взрывы. Польдя советует купить керосин, пока еще еврей в Груйце торгует, но там очень дорого, и я пока не решаюсь.

3 июля.

Я уж думала, что конец света наступил. Москалей разбили, и немцы хозяйничают. У нас здесь такое творилось, что мы и нос высунуть боялись, хотя самое страшное прошло стороной. Как оказалось, Польдя был прав, и я не напрасно прислушалась к его совету. Какой-то пушечный снаряд или, может, еще что похуже, угодил в нашу электростанцию, и электричества у нас не стало. Я, с замиранием сердца, проверила запас свечей в кладовой, ведь ими уже давно не пользова-

лись. Слава Богу, свечей у нас еще много. Иначе пришлось бы отливать их самим, а воска у нас осталось совсем немного. Теперь я велю, как только пойдет мед, набрать нового воска.

В нашем сарае отлеживалось несколько раненых солдат, но не наши это были, а одни враги. Их по-христиански подлечили, и они ушли восвояси.

У нас забрали трех лошадей, а что не больше, так в этом Польди заслуга: он как-то смог договориться с офицерами, и для этого пришлось мне выдать маленькую бутыль меда, который я десять лет назад еще сытила. Есть и более выдержанный, но мне и этот было ужасно жалко для чужих глоток. Но Польдя говорит, что снова раздобыл какой-то документ, к которому у немцев большое почтение.

14 сентября.

Два немецких жандарма украли гуся из стада. Должно быть, они совсем ума лишились: ведь даже глупым москалям известно было, что гуси об эту пору в пищу совершенно непригодны. Я желаю им от всей души самое меньшее подавиться.

18 октября.

Уберечь всю живность от этих алчных людей — великое искусство. Все, что только можно, нужно прятать. Я вижу, как Польдя с Бартэком мучаются, не зная, куда бы спрятать стога. Ведь совсем иное дело кабанчик или даже корова, а совсем иное — целый урожай. Самая большая ценность для этих мародеров — овес, из-за лошадей. Вот я и придумала прятать его в господском доме. Набить им матрацы и говорить, что это якобы для гостей, запасные. В каждый матрац не меньше центнера овса войдет. Фабиан же еще лучше придумал: развесить мешки, в каждом — по полцентнера овса, по стенам, в гостиной, в столовой, а сверху прикрыть старыми, поношенными драпировками. На такие никто не польстится. В доме тепло и сухо, затхлостью овес пахнуть не будет.

25 ноября.

Эта работа заняла не более трех недель, так как трудились они только вчетвером, взяв себе в помощники Кацпэрэка. А кто слышал, как гвозди забивают, тому говорилось, что для тепла покрывала по стенам развешивают, чтобы дрова экономить. Так что сейчас мы, можно сказать, все в овсе живем...»

Юстина растроганно подумала, что она и понятия не имела об этом овсе. Никто не оценил ум и предусмотрительность панны Доминики, а ведь, наверное, именно благодаря таким ухищрениям их семья не слишком обеднела во время Первой мировой...

В общем, судя по дневнику панны Доминики, достаточно долго царило относительное спокойствие, время от времени нарушаемое мелкими грабежами. Пока не настали страшные времена.

«9 января лета Господня 1918-го.

Приключилось ужасное несчастье. Говорят, что немцы должны эту войну проиграть, а тем временем у нас забрали всех лошадей. От табуна остались четыре рабочих животных, и то лишь потому, что Польдя уехал на них в лес, за колодами, так что и его как раз не оказалось дома.

Бартэк бросился на защиту хозяйского добра, но его удержали слуги, однако все равно в него стреляли, и теперь он лежит раненый. Конюх же только одну жеребую кобылу уберег, спрятав ее в доме. Мы держали ее в гардеробной, рядом с гостиной. Я сама кормила ее хлебом, чтоб она не ржала, ей же чрезвычайно пришлись по вкусу сухие букеты, коими, во избежание конфискации сена и бескормицы, я увешала все стены. Кобыла объела этих букетов целый угол. Вместо подстилки я велела снести с чердака старые, рваные ковры, да и мальчик с ведерком наготове стоял.

Из тридцати двух лошадей осталось пять! Да ведь кузен Матэуш умрет на месте! А как мы пахать будем? Это самое большое горе, какое только могло с нами приключиться, да к тому же еще у нас трех коров угнали!

14 января.

Я в совершенном отчаянии, узнав, что лошадей уберечь не удалось никому. Из Глухова почти всех забрали, причем кузен Матэуш чуть не погиб. Кузина Матильда спрятала только четырех лошадей: трех жеребых кобыл и молодого жеребца, а из рабочих уцелели лишь три, которых в ту пору куда-то отправили. А ведь было их там более шестидесяти! Говорят, кузен Матэуш есть перестал и напился до положения риз, горькими слезами заливаясь...»

Юстина, ничуть не удивившись, покачала головой по поводу прадедушкиной реакции. Огромное удовольствие доставило ей очередное сообщение: кобыла, содержавшаяся в гардеробной, благополучно произвела на свет жеребеночка. Затем Юстина с огромным интересом прочла упоминание о Гене, предисловием к которому стали сведения об исторических событиях.

«**14 мая.**

Два дня гостил кузен Матэуш. Я узнала от него, что весь мир в этой войне участвует, даже Америка и Япония, да и в Африке были бои. В России ужасная революция, о которой некогда говорили евреи, царя больше нет и не будет, правит же какой-то сброд, отчего у них там страшная неразбериха. Германия уже совсем проигрывает, и у них тоже какая-то революция. А польские войска уже везде, и уж теперь, наверное, Польша освободится. Дай Бог, чтоб так и было. Аминь.

24 октября.

Я взяла у Паментова молоденькую горничную, уже вышколенную. И оказалось, что у нее ребенок, дочка полутора лет, которую мать скрыть от меня пыталась. Не знаю даже, что мне делать, ведь горничная эта ловкая и работящая. Посоветуюсь с ксендзом.

18 ноября.

Восемнадцать лет этой Марысе, а уже она вдова. Ксендз подтвердил мне, что она венчалась втайне от своих прежних господ, муж ее ушел служить в польские легионы, ей сообщили о его гибели, когда она носила под сердцем его дитя. Родила Марыся малышку Геню, на прежнем месте ее не захотели держать с ребенком, так как господа Поментовские тоже обеднели, вот она и нанялась в Блэндов, надеясь выдать себя за девицу незамужнюю. Мы еще пока что в состоянии один лишний рот прокормить, а раз нет никакого разврата, я сказала ей, чтоб она оставила свои глупые секреты и просто-напросто честно во всем призналась. Пусть растит малышку, лишь бы она матери работать не мешала.

Утром дошли до меня какие-то вести о том, что в Варшаве великое ликование по случаю свержения германского ига и объявления независимости. Если попадется навстречу немецкий жандарм, разрешается его пришибить, а хоть бы и дубиной. Но ведь не ходить мне по округе с дубиной в руках? К тому же их, этих злодеев, что-то не видать...»

Жилось панне Доминике при хозяйстве совсем неплохо, предусмотрительность, проявленная во время войны, сейчас принесла свои плоды. Мадэйова безнадежно состарилась, Флорка, аморальная в юности, прекрасно ее заменяла. Мельник сломал ногу, и вся работа легла на плечи его сыновей. Приехала кузина Матильда и выразила огромное удовлетворение тем, что портреты предков, по недосмотру, оставили в Пляцувке: благодаря их неприглядности их не прихватили с собой немцы.

Оторвавшись на миг от дневника, Юстина неуверенно взглянула на пресловутые портреты, еще больше почерневшие, висевшие сейчас в ее квартире. После смерти Людвика Гортензия отдала эти шедевры Юстине, заявив, что они принадлежат женской линии семейства. Юстина тяжело вздохнула и поспешила вернуться к чтению.

«18 сентября.

Ну надо же, ко мне пожаловал Пукельник-младший. Похвастал, что уже женился и что сыночек у него годовалый. Напомнил, как гостил у меня вместе со своим отцом, и напросился в гости. *Откуда мне знать, как теперь относится к нему кузина Матильда? Вот я и приняла его, он сообщил мне последние новости о каких-то там конференциях, о том, что Германия пришла в совершенный упадок, Польшу все признали, и теперь мы станем республикой, хотя первоначально подумывали о королевстве. Германского кайзера тоже лишили престола, что же касается русского царя, то, оказывается, всю его семью жестоко уничтожили. Какие ужасы творятся, Россия превратилась в страну большевиков, не знаю, что это обозначает, но, говорят, оттуда бегут все кто только может. Нет, лучше уж мои маленькие горести, чем эти великие дела мирового значения.*

Младший пан Пукельник сказал еще, что его отец сумел как-то пережить войну без особых убытков и что он сам занимается старинными вещами, так как это ему весьма по душе. Множество древностей во время войны пропало, в особенности же книги, ведь они горят при любом пожаре, и он хочет теперь спасти то, что еще уцелело. Пан Пукельник-младший осматривал библиотеку и поздравил меня с тем, что оттуда ничего не пропало. А еще сказал, что мог бы кое-что приобрести, раз уж решил устроить у себя кабинет древностей...»

На этом месте по Юстининой спине от ужаса поползли мурашки.

«...А еще он спрашивал, что у нас осталось в наследство от прежних поколений, на что я ему тут же ответила, что все здесь принадлежит кузине Матильде, я же не имею никаких прав ни

на единую даже булавку. Он был слегка удивлен, сказав, что раз я всю жизнь здесь прожила и за хозяйством присматриваю, то и права какие-то тоже иметь должна, однако я не стала делать ему никаких признаний, слишком он еще молод. В конце вечера явился Польдя, доложить о хозяйстве, и я оставила их вдвоем в столовой, за чаркой меда. Пусть тоже поговорят.

Утром Польдя сказал мне, что после той беседы сам отнес пана Пукельника на закорках в постель, я же увидела его лишь к полудню. Он намеревался уехать на рассвете следующего дня, а уехал ли, этого я не знаю, потому что больше его никто не видел. Но раз его лошадь и двуколка из конюшни исчезли, значит, уехал, должно быть.

22 сентября.

До меня дошли глупые слухи о привидении в доме. Никогда оно здесь не водилось, а тут вдруг якобы завелось, какая чепуха. Вроде бы Андзя эти слухи распускает и говорит, что слышала замогильные стоны и глухие завывания, вытирая пыль в кабинете, и ведь не в полночь даже, а ясным днем, около полудня! Глупые выдумки, да и только...»

Однако глупые выдумки повторялись, а по деревне гуляли слухи о том, что в господском кабинете поселилась кающаяся душа. Наконец, панна Доминика разозлилась и лично провела в кабинете с привидениями половину ночи. Ну, не в полном одиночестве, а прихватив с собой для безопасности Польдю. Тот вскоре захрапел, сидя в кресле, она же ничего не услышала. То есть конечно же она слышала храп Польди и отдаленный лай собак, но никакие стоны осужденной на вечные муки души к этому концерту не примешивались. Впрочем, впоследствии их не слышал больше никто, и разговоры о привидениях улеглись.

Зато под конец октября возникли новые слухи о том, что к чьему-то дому прибилась лошадь с двуколкой неизвестного происхождения. Слухи были весьма неясными, и у панны Доминики мелькнула даже мысль о том, что, быть может, пан Пукельник продал свое средство передвижения, или же его обокрали, но у панны Доминики хватало своих проблем, и она не стала заниматься этим вопросом.

«**16 ноября.**

Кузина Матильда немного вывела меня из себя, напомнив мне в письме, в весьма резких выражениях, чтобы я никаких Пукельников впредь и на порог пускать не смела. И что в ней за ненависть такая, что за столько лет никак не уляжется? Оба пана Пукельники, и отец, и сын, весьма воспитанны, с ними так приятно беседовать, так с какой стати я должна афронт* им наносить? Напишу-ка я ей еще раз, ведь не ехать же мне туда ради этого.

10 декабря.

Господи, Боже мой, в такое почти невозможно поверить! Кузина Матильда приехала специально затем, чтобы не писать об этом, а рассказать мне лично. Оказывается, пан Пукельник-старший в юности совершил убийство, но дело замяли. Пани Зенобия Розтоцкая чуть не стала

•

---

* Афронт (*уст.*) — оскорбление.

его жертвой, а первого ее мужа пан Пукельник собственными руками убил!

Да это же просто уму непостижимо...

Я не успела еще прийти в себя от ее рассказа, но уже знаю, что исполню ее желание и никаких Пукельников больше в доме принимать не стану. Я поведу себя дипломатично, раз она сама хочет, чтобы все осталось в тайне.

Подрались два наших петуха, и молодой победил старого. Пусть будет и так.

18 марта лета Господня 1920-го.

Я чуть было не задохнулась от избытка чувств, когда запретила впускать в дом пана Пукельника-старшего, из чего вышел целый скандал, хотя в первый момент пан Пукельник вел себя вполне пристойно. Но что же мне было с ним делать после того, что открыла мне кузина Матильда? Вот я и вышла на крыльцо, и сказала ему безо всяких околичностей, что он больше никогда не сможет переступить порог этого дома по причине давно минувших событий. Пан Пукельник не стал настаивать, как мне показалось, удивившись, но спросил меня о своем сыне. Сказал, что сын его пару месяцев назад отправился в деловую поездку, да так с тех пор и не возвращался домой, так что пан Пукельник-старший хочет хотя бы узнать, был ли его сын здесь. Я ответила, что был, но уже давно, а как уехал, не знаю, потому что не видела. Он стал задавать мне еще вопросы, но я проявила твердость. Пан Фулярский лежит в могиле, и это уже говорит само за себя, а дом принадлежит кузине Матильде, и я обязана подчиняться ее воле. Я направила пана Пукельника к Польде, который беседовал тогда за чаркой меда с его сыном.

*Польдя позже рассказал мне, что пан Пукель-
ник весьма настойчиво расспрашивал его о том,
что сын его здесь делал и о чем они с Польдей
говорили. Польдя ответил, что о политике, а о
чем еще, он и сам не знает, потому что тоже
поглощал мед весьма неумеренно. Именно это он
и сказал пану Пукельнику-старшему, мне же открыл, что пан Пукельник-младший очень нашими
удобствами интересовался и о ремонтах в доме
расспрашивал. Немного же он узнал. А Польдя
отъезда его тоже не видел, так как был занят
на фольварке.*

*Пан Пукельник-старший уехал не сразу, а рас-
спрашивал прислугу и жителей деревни, и все
подтвердили, что его сын собирался куда-то дальше ехать на рассвете. А каким образом и куда,
так это дело хозяйское. В конце концов пан Пукельник-старший начал злиться и что-то там
кричал насчет полиции, но ничего этим не до-
бился, потому что о пане Пукельнике-младшем
никто ничего не знал и не знает. Наконец, он
уехал восвояси, а сейчас мне сообщают, что еще
и в деревне, и среди евреев он целое расследова-
ние провел. Мне и самой интересно, что же может обозначать это странное исчезновение
младшего пана Пукельника, но углубляться я в
это не стану.»*

Оторвав взгляд от текста, изумленная Юстина
ощутила не меньший, чем панна Доминика, интерес. Что это еще за странность такая? Парень
таинственным образом исчез, и из этого ничего
не последовало? Почему же его обеспокоенный
отец лишь угрожал полицией, вместо того, чтобы
официально заявить о пропаже сына и потребовать разыскать его? Ах да, должно быть, все еще

сказывались последствия недавней войны, и, вполне возможно, подобным образом исчезали и прочие люди... С другой же стороны, последним местом, где несомненно пребывал пан Пукельник-младший, был Блэндов, и это должно что-то значить. Убил его там кто-то или как? И никто даже не вспомнил о прибившейся к чьему-то подворью лошади, запряженной в двуколку?..

А может, действительно оба Пукельника участвовали в делах столь сомнительных, что предпочитали не привлекать к себе внимание?..

Кузина Матильда явилась осенью и снова стала изводить панну Доминику своими фанабериями, запретив обновлять мебель в библиотеке, или же велела делать это только в ее присутствии, а это Бог знает когда еще будет...

Вот-вот: стоило Юстине добраться до времен, не упомянутых в дневнике прабабушки, как тут же проявились перипетии с библиотекой. Интересно, о чем же еще она узнает из дневника панны Доминики?

Она растрогалась, прочитав описание катания на санях, почти такого же, какие бывали в добрые старые времена, которое было слегка подпорчено новомодным изобретением, а именно двумя автомобилями, они уже стали появляться все чаще и чаще. Юстина обнаружила среди гостей всех своих родных, тогда еще молодых.

«**28 июня.**

Пани Дорота привезла мне обеих своих дочек, чтобы они пожили здесь, не знаю почему. Якобы они должны учиться у меня ведению домашнего хозяйства, но ведь девочки совсем еще маленькие, Хеленке десять лет, а Юстине восемь едва исполнилось...»

Юстина не сразу поняла, о ком идет речь, пока вдруг не осознала, что прочла первое упоминание о себе. Хотя нет, кажется, второе, ведь ее мать уже посещала Блэндов вместе с детьми?.. Ну, конечно же, просто там не было названо ее имя, сколько же ей тогда было лет? Два года? Четыре?.. Но от первого визита в Блэндов в Юстининой памяти не сохранилось ничего...

А вот второй приезд туда всплыл перед ее мысленным взором так явственно, словно бы происходило все это какой-нибудь месяц назад. Обе сестры, вместе со своей гувернанткой, поселились на втором этаже, в комнатах для гостей. Между их наставницами с первого же дня возникли противоречия. Панна Доминика отнеслась к обязанности открыть юным дамам секреты ведения домашнего хозяйства со всей серьезностью, а вот их гувернантка... минуточку, которая же это?.. Панна Клара, кажется?.. Она отдавала предпочтение светскому воспитанию, визит же в курятник считала чем-то вроде личного оскорбления. Не говоря уже о хлеве. Пребывание девочек на кухне и участие их в снятии пенок с варенья панна Клара пыталась коварно ограничивать...

Да-да, именно в те времена Юстина лично присутствовала при ежедневных подсчетах, которые вела панна Доминика. Яиц — 89 штук, молока — 61 гарнец*, сметаны из центрифуги — 7 с половиной гарнцев. На масло ушло 5 гарнцев, из чего получилось его полтора фунта...

Ежедневный урожай фруктов тоже записывался, особенно запомнилась Юстине клубника,

---

* Гарнец (*уст.*) — мера жидких и сыпучих тел, 1 гарнец равен 4 литрам.

предназначенная на сухое варенье, фунты фруктов, фунты сахара... Они с Хеленкой удаляли косточки из черешни и вишни специальной шпилькой для волос. Впрочем, черешни и вишни — это ерунда, а вот удаление косточек из смородины... И из крыжовника!

Юстина, уставившись в пустоту, долго вспоминала те мгновения, страшные и прекрасные в одно и то же время. Господи Боже ты мой, сколько же времени было у нее тогда для этих кошмарных и чудесных занятий... Хорошо, что панна Доминика не дожила до нынешних времен, ее уже, как минимум, пять раз хватил бы удар. А с другой стороны, жаль, что она не дожила. Несколько таких бессмертных панен Доминик, и те райские кушанья не канули бы в забытье. Интересно, а как бы среагировала сейчас Фэля на предложение удалить косточки из смородины?..

А Маринка, а Идалька, а Эва?..

Юстина, вздохнув, очнулась от воспоминаний, взглянула на секретер, за которым вела свои подсчеты панна Доминика, и продолжила чтение.

«...хотя, с другой стороны, каков в колыбельку, таков и в могилку. Да и кому же еще этих детей к труду приучать, если не мне? У кузины Матильды, по-видимому, дом ведется иначе. Ну, хорошо, так и быть уж, я приложу все старания ради памяти моей благодетельницы.

12 августа.

Да что же это творится в этом мире?! Я до сих пор не могу оправиться от остолбенения. Кузина Матильда привезла в гости к барышням дальнюю родню и подружек. Ну, хорошо: дети детьми, но ведь взрослые девицы чуть ли не нагишом ходят! Ноги видны чуть ли не по колено, рукавчики днем едва-едва до локтя, да что же это за обычаи, что за мода новая? А еще говорят, будто бы в городе девицы одни, с лакеем только или с горничной, на улицу пешком выходят, а некоторые даже и без прислуги! Я даже поеду на свадьбу панны Барбары, чтобы собственными глазами этот разврат увидеть, потому что иначе не поверю, да, поеду, хотя и работы невпроворот, и здоровье у меня не в порядке. Свадьба должна быть в сентябре. Паненка Хелена, убегая из кухни, упала в корзину с яйцами и разбила все, только четыре уцелели. Я тотчас же велела поставить тесто на яичные булочки, чтобы добро не пропало.

28 сентября.

Правду мне говорили, я едва могу дышать от возмущения. Вечерние и бальные платья выглядят как полагается, а вот дневные привели меня в ужас. Но это еще не все: я собственными глазами видела, как панна Шелига на коня садилась в брюках и по-мужски. В брюках! По-мужски! Да где же такое видано! Я даже глаза протерла, не померещилось ли...

Что же эта война проклятая сделала! И лошади пришли в упадок, и женский пол!

9 декабря.

Мадэйова скончалась от старости и всяческих болезней, а в последнее время она уже и ума, можно сказать, лишилась, совсем перестала понимать, что вокруг нее происходит. Ее место заняла Флорка. Я совершенно не знаю, как ей платить, потому что пришлось бы, наверное, каждый месяц повышать ей жалованье. Вся при-

слуга работает за еду и прочее, и я совершенно уже запуталась. Наверное, и мне надо бы помереть, раз я не в состоянии понять этот мир и разобраться в нем.»

Панна Доминика лишь время от времени описывала события, не имеющие отношения к сырам, фруктам, яйцам и мелким кухонным огорчениям. То купец торговался неумело, то молоко недокисло, то опять же заморозки слишком рано настали, и весь остаток огурцов пришлось пустить на корнишоны. Семечки от маринованной тыквы снизили работоспособность персонала, так как их страстно лузгали все, не в силах от них оторваться, и руки при этом у всех были заняты лишь семечками. Хоть бы разбилось что-нибудь, так нет же, ужасающая монотонность и ангельское спокойствие...

И лишь время от времени случался год, более щедрый на развлечения.

«14 января лета Господня 1923-го.

У меня ужасное горе и не знаю даже, как о таком писать. Кузина Матильда обустроила удобства, и все уже к ним привыкли, и вот что-то внутри этих самых удобств лопнуло, так что теперь субстанция ужасно вонючая через верх льется. Польде самому с этим не справиться, и человека надобно для таких работ выписать. Говорят, землю копать придется, а ведь земля-то мерзлая. Неужели придется терпеть до самой весны? Неудобство и непотребство.

6 марта.

Я уже чуть было не перебралась из господского дома в фольварк, но, так как земля уже размерзлась, три мастера, выписанных из Варшавы, уже приступили к ремонту. Наконец, моим страданиям придет конец. Один кусок какой-то там трубы надо было им заменить, и они полстены в ванной разрушили, но говорят, что сейчас уже все будет хорошо. Плату согласились взять ассигнациями, которые я очень быстро получила за откормленных кабанов, и даже остались довольны. Один из них жену с ребеночком маленьким с собою привез, оба невероятно худые, на что я согласилась при условии, что потом жена его поможет при уборке. Она охотно помогла, а прислуга выпытала у ребенка, что в городе они голодали, так как подобные работы зимой не проводятся.

Я кормила их хорошо, и они немного отъелись. Дом я весь проветриваю, хоть и холодно еще, но все окна нараспашку и повсюду сквозняки. Я даже насморк получила. Зато вонь уже совершенно от сквозняков и уборки исчезает.

30 июля.

А уж на наряд нынешних девиц я смотреть не могу. Глазам своим верить не хочется. Мне показывали фотографии, на которых они в воду заходят чуть ли не нагишом!»

Что-то внезапно отвлекло Юстину от раздетых девиц.

— Мама, вы что, оглохли? Вы совсем меня не слышите? — причитала над ней Маринка. — Ну, скажите же хоть что-нибудь!

— Что случилось? — спросила все еще несколько ошеломленная Юстина, глядя с беспокойством на свою заплаканную дочь. — Ну конечно же слышу...

— И вы ничего на это не скажете? Вы слышите и молчите?!

— А что?.. Ну хорошо, повтори еще раз. Возможно, я слушала тебя недостаточно внимательно...

— Да вы совершенно не слушали! Стасичек измывается надо мной!

Юстина не сразу сообразила, кто такой этот Стасичек. Ах да, ее очередной зять, Маринкин второй муж. С некоторым усилием Юстина вспомнила, что сразу же после развода Маринка повторно вышла замуж, как-то тихонько и незаметно, после чего известила своих родных, что оказалась в раю. Ей достался самый чудесный мужчина всех времен, абсолютное божество, так что пусть Эва побудет здесь еще немного, чтобы она, Маринка, смогла насладиться второй молодостью и медовым месяцем...

Эву уже удалось слегка выдрессировать, и она перестала быть невыносимой до крайней степени. Теперь с ней вполне можно было сосуществовать довольно-таки мирно.

— Прежде всего успокойся. Что за внезапная трагедия такая? Ты ведь была от него в восторге, не прошло и года, откуда эти дрязги?..

— Дрязги?! Ничего себе дрязги! Я же говорю, что он меня бьет, да к тому же еще бегает за одной шантрапой, а теперь и жениться на ней собирается! Меня глупостью попрекает! А ее мне в дом приводит, меня же выживает оттуда! Что же мне делать? Я руки на себя наложу!

Тут вдруг выяснилось, что в комнате присутствует и Амелия.

— Давай-давай, накладывай, — горячо поощрила она Маринку. — Представляешь, как они будут рады, твой муж с шантрапой? Ты им все облегчишь.

— Что?

— Ты скрасишь им жизнь. Ни развода, ни забот, ни хлопот... Стасичек охотно похоронит тебя, и все, путь для него свободен. Плюс квартира. Покончи с собой, это отличная мысль.

У Маринки моментально обсохли слезы.

— Как бы не так, — ожесточилась она. — Не дождутся они этого. Назло им жить буду!

— Если у тебя нет иной причины, и эта сойдет...

— У тебя дочь, — холодно упрекнула ее успевшая прийти в себя Юстина. — С этим твоим... Стасичком... мы ведь, собственно, почти что незнакомы.

— Смотря кто, — подчеркнуто возразила Амелия.

— ...я не знаю, что это за личность, ты сама его себе выбрала.

— Самый обыкновенный прохвост, бабник и мошенник, — безжалостно сообщила Амелия. — Я ее предупреждала, но она и слушать не желала. Он клюнул на квартиру и сейчас попытается ее выжить. Совместное имущество супругов.

Юстина слегка разнервничалась:

— Значит, бери с ним развод, и пусть он оттуда съезжает...

— Он не хочет! — заскулила Маринка.

— Как это «не хочет»?..

— Ну, не хочет! Он хочет, чтобы все было совсем наоборот...

Дельную информацию сообщала только Амелия:

— Он хочет, чтобы она съехала, оставив ему квартиру за просто так. Вот почему он и девиц туда водит, совершенно не скрываясь. Его жена должна быть тихой и без запаха, а если станет придираться, он ее быстро обломает.

— Дитя мое, и ты все это терпишь?! — ужаснулась Юстина.

— Совершенно не терплю, я ведь вам сказала, мама!

— Ну так разведись с ним. Квартира нотариально оформлена на тебя. У тебя есть право прогнать его вместе с этими его... подружками.

— А на что я жить буду? — взбунтовалась вдруг Маринка. — Прогнать, легко сказать «прогнать», ведь он же зарабатывает! А теперь что?

— И ради этих заработков ты позволишь измываться над собой?!

— А как же мне быть?

— Во-первых, Ясь платит тебе на Эву алименты, а во-вторых, ты можешь устроиться на работу. Ты молода и здорова...

— На какую работу?! Я ведь ничего не умею!

— Наверное, Стасичек не зря утверждает, что ты глупа... — пробормотала Амелия.

— Ты умеешь готовить, — одновременно с Амелией сказала Юстина. — Можешь работать поварихой. Писать и читать ты тоже умеешь, есть же, наверное, какие-нибудь низшие конторские должности?..

— Что касается этого вопроса, то она могла бы быть даже абсолютно неграмотной, — вежливо заметила Амелия. — Я предлагаю, чтоб она поискала себе работу в жилищных управлениях. Там вообще никакие навыки не нужны.

— Но я не хочу! — возмутилась Маринка.

— В таком случае попытай счастья в третьем браке.

— Неужели родные ничем мне не помогут?

— Не бойся, на произвол судьбы мы тебя не бросим, — заверила дочку Юстина, чуть не лишившаяся голоса при мысли об утраченном ею самой прабабушкином состоянии. Если б она не оказалась такой дурой, и сейчас не было бы никаких проблем... — Но на многое не рассчитывай. В конце концов, ты сама во всем виновата...

— Вы могли бы и не попрекать меня в такой момент!..

— Я не попрекаю, а констатирую факт.

— Успокойся и прекрати истерику! — решительно потребовала Амелия. — Ты, вообще-то, обратилась уже в суд? Адвокат у тебя есть?

Мучения из-за Маринки кончились не сразу. Собственно говоря, она совсем не желала разводиться. Ей хотелось, чтобы кто-нибудь заставил Стасичка вести себя пристойно, хотелось, чтобы он принадлежал только ей, чтоб не приходилось делить его с главной шантрапой и еще с несколькими дополнительными. Маринка отказывалась принять к сведению тот факт, что Стасичек является самым настоящим, хотя всего лишь начинающим аферистом и весьма ловким альфонсом. В результате его и своих собственных действий она оказалась в весьма незавидном положении, и всем стало ясно, что Маринка сможет избавиться от своей жизненной ошибки не иначе как только ценой больших денег...

К панне Доминике Юстине удалось вернуться лишь после первого бракоразводного процесса дочери, который пока ничего не решил.

«18 августа.

Просто уму непостижимо, что же такое сейчас творится. До сих пор мне казалось, что дороговизна немыслимая и цены постоянно растут, тем временем, как оказалось, это еще были цветочки. А теперь, в течение какого-то месяца, все подорожало в десять раз, и, говорят, будет еще хуже, и это уже превышает пределы моего понимания. Только за то, чтоб отправить письмо, на почте требуют уже больше тысячи марок. Я всю жизнь привыкла считать в злотых и рублях, а после войны вдруг еще эти самые марки появились. Счета я веду, как всегда, но, кажется, уже и сама в них запуталась.

17 ноября.

Крэнглево пришло в полный упадок, и обоих панов Крэнглевских не стало в живых. Старший пан Крэнглевский погряз в меланхолии и, чистя оружие, случайно застрелился. Прислуга же шепчется, что он покончил с собой, спаси, Господи, его душу. Его еще пытались спасти, ведь он еще дышал, в доме царил ужасный беспорядок, послали за ксендзом и за кузеном с кузиной, так что о бездушном паниче Крэнглевском все позабыли, предоставив ему бродить по саду без надзора. Там он и заблудился, да так, что лишь на следующий день его нашли. Бедняга насквозь промок и промерз, заболел воспалением легких и в день похорон своего батюшки Господу душу отдал. Так что за одними похоронами тут же последовали вторые.

Крэнглево по завещанию перешло к кузине Матильде, хотя незавидное это наследство, кредиторы вьются над ним, словно вороны. Я уехала оттуда рано, сразу же после вторых похорон, а кузина Матильда осталась там. А перед самым своим отъездом я случайно услышала, как она говорила кузену Матэушу, что у покойной пани Крэнглевской денежки должны были водиться, ведь она на всем экономила, а доход с имения тогда еще был. Интересно, куда же она их дела? По слухам, все в войну пропало, так как покойница вела дела с евреями, которых грабили немцы.

18 апреля.

Я слышала от прислуги, которая всегда какими-нибудь вестями обменивается, что кузина Матильда якобы что-то там после покойной пани Крэнглевской обнаружила. Говорят, что золотые империалы с довоенных времен. Сколько в этом правды, не знаю, потому что Крэнглево пошло с молотка, кузина вернулась в Глухов вполне довольная, а у кузена Матэуша новая лошадь появилась.

16 июля.

Обе барышни, Хеленка и Юстися, гостят у меня уже целый месяц. Гувернантка их какой была глупой, такой и осталась: лягушки, выскочившей на террасу, испугалась, словно чудовища какого, а визжала так, что чуть ли не в деревне было слышно. Неужели в Глухове лягушки не водятся? Хеленка по-прежнему бежит из кухни, а вот Юстися хозяйством интересуется и кажется мне весьма благоразумной. Велела мне кузина Матильда обеих своих правнучек всему выучить, вот я и выполняю ее волю, хотя у меня и очень много работы.

23 октября.

Кажется, я немного простудилась, потому что кашель никак не проходит. Я начинаю ощущать свою старость. Мне не дает покоя мысль о том, кто займет мое место, чтобы разорения никакого не было. Флорка на кухне распоряжается, а Фабиан — всем подворьем, но ведь должен же над ними кто-то стоять, хотя бы для ведения счетов. Разве что Польдя, который и так уже всю бухгалтерию по фольварку ведет, но можно ли обойтись в ведении домашнего хозяйства без женщины?

4 ноября.
Труднее всего мне присматривать за откормом гусей, потому что в гусятнике меня насквозь пронизывает холод. Чувствую я себя не очень хорошо. Я навела порядок в бумагах и возьму в руки перо лишь тогда, когда ко мне вернется здоровье.»

На этом дневник панны Доминики закончился, и Юстине пришлось обратиться к собственным воспоминаниям. Здоровье к ней так и не возвратилось, и накануне Рождества панна Доминика скончалась, вероятно, от воспаления легких. Прабабушка Матильда с прадедушкой Матэушем поехали на похороны, взяв с собой часть семьи, в том числе и ее, Юстину. Они с Хеленкой учились тогда в одном из варшавских пансионов, и по причине похорон панны Доминики рождественские каникулы начались для них раньше, чем для других девочек. Блэндовом управлял Польдя, лучший из мажордомов, и так уже все и осталось, он справлялся со всеми делами без помощи женщин.

Юстина закрыла последнюю тетрадь и угрюмо уставилась на кучу счетов, которые она уже почти все проверила. Реабилитировать себя не представлялось ей возможным, ее идиотская ошибка повлекла за собой необратимые уже последствия. Изо всех записей явствовало, что не одни наполеоновские драгоценности спрятала прабабушка в Блэндове. Быть может, там оказались также сбережения правнучатой Юстининой тетки Крэнглевской, те самые золотые империалы, на которые намекала панна Доминика. Тем больше потеря! Интересно, а что сейчас происходит в этом особняке?..

На какой-то миг ей страстно захотелось съездить туда и убедиться в этом лично. Желание пискнуло и издохло. Нет, Юстина не находила в себе сил для осмотра этих пришедших в упадок развалин, наглядного доказательства ее собственного позорного провала. Все эти бумаги тоже надо будет куда-нибудь деть, чтобы скрыть от родных, какой же кретинкой она оказалась. Может, сжечь?..

Нет, сжечь их она не осмелится. В конце концов, эта макулатура — историческое свидетельство. Пусть дневники глуповаты, пусть они слишком домашние и интимные, но ведь написаны они были по горячим следам. Значит, следует разделить их... Спрятать только часть, где говорится об утраченных сокровищах, остальное же, всех этих гусей, воланы, приданые и скандалы, оставить потомкам, и пожалуйста, пусть себе читают...

* * *

Висевшие на стене два черных пятна вызывали досаду. Юстину все больше раздражало это зрелище, главным образом, потому, что закончилось ее успокоительное чтение, которое таким чудесным образом отвлекало ее от действительности, унося в мирные, спокойные стародавние времена. Современность же ставила перед ней идиотские проблемы: ужасную Маринкину ситуацию, вопрос жизненного пространства для Идальки с ребенком двух лет и мужем, добрым, славным, талантливым и работящим Анджейком, шедевры которого занимали уже почти две комнаты, проблема, где найти немного места для Эвы, которую нужно было оградить от неприличных супружеских проблем ее, нечего скрывать, глупой матери, и все эти проблемы невозможно было решить по причине прозаической нехватки денег. Весь ее организм жаждал возврата к истории, последним элементом которой были изображения ее предков...

К решению последней проблемы приложила руку Идалия, унаследовавшая от Юстины любовь к порядку и чувство ответственности. Мужнин артистический беспорядок она выносила с трудом, понимая специфику его профессии, но это было все, что она в состоянии была вынести. На странное украшение гостиной у нее уже не хватило терпения.

— Мама, неужели вы забрали эту мазню у дедушки с бабушкой только затем, чтобы она наводила ужас на окружающих? — в конце концов поинтересовалась Идалия у Юстины. — Неужели они должны здесь висеть?

Юстина оторвала взгляд от книги, разумеется, исторической.

— Должны,— вздохнув, ответила она.— Ты ведь и сама знаешь, что это прабабушкино наследство, упомянутое в завещании. Продавать их нельзя.

— Все равно никто не купит. Но ведь можно же их отреставрировать? Это-то прабабушка в завещании не запретила?

Юстина вновь вздохнула.

— Я и сама уже давно это предлагала. Но насколько мне помнится, всякий раз происходило что-нибудь такое, что всем становилось не до этих картин, и о них надолго забывали. Кажется, никто не знал, где и как это сделать, мы не знали к кому обратиться.

— В реставрационные мастерские. К кому-нибудь в музее. По крайней мере, можно бы об этом спросить.

— Спросить, конечно же, можно. Да, кстати, интересно, сколько бы это могло стоить. Мне кажется, что дорого, но ведь не целое же состояние.

Идалия некоторое время молчала, разглядывая черные пятна.

— А что это вообще такое? — неуверенно спросила она. — Пейзажи? Портреты? Изображения Наполеона?

— Портреты прабабушки и прадедушки. Нет-нет, надо прибавить еще несколько «пра». А с чего ты взяла, что это Наполеон?

— Не знаю. У меня неясное ощущение того, что в детстве я что-то слышала, от Марины, кажется, якобы у Наполеона было с нашей семьей что-то общее. Или, может, наоборот, у нашей семьи с Наполеоном. У меня возникла такая подсознательная ассоциация. Мама, я не хочу, чтобы это здесь висело, нам надо что-то делать. Кроме того, из уважения к завещанию, о наследстве следует позаботиться. А чье это вообще? Наше? Или только ваше, мама?

— Наверное, сейчас уже мое. По завещанию портреты достались дедушке Людвику...

— Дедушка Людвик интересовался исключительно лошадьми.

— ...а бабушка Гортензия перед самой смертью отдала их мне. Сказала, что таково было желание дедушки Людвика.

— Значит, их все-таки надо реставрировать. Ну хорошо, я попытаюсь позвонить в музей...

— Нет, — перебила Юстина, в которой зашевелилась не только совесть, но и иррациональная надежда, что таким образом она вновь приблизится к прабабушке Матильде. — Это сделаю я. Ты права, это мое упущение.

Вожделенная информация была получена почти без усилий. Отдел реставрации памятников старины принимал частные заказы, но, во-первых, стоило это достаточно дорого, во-вторых, нужно было долго ждать, потому что на реставрацию картин была большая очередь, а в-третьих, следовало принести шедевр в мастерскую, так как в других местах у реставраторов не было таких условий работы.

Посоветовавшись с Болеславом, Юстина решила пойти на такие расходы и теоретически стала в эту самую очередь. Самые большие сложности возникли с последним требованием, то есть с транспортировкой портрета. До сих пор их перевозили дважды, один раз — из Пляцувки на Служевец и один раз — со Служевца на Мокотов, и всякий раз в этом деле участвовали крепкие грузчики, так как портреты были удивительно тяжелыми. Впрочем, именно по этой причине они продолжали висеть там же, куда их повесили в первый момент, и никто никуда их не перемещал.

— Это рамы столько весят, — заключил Болеслав, — ведь не написаны же эти портреты на золотых пластинах. Нет никакого смысла везти все, надо вынуть их из этих рам.

— Рамы тоже требуют реставрации, — несколько неуверенно заметила Юстина.

— А зачем они нужны? Тоже как память? Можно бы сделать другие, полегче, а эти выбросить.

— Не было ли на них позолоты? — деликатно поинтересовался Анджей, муж Идалии, призванный на помощь. — Может, жалко?..

— Даже если и была, то от нее уже ничего не осталось, — решительно заявила Идалия. — Мама, папа прав, сделаем новые рамы.

— Какие?

— Не знаю. Посмотрим, что подойдет после реставрации. Ведь сейчас неизвестно даже, какого они цвета.

Юстина заколебалась. У нее было туманное ощущение, что рамы — неотделимая принадлежность портретов и нельзя их менять. Пристально изучив раму вблизи, Болеслав потянулся за лупой, провел увеличительным стеклом по углу и сообщил родным:

— Жучки-древоточцы. Вон сколько дырочек. Это, наверное, окончательно решит вопрос с заменой рам?

— Интересно, отчего же они такие тяжелые, если половину сожрали жучки? — задумался Анджей.

— Потому что жучки остались внутри, вместе со всем, что они съели, — наставительно произнесла Идалия.

— Ну хорошо, — внезапно решилась Юстина. — Пусть будут новые рамы. А старые я в камине сожгу. Снимите их со стены. Справитесь?

— Справимся, если кто-то из вас снимет веревку с крюка. Попробуйте дотянуться кочергой...

Совместными усилиями и с невероятным трудом тесть и зять по очереди сняли обе картины и положили их у стены задней стороной вверх, причем даже без излишнего грохота. Идалия уже ждала со щипчиками. Муж взял у нее инструмент и стал отгибать гвоздики, количество которых было прямо-таки устрашающим.

Однако, несмотря на то, что вскоре все гвоздики были выгнуты, широкая планка никак не желала отодвигаться. Тут же было выдвинуто предположение, что она была приклеена каким-то таинственным старинным столярным клеем. Придирчиво осмотрев планку сквозь лупу, Болеслав обнаружил еще один ряд гвоздиков у внешнего края рамы и начал их выковыривать. Вынимались они значительно сложнее, чем предыдущие, загнутые гвоздики.

— Следует признать, что в прежние времена работали на совесть, — пропыхтел Болеслав.

Анджей отыскал пассатижи и стал помогать тестю, поддевая гвоздики с другой стороны. При этом оба сопели и кряхтели. На пороге гостиной появилась Фэля и некоторое время наблюдала за малоподвижной, но зато исполненной усилий сценой.

— Раз уж вы так мучаетесь, то я заварю чай, — заявила она.

Юстина кивнула головой, выразив идее свое одобрение. Идалии стало несколько не по себе, так как ей раньше и в голову не приходило, что замена рам окажется столь сложным делом. Она тут же попыталась как-то утешить себя, сказав:

— Все равно никто не стал бы их реставрировать в рамах.

Наконец все гвоздики с одной стороны были удалены, и длинная широкая планка зашевелилась.

— Это состоит из четырех частей, — сказал назидательно неизвестно кому Анджей и, как следует дернув, оторвал ее.

Не отрывавшая взглядов от рамы и уже несколько выведенная из терпения семья на миг лишилась дыхания и замерла.

Вся боковая часть обрамления картины была очень аккуратно выложена золотыми кружочками. Кружочки лежали очень плотно, образуя ровненький ряд, и весело блестели при свете люстры. Это было невероятное зрелище.

— У меня что, зрительная галлюцинация? — поразился Болеслав. — Это еще что такое?

Он протянул руку и выковырял один кругляшок. Одновременно Идалия поступила так же.

— Пять, — прочла она. — Пять рублей, наверное? Мама, неужели это настоящее?

— Золото, — сказал ей отец, подбросив монетку на ладони. — Пятирублевки. Насколько я помню, во время оккупации их называли «свинками». Что же это должно значить? Как они здесь оказались?

— Так вот почему они такие неподъемные! — наконец-то понял Анджей.

— А может, это какая-нибудь подделка? Бутафория? — недоверчиво спросила Идалия.

Юстина молчала. Она была абсолютно уверена в том, что ни о какой подделке речь идти не может. Так значит, вот куда прабабушка поместила сбережения своей скупой золовки, правнучатой тетки Крэнглевской, из-за которой обнищавшее Крэнглево разорилось вконец. И все это время, пока Людвик тянул из последнего, ее мать жила на нищенскую пенсию, Ядвига с Юрочкой вкалывали, словно рабы на плантации, а дети эмигрировали в поисках лучшей жизни, у них на стене висело целое состояние. Сама Юстина уже десятый год ходит в одном и том же пальто, Амелия до сих пор выплачивает деньги за свой чердак, Маринка проигрывает войну с негодяем мужем, Идальке же с Анджеем негде жить. Интересно, сколько же всего эта глупая ее светлость пани Крэнглевская накопила?..

— Нет, — наконец произнесла Юстина. — Это не бутафория. Они настоящие. Впрочем, пусть кто-нибудь проверит, настоящие ли, ведь нашу правнучатую тетю тоже могли обмануть...

Тут вошла Фэля с чаем и увидела находку. К счастью, раньше она успела поставить поднос на стол, так что выронила только пепельницу, которую как раз она двигала в сторону, чтоб не мешала.

— Господи ты Боже мой, а это что такое? Вы нашли клад? Это наследство пани Барбары?

— Вот именно, откуда это?.. — сурово поддержал ее Болеслав и с подозрением взглянул на жену.

— Какую правнучатую тетю? — поинтересовался Анджей.

Смущенная Юстина внезапно осознала, что прабабушка Матильда, ее золовка Крэнглевская и панна Доминика — лица совершенно неизвестные остальным членам ее семьи. Только у нее из-за этих кошмарных дневников было такое ощущение, что она была знакома с ними лично. Как же ей теперь объяснить своим близким степень родства в очередных поколениях ее семьи, особенно же с учетом того, что они-то сами — представители боковой ветви фамилии...

— У моей матери, Дороты, была бабушка, — намного беспомощно начала Юстина. — И это была моя прабабушка Матильда. У бабушки Дороты был брат... Нет, минуточку, не так. У прабабушки Матильды был брат... Нет, все равно не так, то есть конечно же был у прабабушки брат, но дело совсем не в этом...

— Тогда начните по старшинству, мама, — предложила Идалия. — Была прабабушка Матильда с братом. Ну так что же?

— И у прабабушки были дети, среди которых — моя бабушка Ханна и ее брат Томаш. Дочерью Ханны была как раз бабушка Дорота, а сыном Томаша — дедушка Людвик...

— Наконец-то хоть кто-то знакомый...

— Портреты перешли дедушке Людвику от его отца, Томаша. А дедушка Людвик захотел, чтобы они достались мне, вот почему они здесь.

— Это еще никак не объясняет происхождения начинки в рамах, — сурово заключил Болеслав.

— Потому что вы все время перебиваете меня...

— Садитесь за стол, — потребовала Фэля. — И я бы подала рюмки, пока Агнися спит, ведь всухую какой разговор? Если клад не обмыть, он еще, пожалуй, трухой обернется.

К такому же мнению склонились все присутствующие. Початые картины, вместе с золотой начинкой, остались лежать на полу, семейство же уселось за стол. За красным вином с соленым печеньем Юстина продолжила свои объяснения:

— Так вот, как я уже говорила, у прабабушки Матильды был брат, и после этого брата она унаследовала все его достояние. У брата же была жена, которая умерла раньше своего мужа...

— А детей у него не было? — поинтересовалась Идалия.

— Были. Сейчас я к этому подойду. У него был единственный сын, который сошел с ума после черепной травмы. Он простудился и умер. Но это случилось позже.

— А раньше что было? — с упреком в голосе спросил Болеслав. — Ты не могла бы соблюдать хоть какую-то хронологию?

— Я прошу, чтобы вы все минуточку помолчали! — потребовала гневно Юстина. — Я знакомилась с этой историей в течение двадцати пяти лет. Вы хотите слушать ее столько же?

Вопрос прозвучал как угроза, и слушатели испугались, тут же дав себе слово молчать как рыбы, невзирая на то, какую ерунду они услышат. Юстина обвела родных взглядом, исполненным упрека и порицания.

— Ну так прекратите перебивать меня! Так вот: жена брата прабабушки Матильды... короче говоря, ее золовка... отличалась болезненной скупостью в сочетании с деспотичностью. Крэнглевом она управляла из рук вон плохо, на все жалела денег, и в результате имение пришло в упадок. Брат прабабушки Матильды наделал долгов, и это всех удивляло, так как его имение, прежде чем прийти в упадок, давало доход, но никто не знал, на что ушел этот доход. После смерти золовки, брата и племянника остатки имения вместе с долгами унаследовала прабабушка Матильда, которая Крэнглево продала, но прежде якобы обнаружила эти самые пресловутые доходы. Ходили слухи о том, что ее скупая золовка где-то спрятала свои деньги. Наличными, золотом. Прабабушка Матильда забрала их и тоже спрятала, потому что все эти события имели место перед самой Первой мировой войной, и ей не хотелось афишировать эти деньги. Возможно, часть их прабабушка истратила на лошадей для прадедушки Матэуша, а спрятала лишь то, что осталось. Ну и теперь понятно, куда...

Сделав жест в сторону пола, Юстина замолчала и выпила вина. Ее же родные переваривали информацию.

— Дядя Людвик, разумеется, не имел об этом понятия? — холодно спросил Болеслав.

— Ни малейшего. Об этом никто не имел понятия.

— Чудо Господне, что в войну ничего не пропало, — набожно заметила Фэля, которая стояла, прислонившись к буфету и внимательно слушая.

— Минуточку. Тетка Гортензия отдала тебе это после смерти дяди Людвика согласно его желанию, так? Но действительно ли он желал одарить нас этим золотом? Ведь у него сын, наследник по прямой линии. Как же все это следует понимать?

Юстина задумалась. Она знала своего мужа и прекрасно осознавала, что он скорее умрет, чем прикоснется к чужим деньгам. Да и она отнюдь не собиралась тайно присваивать деньги своих родственников. С другой же стороны, из дневника прабабушки кое-что следовало, а дневник этот достался ей. И Блэндов... А вот портреты достались сыну...

— Не знаю, — честно ответила Юстина. — Возможно, дядя Людвик... Нет, не знаю. По закону это должно принадлежать Дарэку...

— Да что же вы такое говорите?! — возмущенно взорвалась Фэля. — Панича Дарэка совершенно ничего не касалось, как уехал в дальние края, так и на родных своих плевать хотел! Геня мне говорила! И ребенок в последний приезд непонятно по-каковски говорил! А дом он продал за гроши и даже не спросил, не надо ли кому, все ушло нá ветер! Половину вещей на помойку выбросил, и эти картины отправились бы туда же, если б пани не взяла их! Он совсем чужой! А чужим ничего не полагается!

Положение Фэли в семье ни в коем случае не позволяло приказать ей закрыть рот и не вмешиваться в разговор. Она бы смертельно оскорбилась.

— Даже если бы Стэфанек говорил по-китайски, закон есть закон, — холодно, но вежливо сказал Болеслав. — Можно предположить, что семейные реликвии, без сомнения, были бы переданы тебе, но их содержимое Людвик предназначил бы сыну...

В этот момент звякнул дверной звонок, и Фэля пошла открывать.

— А разве подарок как таковой не остается подарком, даже если он окажется не тем, чем казался? — осторожно спросила Идалия. — Если бы вы, папа, отдали кому-нибудь старое пальто, и оказалось бы, что в кармане этого пальто нашелся бумажник с наследством предков... Вы потребовали бы пальто обратно?

— Пальто, разумеется, нет. Но ведь мы не обсуждаем вопрос возврата картин...

— А бумажник?..

Болеслав смутился. В дверях гостиной возникла Амелия, уже в курсе сенсации, так как Фэля не преминула уже с порога поделиться с ней новостью. Амелия тут же заметила клад на полу.

— Эй, как поживаете? Что это еще за новая находка? Боже правый... Вина мне нальете?

Объяснения длились недолго. Амелия рассмотрела пятирублевки, попробовала одну на зуб, уселась за стол и приняла участие в совещании.

— Мой брат несет ерунду, — беззаботно заявила она, дискредитируя Болеслава. — Предположим, что это наследство вашего пра... дедушки

Томаша. Хорошо. Но ведь у него было двое детей, не так ли? А тетка Барбара разве не считается? Насколько мне известно, она доводилась дедушке Людвику родной сестрой?

— Ты права, — поспешно подтвердила Юстина.

— А после тетки Барбары все наследуешь ты. Следовательно, если признать права Дарэка, половина наследства принадлежит вам. Сколько там всего?

Только сейчас семейство проявило более пристальный интерес к масштабам клада. Тут же оторвали все остальные планки. Обе рамы, начиненные более-менее поровну, содержали внутри себя двести штук полуимпериалов.

— Не так уж и много накопила эта сумасшедшая скупердяйка, — заметила Амелия критично. — Пятью двести — всего-то богатства какая-то тысяча рублей. Много можно было на это купить?

— Смотря чего, — машинально ответила Юстина. — Кажется, прабабушке хватило бы на три платья. Но она носила очень дорогие платья.

— Я и так сомневаюсь, можно ли было тысячей рублей спасти их имение.

— Возможно, часть этих сбережений и впрямь ушла на лошадей, — задумчиво протянула Идалия. — Непосредственно после Первой мировой войны лошади были в большом дефиците. Этот прапрадедушка, дедушка дедушки Людвика, никогда уже не сумел восстановить свой табун. Мне это известно по документам, я помогала дедушке Людвику приводить их в порядок.

— Сто «свинок», кажется, примерно по две с половиной тысячи за каждую, — продолжала считать Амелия, — это двести пятьдесят тысяч, четверть миллиона. Неплохо. Три бывших в употреблении автомобиля приличной марки, квартира, две комнаты с кухней, две с половиной тысячи долларов, а это — путешествие класса люкс по Европе...

Юстина явно ощутила потепление в области сердца.

— В любом случае, ты сделала правильное замечание, — обратился Болеслав к сестре. — Половина клада должна была принадлежать тетке Барбаре, а следовательно, переходит к моей жене. Признаться, дорогие мои, я испытываю большое облегчение...

Только когда прошло не меньше часа, и находку уже как следует обмыли, все вдруг вспомнили, что картины, с целью отправки их на реставрацию, следовало вынуть из рам. После того, как сняли те самые широкие планки, можно было беспрепятственно освободить живописные полотна от их внешнего оформления. Немногословный Анджей осмелился выдвинуть предположение, что и внешняя сторона также могла быть выложена золотом, на что указывал бы общий вес картин, и все вновь проявили интерес к изображениям предков. Идалия подняла полотно, изображавшее, вероятно, прадедушку, Юстина же опустилась на корточки над предполагаемой прабабушкой. Взяв в ладони негнущуюся картину, она с легкостью подняла ее с пола, после чего распрямилась и отодвинулась в сторону, так как тесть с зятем приступили к обследованию рам.

Внешняя их часть содержала в себе точно такую же начинку, как и внутренняя, то есть двести золотых пятирублевок. Эйфорию уже невозможно было скрыть, Болеслав просиял, Идалия вся раскраснелась, Амелия радостно подсчитывала внезапно ставшие доступными материальные блага, Анджей устремил на кучки золота взор, исполненный тоскливой надежды. И никто из них не обращал внимания на Юстину, которая бережно укладывала картину на диван.

Юстина же возблагодарила Господа за эту минуту уединения. Задняя часть картины шевельнулась под ее ладонями, и от нее отделилась тонкая жесткая фанера. Между фанерой и задником полотна стали видны бумаги. Ровный толстый слой из каких-то конвертов, сложенных наполовину документов и перевязанных ленточками стопок...

У Юстины не возникло ни малейших сомнений насчет того, что это за бумаги. Она скорее предпочла бы лишиться всего содержимого набитых золотом рам, чем показать эти документы своим родным. У нее дрожали руки, когда она в спешке собирала их в кучу. В какую-то долю секунды промелькнуло сожаление о том, что на ней надето не прабабушкино платье, в пышных оборках которого можно было бы спрятать небольшого слона. Прежде, чем все повернулись к ней, Юстина успела затолкнуть бумаги под одну из диванных подушек, и тут же уселась на нее.

— И вы, мама, ничего об этом не знали, хотя и читали все эти прабабушкины дневники? — с легким осуждением в голосе удивленно спросила Идалия.

— В общих чертах знала, — созналась Юстина. — Хотя прабабушка не особенно хвасталась этим. Она дала понять, что где-то что-то спрятала, но не написала, где именно. Что же касается этих картин, то она лишь подчеркнула, что их нельзя продавать. Мне и в голову не пришло, что в них может оказаться начинка.

— Вот как Господь Бог вознаграждает порядочность, — вмешалась Фэля. — Как только вы надумали отмыть старичков, тут же и золото обнаружилось. Давно следовало это сделать, ведь разговоры об этом уже велись, Геня мне говорила, да так ничем и не кончались.

— Вот, наконец, они кое-чем и закончились,— резюмировала Амелия. — На что вы их потратите?

Семейство занялось рассмотрением своих нужд и разделом свалившегося с небес состояния. Юстина снова затихла, глядя, как Анджей, под присмотром Идалии, ловко упаковывает оба полотна, не пытаясь свернуть их, а оформив в виде плоского свертка, обернутого простыней, потому что упаковочной бумаги у них не было. Фэля пожертвовала бельевую веревку. Впрочем, одни картины без рам были совсем легкими.

При виде клада, наследства скупердяйки Крэнглевской, у Юстины сжалось сердце: она вспомнила про Блэндов. Если здесь обнаружилось такое, то что же могло оказаться там?..

Юстина не слушала, что говорят ее ошалевшие от счастья родные, одна-единственная мысль занимала ее: пока все не отправятся спать, она ни за что на свете не поднимется с этого дивана.

Скрываясь ото всех, включая Фэлю, Юстина на следующий же день попыталась украдкой заглянуть в бумаги, вынутые из-под диванной подушки. Это оказалось делом непростым. На ее попечении осталась Агнешка, девочка послушная, но невероятно живая и любознательная. Ребенок обожал стаскивать на голову все, до чего только мог дотянуться, так что во время отсутствия Идалии Юстина постоянно ходила вслед за внучкой и ненавязчиво, но решительно отнимала у той всевозможные вазы, салфетки, шкатулки, посуду, настольные лампы, альбомы с фотографиями, флаконы с одеколоном, хрустальные пепельницы и стаканы с горячим чаем.

В одно же время с Идалией возвращались домой и все остальные члены семьи, так что прочесть что-либо тайком было невозможно.

Уже были привезены обратно отреставрированные портреты, а Юстина все так и не сумела продвинуться в своем чтении дальше двух отдельно лежащих страничек, которые оказались официальными документами, так что их изучение не доставило ей никакого удовольствия.

Портреты привез Анджеек. Вся семья собралась, чтобы рассмотреть лица своих предков, в особенности же прапрабабушкино, по слухам, некогда блиставшее неземной красотой. Эти слухи были в ходу в течение долгих лет, и в конце концов все поверили им. Прапрадедушка столь живого интереса у своих потомков не вызывал.

В молчании, пока что не оценивая красоту своей родоначальницы, Юстина вглядывалась в поясной портрет молодой женщины, вновь занявший свое прежнее место на стене. Дама и впрямь оказалась красавицей, одетой в платье в стиле ампир, с прической из длинных локонов, обрамлявших прекрасное, нежное лицо. Но совсем не это потрясло ее правнучку. Юстина глаз не могла отвести от украшений.

На полуобнаженной груди красавицы переливалось колье из бриллиантов с рубинами с огромной замысловатой подвеской, в ушах висели серьги, вычурную прическу украшали две заколки размером с десертные блюдца, усеянные рубинами и бриллиантами, тюлевая же драпировка на бюсте была сколота еще одним украшением, при виде которого возникали сомнения насчет того, не является ли оно плодом фантазии живописца. Юстина с горечью подумала, что это не портрет прабабушки, а реклама ювелирной фирмы. Неужели она не могла позировать художнику, одевшись поскромнее?..

И зачем понадобилось реставрировать ее? Если все богатства этой... содержанки Наполеона... перешли к прабабушке Матильде, то теперь все увидят, чего она, Юстина, лишилась из-за глупого, достойного наказания, непростительного легкомыслия. Правда, никаких конкретных последствий не будет, но зато в глазах общественного мнения она скатится до уровня самых глупых женщин в их роду, а может даже и еще ниже. До сих пор Юстина пользовалась всеобщим уважением в силу высоких достоинств своего ума и характера. По сравнению, к примеру, с Хеленой, Гортензией, со своей родной дочерью Мариной, с ненормальными вроде Барбары и Амелии, Юстина, можно сказать, была звездой первой величины, и вот сейчас окажется, что она пала так низко. Нет, такого ей ни за что не вынести!

В то же время Юстина ощутила в душе взрыв страстного, мазохистского желания прочесть бумаги, обнаруженные ею на прапрабабушкиной спине. Ей захотелось добить себя окончательно, констатировав, что она упустила шанс обеспечить своей семье безбедную жизнь. Шанс, реализовать который было в свое время легко и просто...

От черных мыслей отвлекли Юстину возгласы родных.

— А симпатичным парнем был этот ваш прапрадедушка, — с одобрением сказала Амелия, обращаясь к Идалии. — Я и сама бы на него клюнула. Все-таки наполеоновские мундиры были мужчинам к лицу...

— Да ну что ты, какие там драгоценности, они же одалживали их друг у друга для позирования, — растолковывала Маринке сестра Анджея, Бэата. — А бывало и так, что художник отдельно писал бабу, а отдельно побрякушки, так же, как и лошадей. Если какого-то типа писали верхом на коне, ты думаешь, этот конь стоял неподвижно целыми часами?

— Но ведь колье это тебе не конь, — не сдавалась Маринка. — Оно не бегает и не прыгает.

— Зато, в противоположность коню, оно может быть поддельным...

— Вопрос вкуса, — слегка поморщился Кароль, брат Анджея. — Страшненькой ее не назовешь, но мне она кажется какой-то вялой...

— Такой уж была мода в те времена, — высказался Болеслав. — Среди своих современников она могла считаться красавицей. И, кажется, Наполеону нравились покорные женщины...

— Какая же все-таки гадость эта мода в стиле ампир, — раскритиковала Идалия.

— Садитесь за стол, а то гренки совсем остынут, — энергично потребовала Фэля.

Юстина внезапно сориентировалась, что в гостиной собрались уже все, хотя Бог знает когда они успели прийти. Она, в своем задумчивом настроении, даже не заметила этого. Вдобавок на прабабушкины украшения почти никто, кроме Маринки, не обратил внимания. Юстининых родных занимала исключительно живопись. Какая все-таки умница эта Бэатка...

Юстина, испытав некоторое облегчение, взяла себя в руки и вновь приступила к обязанностям хозяйки дома.

Юстине не сразу удалось осуществить свое страстное стремление. Сначало следовало связаться с Дарэком, окопавшимся где-то в Южной Америке, решить Маринкины проблемы, купить квартиру Идальке, помочь Амелии...

Лишь спустя два года жизнь вернулась на круги своя. Юстина осталась в своей квартире втроем с Болеславом и Фэлей, и у нее, наконец, появилась возможность спокойно прочесть вожделенные документы, которые, без сомнения, станут для нее источником новых переживаний.

Писем от императора среди них не оказалось. В пачке оказались послания от какой-то подруги или, может, кузины прапрапрабабушки, ответы на ее письма и многочисленные советы и поучения. Из этих посланий безоговорочно следовало: роман с Наполеоном действительно имел место, расцвел он бурно и продолжался так недолго, что не успел попасть в поле зрения истории. Зато пришелся он на момент какой-то безудержной щедрости императора, обычно не слишком склонного к широким жестам в амурной сфере, так как сувениры угасших чувств хлынули на прапрабабушку лавиной, правда, лишь однократно, но зато весьма изобильно. В количестве достаточном, чтобы осушить даже самые горькие слезы и утолить все печали.

Чувства прабабушки Матильды Юстина поняла вполне после того, как прочла несколько других писем, написанных черт его знает кем, но, кажется, человеком, приближенным к императору. Какой-то то ли адъютант, то ли слуга и наперсник повелителя, влюбленный по уши в прекрасную адресатку, с горечью открывал ей неприглядные тайны. Действительно, драгоценности были частью военной добычи. Должно быть, именно поэтому император так ими и швырялся. Они и впрямь достались ему не особенно честным путем, и неудивительно, что очередные прабабушки предпочитали не слишком афишировать их на людях.

Юстина вновь столкнулась в своем чтении с препятствием, так как большая часть писем была написана по-французски. К счастью, она еще не совсем забыла этот известный ей с детства язык и, с грехом пополам, справилась. При случае выяснилось, что именно тогда прапрабабушке досталась в подарок и Пляцувка. Император приобрел поместье для нее и на ее имя, договор купли и какая-то нотариальная выписка говорили сами за себя. Портрет писался специально для Наполеона, немного не вовремя, так как в момент завершения этого шедевра он уже стал императору не нужен. Вместе с тем, для отвода глаз и обмана противника, был написан портрет прапрадедушки, которому преисполненный достоинства повелитель позволил вернуться из каких-то секретных вояжей. И опять же, трудно удивляться сантиментам, по причине которых оба портрета целое столетие провисели в такой памятной для их рода Пляцувке...

Почерк, которым были написаны все эти бумаги, был разным, однако довольно четким, и читался без особого труда. Знакомые каракули прабабушки Матильды Юстина оставила на самый конец.

После первых же слов она испытала потрясение.

«Я обращаюсь к своей правнучке...»

Господи Боже ты мой! Ей, непосредственно ей, Юстине, адресованное письмо с того света она читает спустя... сколько же?.. Сорок!.. Нет, больше, ведь прабабушка наверняка писала его тогда же, когда прятала драгоценности, перед своим последним посещением Пляцувки, во время или даже до Первой мировой! Спустя более чем полвека, после двух мировых войн!.. По глупости, нерадивости, небрежности!..

Тут Юстина, впервые в жизни, осознала смысл битья головой о что-нибудь твердое.

«Какое счастье, что Фэли нет дома, — угрюмо подумала она, открывая кухонный буфет и доставая оттуда початую бутылку коньяка. — Если я из-за прабабушки не погрязну в алкоголизме, это будет настоящее чудо...»

Юстина глубоко вздохнула, немного успокоилась и возвратилась к зеленым каракулям.

«Если ты читаешь эти слова, моя правнучка, значит, у тебя хватило ума позаботиться о портрете моей бабушки, продажу которого я категорически запрещаю. Если же это письмо попало в чужие руки, то никто ничего узнать не сможет, ибо я не называю здесь место.

Хорошенько осмотри мое наследство. И помни, что переходило оно от прабабки к правнучке или же от бабки к внучке, именно о нем я и говорю. Там я спрятала все драгоценности следующим образом:

Один из шкафов в библиотеке следует отодвинуть от стены вот как: внутри, над самой верхней полкой, следует нажать на последний слева фрагмент деревянной планки так, как нажимают на дверную ручку. Над ней появится маленький замочек. В тот замочек следует вставить ключик, который найдешь вместе с моим дневником, один из трех на одном колечке...»

Словно гром с ясного неба, рухнуло на Юстину воспоминание о трех ключиках на одном колечке, обнаруженных в сейфе Людвика вместе с прабабушкиным дневником. Господи помилуй!!

Они были там. Лежали. Занятая дневником, Юстина не обратила на них никакого внимания. Куда же они делись? Так-так, минуточку, а не взяла ли их тетка Барбара?..

Юстина с усилием вспомнила первые, неспокойные послевоенные годы, дикую энергию и подвижность тетки Барбары, а потом и коротенькую, почти что незаметную сценку. Барбара что-то дала ей, положив на письменный стол и что-то сказав при этом. Разумеется, о ключиках из сейфа: «Я взяла их для тебя, — сказала тетка, — вот тебе исторический объект, на, спрячь».

И Юстина спрятала. Да-да, точно спрятала, чисто механически, неосознанно и бездумно. Боже правый, но куда же?!

Юстина подумала, что эта последняя находка доведет ее до инфаркта. Словно бы прабабушка целенаправленно захотела указать Юстине на все ее житейские ошибки вместе взятые, словно бы она предвидела, что ее правнучка окажется такой дурой, и решила жестоко покарать ее за это. И поделом! Юстина никак не могла понять, какое помрачение разума заставило ее пренебречь самым ценным своим наследием! Как же ей сейчас найти чертовы ключики, это после всех-то переездов, переделок и ремонтов, после бесчисленных генеральных уборок...

Нервно заглянув в два ящика письменного стола, Юстина несколько опомнилась. Ключики — не заяц, и где бы они ни лежали... если еще лежат... сами оттуда не выбегут. Поискам она посвятит остаток своей жизни, теперь же следует все-таки прочесть прабабушкино письмо до конца.

И, с коньячком под рукой, Юстина мужественно принялась читать дальше.

«...его следует дважды повернуть направо, и весь шкаф левой рукой потянуть на себя. Он не откроется полностью, а лишь слегка приоткроется, так, чтобы можно было лишь протиснуться, полный же человек пройти там не сможет. Этот же шкаф устроен таким образом, что если его кто-нибудь насильно из стены вырвет, то увидит за ним одну лишь кирпичную кладку, и больше ничего. Если же воспользоваться тем ключиком, то стена кирпичная приоткроется вместе со шкафом.

Затем следует спуститься вниз по чрезвычайно узкой лестнице. Но помни: нельзя ступать на третью ступеньку сверху, иначе проход закроется вновь, а изнутри открыть его никак невозможно. Ни крики, ни стук не помогут, так как их никто не услышит.

В самом низу будет вторая дверь, скрытая в стене. Повернись направо, нащупай четвертый слева, а тринадцатый снизу кирпич, и вытащи его. За ним ты увидишь маленький замочек, к которому подойдет второй ключик с колечка. Ключик дважды поверни налево, одновременно нажимая рукой на третий кирпич слева, все равно какой. Стена вновь приоткроется, за ней же — узенький подвальный коридорчик, ведущий направо. Но по левой его стороне находится маленькая клетушка, о которой никто не знает, ибо все считают, что там — подвальная стена. Здесь ключ не нужен, надо лишь поочередно нажать на кирпичи, считая снизу и слева: на седьмой и третий, потом на тринадцатый и второй, потом на двадцать четвертый и третий, потом же, обеими руками сразу, снова на тринадцатый и третий. Если же кто ошибется, все закрывается снова, и надо повторить все действия сначала.

После этого стена откроется наружу, в твою сторону, весьма стремительно и со всей силой, а посему берегись, чтоб тебя не придавило, и отодвинься немного. За этой стеной — лежат в футлярах и шкатулках самоцветы разные, но не все.

По коридорчику же тому узенькому следует протиснуться далеко весьма, потому что за пределы дома ведет он, в беседку. В конце его дверь простая, железная, и она отпирается третьим ключом, повернув его один раз направо, трижды налево, снова четырежды направо и, наконец, дважды налево. Дверь откроется. За нею же — каморка пошире немного, в ней же — все остальное богатство, но если дверь захлопнется, а захлопывается она сама, путь назад тебе будет отрезан. Так что, если хочешь выйти тем же путем, положи под дверь камень, чтоб она не смогла захлопнуться.

Другой же путь ведет через беседку. Одна из ее стен выложена выдающимися наружу камнями, якобы для украшения. Нужно надавить на них, считая тоже снизу и слева, в следующей очередности: третий и седьмой, восьмой и четвертый, шестой и пятый и, наконец, сразу на четыре, то есть на девятый и третий с седьмым и четвертым. Все задумано так, чтобы можно было с легкостью достать их руками. Тогда пол в углу проваливается, открывая взору лестницу, ведущую вниз, которая ведет к еще одной двери. Отпереть ее можно все тем же третьим ключом и *так же, как предыдущую. Но здесь снова будь внимательной: если эта дверь захлопнется, ты не только не сможешь отпереть ее изнутри, но закроется и люк в полу, бесследно исчезнув.*

Все это я обустроила во избежание грабежа, а помог мне немец из Петербурга, под предлогом проводки электрических нововведений и прокладки труб для воды. По-польски он не знал, по-русски говорил очень плохо, так что ни с кем не общался, потому что по-немецки знает немного один лишь Польдя, а его не было при этих работах, он присматривал за тем, что делалось наверху.

Даже если весь дом будет разрушен, подземные эти работы уцелеть могут.

Числа все я для памяти на отдельной бумажке записала, специально оставив ее в книге: если что-то в одном месте пропадет, другое, в другом месте, может сохраниться. Книга же эта — роман господина Гюго «Les miserables»,* и ее ты храни как зеницу ока...»

Вспомнив, как панна Доминика писала о том, что пан Пукельник, все равно уже который, старший или младший, в библиотеке засиживался и книгами интересовался, Юстина чуть не лишилась чувств. Пришлось снова подкрепиться коньяком. Ну ключей-то у него не было... Но, может, были отмычки?..

Юстина поднялась из-за письменного стола в спальне и отправилась в гостиную. Там она угрюмым и горестным взором обвела блистающий новыми красками портрет прапрапрабабушки. Минуточку, как же ее звали?.. Ах да, Габриэла

---

* «Les miserables» — «Отверженные».

Рубины и бриллианты на картине художник выписал столь тщательно, что казалось, он сделал это назло потомкам, подлец этакий. Они играли почти как настоящие. Любил ее этот мерзавец, Наполеон, быть может, всего-то три дня, но зато страстно...

И не было же у прабабушки Матильды более достойных занятий, чем по Венам и Парижам императорскими украшениями шику задавать!..

Юстина вернулась за письменный стол, употребила еще чуть-чуть коньяка и прекратила упрекать себя. Ничего не поделаешь, пропали так пропали. Даже если все это где-то там до сих пор лежит, ей до этих сокровищ не добраться. Разве что тайно прокрасться туда, невзирая на то, что в данный момент размещается в господском доме... А, может, и ничего. Говорят, вмешался департамент восстановления памятников старины, и есть большой шанс на то, что опустевшая усадьба спокойненько приходит в упадок в ожидании лучших времен или же окончательного разрушения...

Прабабушка подбросила еще немного текста.

«Я уже, правнучка моя, носить эти драгоценности не буду, а вот ты носи. Хотя там императорские вензеля, но по прошествии стольких лет претензии никто предъявлять не станет. Путешествовать я больше не собираюсь, ведь, хотя я и вполне здорова, но ни сил, ни желания больше нет. Ханя, дочь моя, глупа, внучка Доротка — чопорная какая-то и нерасторопная, может, ты хоть немного фантазии проявишь. В завещании я позабочусь о том, чтобы ты получила, что тебе положено...»

Тут Юстина вспомнила вдруг, что ведь не ей было адресовано это письмо, а ее старшей сестре, Хелене. Ну, если на Хеленин ум прабабушка рассчитывала...

Юстина вновь подумала о себе и ощутила прилив отвращения. Она еще не меньше часа просидела за письменным столом, безрезультатно пытаясь привести мысли в порядок. Наконец, Юстина поднялась на ноги, сделала из всего наследия панны Доминики и прабабушки большущий сверток, обклеила его лейкопластырем да вдобавок еще обвязала веревкой и, как будто так и надо, запихнула на нижнюю полку старинной этажерки в прежней спальне Идальки и Анджея.

После чего, вопреки желанию и себе, принялась искать ключи на колечке...

* * *

С самого раннего детства Агнешке приходилось слышать множество разговоров о деньгах...

Из разговоров неприкрыто следовало, что деньги — основа, на которой стоит мир. Они устраняют любые преграды, решают все проблемы, оказывают судьбоносное влияние на жизнь человеческую и вообще упрощают все на свете, без них же жизнь становится ужасно сложной и невыносимо тяжкой.

Будучи ребенком послушным и хорошо воспитанным, Агнешка не вмешивалась во взрослые разговоры, сидела за столом тихо и лишь внимательно слушала. Благодаря чему, в возрасте двенадцати лет, на бабушкиных именинах, запомнила необычное высказывание за праздничным столом.

Сначала речь шла об Эве, ее двоюродной сестре, которая, едва достигнув совершеннолетия, всего лишь две недели назад, уехала на экскурсию в Вену, и только что обнаружилось, что возвращаться она больше не собирается. Эва выбрала свободу. Она выйдет там замуж и получит разрешение на работу, вероятно, в каком-нибудь отеле. Никто особенно не возмущался ее поступком, так как было известно, что, чем бы она там ни занималась, Эва наверняка сможет заработать больше денег, чем здесь.

С Эвы разговор как-то автоматически переключился на жену дяди Кароля, брата Агнешкиного отца. От дяди Кароля некоторое время назад сбежала жена, прихватив с собой трехлетнего сына, чтобы жить в незарегистрированном браке с турецким торговцем. Такие слова Агнешке приходилось слышать уже ранее, и она тоже хорошенько все запомнила. Где жена дяди сумела раздобыть турецкого торговца, никто не знал, но можно было со всей уверенностью сказать, что он до посинения влюбился в эту полную блондинку, она же соблазнилась перстнем с бриллиантом и бриллиантовым колье. Дядя Кароль не мог себе позволить ни перстни, ни колье. А недавно он получил от нее письмо.

— В ней ведь уже бушевали пламенные страсти. К тебе, — заметила с сарказмом тетка Амелия.

— О да, но это случилось тогда, когда ваша прапрабабушка сыпанула со стены золотом. Золото не выдержало конкуренции с бриллиантами, и страсти улетели в синюю даль...

Последние слова чрезвычайно заинтересовали Агнешку. Что это еще за история с золотом, которое посыпалось со стены? Она не могла припомнить ничего подобного, должно быть, такое чудо произошло еще до ее рождения? Агнешка незаметно взглянула на два старинных семейных портрета и решила разузнать побольше об этом необычайном событии.

На следующий же день девочка после школы отправилась не домой, а в гости к бабушке с дедушкой. Она была уверена, что в такое время застанет их дома. Вероятно, они даже пригласят ее пообедать с ними и позвонят ее матери, чтобы сообщить, где она находится. После вчерашних именин оставался еще торт и шарлотка...

— Бабушка, — вежливо спросила Агнешка, неприкрыто разглядывая портрет дамы в старинном наряде, — как было с этим золотом, которое прабабушка сыпала со стены? Ведь это же прабабушка, да?

Юстина слегка содрогнулась, но лишь внутренне. Она вдруг вспомнила, как в Маринкиной школе, более четверти века назад, вспыхнул скандал из-за содержанки Наполеона.

— Откуда тебе это в голову пришло?

— Дядя Кароль вчера сказал, что прабабушка сыпала золотом.

— Для тебя этих «пра» побольше будет. Подожди-ка, сейчас я сосчитаю, сколько получается... Для меня... для прабабушки... и в другую сторону... Пять. Для тебя она прапрапрапрапрабабушка.

Агнешке понравилось это число прямых предков по женской линии. Она относилась к прошлому с любовью, вместо сказок требуя историй о стародавних временах и событиях, все равно каких, мелких или значительных. Главной рассказчицей была бабушка, иногда ее дополняла тетя Амелия, по временам же вносил свою лепту и дедушка. Больше никто не знал столько, сколько они.

— Ну хорошо, бабушка, так как же она все-таки сыпала? И когда это было? И как это выглядело? Расскажи!

— Прямо сейчас? Скоро будем обедать.

— Начни сейчас, а закончишь после обеда. А то потом мне надо домой, делать уроки.

Во время обеда в рассказ мог вмешаться дедушка и дополнить таинственную историю, которая, таким образом, стала бы еще интереснее. Агнешка сильно на это рассчитывала.

Юстина без труда позволила убедить себя. Она уже довольно-таки давно обнаружила у своей внучки склонность к истории, столь близкую ей самой. Этой склонности Юстина немного опасалась, ведь ее житейское фиаско, которое до сих пор удавалось держать в тайне, Агнешка могла когда-нибудь обнаружить и поставить всех в известность о том, что якобы почтенная ее бабушка фактически являлась идиоткой, недостойной даже осуждения. Если бы девочка хотя бы оставила эту информацию при себе!.. На всякий случай Юстина предпочла не обострять отношений с внучкой и остаться с ней в самой тесной дружбе.

— Ну, хорошо. Все это началось ужасно давно...

Агнешкины надежды оправдались: чудесная история продлилась в течение всего обеда, включая десерт, и всего послеобеденного отдыха. Дедушка начал вмешиваться лишь под конец.

— С самого начала следовало задуматься, откуда такая ужасная тяжесть, — недовольно сказал он. — Даже самое твердое дерево весит меньше. А ведь их дважды переносили, и никому ничего так и не пришло в голову. Но это еще не все: после того, как расковыряли прадедушку, следовало тут же подумать о прабабушке, ведь обе картины весили одинаково, а мы ничего. Долго еще прабабушка валялась...

— Нет, все было не так, — перебила его бабушка. — Никто не подумал, что и другая сторона тоже может быть выложена золотом...

— Именно это я имел в виду. Потому что иначе эта половина была бы более легкой... Кажется, это Анджей замечание сделал, так как тоже носил и этот вес оценил...

— Папа? — тихонько уточнила Агнешка.

— Да, твой папа. Он догадался, что там еще должно быть золото. И оно там было...

— Но, к сожалению, мы почти ничего на этом не выгадали, — вздохнула бабушка и вроде бы прикусила язык. — Ну, может, я и преувеличиваю. Вам на эти деньги купили квартиру и машину...

— И Пляцувку, — угрюмо напомнил дедушка. Агнешка пока что не вникала в то, каким образом был израсходован золотой поток со стены. Событие в целом невероятно нравилось ей, а денежный эквивалент сокровища не вполне осознавался ею. Наверняка потом имели место какие-то денежные проблемы, ну а как же, это вполне нормально, снова деньги...

Домой Агнешка вернулась вполне довольной.

* * *

Когда к ним в гости пришла, вся в слезах, подруга матери, Агнешке было уже тринадцать лет, и денежный вопрос не был ей чужд. Она сталкивалась с ним на каждом шагу, в том числе и в школе, где как наряды некоторых из ее одноклассниц, так и их образ жизни говорили сами за себя. Агнешка не числилась среди последних, отнюдь нет, но кое-кто жил и получше. Вроде бы финансовый статус никого не интересовал, вроде бы превалировали иные ценности, но на самом деле... Агнешка умела внимательно наблюдать, примечать мелкие нюансы и делать выводы.

Подруга Агнешкиной матери была так измучена и настолько вывела пани Идалию из равновесия, что обе женщины, совершенно забыв о присутствии девочки, не обращали на нее ни малейшего внимания. Как оказалось, подругу бросил муж, а точнее говоря, не законный муж, а постоянный сожитель, с которым они жили одной семьей вот уже четырнадцать лет подряд. То есть, казалось бы, завоеванный уже давно, раз и навсегда. И тут вдруг на эту женщину обрушился гром среди бела дня.

— Мне почему-то кажется, — говорила издерганная, вконец расстроенная пани Халинка, — что все дело тут в деньгах. Я разорилась, и с того самого момента он вдруг разлюбил меня...

— А ты не преувеличиваешь? — перебила ее пораженная и вроде бы даже несколько возмущенная пани Идалия. — Он ведь всегда был таким бескорыстным!

— Бескорыстным! Вот еще! Он просто-напросто прикидывался таким. Знаешь, к кому он переселился? К Сверщиковой!

— Не может быть! К этому чудовищу?!

— Это чудовище — вдова миллионера и владеет виллой, «мерседесом», кабаком на Праге* и двумя килограммами украшений советского производства. И квадратным километром теплиц, которые сдает кому-то в аренду. Я все это знаю,

---

* Прага — здесь один из районов Варшавы.

потому что она чуть ли не каждый день названивала, чтобы он давал ей советы. Ну вот, в конце концов, он и решил давать ей советы прямо на дому. Вот посмотришь, он еще женится на ней!

— А, собственно говоря, почему он не женился на тебе?..

Тут пани Халинка вдруг впала в уныние и пожала плечами:

— Потому что у него до сих пор тянется бракоразводный процесс. А я его оплачивала. Теперь пани Настя заплатит больше, и решение суда вступит в силу досрочно. Вот увидишь.

— Это просто невероятно, — сказала с ужасом пани Идалия и налила подруге рюмку бренди. — А я уже было решила, что есть на свете хоть один порядочный человек. Однако, с другой стороны, трудно поверить, что он клюнул на ее интеллект и красоту. Она ведь такая примитивная! Да еще по сравнению с тобой?..

Пани Халинка шмыгнула носом, еще раз пожала плечами и выпила бренди. Агнешка и сама готова была задать тот же вопрос, ведь подруга ее матери, несмотря на свой весьма почтенный возраст, почти сорок лет, выглядела юной девушкой и была очень красива. Лицо, фигура, обалденные ноги... И к тому же она отличалась живостью ума и остроумием. Ну, может в данный момент она выглядела не так хорошо, но это был результат долгих рыданий и подавленного настроения, а ведь это все вещи преходящие...

— Вот почему, дорогая моя, я и стала в конце концов подозревать, что речь идет просто-напросто о деньгах. Вроде бы он никогда их не желал, но всегда пользовался ими. Я сама их в него пихала. А теперь все кончено, пихать мне стало нечего, из-за этого военного положения я не могу больше никуда ездить, машина у меня развалилась, с работы меня выжили, так как я слишком много знала, хорошо еще, что башку мне не свернули, хотя теперь мне уже все равно. С меня больше взять нечего, а пани Настя на живых «бабках» сидит.

Пани Идалия покачала головой, вздохнула и тоже выпила рюмку бренди. Должно быть, она приняла все это очень близко к сердцу, так как обычно алкоголь не употребляла. Початая же бутылка бренди простояла в буфете уже где-то полгода, а гостей здесь поили кофе и чаем.

— Неужели тебя ничему не научил Маринин пример?! — с сердитым упреком сказала пани Идалия. — Ты ведь была в курсе?

— Ну так что же из этого? — ответила грустно пани Халинка, пододвинув к подруге свою опустевшую рюмку, и сказала: — Я не верхом, так что можно даже напиться в доску... Ты ведь знаешь сама, нам всегда кажется, что такое может случиться с кем угодно, но только не с нами. Я верила в него как в Евангелие... А Марина, не знаю даже... Откуда ей было знать, что ей попалась пиявка?

— Надо было, по крайней мере, обезопасить себя...

Агнешка не знала подробностей мытарств тетки Марины. Только сейчас у нее возникла внезапная ассоциация: а ведь и в самом деле, говорят, будто из-за тети Марины семья лишилась всех своих денег, включая тот золотой поток со стены. Интересно, как это произошло? Мать не расскажет, она не любит такие откровения, тогда, может, бабушка или сама тетя Марина?..

Тетку Марину Агнешка взяла хитростью.

Месяц оживленной деятельности в школе позволил ей раздобыть настоящую арабскую халву, которую привез отец одной из ее одноклассниц, работающий по контракту в Ливии. За халву она расплатилась тремя связками спаржи, выклянченными у дяди Юрека из Косьмина, куда она отправилась на велосипеде. Эта поездка заняла у нее время со второй половины дня в пятницу до вечера воскресенья и дала возможность прекрасно изучить собственную анатомию. У нее было такое ощущение, будто каждая косточка и каждая мышца кричат не своим голосом.

Немного подлечившись от этого биологического вопля, Агнешка отправилась к тетке Марине, прихватив с собой халву.

— Только вы, тетя, так любите ее, — мило сказала девочка уже с порога. — А если б ее съел кто попало, эта халва, можно сказать, пошла бы насмарку. Вот я и принесла ее вам.

— Деточка, но я же на диете! — простонала тетка Марина, жадно вцепившись в лакомство и пожирая его горящим взглядом.

— Ничего. Ведь не каждый же день вы едите халву. А от одного раза в десять лет даже дервиш не растолстеет.

Этот аргумент оказал неотразимое действие. Фигура дервиша показалась Марине настолько привлекательной, что она тут же связала ее с халвой и растоптала все муки совести. Сейчас Агнешка могла говорить с ней на какую угодно тему. И она, разумеется, узнала, что в стародавние, прямо-таки исторические времена ее семья была очень состоятельной, но после двух последних войн обеднела. Последнее финансовое вливание, последнее достояние предков досталось им именно тогда, когда пять раз бабушка сыпнула золотом со стены. Уже казалось, что благодаря этому золоту семья вновь заживет безбедно, но, к сожалению, половина его досталась сонаследнику, кузену Дарэку из Америки, а вторая половина...

Здесь Агнешке пришлось о многом догадаться самой, так как тетка Марина изо всех сил пыталась обелить себя, делая упор на то, что благодаря этим деньгам решила свои проблемы Амелия, родители Агнешки заплатили долги, купили квартиру, освободили эту развалину в Пляцувке и смогли заплатить за нее налоги, да сама она...

И тут тетка не сдержалась и проговорилась. Сначала она выплатила своему бывшему мужу половину стоимости квартиры, благодаря чему жилье осталось только за ней, а потом, к сожалению, вышла замуж второй раз, и муж оказался не на высоте. Точнее говоря, он был настоящим чудовищем и обманул ее каким-то таким странным образом, что ей пришлось потратить невероятно много денег, чтобы избавиться от него. Вот на это и ушло золото со стены...

— А квартира?.. — спросила в этот момент Агнешка, окинув взглядом две огромных комнаты с кухней.

Оказалось, что раньше квартира была значительно больше, трехкомнатная, и тетке Марине пришлось обменять ее на жилье поскромнее, потому что деньги у нее уже кончились...

Ну да. Действительно, история тетки Марины являлась клиническим примером власти денег. Хороша была бы ее жизнь с этим извращенцем, если б она была не в состоянии откупиться от него...

Вскоре после этого случилось так, то Агнешка заразилась свинкой, как раз тогда, когда в доме ее родителей произошла авария центрального отопления. Свинка — болезнь, которая длится долго и требует тепла. Температура восемь градусов выше нуля казалось неподходящей для больной, так что ее перевезли к дедушке с бабушкой, где она и прожила все время, пока ремонтировали отопление, которое заработало как раз тогда, когда наступила теплая весна.

Период выздоровления Агнешка провела замечательно. В поисках старых журналов для чтения она наткнулась на огромный сверток, который из любопытства развернула, не отдавая себе отчета в том, что она творит. Девочке даже не пришло в голову, что ее бабушка могла бы хранить великие тайны прямо на виду.

Первой в руки ей попалась толстая красная книга, содержимое которой было абсолютно нечитабельно, однако вместе с ней была упакована толстенная кипа листов, исписанных частично вручную, частично на машинке. Агнешка моментально сориентировалась, что содержание обоих шедевров идентично. Она была девочкой умной и умела думать. Рассмотрев это чтиво как следует, она поняла, что это оригинал дневника прапрапрабабушки, кем-то переписанный. Агнешка тут же начала жадно читать его и с этого момента забыла об окружающем ее мире.

Любовь — штука преходящая, в действительности же мир зиждется на обменном эквиваленте. Мнение на этот счет, вместе с любовью к истории, сформировалось в ней окончательно, тем более что сейчас оно подтверждалось взглядом прапрапрабабушки Матильды. Трагедия несчастной Зосеньки, обманутой паном Воцлавом, Пэтронэля, брошенная ради денег лакеем, сама прапрапрабабушка, смертельно напуганная перспективой брака по расчету, и, наконец, кошмарная ситуация замученной Зэни... Все это свидетельствовало об одном и том же, не оставляя места для каких-либо сомнений...

Агнешка уже успела добраться до преступления пана Пукельника, когда Юстина внезапно сообразила, что именно читает ее внучка. Раньше она этого не замечала, хотя Агнешка совершенно не скрывалась со своим занятием. Все дело было в том, что приученная к порядку девочка, взяв почитать одно, все остальное аккуратно сложила на нижней полке этажерки, благодаря чему не было никакого беспорядка и разграбление свертка не бросалось в глаза.

Заметив сей ужасный факт, Юстина стала устраивать скандал и вырывать из внучкиных рук свою собственную рукопись, хотя и чуть было не задохнулась от ужаса. Она предприняла более радикальные шаги. Проснувшись на следующее утро, Агнешка увидела на этажерке исключительно альбомы с фотографиями и больше ничего. Чудесное чтиво исчезло.

Девочка побежала к бабушке.

— Бабушка, что произошло? Там были такие прекрасные вещи для чтения, куда они делись? Это ты их забрала? Почему?!

— Потому что я пока еще жива, — ледяным тоном ответила Юстина. — И пока я жива, я никому не дам туда заглядывать. Кто знает, может, я даже возьму все это с собой в могилу. И ты должна с этим смириться.

Агнешка чуть не лишилась дара речи.

— Но ведь... Ну хорошо, но почему?..

Юстина заколебалась.

— Я бы даже сказала тебе, почему, но боюсь, что никак не смогу выдавить это из себя. Во всяком случае... Нет. И лучше не спрашивай меня об этом.

На последних словах бабушкин голос зазвучал так, что Агнешка не осмелилась настаивать. Подавив в себе бунт и сожаление, она даже не пыталась тайно разыскать спрятанный где-то дневник, но то, что она успела прочесть, навсегда запечатлелось в ее памяти. Мир зиждился и зиждется на обменном эквиваленте...

* * *

Юстина сдалась лишь перед самой смертью. По традиции, для своих откровений она избрала внучку, которая и так уже добралась до спрятанных бабушкой рукописей, а кроме того, в ней проявлялись именно те качества, которые отсутствовали в роду, как минимум, в течение нескольких поколений. И вот Юстина составила завещание, включив в него дополнительное особое условие, и выжала из себя немного правды.

Двадцатилетняя уже к тому времени Агнешка из невнятного бабушкиного шепота поняла, что бумаги, которые та отняла у нее семь лет назад, сейчас ей следует прочесть, и не ради любви к искусству, а с какой-то целью. Но с какой же именно, Господи помилуй?..

А вот об этом бабушка уже ничего ей не сказала, хотя и намекала на что-то, что постоянно мучило ее и о чем Агнешка должна догадаться сама. Загадка являлась частью наследства.

И девушка приняла его со всеми вытекающими из завещания последствиями. Она унаследовала бабушкину квартиру со всем ее содержимым, против чего никто не возражал, и даже золотоносная прабабушка осталась висеть на прежнем месте. Дедушки уже не было в живых, он скончался еще раньше. Единственным движимым объектом в квартире была Фэля. Будучи моложе бабушки, она все еще была полна жизненных сил, являя собой чистой воды дар Божий, привязанный к семье Агнешки, вероятно, в силу какого-то чуда. Фэле было уже почти семьдесят, однако была она живой и подвижной как пятидесятилетняя. Агнешка предложила ей пенсию и заслуженный отдых, но Фэля отказалась.

— Что это вы, барышня, выдумали, — возмутилась она. — Я здесь, у вас, и пользуюсь этим самым заслуженным отдыхом. Сейчас, со всеми этими изобретениями, на кухне не работа, а чистое удовольствие. К сыну я не хочу, там мне будет хуже, я там тут же подавлюсь куском хлеба, что мне из жалости кинут. А здесь я уже привыкла. В конце концов, сухое варенье меня никто трясти не заставляет.

При последних словах у Агнешки забрезжило какое-то воспоминание. Немного подумав, она немедленно приступила к поискам свертка, о котором успела уже немного забыть. Сверток обнаружился в старой тахте.

Агнешка, разумеется, изучала историю. Любимым ее периодом было средневековье, а история последних из Пястов* являлась для нее чуть ли не смыслом жизни. Ее продолжали содержать родители, но было уже понятно, что их заработков на все не хватит и что даже денежные вливания Агнешкиной внучатой тетки Амелии, известной и ценимой в своей профессии художника-

---

* Пясты — первая польская королевская династия, правившая в Польше до 1370 г. (до смерти Казимира Великого), в вассальной Мазовии до 1526 г., в Силезии — до 1675 г.

фотографа, рано или поздно должны прекратиться. Внучатая тетка Амелия уже, слава Богу, разменяла свой восьмой десяток, и хотя талант ее с возрастом отнюдь не истощился, но силы все же были уже не те. Так что Агнешка в любой момент могла быть оставлена на произвол судьбы.

Исторический факультет не гарантировал своим выпускникам высокие заработки. Иностранных языков, особенно же традиционного для ее семьи французского, было достаточно для личных нужд Агнешки, но не более того. Мужчины согласно ее убеждениям, в расчет не принимались. А ведь девушке надо было на что-то жить, платить Фэле, оплачивать коммунальные и прочие услуги, и в первую очередь телефон...

Можно было, например, сдать кому-нибудь комнаты две своей огромной квартиры, но эта возможность была оставлена Агнешкой на самый крайний случай, так как ей этого очень не хотелось. Квартира, доставшаяся ей от бабушек и прабабушек и уцелевшая благодаря стараниям ее родных, в суровые времена войн и смены режимов, была последней искоркой прежнего благосостояния. Вот почему Агнешка пыталась любой ценой сохранить ее в целости и неприкосновенности, не только для себя самой, но и для будущих поколений, что придут после нее.

Агнешка выросла красавицей. Ну, может, была она не столько красивой, сколько импозантной. Рост — метр шестьдесят восемь, вес — шестьдесят два килограмма, плавные очертания фигуры скрывали сильные мышцы, а лицо... рядом с ее лицом персик производил впечатление весьма посредственное... Однажды мать Агнешки, такая же статная и дородная, как дочь, призналась ей, что некогда мечтала стать профессиональным жокеем, но, к сожалению, ей помешали в этом рост и вес: даже будучи скелетом, Идалия все равно весила бы слишком много. Агнешка же не делала слишком большого упора на верховую езду, хотя ей и нравился этот вид спорта. Она иногда ездила к своему дяде Юреку, чтобы покататься верхом и послушать его рассказы о том, что некогда лошади были основной статьей дохода их рода. Девушка иногда даже посещала бега и, странное дело, всегда ставила на тех лошадей, которые к финишу приходили первыми. По словам родных, это качество было ею унаследовано от прапрапрадедушки...

С жадностью разворачивая солидно упакованный сверток, вынутый из недр бабушкиной тахты, Агнешка думала о том, что, быть может, бега могли бы стать для нее источником дохода. Возможно, она до сих пор недооценивала свои возможности? Если гены прапрадедушки все еще не выродились...

Сверток был обклеен лейкопластырем, оторвать который было чрезвычайно трудно. Срывая его кусочками, разыскивая ножницы и разрезая многочисленные слои упаковочной бумаги, Агнешка безо всяких рациональных причин перебирала в уме своих поклонников. Их было немного, всего лишь трое. Ярэк, симпатичный парнишка, в которого она смертельно влюбилась в возрасте шестнадцати лет и который нес всякую чушь насчет доказательств любви, пытаясь лишить ее девственности. Агнешке же совсем этого не хотелось, что-то в ее душе изо всех сил сопротивлялось. Ярэк обиделся и дал ей отставку, да так позорно, что Агнешка, быть может, зря, выместила всю досаду на следующем поклоннике. Звали его Рысь, был он робок и влюблен, требований никаких не выдвигал и своей кротостью даже стал действовать ей на нервы. И Агнешка чуть было сама не принудила его проявить хоть какую-то активность, но из этого, к счастью, ничего не вышло. А сейчас вот у нее Томаш... Без пяти минут юрист. Вел он себя как подобает, ошибок никаких, упаси Бог, не совершал, и Агнешка была бы даже не против связать свою жизнь именно с Томашем. Она жила с ним?.. Да какое там «жила», подумаешь, несколько раз... Однако все это, кажется, было не просто так...

Бронебойная упаковка, наконец, лопнула, Агнешка отвлеклась от своих эмоций и нетерпеливо запустила руки внутрь свертка. Там она обнаружила красную книгу, уже знакомую ей рукопись, увидела документы и письма...

— Может, кушать хочете, барышня? — с подозрением поинтересовалась Фэля примерно в полдевятого вечера. — Вы сидите здесь с четырех часов, я это заметила, пани Юстина тоже имела такую привычку, но поужинать надо. Я не говорю, что очень уж плотно, я приготовила только омлет с шампиньонами, разве ж это еда, но все-таки. Он почти готов, покушайте, пока не остыл...

— Фэля, — спросила раскрасневшаяся Агнешка, — у нас есть какое-нибудь вино?

— Можно было бы и не спрашивать, ведь вино осталось еще даже от пани Барбары. Этому уж лет пятьдесят будет. Принести вам к этому омлету?

— Принести, — торжественно заявила Агнешка. — Но при условии, что вы, Фэля, выпьете со мной. Фэля, сегодня у нас с вами ужин века...

* * *

С огромным венком отправилась Агнешка на могилу Юстины, не представляя, как ей еще почтить память своей бабушки, этой гениальной женщины, в последний момент переписавшей дневник прапрапра... сейчас — сейчас, Господи помилуй, сколько же этих «пра»?.. Бабушкина прабабушка, то есть, кажется, всего лишь три?.. Бабушкина мама, прабабушка, бабушка, прапра... прабабушка, прапрапра... Все сходится, три. Итак, бабушка переписала дневник прапрапрабабушки, который в данный момент уже было бы невозможно прочесть. Да что же это за идиотские чернила были в ходу в те времена?! Ведь были же и черные, вон, панна Доминика вела свои записи черными чернилами, четким и ясным почерком. Так почему же, черт побери, прабабушка предпочитала зеленые?..

Интересно, каким же это чудом бабушка смогла прочесть нечто, напоминающее пляски пьяной мухи на бумаге? Агнешка уже научилась расшифровывать разнообразные средневековые готические каракули, но ЭТО превосходило все, с чем ей приходилось сталкиваться до сих пор. Не готика, конечно же, нет, не латынь и не средневековье, но почерк, можно сказать, сугубо индивидуальный. Что еще хуже, чернила поблекли, и невозможно ничего разобрать. Разве что с помощью электроники. Какое счастье, что бабушка проделала такую работу, Агнешка только сейчас в состоянии оценить ее, семь лет назад она не обратила на это внимания...

У Юстины на расшифровку записок своих прародительниц ушло более четверти века. Агнешка смогла все прочесть за полтора месяца. Правда, вызывая этим Фэлино беспокойство: та

404

к ночным бдениям отнеслась с осуждением. Зато это время не прошло для девушки даром.

Она поняла все. И с большим трудом сумела обуздать взрыв эмоций.

Как некогда для Юстины, так теперь и для Агнешки панна Доминика стала человеком близким и знакомым, а прапрапрабабушка, можно сказать, склонилась над ней. В Блэндове ей никогда в жизни бывать не приходилось, но сейчас Агнешка почувствовала себя так, будто провела там, по меньшей мере, все свое детство. Боже правый, да ведь этот Блэндов, некогда тайная сокровищница, согласно всем очередным завещаниям, в данный момент должен принадлежать ей!!

Берлинская стена, смена власти, передел собственности... Минуточку, быть может, все это можно каким-то образом вернуть себе?..

На разведку в Блэндов Агнешка отправилась вместе с Томашем, на машине своей тетки Амелии, с которой у девушки был уговор. Амелия уплатила стоимость машины и отдала ее своей внучатой племяннице при условии, что та будет возить ее в случае необходимости.

Томаш, как будущий юрист, неплохо разбирался в новых законах. Он всю дорогу объяснял Агнешке, какие документы она должна иметь и кому их предъявить, чтобы потребовать свое наследство. Документы такие были, они оказались в том самом свертке: нотариальные акты, копии ипотечных записей, завещания... включая последнее, завещание бабушки Юстины, которое, на всякий случай, было составлено с соблюдением всех формальностей и при участии нотариуса. Томаш считал, что этого достаточно, и даже поддерживал желание Агнешки завладеть имением своих прародительниц, хотя и не видел в этом большого смысла.

— А что говорят твои предки? — поинтересовался Томаш, когда официальные темы были исчерпаны.

— Ничего, — ответила Агнешка, отчасти грустно, отчасти же сердито. — Отец вообще не вмешивается, а мать, кажется, обижена на бабушку за то, что та мне все оставила, а не ей. Хотя и честно признает, что никогда не проявляла интереса к старине. Бабушка всю жизнь читала старинные бумаги, а мать это раздражало, и она молчала исключительно из вежливости. Если бы не Фэля, им пришлось бы самим готовить себе еду, делать уборку и так далее, потому что бабушка умела только командовать. Давать поручения. И все.

— Ну и читать...

— А, ну да. Это она доказала. А еще, по-моему, швыряться деньгами.

— Очень привлекательное умение. А у нее было чем швыряться?

— Время от времени. Если бы я вернула себе все, то тоже могла бы иногда пошвыряться.

— Интересно, в каком виде там все сейчас?..

Вид оказался довольно-таки ужасным. Прежние деревни преобразились в город, прежний вид прекратил свое существование, прежний фольварк вошел в состав госхоза, который развалился после восьми лет неумелого хозяйствования. Господский дом стоял несколько обособленно, а его окружение напоминало мусорную свалку. Он тоже понемногу разрушался, так как ремонтировали его всего один раз. Помещались же в этом особняке поочередно: поликлиника, дом культуры с кафе, правление госхоза, склад

сельскохозяйственной продукции, квартира ого-
родника и место свиданий окрестной молодежи.
В настоящее же время здание зияло пустотой,
висящая на одном гвозде табличка «Памятник старины» никого устрашить не могла.

Юная пара доехала по бездорожью почти до
самой входной двери, после чего молодые люди
покинули свое средство передвижения. Агнешка, остановившись рядом с машиной, взглянула
на усадьбу своих предков и ощутила прилив силь-
нейшего волнения.

Перед ней возвышалась резиденция той самой
прапра... минуточку, сколько же этих «пра»? Кажется, четыре?.. ...бабушки, незаконной дочери
Наполеона, именно здесь провела всю свою жизнь
панна Доминика, здесь прапрабабка, нет, не так,
этих «пра» должно быть больше... Агнешка вновь
запуталась в поколениях, она попыталась было
сосчитать, но вскоре махнула на это дело рукой.
Какая разница! Прапрабабушка Матильда...
прятала императорские драгоценности и устраивала окружающим веселую жизнь. А все же интересно, куда делись «Отверженные» на французском языке, в которых, если верить письму,
скрыта дополнительная информация?.. А еще
интересно, осталось ли там, в доме, хоть что-
нибудь...

Агнешке понадобилось не меньше минуты, чтобы справиться с волнением. Томаш не мешал ей
в этом, разглядывая здание.

— Неужели здесь нет сторожа? — удивился
он, пробежав взглядом по окнам, не все из которых еще лишились стекол.

Агнешка уже отдышалась и восстановила свой
обычный голос. Она великолепно ориентировалась в истории дома своих предков.

— Присматривал за всем этим в течение почти ста лет мажордом Польдя. После войны он еще был жив, бабушка встречалась с ним здесь. Сейчас он уже, должно быть, умер, ведь ему было бы... минуточку... около ста двадцати пяти лет. Может, он и оставил какого-нибудь преемника, потому что по состоянию дома не скажешь, что он полвека подвергался разграблению и разрушению. Надо бы порасспрашивать.

— А туда, вообще, можно войти? Дверь, как видно, есть, и, похоже, она заперта...

— Дверей здесь много. Самое меньшее три: парадная, дверь черного хода и дверь, ведущая в сад. Пойдем, посмотрим.

Они обошли все здание вокруг, при случае убедившись в том, что окна без стекол виднеются только на втором этаже, тогда как первый был застеклен на совесть. Кроме того, все двери оказались надежно запертыми, и, чтобы проникнуть внутрь, следовало бы им разбить стекло или же вышибить одну из массивных дверей.

— Кажется, Польдя действительно позаботился о преемнике, — пробормотала Агнешка.

— Как была фамилия этого Польди?

— Понятия не имею... ой, нет, имею! Погоди-ка...

И Агнешка вспомнила. В хозяйственных записях панны Доминики содержались точные сведения о найме прислуги. В 1877 году на должность мальчика на посылках, то есть казачка, был принят некий Аполониуш Кшепа из Домбровки, сирота, отец которого много лет служил у ее светлости. Кроме пропитания, крыши над головой и одежды ему было положено еще целых два рубля жалованья в год. В записях его имя больше нигде не упоминалось, но у Агнешки была хорошая память.

— Его фамилия Кшепа. Он так никогда и не женился, но дети у него, должно быть, были: по слухам, он был ужасным бабником, и многие окрестные девки обзавелись приплодом при его активном участии. Кроме того, он надзирал за прислугой и обучал молодое поколение.

— Откуда ты об этом знаешь? — заинтересовался Томаш, которого рассмешили ее определения.

— Из дневников и счетов девятнадцатого века. Они чудом сохранились во время двух войн.

— Может, и из детей этих кто-то в живых остался. Ну так что? Расспрашивать будем?

— Попытаемся. Надо будет отловить всех стариков, может, кто-то еще и помнит. Ну ладно, дети детьми, но внуки?..

Через заросли сорняков и кучи мусора молодые люди прорвались к ближайшей хате, которая оказалась элегантной виллой, построенной в эпоху процветания сельского населения. Пивные пробки в нижней части строения держались великолепно, а торчащий над входом балкончик был оснащен вычурной балюстрадой. Дальше, в глубине, виднелись теплицы, перед домом же восседала весьма пожилая особа в брюках, бросая зерно курам и уткам.

Агнешка посчитала ее подходящим объектом, и вскоре обнаружилось, что она ничуть не ошиблась.

— Э, да что там, — снисходительно сказала особа в ответ на заданные ей вопросы. — Сейчас уже можно сознаться. Это я — дочь Аполониуша Кшепы, и не одна я. Мать призналась мне в этом лишь после смерти отца, потому что он ни о чем не знал. Восемьдесят лет я уже живу на свете, вся в родного батюшку пошла, он сам прожил почти до ста, и все мы, его дети, такие же. А вы чьи будете, барышня? После панны Доминики?

— Вы были знакомы с панной Доминикой? — обрадовалась Агнешка.

— А как же иначе? Мне уже было шестнадцать лет, когда она умерла. Так вы, барышня, из ее потомков? Как же так? Ведь она девицей оставалась?

— Нет. Я потомок пани Вежховской.

— А, ее светлости? С ее светлостью я тоже знакома была. Когда она сюда приезжала, все бежали посмотреть на нее, она такие красивые платья носила, да к тому же еще была очень приветливой и совсем не задирала нос, все этому даже удивлялись. А ведь она была настоящей высокородной дамой. Ну, молодой она уже не была... После той войны, во времена моей юности, она приезжала сюда всего лишь дважды, мне об этом рассказывали. И отец рассказывал, родной отец, хотя тогда я еще не знала, что он мой отец. Однако он знал об этом и был ко мне очень добр, приданое мне дал, когда я замуж выходила, после той, первой войны, а не перед второй. Вы сюда вернуться собираетесь? Ведь сейчас такие времена настали, что почти как раньше стало, и большевистский коммунизм этот кончился, чтоб ему вечно в аду гореть.

Это беззлобное пожелание даже растрогало Агнешку доказательством того, что не так давно еще господствовавший строй никому, кроме узкого круга партийной элиты, не нравился. Девушка не сталкивалась с его «прелестями». Лично она знала о них лишь по рассказам родных, ей довелось пережить лишь переломный период перемен, сущность которых была ей понятна не до конца. То, что произошло, казалось ей вполне естественным. Этой старухе, без сомнения, тоже.

— Не знаю еще, вернусь ли я сюда, — вздохнула Агнешка. — Ведь этот дом у нас экспроприировали, бабушка мне говорила...

— Минуточку, — перебила ее бабка. — А ее светлость, пани Вежховская, кем вам приходится? Потому что сюда как-то наведывалась дочь ее светлости со своими маленькими дочками, еще при жизни панны Доминики. Значит, эти девочки барыни нашей внучки...

— Ну а я — внучка одной из этих внучек.

— А вторая из них что же?

— Она умерла очень молодой, еще в девичестве.

— Значит, вы, барышня... погодите-ка...

Тут бабка начала считать на пальцах, кем доводится Агнешка ее покойной барыне. Томаш слушал, вне себя от восторга. Ему невероятно нравилась и эта живая история, и удивительная способность Агнешки говорить именно так, как того требовали обстоятельства.

Не успел Томаш даже глазом моргнуть, как девушка уже нашла с бабкой общий язык, словно и сама родилась в те стародавние времена.

Наконец, пресловутые три «пра» были установлены, и дамы приступили к обсуждению более животрепещущих и современных тем.

— Мой сын здесь сторожил, барышня, — с гордостью сообщила бабка. — Я сама ему велела, когда умер мой отец. Он на смертном одре так всем и наказал. Мой сын в партии состоял, и кого попало туда не пускал, а теперь внук мой — в гмине * начальник и продавать кому ни

---

* Гмина — единица административно-территориального деления Польши, волость.

попадя не разрешает. Я запретила ему под угрозой проклятия. Потому как были тут всякие желающие. Вы, барышня, — другое дело, право на наследство предков — святое дело. А я наследство, что получила от отца, все еще храню и, случись что, лишу их его. Так что волей-неволей приходится им мне подчиняться, ведь не что иное, как деньги правят миром. Я школу окончила и прекрасно знаю, что такое нотариус.

— Просто не верится, что мы сразу же попали к вам! — вырвалось у пораженного Томаша.

— А что же вы такое говорите, молодой человек,— возмутилась бабка и огляделась вокруг.— А вон тот, что там шагает... Думаете, кто это? Ветеринар, и тоже внук моего отца. А что незаконный, это ничего, все знают. А там, с той стороны, отцовская внучка, дочь моего сводного брата, живет. Она доктор по разным растениям и травам и тоже знает, от кого свой род ведет. Да здесь же ни единого дома не найти, где бы у меня родственников по отцу не было, и каждый из них все то же, что и я, знает. Вот только младшие лично ни своего дедушку, ни панну Доминику не помнят. Честно говоря, я ведь даже не самая младшая из его дочерей, младшая в Груйце, в школе учительствует...

— Это мне известно из записок панны Доминики,— вырвалось, в свою очередь, у Агнешки.— Польдя... извините... ваш папа... был ужасным бабником...

Дочь папочки-Казановы просияла от гордости и торжества.

— Панна Доминика глаза на все закрывала, чтобы не видеть. Но от людей все известно. Я ж говорю, война была, первая, мужчины в солдаты пошли или же в легионеры, ну так отец мой баб и утешал. Да и после еще не было ни одной, что отказала бы ему. Он и красив был, и какой-то такой... словно из господ. Полдеревни здесь его потомки.

Агнешке и самой чуть было не стало обидно, что она не ведет свое происхождение от этого страстного предка. Бабка же, растроганная воспоминаниями, продолжила свой рассказ:

— А еще говорили, то он так и не женился потому, что влюблен был без памяти в ее светлость пани Вежховскую, что и неприлично было, и в те времена совершенно безнадежно. Но за девками бегать это ему не мешало...

Лишь спустя довольно продолжительное время Агнешка вспомнила, наконец, о чем должна была спросить с самого начала. О ключах от господского дома. О том, можно ли туда войти и осмотреть резиденцию предков изнутри.

Бабка в ответ пожала плечами, кряхтя поднялась со стула, слегка опершись на клюку, стряхнула с себя остатки зерна и направилась ко входу в виллу.

— А ключи от дверей, барышня, висят здесь со смерти отца. Кто хочет войти, отсюда их берет. Так что я все примечаю и разрешение могу дать, а могу и не дать. Остальные с этим согласились, потому что я первой на пенсию ушла, и времени у меня сколько хочешь. Одна Иоаська мне завидует, она средняя, между мной и самой младшей, а кто был старше нас, те уже все поумирали, не дожили до отцовских лет, не иначе как коммунисты эти виноваты...

Тут бабка вдруг остановилась и оглянулась на молодых людей.

— Вы не думайте, — внезапно сказала она. — Я с детских лет читать умею. Все, что можно было, прочла и очень многое понимаю. А что в доме привидение водилось, так я ничуть этому не верю...

Несколько ошеломленная этим сообщением, Агнешка немного покопалась в памяти. Ну да, конечно же, панна Доминика о привидении упоминала, но тоже не верила в его существование, да и вообще, орудовало оно в доме недолго и оказалось совершенно безвредным...

— ...ведь если уж и должно было там привидение завестись, так не в то время, а много лет спустя. Когда труп то ли в кабинете, то ли в гостиной, то ли еще где-то обнаружили. Но это случилось сразу же после войны, и привидения уже вышли из моды.

— Какой труп? — спросил с подозрением Томаш.

— Да чужой какой-то. И, правду сказать, потому что столько лет прошло... — старуха неуверенно замолчала, бросив на своих юных слушателей испытующий взгляд, — и никто уже никому ничего за это не сделает... Я-то всегда знала, что мой отец, родной отец, своими руками его укокошил, потому как прокрался этот чужак в дом ради воровства. Сразу же после того, как здесь побывали прежние хозяйки, ваша бабушка, Юстина, с маленькой вашей, пани Доротой. Я прекрасно помню. И сразу после них этот бандит здесь появился. Труп его скоренько увезли, посудачили люди немного, и все. Но и говорили-то мало, ведь, по правде, всяк знал, что об этом думать.

— Срок давности прошел, — кратко резюмировал Томаш.

— А как же. Сейчас я ключ принесу...

Старуха отправилась в недра дома и спустя мгновение возвратилась.

— Вот он, пожалуйста. От главного входа. Это ваше право, барышня.

По-особенному притихшая Агнешка приняла ключ с благодарностью, пообещав вернуть его. Молодые люди вновь прорвались сквозь заросли сорняков и мусорные кучи.

— Какая феноменальная тетка! — восхитился Томаш. — Живая история! Ты говорила с ней так, будто все это знала! Это действительно так?

— Ну, конечно. Из дневников, я же тебе говорила.

— И в этом доме водились привидения? Об этом ты мне не упоминала... И что за история с послевоенным трупом?

— О трупе мне ничего не известно, — решительно ответила Агнешка. — А что до привидения, то да, были какие-то неясные намеки. Но в него, кажется, никто не верил, а если верил, то предпочитал не сознаваться в этом.

Молодые люди подошли к двери, ключ подошел и легко повернулся в замке. Невероятно взволнованная Агнешка перешагнула порог резиденции своих предков.

Внутри дом зиял запустением. Кое-где валялись обломки какой-то мебели, останки поломанных стульев, перевернутого трехногого стола, полуоторванного подзеркальника, жалкое воспоминание о секретере или люстре, свисающей на усах проводов. В столовой стоял у стены стол на двадцать четыре персоны, разломанный буфет с оторванными дверцами и всего лишь один гнутый стул, чрезвычайно ободранный. В гостиной бросалась в глаза огромная пирамида из старых упаковочных коробок, каких-то ящиков и бумаги, возвышающаяся прямо посередине этой комнаты. С замиранием сердца Агнешка перешагнула порог библиотеки.

Она увидела шкафы, встроенные в стены, и деревянную обшивку этих самых стен. По неизвестным причинам, все это было покрашено зеленой масляной краской. На полках шкафов валялись немногочисленные потрепанные книги малопривлекательного содержания, видимо, охотников на них не нашлось. Из другой мебели присутствовала лишь малярная стремянка в состоянии, весьма далеком от идеального.

С некоторым трудом Агнешка удержалась от желания ощупать верхние полки шкафов и отыскать ту самую планку, которая должна западать подобно дверной ручке. Ей не хотелось делать это в присутствии Томаша не столько по причине отсутствия к нему доверия, сколько опасаясь испытать разочарование. Если бы оказалось, что здесь что-то не так, то ли планки такой нет, то ли шкаф тот украли, то ли еще что-нибудь в этом роде, Агнешка предпочла бы пережить свое поражение в одиночестве.

Они с Томашем перешли в кабинет, после чего отправились наверх. Должно быть, потомки Польди старались на совесть, так как из крана в ванной потекла вода. Ванных, вообще-то, было две, невероятная роскошь, а внизу, ближе к кухне, должна была находиться и еще одна. Электропроводка работала, уцелела даже одна люстра под потолком. Особняк, как оказалось, требовал лишь капитального ремонта и больше ничего.

— Это здание годится только под жилой дом,— решительно заявил Томаш. — Никаких поликлиник, никаких школ или домов культуры из него не сделать. Самый обыкновенный семейный дом. Ну, довольно-таки просторный.

— Для нелюдима, — пробормотала Агнешка.

Томаш выглянул в окно с одним выбитым стеклом.

— В некотором смысле ты права, — согласился он. — Подъезда, собственно говоря, никакого, дорога далеко. Однако, быть может, именно поэтому никто еще в этот дом не вцепился.

— Старуха сказала, что попытки уже были. Гмина отказала.

— Испугались осложнений с правом на собственность. Здесь еще должен быть винный подвал. Хочешь, я загляну?

— Загляни. А потом...

— Что?

— Нет, ничего.

Они вернулись на первый этаж, Томаш разыскал лестницу, ведущую в подвал, и выключатель на стене. Выключатель щелкнул, загорелась тусклая лампочка, и он спустился вниз. Агнешка же прекратила осмотр кухни и помещения рядом с ней, вероятно, буфетной, и вновь перешла в библиотеку!

Она не утерпела, решив воспользоваться несколькими минутами одиночества. Нужный шкаф удалось отыскать уже со второй попытки. Агнешка придвинула к нему стремянку, подумав, что некогда для этой цели пользовались, без сомнения, маленькой приставной лесенкой, и слева, на самом верху, над последней полкой, нащупала широкую планку. Фрагмент планки, действительно, сдвинулся вниз. За ним, в деревянной задней стенке шкафа, прощупывалась замочная скважина.

Ну да...

Три ключа на одном колечке...

Агнешка отпустила планку, та сама вернулась в прежнее положение, и спустилась со стремянки, после чего оттащила ее от шкафа, пребывая в глубокой задумчивости, переполненная горечью, отвращением к самой себе и, в некоторой степени, обидой на бабушку.

В детстве Агнешка обожала играть ключами. Они нравились ей больше кубиков, она складывала из них различные узоры, целыми связками нанизывала их на кольца, звенела ими, вешала их себе на шею в качестве украшения... Да как же можно было позволять ей это?! Ведь еще бабушка запропастила куда-то эти чертовы ключи. Решившись, наконец, перед смертью на откровенный разговор с внучкой, она все время упоминала о ключах. Они ведь уцелели, оказавшись в сейфе то ли правнучатого дяди, то ли еще в чьем-то, им не придали значения, но к бабушке они все же попали. И бабушка куда-то засунула их, не имея еще тогда представления об их значении. Быть может, как раз дала их внучке, поиграть. Кретинская внучка...

— Я не люблю себя, — сказала Агнешка с внезапным раздражением вернувшемуся из подвала Томашу.

— Извини? — удивился Томаш.

— Если хочешь знать, ты имеешь дело с идиоткой. — Не люблю я эту идиотку.

— В противоположность мне. Мне она нравится. Откуда вдруг такая буря чувств?

Агнешка тяжело вздохнула и в нерешительности замолчала.

Рассказать ему всю правду?.. А что, если он разлюбит ее, бросит, уйдет от нее... Дать ему уйти вместе с тайной? И повторится, например, история тетки Марины?.. Любовь — понятие преходящее, а здесь речь идет об обменном эквиваленте...

— И что там, в подвале? — спросила девушка, силясь изобразить интерес.

Томаш тут же оживился, напрочь забыв об идиотке.

— Сдается мне, что того, кто им пользовался, работящим не назовешь. Подвал представляет собой столетний бардак, в углах там никто не прибирал, и пусть меня дикий кабан понюхает, если какие-то бутылки не сохранились. Трудно до них добраться, потому что сохранилась также сгнившая картошка, уголь и парочка-другая прочих мелочей, в том числе и какие-то ужасно вонючие бочки. В одиночку все это не одолеть. Нужна бригада силачей, на всякий случай, непьющих.

— Бригаду непьющих силачей организовать можно. А в бочках должна быть капуста. Смогу ли я получить все это обратно?

— Бутылки так меня вдохновили, что по пути наверх я начал думать. Я понимаю, что ты не капусту имеешь в виду... Да, можешь. Вот только зачем?

Агнешка удержалась от желания сказать ему правду. Затем, чтобы спокойно перерыть весь особняк. Затем, чтобы в случае, если она что-то обнаружит, исключить сомнения в том, кому это что-то принадлежит. Затем, чтобы получить возможность делать здесь все, что она захочет...

— Чтобы был,— сердито ответила Агнешка.— Это память о моих прабабках. Может, он еще мне пригодится. Как?..

Томаш огляделся. Они снова перешли в кухню, где можно было сесть на встроенную в стену скамью. Здесь он и приступил к объяснениям.

Объяснения эти привели лишь к тому, что Агнешка совсем запуталась. Перед лицом сложных административно-правовых, а также беззаконных действий она чуть было не поддалась панике. Тут же возникла мысль о проникновении в дом со взломом и проведении нелегального обыска...

Молодые люди возвратились к бабке, которая в данный момент, для разнообразия, раскапывала маленькой мотыжкой большущую кучу навоза, возвышавшуюся на задах дома, у самых теплиц. Куры и индюшки сходили с ума от счастья среди настоящей оргии раскапываемых земляных червей. При виде гостей старуха отбросила мотыгу.

— А я вот люблю живность кормить, — объяснила она, с удовольствием глядя на клюющую птицу. — Если б не я, здесь уже давно ничего живого не осталось бы. Всего две коровы, да и от тех избавиться хотят. Дурные у меня дети, и в ежовых рукавицах держать их надобно.

Томаш сразу же приступил к сути вопроса:

— Вы, кажется, говорили, что ваш внук в гмине сидит?

— Ну сидит. И начальник он там. А что?

— Потому что, собственно, от гмины зависит, вернется ли сюда панна Агнешка.

— Как это? Ей ведь положено?

— Еще как положено. Ведь в саду вместе с усадьбой пятидесяти гектаров не было, и конфисковали их незаконно, даже учитывая, какие были времена. Вдобавок она — прямая наследница владелицы имения, что очень просто доказать. Но закон, собственно говоря, пока еще не вступил в силу, так что гмины поступают, как хотят. Могут вернуть, могут продать, а могут и отказать...

— А это уже срам, чтоб человеку его же собственность продавать, — возмущенно перебила его дочь Польди. — Пусть мой внук только попробует такую глупость учинить! Я сегодня же урезоню его.

— Может, сначала нам с ним переговорить?

— Это можно, почему бы и нет? Только надо сразу сказать, что барышня — ее светлости родня!

Сведения о том, где именно этот внук работает и как его зовут, они получили с легкостью, после чего начались мытарства. Сначала его не оказалось на месте и пришлось подождать, потом он дал им понять, что не хочет говорить при свидетелях, и, наконец, вежливо проводив их до машины, внук в двух словах объяснил им, что намечаются сложности, так как на эту усадьбу загорелся зуб у какого-то крупного чиновника на уровне воеводства. Ему уже, можно сказать, пообещали выдать разрешение на покупку, очень дешево, но с обязательством отремонтировать здание. Сам внук на стороне панны Бучицкой, наследницы по прямой линии, и будет очень рад, если она обратится в суд, чтобы обуздать поползновения посторонних лиц.

— Ты действительно хочешь получить это здание назад? — удостоверился на обратном пути Томаш, задумавшись над трупом, привидением и недвижимостью, от которой проку не было никакого, но зато расходы требовались умопомрачительные.

— Действительно, — ответила решительно Агнешка.

— В таком случае я начинаю сдавать экзамен. Мне известна нотариальная контора, специализирующаяся на наследствах. И если при наличии твоих документов одного разговора будет недостаточно, значит я болван и бросаю учебу. Сегодня же мы напишем все, что нужно...

Действительно, права Агнешки на наследство сияли собственным светом и бросались в глаза. Несмотря на это, возникли какие-то странные осложнения: гмина внезапно лишилась данных ей уже привилегий, потребовалось согласие какого-то вышестоящего начальства, оно же этого согласия никак не давало, без указания причин. Говорят, начальство это вставляло палки в колеса в комиссии по реприватизации, где должны были утвердить решение гминного совета. В инстанциях тянули время, переходя все границы административных приличий. Ни с того ни с сего вмешался департамент охраны памятников старины, и какой-то их представитель забил недостающие гвоздики в наполовину сорванную табличку с надписью «Памятник старины». Привлеченный к делу нотариус где-то получил конфиденциальную информацию о том, что возврат наследства был бы вреден для общества, так как продажа такового постороннему покупателю принесла бы гмине огромную прибыль, и, может, удалось бы заткнуть рот законному наследнику небольшой частью этой суммы. Ну, в крайнем случае, половиной...

— Кто-то чертовски не хочет, чтобы ты получила свое имущество, — заявил Томаш, несмотря на все препоны, весьма довольный собой, так как подготовленная им документация не требовала ни малейших дополнений. — Он претель, как дикий бизон, и сам хочет все заполучить. Какая-то шишка на ровном месте. Кажется, взятками швыряется направо и налево.

Еще более конфиденциально, от дочери Польди и от его правнука, Агнешка с Томашем узнали, что дикий бизон претель уже давно. Начал он, как только сменился строй, и, если б не упорство потомков Польди, ему, вероятно, удалось бы завладеть усадьбой. В определенный момент гмине даже пришлось симулировать намерение занять здание под свои нужды, в каких-то туманных общественных целях. Дикий бизон тогда притих, но не отстал.

— Почему он так упорно копает именно под этот дом? — с подозрением и легким раздражением удивлялся Томаш. — Окрестности средней паршивости, сад уничтожен, вместо пруда — болото, никаких достопримечательностей, до дороги далеко... Ну коммуникации проложены, но это и все. Что он хочет здесь устроить?

— А кто это, вообще, такой? — недоверчиво спросила Агнешка, сидя на лесенке у входа в виллу Польдиной дочери, персональные данные которой узнала лишь в процессе беготни по инстанциям из-за своего наследства. Габриэла Витчак. А то все «дочь Польди» да «дочь Польди»...— Как его зовут, этого помешанного?

Дочь Польди, пожав плечами, стряхнула с фартука остатки крошек для кур.

— А как-то так, похоже на горбатого. Пуклятый?.. Пуклятник?..

— А не Пукельник, часом?

— Да-да, вот именно. Правильно говорите, барышня. Пукельник Анджей.

— В чем дело? — поинтересовался Томаш, так как Агнешка на миг словно бы окаменела. — Ты знакома с этим типом?

— Мой покойный отец, должно быть, был с ним знаком, потому как в прежние времена, говорят, эти Пукельники бывали здесь, — заявила Габриэла Витчак с непонятным удовлетворением. — Как-то так, один за другим. Должно быть, они уже тогда облюбовали себе этот дом.

Томаш тоже присел на ступеньку и теперь смотрел на Агнешку вопросительно, не удовольствовавшись сообщением из прошлого. Агнешка немного отошла.

— Лично — нет, — наконец, ответила она на его вопрос. — Но мне приходилось слышать о таком. То есть не о нем, а о его предках. То есть не слышать, а читать.

— Где?

— В прабабушкином дневнике.

— И что же?

— И ничего. Но я, кажется, догадываюсь, почему он так сюда протискивается...

И дочь Польди, и Томаш с интересом ожидали продолжения. Однако Агнешка замолчала, погрузившись в угрюмую задумчивость. Так ничего и не объяснив, она сама перешла к вопросам:

— Так он бывал здесь, этот Пукельник?

— Бывать-то он бывал, но нелегко ему здесь приходилось, — с какой-то хитрецой ответила Габриэла Витчак. — Я что-то такое запомнила с юных лет о том, что ему в этот дом путь был заказан. И хотя, быть может, не ему, а какому-нибудь его дедушке, я на всякий случай запретила внуку впускать его туда в любое время и по первому желанию. И почти всегда при этом присутствовала, он же рвался туда, да так, что аж трясся весь.

— И что же он осматривал?

— Да на первом этаже комнаты, а пуще прочих ту, где книги. И в подвал спускался, якобы кладку осмотреть, не подпорчена ли влагой или даже грибком. Но там далеко не пройдешь, потому что уборку никто не делал еще дольше, чем я живу на свете. А он все стены ощупывал да постукивал по ним, будто только и ждал, что

424

штукатурка отпадет. А штукатурка там хорошая, ничего не облезет.

— А полы?

Габриэла тяжело вздохнула.

— С этим похуже дело обстоит, — невесело признала она. — Дожди шли, крыша протекала, дети там шастали, даже лук хранился, яблоки, а бывало, что и зерно. Немного они попорчены, но ведь это же дуб, а дуб многое вынесет. А этот жадина, я уж думала, что он совсем спятил, потому что вроде как краковяк там отплясывал, раз за разом притопывая, ну, чисто сумасшедший, потому что пьяным он не был. Но ничего он там так и не натопал.

— Давно он здесь был в последний раз?

— С полгода назад. Потом еще хотел, но я его не пустила, насчет ключей темнила, то они пропали, то внук их взял, то еще что-нибудь. И больше не лез, хотя дважды пытался. Ей-ей, сдается мне, что там какая-то вещь после ваших, барышня, прабабок, спрятанной осталась, а он хочет ее заполучить. Я верно говорю?

Вопрос был задан со всей доброжелательностью, и Агнешка заколебалась. Ложь показалась ей не к месту.

— Совершенно верно. Там осталось кое-что интересное и, возможно, лежит до сих пор. Все мои бабки и прабабки в гробу перевернутся, если он найдет это и заберет. Именно Пукельник!.. В прежние времена тут еще похлеще дела творились. При случае, в спокойной обстановке, я обо всем вам расскажу.

— Может, при случае и мне расскажешь? — с некоторым сарказмом буркнул Томаш.

— Бабы ведь, молодой человек, любопытнее,— назидательно и с упреком сказала Габриэла.—

Мужик вытерпит, а вот баба — нет. Вы, барышня, знаете, где это находится?

— Знать не знаю, но, кажется, догадываюсь. Ну, хорошо... — И сказав это, Агнешка резко поднялась со ступенек. — Топать по подгнившим доскам я не намерена, но давайте хотя бы осмотрим то, что осталось от сада. Говорят, в прежние времена он был очень красивым, посмотрим, можно ли будет его восстановить.

— Там ведь, ого-го, даже балы давали, — сказала с энтузиазмом Габриэла. — Я еще собственными глазами видела, как танцевали в саду. Там была огромная беседка, под крышей, а газон вокруг нее был отчего-то очень твердым, так что и хороводы вокруг нее водили. А теперь один фундамент остался.

Фундаментом бальной беседки заинтересовался Томаш, и Агнешке не пришлось настаивать на необходимости разыскать это заросшее травой место. Дочь Польди отправилась с ними охотно, гордясь своей ролью гида.

Каменный круг оказался огромным. Среди сорняков и одичавших кустов торчали еще даже остатки столбиков и балюстрад, сейчас уже почти незаметные. Между гранитными плитами пола проросла трава, в основном, горец птичий, растение, которым мог бы запросто зарасти весь земной шар, если б только убрать с его пути Сахару, Гоби и парочку других пустынь. Хотя, кто знает, не одолел бы он и пустыни. Агнешка ощутила в себе прилив искренней благодарности к этому растеньицу, потому что в одном месте, как бы на дополнительном фрагменте круга, травы не было. Здесь в расщелинах пустил корни исключительно горец, и без него этот фрагмент слишком бросался бы в глаза.

В дом ей пока что незачем было рваться, в отличие от Пукельника. Сначала нужно было найти три ключа на одном колечке. Без них могла бы возникнуть необходимость разобрать все здание на мелкие кусочки, что, учитывая его историческую ценность, могло бы натолкнуться на непреодолимые преграды, не считая уже прабабушкиного замечания о том, что, даже разрушив весь дом до основания, не получишь желаемый результат.

Томаш теперь уже совершенно явственно ощущал, что здесь пахнет тайной. Молчанием Агнешки он был ужасно заинтригован и слегка обижен. Гордость мешала ему быть слишком настойчивым в расспросах, однако в глубине души он решил докопаться до сути и раскрыть этот секрет хотя бы для самого себя. Что же это за загадка такая могла покоиться в старинной полуразрушенной усадьбе, загадка, оставляемая одними только женщинами следующих друг за другом поколений, невероятно привлекательная, вдобавок также и для существа мужского пола? И ведь даже не только сейчас, кажется, уже предки этого типа тянулись к ней жадными когтями...

Агнешка, в свою очередь, непреклонно стояла на своем: она не скажет ни единого слова, ни в чем не сознается, не сваляет дурака с великими надеждами, пока не разыщет эти чертовы ключи. Денег вечно не хватало, ее будущая профессия историка не давала надежд на высокие заработки, лишь раз ей подвернулся заказ на приведение в порядок какого-то частного архива, ей даже неплохо заплатили, но на этом все и закончилось. Родители тянулись на нижней планке более-менее обеспеченной жизни, и больше не могли из себя выжать. Лишь у одной тетки

Амелии бывали финансовые взрывы, и она подкидывала деньжат своей внучатой племяннице, так что Агнешке временами бывало неудобно до крайности. Ведь она уже взрослая и должна рассчитывать исключительно на себя, вот только каким образом?..

— Не переживай, — утешала ее Амелия при последнем из финансовых вливаний. — В этой семье так уж заведено, что тетки корм подсыпают. Твою бабушку тоже финансировала ее тетка, Барбара. Нет, подожди, все было намного смешнее, тетка-то ведь была не настоящей, а двоюродной.

— Вы ведь тоже не настоящая, а по дедушке...

— Вот именно. И тоже бездетная, как и Барбара. Так что все сходится.

Сходится так сходится. И Агнешка махнула рукой и на гордость, и на предусмотрительность. Ей было не до того. Она искала ключи.

В большой, пятикомнатной квартире, доставшейся ей от дедушки с бабушкой, она методично перерыла все углы, разделив помещение на квадраты. За помощью Агнешка обратилась к Фэле, которая, несмотря на приближающееся семидесятилетие, не проявляла признаков старческой слабости и охотно приняла участие в поисках. Фэля знала, что она ищет. Ключи. Всевозможные ключи, по отдельности и в связках, большие и маленькие, старые и новые, все подряд, какие попадутся.

— Ведь уже однажды было точно такое же, барышня, — говорила она, скрупулезно перетряхивая содержимое коробок с принадлежностями для чистки обуви. В коробках были старые щетки, разнообразные окаменевшие от старости кремы, фланелевые лоскутки, губки, скребки, а также набойки и вкладыши, а, кроме того, дополнительные предметы вроде ластика, стеклянной пробки неизвестно от чего, петель от дверец шкафчиков, сломанного ножа, лошадиной подковы и подобных сюрпризов. А также какие-то ключи. — Мне об этом Геня рассказывала, что у господ Вежховских служила до самой своей смерти, а она собственными глазами наблюдала, как, еще до войны, короб с дневником старшей пани Вежховской искали. Сплошной содом, все дома вверх тормашками, потому как никто не знал, где он находится. И вот в самый день свадьбы вашей бабушки короб этот в капусте сыскался. Он и сейчас еще здесь, черный такой, тот, что в спальне стоит. И отчего бы это им, вечная им память, хотя бы в смертный свой час не сказать...

Помня о своих детских «подвигах», Агнешка копалась в недрах чемоданов и дорожных сумок, вытащенных из шкафов и с полатей.

— Это я во всем виновата, — честно призналась она. — Бабушка дала мне эти ключи, а я играла ими и куда-то сунула. Я не знала, что они такие важные.

— А, да ладно, разве ж можно за детскую шалость корить. Были, значит, есть. А я еще кладовку возле кухни перерою... Сама знаю, что вы, барышня, именно там всегда ключами играли. Я ведь это видела. Вы тогда совсем крохотной были, годика три-четыре, не больше? А потом уже и перестали. Но играли вы всегда дома, а не в садике. Только раз...

— Что «только раз»? — забеспокоилась Агнешка.

Фэля тихонечко застонала и спрятала в скамью с откидным сиденьем уже проверенные коробки.

— Только раз случилось так, что вы, барышня, так хитро эти ключи друг с другом связали, что получился такой длинный хвост, да и в садик их поволокли. Но это длилось недолго, дождик как раз пошел, бабушка домой вас позвала, и ни один ключ не потерялся. А так вы только дома играли.

— Я скажу вам правду, Фэля, — немного подумав, со вздохом сказала Агнешка. — У меня не хватает духу обманывать вас. Эти ключи могут еще оказаться совсем не здесь, а дома у родителей. Я ведь там жила и вполне могла взять их с собой.

— О, колокольчик! — оживилась Фэля, вынимая из очередной коробки старинный серебряный колокольчик для вызова прислуги. — И еще даже звонит! Это еще ее светлости, пани Вежховской, из Глухова... Да где же у родителей, ведь вы же, барышня, до четырех лет здесь жили. А если уж совсем начистоту, зачем вам эти ключи?

Агнешка и так уже мучилась необходимостью держать в секрете свои надежды, и она не выдержала, открыв Фэле всю подноготную:

— Фэля, я вас очень прошу никому об этом не говорить, а иначе меня станут считать идиоткой. Видите ли, возможно, я получу обратно бабушкино наследство, Блэндов. И там есть один шкаф, запертый этими ключами. И, быть может, еще найдется то, что бабушка мне завещала. Это весьма сомнительно, ведь две войны прошли, но ведь попытаться-то можно? Я никому не говорю, вы ведь знаете, Фэля, что только дураки занимаются поисками сокровищ...

— Пан Томаш знает? — сурово перебила ее Фэля, подняв голову от очередной коробки.

— Нет. Никто не знает.

— Вот так-то лучше.

— Почему?

— Потому что если он на вас женится, то не ради наследства и кладов, только сам по себе. Я уже стара и довоенные времена помню еще. Кроме того, я всегда держала ушки на макушке и слушала, о чем вокруг говорят. Сколько же я наслушалась, чуть ли не с самого рождения, о том, как когда-то ради приданого женились, и как, по слухам, старшая пани Вежховская делала все, что хотела, потому что собственными деньгами владела, и муж ничего у нее не забрал. Ведь Геня в Первую мировую родилась и знала ее лично. И помнила. Я ничего не говорю, пан Томаш — юноша приличный, но кто его знает...

О том, что прапрабабушка Матильда делала все, что ей хотелось, Агнешке было известно лучше, чем Фэле. А сейчас девушка изобразила головой несколько противоположных по смыслу жестов: она покачала ею, потом несколько раз кивнула, снова покачала и опять кивнула.

— Вот именно, — сказала она. — Мне он паразитом не кажется, но вы, Фэля, правы. Наполовину. Или он решит жениться на мне, и даже сам не будет знать, что я кажусь ему такой красивой из-за своих денег, или же просто-напросто решит, что я глупая и жадная. И так плохо, и так тоже ничуть не лучше.

— А вы-то, барышня, хотите за него замуж?

Агнешка на миг застыла с руками в кармане сумки, в которой как раз рылась. Что до этого, у нее не было никаких сомнений. Ей хотелось выйти за Томаша, да так, что при одном его виде у нее екало сердечко. Взгляды и пристрастия у них были почти одинаковыми, так что причин для ссор не было, в постели им тоже было хорошо друг с другом. Быть может, чуточку многовато сугубо практических жизненных аспектов вклинивалось в их отношения, быть может, маловато было в этих отношениях романтики, но все это вполне можно было понять. Ведь надо же чем-то питаться, где-то жить, во что-то одеваться, куда-то ездить на каникулы... На озеро, в лес, с палаткой, дешево и сердито, при условии, что погода не испортится, а иначе гораздо более подошел бы пансионат или же элегантный отель. В Ницце, к примеру, на Английской набережной, куда ездили отдыхать ее прабабки...

Ей тоже хотелось туда, где некогда отдыхали они, причем желательно вместе с Томашем. Да он и вообще был парень хоть куда, и даже если чего-то не умел, это не страшно, он не терялся ни при каких обстоятельствах. Кроме того, если Томаш не умел чего-то, что она, Агнешка, умела делать виртуозно, ну хотя бы лошадь седлать, он всегда восхищался ею, отчего девушка немедленно расцветала. Ну да, к порядку он не приучен, носки могли валяться под стулом, а он их вообще не замечал, всякие же мятые, ненужные бумаги могли лежать в мусорной корзине, а могли и вокруг нее, ему это было все равно.

И вдруг при одной мысли об этих носках и бумагах Агнешка ощутила, как у нее потеплело на сердце, и, поддавшись нахлынувшей волне нежности, поняла, что влюблена в Томаша без памяти.

Подняв глаза на Фэлю, девушка решительно ответила:

— Да. Я хочу выйти за него замуж, но говорю это только вам, и больше никому, так как совершенно не знаю, хочет ли он на мне жениться. Но вот покупать его я не собираюсь. Поэтому, если его прельстят мои деньги, а не я сама, он мне не нужен.

Фэля прекрасно это поняла, должно быть, основываясь на опыте, полученном еще в детстве. Богатством владеть — это да, это дело хорошее, а вот от мужика лучше его скрыть, ведь кто их всех знает...

— Ну так давайте искать ключи, барышня... — сказала она.

Придумав какой-то соответствующий моменту предлог, Томаш одолжил у приятеля мотоцикл и направился в Радом, для разговора с этим таинственным Пукельником. Погода была прекрасной, движение на краковском шоссе не слишком оживленным, водил он виртуозно, так что Томашу, честно говоря, нечем было занять себя, и он стал думать об Агнешке. Мысли же все, как на подбор, были отмечены печатью горечи, бунта и даже некоторой ожесточенности. Да что же, в конце-то концов, вообразила себе эта девчонка, и кем она его, собственно говоря, считает? Какой-то безвольной марионеткой, мальчиком на побегушках или же, наконец, альфонсом?.. Одно лишь такое предположение немыслимо раздражало его: ведь, без ложной скромности, но и не впадая в манию величия, Томаш знал, что он — отнюдь не тряпка и что качества, которыми он обладал, как минимум достойны внимания. Агнешкино поведение и поступки на три четверти свидетельствовали о том, что она не только ценит Томаша, но даже весьма в нем заинтересована. Однако оставшаяся одна четвертая вызывала в молодом человеке самые ужасные сомнения. Он ведь уже настроился на эту девушку, уже ощутил, что, наконец-то, нашел то, что надо, и вдруут из-за какого-то блэндовского особняка начались неприятности. Какого черта?!.

Ситуация была несколько необычной в силу того, что как Томаш, так и Агнешка причисляли себя к существам мыслящим. Несмотря на юный возраст, каждый из них по отдельности вот уже в течение нескольких лет размышл над смыслом жизни. На безмозглую, настроенную исключительно на одни развлечения девицу Томаш, возможно, и клюнул бы, но наверняка не задержался бы рядом с ней надолго. Ему нужен был человек, а не просто сексуальная партнерша. Девушки Томаша любили. Им нравился и его высокий рост, и узкие бедра, и широкая грудь, и несколько асимметричное лицо, почти всегда озаренное приятной улыбкой. У него уже было и время, и возможность понять, что в мире существует и еще кое-что кроме секса, и что неторопливая беседа с существом противоположного пола временами доставляет несравненно больше удовольствия, чем разговор с представителем своего пола. Разумеется, при условии, что спектр тем не окажется невыносимо ограниченным...

Кроме того, Томашу ужасно не нравились девушки маленькие и хрупкие. Он их боялся, опасаясь, что стоит лишь слегка прикоснуться к такой, как она еще, чего доброго, сломается. Могучие толстухи, девушки худые и костлявые, а также манекенщицы тоже не прельщали его. Когда же Томаш познакомился с Агнешкой, он почувствовал, как его озарило, словно вспышкой: вот эта то, что надо! Его прямо-таки швырнуло к ней, причем с первого взгляда. Когда же оказалось, что девушка еще и умна, но при этом скромна, Томаш, почти не колеблясь, сказал себе: «вот оно!». Однако, уже успев привыкнуть к успеху среди дам, даже и не подумал о том, что Агнешку следует завоевывать, посчитав их взаимное влечение друг к другу делом абсолютно естественным. И вот теперь, внезапно ощутив, что их с Агнешкой разделяет какое-то непонятное препятствие, Томаш испытал настоящее потрясение. Черт побери, он-то ведь уже на эту Агнешку настроился!..

Однако о том, что и Агнешка, в свою очередь, тоже настроилась на него, Томаш не имел ни малейшего понятия. Он был сбит с толку ее нежеланием раскрыть ему тайну, каким-то образом связанную с Блэндовом.

В Томаше проснулась мужская гордость: вот и хорошо, он не скажет на эту тему ни единого слова, не задаст ни одного вопроса. Не хочет Агнешка с ним делиться — ну и пусть себе молчит, он и сам докопается до сути! Ему просто необходимо доказать ей, что он умнее! Или хотя бы что они с ней в умственном отношении ровня. Пусть она поймет, что он, по крайней мере, ничуть не глупее ее: подавлять Агнешку Томаш не собирался, но не собирался также играть роль скамеечки для ее прекрасных ножек. Ему не хотелось терять Агнешку, он был в ней очень сильно заинтересован и решил во что бы то ни стало расставить в этом, дай Бог, союзе, все точки над «i». В противном же случае Томаш перестанет ощущать себя мужчиной и начнет, пожалуй, чего доброго, бегать к психиатру.

Ощутив внезапный прилив ненависти к ни в чем не повинным психиатрам сразу же за Бялобжегами, Томаш ни с того ни с сего вдруг представил себе детей, которых могла бы родить ему Агнешка. Он, в общем, любил детей. И тут Томаша словно бы кипятком обдало. Он даже сам удивился и вместе с тем ощутил прилив блаженства, даже, можно сказать, упоения. Безумие какое-то. Нет, нечего скрывать, Томаш был невероятно заинтересован в Агнешке.

А вот никаких тайн, разделяющих их, он не потерпит!

Пана Пукельника молодой человек обнаружил в условленном месте, то есть в отделе культуры воеводского* управления, на должности заместителя начальника. Согласно легенде, Томаш явился к нему в качестве журналиста, специальностью которого были проблемы законодательства. Ведь хоть какими-то знаниями все равно пришлось бы блеснуть, а юридические вопросы были Томашу ближе всех прочих.

Он увидел перед собой типа лет пятидесяти. Тип производил неожиданно приятное впечатление. А ведь Томаш ожидал встретить скорее напыщенного болвана или скользкого прохвоста. Ведь он не имел ни малейшего понятия о шарме и коммуникабельности панов Пукельников, описанных в дневниках панны Доминики и Агнешкиной прапрапрабабушки. Не успел юноша и глазом моргнуть, как тип уже установил с ним вполне дружеские отношения.

Заранее решив нацелиться на памятники старины, Томаш сразу, без околичностей, затронул тему Блэндова.

Спустя три четверти часа приятной беседы он уже знал, что речь идет об особняке, представляющем исключительную ценность для отечественной культуры. Особняк этот, что и говорить, был конфискован у прежних хозяев на не вполне законных основаниях, однако он того стоит и пригоден для устройства в нем музея более, чем

---

* Воеводство — единица административно-территориального деления Польши.

какой-либо иной. Ведь здание это — не рядовой «домик в деревне», деревянный, на каменном фундаменте, а настоящий дворец из кирпича и камня, можно сказать, в прекрасном состоянии, нечто среднее между дворянским и магнатским гнездом, и его потеря была бы для общества невосполнимой утратой. В особняке находятся наддверные панели с росписью и барельефами, при виде которых дыхание перехватывает, барочные еще камины, им, разумеется, необходим ремонт, но все-таки! Кроме того, гданьские резные шкафы восемнадцатого века, консоли в стиле рококо... Это не следует, да какое там не следует, это же просто невозможно недооценивать! Да ведь оставить такое без внимания — просто-напросто преступно!

Хотя Томаш по образованию и был юристом, но все же в вопросах культуры и искусства разбирался, хотя бы в общих чертах. Вот почему сейчас он несколько остолбенел, пытаясь лихорадочно припомнить все эти шедевры. Черт возьми, ведь они с Агнешкой совсем недавно осматривали этот проклятый особняк, однако за гданьский шкаф смог бы с горем пополам сойти лишь серьезно контуженный, изувеченный буфет. Наддверные панели... О Господи, кажется, одна какая-то еще смутно виднеется над дверью гостиной... Что же касается каминов, Томаш готов был поклясться: облицованы они были самым обыкновенным клинкерным кирпичом, причем без малейшего намека на стиль барокко. А консолью можно было назвать разве что кухонную скамью, на которой они с Агнешкой сидели. И если это рококо, то и он, Томаш, тоже родом из той же эпохи. Если бы он не видел все это собственными глазами, то без возражений поверил бы пану Пукельнику. Какой гений среди лжецов!

Значит, за всем этим что-то скрывалось. Агнешка молчала, а пан Пукельник врал как бешеный. Оба владели какой-то информацией, которую решили во что бы то ни стало скрыть. И оба упорно желали заполучить блэндовский особняк. Вот только у Агнешки прав на него было больше.

Ее победа уже почти не вызывала сомнений, хотя ее достижению и сопутствовала некоторая доля опасности. Будучи лицом совершеннолетним, Агнешка должна будет подписать обязательство привести здание в состояние первоначального великолепия. Против этого она и не возражала, отлично, но вот потом-то как быть?.. Томашу было прекрасно известно, что денег на этот ремонт у Агнешки нет ни гроша.

— Великолепное решение, — похвалил он откровения пана Пукельника, не обращая внимания на то, в каком месте вклинивается в них. — Но что же произойдет, если обязательство выполнено не будет? Существует же какой-то срок?

— Да, — по инерции ответил пан Пукельник.— Две недели. Если через две недели не начнется ремонт...

— Предположим, что так оно и будет. И что же тогда?

Пан Пукельник снисходительно ухмыльнулся:

— Тогда бывший владелец утратит все права. Ему вообще нельзя входить на территорию земельного участка без стройматериалов и бригады строителей-ремонтников. А если он не выполнит свои обязательства, усадьба перейдет к нам за символический один злотый, и тогда мы устроим в ней музей.

— По какой же это статье?

— Пока еще нет дополнений к кодексу. По распоряжению Департамента охраны памятников старины.

— А этот Департамент и Отдел культуры имеют право туда войти?

— Разумеется. Сразу же после утраты прав владельцем. Могу вас заверить в том, что на следующий же день начнется инвентаризация объекта. Кроме того, появится возможность приобретения этого здания третьим лицом, которое выполнит такие же или, возможно, даже более жесткие обязательства...

— Вы хотите сказать, что это третье лицо немедленно пригонит на территорию усадьбы самосвалы с кирпичом и так далее?

— Совершенно верно. Кто смел, тот и съел. Послушайте, я вовсе не намерен скрывать, что дом — просто загляденье. Раритет. Да за один его осмотр надо брать с людей деньги, а значит, и прибыль у нас будет. Если покупатель сумеет заявить о себе, подключив средства рекламы, он очень скоро вернет затраченные на ремонт средства. Особняк же будет восстановлен в своем первозданном виде. И это будет триумф культуры...

— А мебель?

— Что «мебель»?..

— Там и мебель имеется? Старинная? И тоже требует реставрации?

Пан Пукельник победно ухмыльнулся:

— Вот именно, что имеется. Она, по большей части, прежняя, прислуга попрятала ее. Мы вернем ее на место, как только стабилизируется юридический статус дома...

В течение всего обратного пути Томаш предавался интенсивным размышлениям, причем темы его раздумий были весьма далеки от области нежных чувств. А думал он о том, где же эта самая мебель и почему дочь Польди не намекнула о ней ни единым словом?.. Выходит, и тут пан Пукельник врет...

Томаш придирчиво, по порядку проанализировал все высказывания последнего и пришел кое к каким выводам. Молодой человек обогнал два автофургона, вспоминая об основной информации, а именно о том, что в усадьбу не пропустят никого без грузовиков с кирпичом. Где же, черт побери, Агнешке раздобыть эти самые грузовики?..

Владельца не пропустят туда без бригады рабочих-ремонтников. А без денег нанять таковую невозможно. Вывод напрашивается сам: в здание невозможно будет проникнуть, и именно в этом вся суть. Возможно, у дочери Польди уже отобрали ключи. Хотя, если вспомнить упрямство этой тетки, такое вряд ли возможно. Но даже если это и так, то основная цель всей этой псевдокультурной деятельности — перекрыть Агнешке доступ в особняк.

Следовательно, внутри дома наверняка находится нечто, на что точит когти этот Пукельник и что желает вернуть себе Агнешка. Вернуть, потому что, в конце-то концов, все, что там находится, некогда принадлежало ее предкам. Интересно, что же это такое?

Мешок золотых талеров. Нет, времена не те, ну, скажем, золотых рублей. Картина Рембрандта, спрятанная от мародеров в какую-нибудь из войн. Бриллиант из царской короны. Дневники адъютанта Наполеона. Хотя зачем, черт возьми, адъютанту Наполеона было оставлять свои дневники именно в Блэндове?.. В Яблонне — это еще было бы понятно... Нечто ценное вообще, что может пригодиться всякому, так как к сугубо семейным делам это нечто отношения иметь не может: Пукельник не приходится Агнешке родней. И для того, чтобы обнаружить это нечто, надо побыть в доме некоторое время. Вот почему он так не хочет пускать туда Агнешку...

Все сходится, так оно все и должно быть. Но почему же Агнешка скрывает это от него?

Это был самый больной вопрос, а что это за предмет, Томаш угадать не сумел. Он решил определить его как «сокровище», на этом и остановиться, прикидываясь перед Агнешкой, что ему известно всё. А пусть не зазнается!.. У пана Пукельника вырвалась еще какая-то коротенькая фраза, свидетельствующая о том, что ему приходилось видеть особняк во времена его прежнего великолепия. А это, разумеется, невозможно, так как он не мог родиться раньше, чем под конец Второй мировой. Но, похоже, он и впрямь знаком с этим домом... Вот только откуда? И каким образом?.. Вероятно, из тех же источников, что и Агнешка, то есть из рассказов предков. Следовательно, его предки тоже пытались проникнуть туда...

Томаш добрался до Варшавы, вернул приятелю мотоцикл и немедленно отправился к Агнешке.

Девушка же, вместе с Фэлей, успела уже обшарить весь огромный коридор квартиры и перейти к другим помещениям. Фэля занялась теперь каморкой, смежной с кухней, Агнешка отправилась в прежний кабинет. До сих пор им удалось разыскать одиннадцать различных ключей, среди которых, однако, не было трех на одном и том же кольце. Агнешку интриговало то, как именно выглядело это самое кольцо, однако здесь Фэля не могла ничем помочь ей, так как, даже если она когда-то их и видела, то не обратила на них внимания и не сумела запомнить. Воспоминания же самой девушки на этот счет были до чрезвычайности туманными. Ключами она прекратила играть на пятом году своей жизни, то есть шестнадцать лет назад...

Дверь Томашу открыла Фэля, и он увидел свою предполагаемую невесту с невероятно растрепанными волосами, покрытую толстым слоем пыли, слегка приунывшую и явно озлобленную. Она восседала на полу, окруженная кучами разнообразного мусора, выброшенного из ящиков письменного стола, комода и шкафов. Минуя кухню, Томаш успел заметить фрагмент аналогичного пейзажа, содержимое каморки высыпалось за порог. И тут его озарило.

— Чтоб у меня кактус на заднице вырос, если ты не ключи ищешь, — рявкнул он. — А этот Пукельник отдал бы целый год своей жизни за то, чтобы заменить тебя в этих поисках.

Агнешка вскочила с пола:

— А ты откуда знаешь?

— У меня создалось такое впечатление.

— Ты его видел?..

— Собственными глазенками. У нас с ним состоялся долгий и в высшей степени дружеский разговор.

Агнешка ужасно распереживалась. Она перешагнула через завалы мусора, споткнувшись о мраморное пресс-папье, упала прямо в объятия Томаша и, позволяя ему целовать себя, в бешеной спешке приводила свои чувства в порядок. Ну, разумеется, Пукельник! Много лет назад он объегорил пана Фулярского, потом — панну

Доминику, а сейчас еще и Томаша... Ему известно о ключах! Минуточку, Боже праведный, ведь не может же это быть все время один и тот же Пукельник, ну не сто пятьдесят же ему лет, на самом деле! И как это Томаш узнал о нем?..

Агнешка неспешно и весьма неохотно освободилась из его объятий. Она чувствовала, что придется вновь принять решение: рассказать Томашу обо всем или же не рассказывать?..

— Расскажи мне, как это произошло, — настоятельно попросила она.

Томаш рассказал, выложив ей всю правду на одном дыхании.

Агнешка окинула взглядом помойку в кабинете и предложила перейти в гостиную. Она решила приоткрыть ему тайну.

— Как ты уже догадался, я добралась до дневников прабабушек, вполне законной наследницей которых являюсь по завещанию. Во-первых, я скажу тебе, что Пукельник совершил самое обыкновенное убийство. Не этот, теперешний, а его пра... минуточку, сколько же должно быть этих «пра»? Дай-ка мне прикинуть... Подожди... Внук, Первая мировая... Вторая мировая... Правнук, кажется?.. Значит, прадедушка. Скандал с убийством замяли, а он, этот прадедушка, а после и дедушка... все время пытались проникнуть в Блэндов.

— Тебе известно, зачем?

— Да, но неизвестно, откуда ЕМУ об этом известно.

— Наверное, от прадедушки и дедушки?

— Похоже на то. Говорят, там... — Агнешка замялась, села за длинный стол, облокотилась на него и мужественно продолжила: — Видишь ли, по-моему, моя бабушка совершила компрометирующую ее глупость. Мне не хотелось бы объяснять тебе, в чем суть, а то она, пожалуй, еще проклянет меня с того света... Уж лучше я сделаю то, что она не сделала, вот только не знаю, получится ли это у меня. Вот почему я и молчу. Ты верно догадался, я ищу ключи. Эти чертовы ключи являются как бы сутью проблемы, без них мне пришлось бы разложить дом на атомы, да и то не знаю, даст ли это хоть какой-то результат. И вообще, я не знаю, есть ли ЭТО еще там...

— Что? — терпеливо спросил Томаш, усевшись, неизвестно почему, за противоположным концом стола. Они с Агнешкой выглядели словно средневековая королевская чета, которым за едой должны были бы прислуживать дюжины две слуг.

— Если будете ужинать, так может поближе друг к другу сядете, — заглянув в гостиную, ядовито произнесла Фэля. — Гостей же нет. А я так длинно бегать не стану, времени у меня на это нет.

Молодые люди ошеломленно посмотрели на нее. Потом взглянули друг на друга, дружно расхохотались и так же дружно пересели за один онец стола.

— Ну, так-то лучше, — одобрила Фэля и исчезла за дверью.

Этот смех как-то сблизил их, и нехороший барьер, выросший между ними в последнее время, дал трещину. Агнешка вновь вернулась к волнующей ее теме, сейчас она говорила намного бойчее и свободнее.

— Честно говоря, мне и самой не хотелось бы выглядеть дурочкой. Я не хотела никому ни о чем говорить, пока не найду ключи. Мне хотелось сначала самой проверить, без свидетелей пережить разочарование или успех и лишь потом поставить в известность своих родных. И тебя. Понимаешь, вновь обретя равновесие.

Томаш все понял. Ему тоже стало намного легче.

— Значит, я верно угадал? Вся проблема в ключах, недоступных Пукельнику, которые должны быть у тебя, так?

— Вот именно...

— И ты рассчитываешь на нечто, что поможет тебе выполнить обязательства по ремонту усадьбы?

— Вот именно... Минуточку, не совсем так. Я чуть-чуть на это рассчитываю... Хочу проверить. А вдруг?..

— И что же это должно быть? Потому что об этом я, честно говоря, не догадался.

Сделав над собой недолгое, но весьма интенсивное усилие, Агнешка слегка утоптала свои взгляды насчет обменного эквивалента.

— Какое-то наследство от прапра... и так далее... бабушки в виде Бог знает чего. Если верить дневникам, представляющее немалую ценность. Но с равным успехом там может ничего и не оказаться. Две войны, оккупация, всякие трупы, Пукельники...

— Пукельников можно сбросить со счетов, — энергично перебил ее Томаш. — Если бы они добрались до этого раньше, то сейчас не пытались бы туда проникнуть. Трупам тоже не сопутствовал успех.

— Я тоже так считаю, — согласилась с ним Агнешка. — Вот почему, как ты и сам видишь, я ищу ключи. Хочу реабилитировать бабушку, а может и разбогатеть при случае.

Фэля внесла еду в виде макаронной запеканки с ветчиной и сыром, добавив к этому маринады, грибочки, корнишоны и маленькие зеленые помидорчики. Агнешка, подумав совсем чуть-чуть, потянулась за красным вином.

— И если бы у меня были эти ключи, я прокралась бы туда тайком, безо всяких договоров...

— Ты уверена, что они все еще где-то лежат? А вдруг они пропали с концами?

— Должны быть. Моя мать, прежде чем выбросить их, обязательно спросила бы, не нужны ли они кому-нибудь. Она редкостная педантка.

— Помочь тебе в поисках?

— Если у тебя есть время... Я сегодня и вообще лекции пропустила...

В результате поисками трех ключей на одном и том же колечке занялись все. Даже тетка Марина, для успокоения совести, перерыла свою квартиру, хотя в этом не было никакого смысла. Амелия искала тоже, а пани Идалия решила сделать самую обыкновенную генеральную уборку, одновременно с которой вымыть окна и покрыть лаком полы. Безумие одолело и дядю Ежи в Косьмине, ведь Агнешка в детстве иногда гостила там. У всей семьи как минимум на две недели мир сошелся клином на ключах, причем никто не знал, зачем разыскивает эту гадость.

Результат превзошел самые смелые ожидания. Все, что было найдено, передавалось Агнешке, и теперь посреди кабинета высилась большущая куча железяк. По странному стечению обстоятельств вся родня очутилась в прежней квартире Барбары одновременно, в один и тот же день. Пани Идалия с супругом навестили свою дочь и принесли ей последнюю сумку с ключами.

С аналогичным грузом приехал младший сын дяди Ежи, Михалэк, Агнешкин ровесник, которого диковинные запросы кузины немало рассмешили. Тетка Амелия заскочила к ней, прихватив с собой только что обнаруженную под старыми негативами коробку, полную металлолома. Ну а тетка Марина заглянула просто так. Агнешка резко собралась с силами и в мгновение ока организовала банкет, угощая родных целым блюдом селедки в масле, яйцами вкрутую в горчичном соусе и огромным количеством картофельных оладий, которые тут же жарила Фэля. Других продуктов дома у нее как раз не было. Вероятно, по наитию, Томаш явился едва ли не в середине банкета и принес с собой мороженое.

— Собственно говоря, зачем тебе все эти ключи, дитя мое? — спросила тетка Марина как раз в момент появления Томаша, после чего, переждав поклоны и приветствия, повторила свой вопрос.

— Ну?.. — не преминул поддержать ее Михалэк.

— Все они нужны мне как дыра в мосту, — вежливо ответила Агнешка. — Я ищу строго определенные ключи, три на одном и том же кольце. Однако они могли с него слететь, и сейчас неизвестно, какие из них искомые, вот почему я должна осмотреть все.

— Эти поиски принесли мне личную пользу,— сказала Амелия. — Ведь я случайно нашла свои ключи от чемоданов. Их я тебе не принесла, надеюсь, ты мне это простишь?

— И от чего же они, те три? — не отставала тетка Марина.

— От каких-нибудь замков, вероятно, — буркнул Агнешкин отец.

— Семейная реликвия, — холодно подсказала пани Идалия.

— И ради семейной реликвии все переворачивают вверх дном свои жилища? — удивился Михалэк.

— Наша мать, из уважения к семейным реликвиям, всю свою жизнь посвятила чтению...

— Некоторые посвящают всю свою жизнь чтению, невзирая на семейные реликвии...

— А может, пусть она нам скажет, а?..

— Тише вы! — внезапно потребовала Амелия.— Я здесь самая старшая и, кажется, помню. Что-то такое было...

Она нахмурилась, подняв над картофельной оладьей ложку, с которой стекала густая сметана. Все родные уставились на нее со смесью подозрительности и надежды.

— Ну?.. — не утерпела Марина.

Ее сестра тоже не утерпела:

— А когда мама пыталась объяснить, что именно она читает и зачем, ты ничего и слушать не желала, — саркастически упрекнула она Марину. — Ни единое слово до тебя не дошло.

— А до тебя все дошли, да?

— Я историей не интересовалась. Но я, по крайней мере, понимала, что мама читает из чувства долга и приличия...

— А также ради удовольствия, — вновь перебила их Амелия, передав ложку Агнешке. — Господи ты Боже мой, Фэля делает эти оладьи еще лучше, чем Геня... Юстина, мне это доподлинно известно, любила прежние времена. Даже тетка Гортензия говаривала, что стоит Юстине сунуть нос в эти бумажки, и она перестает замечать, что вокруг нее происходит. Барбара с Антосем могли поубивать друг друга, а она бы и не заметила...

Агнешке вдруг стало до ужаса обидно, что никто не вел дневники в более поздние времена. Хотя бы бабушка Юстина. Послевоенные события не уступали по яркости и выразительности происходившему в девятнадцатом веке. Они были, как видно, в равной степени интересными. О своей прапра... сколько-то там этих пра... бабушке Барбаре она с детства слышала как о личности чрезвычайно колоритной. Мать говорит, что не помнит ее, может разве что Амелия...

— ...но это был и долг, а как же, — продолжала Амелия. — И предмет этого долга, то есть дневник, находили дважды: один раз — в капусте, а второй раз — в сейфе, я при этом присутствовала.

— Оба раза? — заинтересовался Михалэк.

— Оба, но первый я не помню, меня куда-то упихнули, вместе с прочими детьми. Зато второй... Дневник нашелся, короб из-под него у тебя, наверное, до сих пор здесь хранится? Он был серебряным, украшенным драгоценными камнями, так что, вероятно, никто из вас не вынес его на помойку?

Тут Амелия с подозрением посмотрела на пани Идалию и ее дочь. Обе повертели головой.

— Вот именно. Там было что-то еще, какой-то бумажный мусор. И, как мне кажется, ключи тоже. Три ключа на одном колечке. Я словно сейчас вижу, как все по очереди держали их в руках, пока, наконец, Барбара не забрала их. Колечко было необычным, таким плотным или как это еще сказать, по крайней мере, ключи невозможно было снять с него и разделить. А украшено оно было... чем-то мелким... вспомнила: четырехлистным трилистником. Вот и все. Барбара отдала их Юстине.

— Это и мне известно, — уныло пробормотала Агнешка. — А бабушка Юстина дала их мне поиграть.

— Должно быть, на нее тогда затмение ума нашло, — решила Амелия, не скрывая своего осуждения.

— Так я узнаю, наконец, от чего эти ключи и почему мы все ищем их как дураки? — не уступала Марина.

Агнешка заколебалась. Все смотрели на нее.

— Я скажу, когда они найдутся. Я и сама ни в чем не уверена. Но если верить дневникам прапрапра...

— И так далее — бабушки, — потеряла терпение Амелия.

— ...Матильды, они от одного такого шкафа в Блэндове, за которым, возможно, до сих пор хранятся очень ценные реликвии, кто знает, не с наполеоновских ли времен. Во всех этих завещаниях заложено такое упорство, что мне неудобно не приложить хоть какие-то усилия. И не найти их...

— Потому что без них что? — поинтересовался Михалэк.

— Потому что без них, как я уже говорила, надо будет разрушить стену, а Департамент реставрации памятников старины не даст на это разрешения и, вообще, за каждым моим шагом станет там следить.

— Это факт, — наконец, подал голос Томаш, кратко, правда, зато необычайно темпераментно.

— Вот именно! — сказала Амелия, нацелив на него вилку с куском лепешки со сметаной. Сметана была густой, но в тепле начала стекать с оладьи прямо в стакан с чаем Михалэка. Амелия убрала вилку, возмутившись при этом:

— Что за зараза какая-то, вечно в этой семейке за обсуждением важных дел какая-нибудь пища скачет, то же самое было у Людвика и Гортензии... Тебя, — махнула она вилкой, на этот раз в сторону пани Идалии, причем кусок лепешки сорвался с нее, угодив прямо на декольте Марины. — Вот именно... Тебя, говорю, тогда еще не было на свете...

Михалэк захихикал. Амелия обратилась к нему:

— И тебя тоже. Именно тогда мы узнали о существовании твоего отца, кажется, ему на то время уже годик исполнился...

— Вы, тетя, все так прекрасно помните, а как только речь заходит об этих ключах, у вас тут же образуется провал в памяти, — рассердилась Марина и съела кусок лепешки из-за декольте.

— У меня тогда были как раз собственные проблемы. Осложнения в браке...

— Еще бы, — вмешалась Фэля, входя с новым блюдом. — Как раз тогда я начала у вас работать, а вы по всему дому с ножом за своим мужем гонялись, и господа велели вас ловить, потому что он только бегал от вас. Кому же еще об этом помнить, если не мне, остальные все умерли уже. Две холодных оставьте, я принесла горяченьких.

Амелия внезапно заинтересовалась:

— Я что-то говорила при этом? Не помню, помню только, что ужасно тогда распереживалась.

— «Убью, свинья!» — кричали, не переставая. Тогда еще разбилась одна такая ваза, говорят, ужасно дорогая, и пани Барбара выбрасывать ее не велела, а отдать мастеру, чтоб он ее склеил. Нож у вас, в конце концов, отобрали, и все улеглось.

— Действительно, вам было не до ключей, тетя,— согласился Анджей, отец Агнешки.

— И что же дальше было с той вазой? — задумчиво спросила пани Идалия. — Ее отнесли к мастеру?

Фэля взяла со стола блюдо с двумя остывшими лепешками и пожала плечами:

— Ну, не сразу. Стояла она и стояла, а осколки лежали внутри, пока, незадолго до своей смерти, пани Юстина не нашла такого мастера и, кажется, сама отнесла к нему вазу. А может, и не она, а паненка Эва, она тогда еще была. Это случилось вскоре после того, как камин топили шишками. Паненка Эва часто и подолгу жила у нас.

Марина внезапно оглохла, так как пребывание ее дочери у бабушки Юстины являлось результатом ее собственных брачных проблем чрезвычайно оригинального свойства. Учитывая же то, что окончательный результат этих самых проблем почти дотла разорил ее родных, Марина предпочитала не помнить об этом.

— Так где же она сейчас, эта ваза? — не унималась Идалия. — Ее принесли от мастера?

— Этого я не знаю. Должно быть, она долго была у него. Паненка Агнешка, быть может, лучше знает.

Идалия направила на дочь суровый взгляд. Агнешка даже не пыталась скрыть свою растерянность.

— Правильно, об этом говорилось еще при жизни бабушки. Ну, хорошо, признаюсь: я совершенно об этом забыла.

— Боюсь, дитя мое, что эта ваза — из Блэндова. И боюсь, что она относилась к эпохе Минь, а может, даже и Сунь. Ты, случайно, не отнеслась к этому делу излишне легкомысленно? Времена, когда мы могли позволить себе некоторое легкомыслие, довольно-таки давно миновали.

Тетка Марина вновь обрела былой задор:

— Нет, вы только подумайте, она заставляет нас перерывать все углы, а сама такими вещами швыряется! Разве ж сравнишь Наполеона с Китаем?!.

Агнешка еще больше растерялась. За нее вступилась Амелия:

— Нечего здесь слезы лить, разбитый китайский фарфор — это уже пыль, ее не склеить. А даже если...

— Ваза совсем не в пыль превратилась, — возмущенно перебила ее Фэля. — Лишь слегка надломилась у самого верха, потому что пани Барбара успела поймать ее, так что ваза только о полку стукнулась и немного треснула. А что треснуло, пани Барбара собственноручно собрала и в мешочек положила, чтобы осколки не пропали, так все и осталось.

— Вы ведь сами, Фэля, сказали, что осколки были внутри вазы...

— А, это потом. О таких вещах и забыть недолго. Сама пани Юстина во время генеральной уборки в мешочек заглянула, что же там такое хранится, и, чтоб больше не забывать, в вазу осколки засунула. И вскоре после этого нашла мастера.

— У тебя есть его адрес? — обратилась к Агнешке пани Идалия.

— Есть. И фамилия тоже. Я этим займусь.

— Может, хватит уже о фарфоре? — предложила Амелия. — Мы вроде бы о ключах сейчас говорим. Сомневаюсь, чтобы их кто-то выбросил, так что где-то они должны валяться. Все квартиры уже обыскали?

— Осталась еще пара углов...

— Ну так поищите по этим углам. Ведь, насколько я помню, Агнешка свои любимые игрушки сама от себя прятала по всяким укромным местечкам и играла в поиски. Шаги даже считала...

— Она умела считать? — удивился Михалэк.

— До десяти — великолепно. Бормотала себе под нос, отмеривала расстояние пальцем по стене или же какой-нибудь палкой. Изображала поиски сокровищ.

— Откуда вы это знаете, тетя? — заинтересовалась Агнешка, из памяти которой уже изгладились подробности ее детских игр.

— Ты сама мне об этом сказала. Тогда, когда пропали мои запасные ключи от квартиры и мне пришлось заказывать новые. А старые я обнаружила спустя пару лет во флакончике для имбиря, да и то еще не на кухне, а на книжной полке, за одной такой книжкой небольшого формата. Она стояла вровень с остальными, меня это удивило, я и заглянула за нее. Там как раз было свободное место.

— А что это такое, флакончик для имбиря? — поинтересовался Михалэк.

— О Господи... Давным-давно, дитя мое, для всего были специальные емкости, и это было у любой хозяйки. Под соль, под шафран, под имбирь...

— А имбирь вы не разыскивали, тетя?

— Нет. Имбирь кладут во фляки*, а в те времена фляки было днем с огнем не сыскать. Впрочем, имбиря там как раз и не было, зато были мои запасные ключи. Так что загляните во все странные места...

Чтобы не сваливать всю работу на мать, еще не обследованные уголки родительского дома

_____

* Фляки — польское национальное блюдо из требухи.

Агнешка перерыла лично, впрочем, с таким же успехом, как и бабушкину квартиру. Разнообразных ключей было найдено великое множество, но вот тех самых, трех на одном кольце, не было. Не было — и все тут. Девушка благословляла тетку Амелию за то, что та вспомнила, что ключи не снимались с кольца и не разъединялись, так как ее уже начинали мучить опасения, что она сама уничтожила их, растеряв по отдельности. В таком случае их вообще невозможно было бы идентифицировать.

Вся в переживаниях, мучимая еще и угрызениями совести, Агнешка решила по крайней мере завершить эпопею с вазочкой. К счастью, фамилия и адрес мастера были у нее записаны среди прочих памяток бабушки Юстины, так что нашлись они с легкостью.

Весьма уже пожилой господин, несколько склеротичного вида, однако все еще вполне в рабочей форме, чрезвычайно обрадовался ее приходу.

— Наконец-то вы появились! Барышня моя дорогая, да я же уже хотел объявление дать, вот только не знал, как его составить, чтобы не возбуждать ненужные подозрения и не привлечь к себе внимание воров. Ведь это же ваза эпохи Сунь! Сунь! Вы хоть это понимаете?

Агнешка поняла. Искренне заинтересовавшись историей, она пробежалась по ее второстепенным сюжетам: по истории часов, мебели, костюма, кухонной утвари, стеклянной посуды, музыкальных инструментов, а также фарфора. Что такое ваза эпохи Сунь, она знала, и ее бросило в жар.

— Это же уникальная вещь! — продолжил пожилой пан со смесью восторга и возмущения.— Такие вещи только в музеях встречаются, да и то редко. Откуда это взялось в вашей семье?

В этот миг убежденность в пламенной, хотя и кратковременной, вспышке нежных чувств императора к ее прапра... и так далее... бабушке приобрела у Агнешки твердокаменность, нерушимую, словно скала. Путешествия дальних предков в Китай в расчет не принимались.

— Наполеон где-то ее слямзил, — выскочило у нее, и девушка как можно скорее попыталась загладить неловкость: — То есть это я так предполагаю, потому что иной возможности не вижу. Он был лично знаком с моей... с нашей...

Однако старичок не слушал ее:

— Наполеон? Вполне возможно. Сейчас уже никто не докопается до истины. Войны уничтожают культуру. Этой вещи цены нет! Разумеется, из-за реставрации она стала наполовину дешевле, но все равно она уникальна. Уже год... нет, что я говорю, уже целых три года как она готова, и я был поражен тем, что вы за ней не приходите...

— Моя бабушка полтора года назад умерла, и возникли различные осложнения, — перебила его Агнешка, стараясь изо всех сил не показаться кретинкой. — Я лишь недавно отыскала вашу фамилию и адрес и сразу же пришла к вам.

— Ах да, понимаю. Разумеется. Я ужасно боялся какой-нибудь кражи со взломом... Хотел даже застраховать ее, но это очень дорого, и, случись что, все равно полную стоимость не вернут, а история получится чрезвычайно неприятная. Ваша родственница внесла задаток, так что с вас только одиннадцать миллионов четыреста тысяч злотых.

— Простите?..

Видно было, что такая сумма явилась для Агнешки полнейшей неожиданностью. Старичок расстроился:

— А, вы к этому не готовы? Ну да, в самом деле, ведь такие деньги не носят с собой на мелкие расходы. Но сейчас я уже буду ждать спокойно. Когда мне вас ожидать?

От этих одиннадцати миллионов Агнешка так остолбенела, что договорилась на будущую неделю. В самом начале, во вторник. Откуда взять такие деньги, она в данный момент совершенно не представляла.

Сначала ей пришло в голову обратиться к тетке Амелии, однако прежде Агнешке хотелось посоветоваться с матерью. Стоимость вазочки эпохи Сунь могла быть и вообще запредельной, исчисляясь в сотнях тысяч долларов, а ведь она принадлежала Агнешке, так как бабушка завещала ей все. Если продать вазу, то ремонт Блэндова, будь он неладен, не представлял бы никакой сложности.

Ну вот, и снова деньги. Счастья они, быть может, и не приносят, но зато как же кошмарно их отсутствие усложняет жизнь!

Мысли девушки с вазочки, ремонта и денег как-то автоматически переключились на Томаша. Ах, если бы он был богат!.. Боже правый, а может, эти бабы, жившие в прошлом веке, поступали разумно, выходя замуж за старых богатых козлов... Нет, именно очень неразумно, предпочитая им юных, красивых и бедных... Идиотки, они-то не знали, что такое безденежье. Может, и ей следовало бы, невзирая на чувства, поискать себе антипатичного миллиардера?.. Симпатичный, разумеется, будет несвободен... Отказаться от Томаша...

Прежде чем она добралась до квартиры родителей, Агнешка успела прийти к внутреннему согласию. Нет, она не собиралась отказываться от Томаша. Мысль о том, чтобы променять его на мерзкого миллиардера, без сомнения, старого, толстого и деспотичного, наполняла ее отвращением. Как назло, все известные Агнешке очень богатые типы были старыми, толстыми и деспотичными, а некоторые из них отличались еще и неотесанностью, отсутствием воспитания и, кроме того, похотливостью. За таких — ни за что! У нее не было необходимых для этого склонностей, куртизанки прежних дней вызывали в ней глубокое сочувствие и великое отвращение к профессии. Уж лучше заставить Томаша составить себе состояние, ну и, разумеется, самой вернуть состояние прапрабабушки, что тоже было бы весьма неплохим выходом из положения.

— И как же они могли вот так всего лишиться? — с обидой спросила Агнешка, встретившись в подворотне с возвращавшейся с работы матерью. — Я ведь читала все эти дневники, да они же были сказочно богаты!

У пани Идалии не было ни малейших сомнений насчет того, кого имеет в виду ее дочь.

— Кажется, в нашем роду не было ни единого человека, который сумел бы позаботиться об этом,— холодно ответила она. — Ну, может, за исключением тетушки Барбары. Но и она, кажется, умела только зарабатывать, а не копить.

— Ведь вопрос даже не в умении копить. Можно швыряться деньгами ради удовольствия, лишь бы только не переходить за определенные рамки. Но ведь они лишились всего глупо, а удовольствия я в этом никакого не вижу.

— Здесь ты, Агнися, преувеличиваешь и несправедливо чернишь своих предков. Сначала были войны, а потом их доконал строй. Последней же каплей, чего уж тут скрывать, стала твоя тетка Марина. Насколько я понимаю, тебе нужны деньги. Что случилось?

Они вместе вошли в квартиру.

— Муж тетки Марины, — поправила мать Агнешка. — Я хотела выкупить из ремонта вазочку эпохи Сунь.

Сообщение об одиннадцати миллионах злотых огорчило пани Идалию. Она растерялась, однако тут же несколько утешилась, сообразив, сколько может стоить эта вазочка. Вот только прежде чем рассуждать о цене, следовало сначала вернуть ее домой. Пани Идалия тоже в первую очередь подумала об Амелии.

— Если она не собирается ни в какое путешествие, может, даст хотя бы половину. Остальное попытаемся собрать общими усилиями. Мне кажется, что такая сумма у нас наберется, вот только жить тоже на что-то надо.

— Может, дядя Юрэк? — без особой надежды подсказала Агнешка, одновременно заглядывая в ящики старого буфета, так как в ней уже глубоко укоренилась привычка искать ключи.

— Мне не хотелось бы обращаться к нему. Говорят, они кормили нас в течение двадцати лет. Кроме того, насколько мне известно, он во что-то вкладывает, и свободных денег у него нет. Да оставь ты в покое эти ящики, их уже десять раз обыскивали.

— Может, продадим что-нибудь?

— Продать одно, чтобы купить другое?..

— Вернуть. И более ценное.

— Но ведь ты не намерена продавать эту вазочку?

Агнешка заколебалась. Должно быть, она продала бы вазу, если бы кто-нибудь предложил ей хорошую цену. Благодаря чему автоматически решился бы вопрос с Блэндовом. Однако, с другой стороны, лишаться этих последних крох на черный день ради эфемерных миражей?.. Много ли ей будет проку от Блэндова, если там ничего не окажется?

— Или Сунь, или ключи, — невольно пробормотала Агнешка.

На это пани Идалия не ответила ничего, а занялась приготовлением пищи. У нее не было ни малейшего желания принимать участие в безумии с историческим уклоном, которому посвятила свою жизнь ее мать и которое теперь, как стало очевидно, охватило и ее дочь. Психоз накатывал волнообразно, проявляя себя в каждом втором поколении. Хорошо еще, что Агнешка не была такой же абсолютно непрактичной, как Юстина.

У пани Идалии внезапно возникла ассоциация, и какая-то часть ее души обрадовалась перемене строя. У нее был на обед готовый супчик из шампиньонов, готовые рубленые шницели и готовое картофельное пюре. Готовые, то есть из полуфабрикатов, разумеется. А ко второму — листовой салат, от которого достаточно было лишь оторвать парочку листиков и сбрызнуть их лимонным соком, ерунда, а не работа. Все продукты она приобрела без проблем и потери времени. Пани Идалия, со вздохом облегчения, вспомнила прежние времена, когда в свободной продаже были только уксус и плавленые сырки, а чтобы накормить семью, приходилось долгие часы простаивать в очередях. Готовить она не любила, а от одного лишь вида очередей ей становилось дурно.

Агнешка, глядя на мать, думала примерно о том же, хотя все прошлые зигзаги семейного быта задели ее лишь слегка, не отравив жизнь окончательно и бесповоротно. Разумеется, можно было отказаться от полуфабрикатов и вести хозяйство более экономно, но нельзя объять необъятное: или следует посвятить себя профессиональной карьере и зарабатывать деньги, или же — ведению домашнего хозяйства и экономить. И пусть каждый занимается тем, что ему по душе и что он умеет делать, а не тем, к чему совершенно не приспособлен. Домашнее хозяйство ее мать вела исключительно из чувства долга, но без малейшего призвания и удовольствия, хотя, следовало признать, она была в этой области докой. Пани Идалия специально научилась всему, чтобы ведение дома отнимало у нее как можно меньше времени, и в этом тоже был какой-то смысл.

Тут Агнешка мимоходом вспомнила о Фэле, которая была для нее чистейшей воды благословением Божьим и даром небес, после чего вновь вернулась к беспокоившей ее теме.

— Вы сможете оторвать от себя два миллиона, мама? — неуверенно спросила девушка. — Я начинаю ходить по родне с протянутой рукой и должна знать, на что могу рассчитывать. Сейчас я отправлюсь к тетке Амелии.

— Что у нас сегодня? Пятница? — ответила ей пани Идалия вроде бы безо всякой связи с заданным вопросом.

— Пятница.

— Я скажу тебе в понедельник. До понедельника потерпишь?

— Потерплю. Я договорилась на вторник.

— Есть хочешь?..

— Нет, я дома поем. А то Фэля обидится. Ну, я пойду.

Пани Идалия не стала настаивать. Вид у Агнешки был здоровый и цветущий, так что кормить ее насильно не было никакой необходимости. Кроме того, у любящей и довольно-таки предприимчивой матери возникла некая новая идея. В конце концов, в ранней юности лошади занимали главенствующее место в ее жизни...

Несколько раз в году пани Идалия посещала лошадиные бега. Ради удовольствия, из ностальгических соображений и в память о дедушке Людвике. У нее и сейчас время от времени возникало чувство сожаления по поводу того, что природа не обидела ее ростом и весом, что помешало ей стать профессиональной наездницей. У нее до сих пор сохранился свободный доступ в любую часть ипподрома. В лошадях же пани Идалия разбиралась и сейчас так же хорошо, как много лет назад. Различные способы обмана и мошенничества в этой сфере тоже были ей досконально известны.

В субботу мать Агнешки отправилась на ипподром в одиночку, без мужа, хотя вообще-то ей нравилось бывать на бегах в его компании. Он невероятно забавлял ее своим абсолютным незнанием предмета и мнениями, от которых голова шла кругом. Он до сих пор так и не сумел понять, чем отличается лошадь от собаки, кошки, кабана или же, к примеру, коровы, и высказывал замечания, которые великолепно развлекали пани Идалию.

Однако на этот раз она намеревалась сосредоточиться, и ничто не должно было отвлекать ее от главного, если только она хотела помочь своей дочери.

Пани Идалии повезло с комбинацией, она сумела высмотреть нужных лошадей и угадать, какой обман был задуман на этот раз. Она проверила игру: мафия избегала ставить на фаворита. Пани Идалия была против мафии.

Когда лошади выходили на беговую дорожку, она оказалась у самого ограждения. Фаворит был в метре от нее.

— Ясь! — прошипела пани Идалия диким, пронзительным шепотом. — Я ставлю!..

Жокей Ясь, несравненный наездник мирового класса, элита ипподрома, резко вскинул голову и тут же узнал ее. Ее слова он тоже понял. И испытал потрясение.

Почти четверть века назад Идалька была любовью всей его жизни. Будучи шестнадцатилетним парнишкой, он был влюблен в нее до потери пульса, абсолютно безнадежно, но верно. Потом они с ней виделись лишь изредка, но нежное чувство в его душе сохранилось. Именно ради Идальки Ясю хотелось достигнуть небывалых высот, он мечтал о том, чтобы ради нее совершить какие-то невероятные подвиги, оказать ей невиданные по своим масштабам услуги. Эти мечты воплотить было совершенно невозможно, так как ставок Идалия не делала, всех возможных высот он уже достиг, а неземная любовь со временем превратилась в трогательное воспоминание. И вот сейчас вдруг Ася словно громом ударило: Идалька ставит на него!..

За то, чтобы не прийти к финишу первым, сдерживая свою лошадь, он уже получил шесть миллионов. Он и вообще не должен был войти в первую четверку, а это было отнюдь не просто, отсюда и высокий гонорар. Шесть миллионов ему, разумеется, придется вернуть, ну и пусть, он их вернет, и пусть они все провалятся в тартарары, пусть подавятся. Он скорее умрет, чем не придет к финишу первым. Мафии Ясь не боялся, ведь это он был им нужен, а не они ему. В лошадях все эти мафиози разбирались как свинья в акробатике, так что он без труда внушит им все что пожелает. Идалька, ясное дело, поставила на какую-то комбинацию во главе с ним...

Не успев еще добраться до стартового автомата, Ясь уже обо всем догадался. Он свято верил в знание лошадей и в интуицию Идальки. Должно быть, она поставила на то, что заметила в ставке, следовательно, подготовленные лошади должны прийти к финишу по-честному. Тренерша Сятковская ужасно удивится, что ей позволили занять платное место, но это ничего, пусть хоть до упоения удивляется. Забег будет честным, и все тут!

Учитывая то, что жокею Ясю в значительной степени подчинялась вся команда, пани Идалия, в сопровождении враждебных выкриков толпы, выиграла восемь с половиной миллионов злотых.

Разумеется, она, из элементарного чувства приличия, отловила своего бывшего обожателя после бегов и объяснилась с ним.

— Это ради дочери, — вздохнув, сказала она.— У нас появились внезапные и крупные расходы, и у меня не было возможности поговорить с тобой заранее. Спасибо тебе огромное.

— Для тебя — все, что угодно, — галантно ответил ей Ясь. — Конечно, если б заранее договориться, было бы намного проще, но сама знаешь, что, в случае чего, можно и не такое провернуть.

— Не буду тебя использовать, мы кое-как сводим концы с концами.

— В случае чего — всегда пожалуйста. Вот только не всякий раз получится, и это ты тоже сама понимаешь. Эти му... то есть, это...

— ...жланы, — элегантно подсказала пани Идалия.

— Пусть будет и так. Они совсем нам кислород перекрывают, все намного хуже, чем было прежде.

— Я прекрасно всё понимаю. Вот что я тебе скажу: у моей дочери проблемы. Как только она их решит, мы устроим банкет. Хочешь?

Жокей Ясь расцвел, словно жаворонок в весенний день, хотя никакие банкеты уже давно не впечатляли его. Но этот мог стать венцом его личной жизни. Перед лицом такого мероприятия он и на шейха Омана чихать хотел...

— Мама, это безумие какое-то, — уже в воскресенье сказала Агнешка по телефону. — Тетка Амелия предлагает мне всю сумму целиком. Миллион я уже списала на нет. Что же мне делать?

— Нет. Раздели сумму пополам. Половину даст тетка Амелия, половину дам тебе я. Но предупреждаю: как только ты получишь назад Блэндов, тебе придется собственными силами устроить там банкет. Без моей помощи. Я буду гостьей.

Через две секунды Агнешка смирилась с такой неизбежностью.

— Вот и отлично, прапрапрабабушке Матильде тоже приходилось нечто подобное устраивать. Так что или я справлюсь с этой задачей, или перестану быть ее пра... — и еще что-то там — внучкой...

Во вторник, с деньгами в сумочке, Агнешка отправилась за вазочкой. Именно тогда она впервые увидела ее воочию. Форма немного разочаровала ее, она показалась девушке несколько примитивной, но, несмотря на это, в вазе было своеобразное очарование. И еще этот цвет, которого вроде как бы и не было, и все же он был. Место склейки надо было искать с лупой в руке, гениальная работа!

Девушка уже уходила, когда старичок внезапно воскликнул:

— Минуточку, подождите, я чуть было не забыл!.. Это было в вазе, и тоже валялось у меня уже несколько лет. Я обнаружил это под пакетиком с осколками фарфора и хотел вам сказать, ведь, может, вещь нужная, но прошло столько времени... Вот, возьмите, прошу вас.

Агнешка отпустила вращающуюся дверь и повернулась назад. Пожилой господин протягивал ей три ключа на одном колечке...

— Я не знаю, что ты намерена делать с этим Блэндовом, ключи от которого были тебе так нужны, но прими к сведению, что я буду туда приезжать, — заявила необычайно довольная Амелия на традиционном семейном совете. — На выходные, на каникулы, да когда угодно. И если не увижу за окном кур, уток, гусей... на индюках я настаивать не стану... А может, не стоит настаивать и на гусях?..

И Амелия обвела своих родных за столом неуверенным взглядом. Ответ на ее вопрос могла бы дать, собственно говоря, лишь Агнешка, которая ориентировалась в исторических событиях, остальные же были насквозь современными горожанами. Михалэк, конечно же, разбирался в помидорах, спарже, кресс-салате и луке, Идалия — в лошадях, Фэля блистала бы при забое свиней, а вот кто разбирался в домашней птице?.. Исключительно прабабки по боковой линии, не понаслышке знакомые с литературным творчеством.

— И как тут не верить астрологии? — высказалась Марина, проглотив кусок цыпленка в винном подливе. — Столько всего сразу произошло, а я ходила к гадалке, причем именно к астрологу, и она мне ясно предсказала, что в половине этого месяца всю нашу семью ожидает крупная удача. И вот она, пожалуйста!

— Гусей не надо, — почти одновременно с Мариной сказал Томаш. — Они чертовски шумные. Особенно на рассвете, спать не дают.

— Шумные?.. Ну так черт их побери, гусей этих, а индюки как же?..

— Индюки, знаете ли, создания нежные, — поучительно заметила Фэля, стараясь подавать к столу как можно медленнее. — Неужели вы с юности не запомнили?.. Они то и дело болеют, и без тысячелистника их ни за что не вырастишь. За индюками нужен глаз да глаз, но если захотеть... Шума от них большого не бывает, где уж им до гусей.

— Или огород, или домашняя птица, — предупредил Михалэк, силясь побороть веселье.

Амелия, тяжко вздохнув, решила остановиться на курах и утках. Агнешка и не думала протестовать, послезавтра она должна была принять усадьбу, возвращенную ей по закону. Напрасно Пукельник, заартачившись, чинил ей препоны. Он не сумел помешать ей, но вот ремонт в двухнедельный срок остался в силе. Агнешка уже не боялась его, а поиски в библиотеке решила начать на следующий день. Кроме того, у нее в запасе была вазочка эпохи Сунь.

— Там птичий двор всегда был сбоку, — деликатно заметила она. — Вы, тетя, согласны высунуться в окно, чтобы увидеть всех этих кур и уток?

— В окно? Это можно, — пошла на уступку Амелия.

— Потому что со стороны парадного входа была подъездная дорога, а огород — на задах здания...

— Ты хочешь восстановить усадьбу в прежнем ее состоянии? — забеспокоилась пани Идалия.

— Не знаю. Если получится...

— А без домашней птицы, пани, вы туда не приедете? — обратился к Амелии Томаш.

— Хватит обращаться ко мне «пани», черт возьми! Ты в конце-то концов женишься на Агнешке или нет? Если да, то я тебе теткой прихожусь, если же нет, то и вообще с тобой не разговариваю!

— Перед лицом такой угрозы... Если только Агнешка не имеет ничего против...

— Мне следует понимать, что ты официально просишь руки моей дочери? — внезапно заинтересовался пан Анджей.

Официальное предложение руки и сердца в данный момент не входило в планы Томаша, но ведь не мог же он так сказать. Кроме всего прочего, молодой человек отнюдь не был уверен, каким образом среагирует на это Агнешка, до такой степени конкретные планы на будущее они пока еще с ней не обсуждали. В воображении Томаша страшновато замерцал образ обручального кольца. Усиленно пытаясь скрыть свое смущение, он уже открыл рот, чтобы поддакнуть, однако Агнешка опередила его:

— Может, следовало бы сначала согласовать это со мной? — вежливо подсказала она.

— А что? — удивилась тетка Марина. — Так ты еще не знаешь, любит ли он тебя?

— Как же это? — одновременно возмутилась Фэля. — Значит, барышне пан Томаш не нужен?

— Мне казалось, что у вас друг к другу серьезное, а не легкомысленное отношение, — холодно заметила пани Идалия.

— Боже милостивый!.. — тихонько простонал Михалэк.

— Я, разумеется, не настаиваю, — поспешил ретироваться пан Анджей, увидев, что растревожил муравейник.

Однако Томаш поспешил взять быка за рога.

— Заявляю публично, что ничего не желаю так сильно, как жениться на Агнешке. Действительно, ей я еще не успел сказать об этом. Не было случая. И не знаю, согласится ли она, хотя и надеюсь, что согласится, вот только я предпочел бы... как бы это... ну... возможный отказ выслушать в более интимной обстановке...

— Почему отказ? — удивилась тетка Амелия.— Я бы за тебя вышла.

Учитывая то, что разница в возрасте между Амелией и Томашем составляла ровно сорок лет, это заявление прозвучало довольно-таки устрашающе. Несмотря на чисто теоретический его характер, над столом повисло некоторое смущение. Пани Идалия окинула тетку брезгливым взглядом, Фэля неодобрительно фыркнула, Михалэк же сначала открыл рот, а потом громко захлопнул его, так и не произнеся ни единого слова. И тут Агнешка вспомнила о неописуемо неловкой статье в завещании Матильды и, ощутив некоторую внутреннюю дрожь, решила, что пора действовать.

— Ну и зачем вы, папа, делаете такие заявления?.. Нет, это же тетя... Скажу сразу: да, я хочу выйти за него замуж, отпираться не стану. Вот только поговорить надо было действительно с глазу на глаз, ведь существует же еще это ужасное бабушкино завещание. Как же мне сказать ему о таком при людях? Мне это кажется оскорбительным.

— Не при людях, а при родных, — поправила ее тетка Марина.

— Ничего, — одновременно заверил ее Томаш.— От твоей бабушки я приму оскорбления запросто и совершенно безболезненно.

— А что такое Юстина намудрила в своем завещании? — спросила, нахмурившись, тетка Амелия. — Я что-то не помню.

Пани Идалия помнила и милосердно выручила свою дочь:

— Ей нельзя выйти замуж без брачного контракта. Прабабушка Матильда тоже маме запретила. Это ничем не чревато, но из одного чувства приличия следует это условие соблюсти. Не надо нарушать традиции. Неужели это и впрямь оскорбительно? Некогда все браки заключались именно так, и никто не чувствовал себя оскорбленным.

— А ты чувствуешь себя оскорбленным? — с любопытством обратилась Амелия к Томашу.

Томаш, скорее, чувствовал себя огорошенным, хотя понятие брачного контракта было ему прекрасно знакомо.

— Упаси Бог! У меня совершенно ничего нет, и что касается меня лично, то мы можем составить хоть десять брачных контрактов. Я не собираюсь также грабить Агнешку, а значит, и разочарования не испытаю. Однако, если этот контракт должен иметь какой-то смысл, сначала следует полностью покончить с возвратом имущества и юридически определить ее состояние, а иначе нам все испортит вопрос о совместной собственности супругов...

— Совершенно верно, — одобрила пани Идалия. — Ну, раз ты не выдвигаешь никаких возражений...

— И согласен смириться с фанабериями прабабушек, — перебила ее тетка Амелия.

— ...то будем, по крайней мере, последовательны. Пусть хотя бы у одного из вас что-то будет. Разумеется, о дате свадьбы вы уж между собой договоритесь, учитывая всю ситуацию...

Агнешка полностью отказалась от участия в разговоре, который велся за столом. Так же, как и для Томаша, это внезапное обручение стало для нее неожиданностью. На сердце у нее стало легко и спокойно. Девушка поспешно проанализировала состояние своих чувств: да, разумеется, она хотела, чтобы Томаш стал ее мужем, и согласилась бы жить с ним бок о бок хоть сейчас, квартира у нее была, так что проблемы с жильем нет, учиться можно продолжать и будучи замужней женщиной, с детьми подождать три года до ее диплома, а уверенность в том, что они вместе и окончательно принадлежат друг другу, была приятным чувством. Агнешка прекрасно осознавала, что Томаш, неожиданно для самого себя, оказался под сильнейшим давлением, без помощи которого, вероятно, не заговорил бы о свадьбе столь поспешно. Но ведь, если бы он не собирался жениться на ней, то сумел бы выкрутиться, положив крест на их совместном будущем. Значит, он, вероятно, желал того же, что и Агнешка, выжидая лишь подходящий момент. Ничего страшного не произошло, они с ним объяснятся, оставшись наедине, теперь уже, можно сказать, вполне легально...

Кроме того, у нее были эти проклятые три ключа на одном колечке. Указания прапрапрабабушки хранились в ящике письменного стола. Агнешка еще не решила, отправится ли она вскрывать Сезам одна или же в компании Томаша. Если уж с кем-то, то только с ним, наверное?.. У нее также не было никакой уверенности в том, каким образом пользоваться ключами: насильно разъединить их или же так и оставить, описание ловушек и автоматически захлопывающихся дверей беспокоило ее. Девушка видела впереди одни проблемы, но зато какие прекрасные!..

Томаш, уже освоившись с ролью официального жениха, принимал живое участие в разговоре. Его не смущало даже сочувствующее выражение лица Михалэка и упорно не желающий исчезать призрак ужасного обручального кольца. Он уже начинал ощущать удовлетворение от своего странного предложения: да, глуповато как-то все получилось, ну и пусть. Главное то, что Агнешка высказалась ясно и решительно, и теперь у него не осталось никаких сомнений: она хотела выйти за него замуж, без капризов, истерик и колебаний. Ситуация ему однозначно нравилась.

Да, их оставили наедине, и никто этому не удивлялся, даже Фэля придерживалась мнения, что у жениха с невестой было право на собственную вечеринку. Они не сразу бросились друг другу в объятия.

— Кажется, я должна извиниться перед тобой...— неуверенно заговорила Агнешка.

— Да ты с ума сошла! — энергично перебил ее Томаш. — Неужели ты не замечала, что я хожу вокруг тебя кругами, как пес около мясной лавки, и только жду удобного случая? Дай Бог здоровья твоему отцу, да и тетке тоже, за то, что они все решили за меня, честь и хвала им за это!

— Тогда почему же ты молчал?

— Потому что боялся тебя. Я не знал, что ты думаешь по этому поводу, и боялся впасть в немилость.

Агнешка искренне удивилась:

— Неужели не заметно было, что я от тебя без ума? Я очень надеялась на то, что ты женишься на мне, но мне казалось, что ты колеблешься. А я ни за что на свете не хочу тащить тебя к алтарю насильно. Прими во внимание то, что мне пришлось вникнуть в исторический документ, можно сказать, интимного свойства, и то, что в моих генах закодирована убежденность в том, что скорее девицу надобно тащить к алтарю силой...

— А что, если нам обоим отправиться туда на добровольных началах? Что ты на это скажешь? Я не говорю, что это надо делать прямо завтра, сначала разберись с этой блэндовской авантюрой, я же вижу, что она тебе покоя не дает. Мне не нужна такая конкуренция. Ключи у тебя есть, поступай, как считаешь нужным, и пусть это, наконец, останется в прошлом.

— Ты прав, — согласилась с ним Агнешка, которая именно в тот момент приняла решение. — Поедешь со мной? Или в самый ужасный момент тактично повернешься ко мне спиной, чтобы я могла поскрежетать зубами в одиночестве? А если там за мной все захлопнется...

— Ну вот еще, с какой стати все должно захлопнуться?

Неистребимая убежденность в главенствующей роли обменного эквивалента позволила Агнешке обдумать все за доли секунды. Если никакого прапрапрабабушкиного сокровища нет, все равно ничто уже не изменится, Томаш женится на ней, не рассчитывая на приданое. Если же оно есть, то тем более женится, какой же нормальный мужчина бросит свою невесту только потому, что она разбогатела? А если он ненормальный, то лучше, чтобы это выяснилось до свадьбы.

— Я покажу тебе, — вздохнув, сказала Агнешка, поднимаясь с кресла. — Прочти сам эти бабушкины инструкции.

Томаш, хотя и был по складу ума гуманитарием, все же проявлял общую для мужского пола склонность к технике. Он сразу обнаружил, в чем состоит основная опасность, и решительно потребовал сделать дубликаты всех ключей. Если тот, кто войдет в сокровищницу предков, совершит ошибку и угодит в западню, тот, кто останется снаружи, сумеет проникнуть к невольному узнику и оказать ему помощь. В противном же случае, заявил Томаш, Агнешка войдет туда не иначе как через его труп.

Агнешка понимала, что изготовление запасных ключей займет от силы час, ну может два, и немедленно согласилась. Полное взаимопонимание было достигнуто.

* * *

Стоя плечом к плечу перед тем самым шкафом, молодые люди старались скрыть обуревающие их чувства. Приехали они не таясь, посреди белого дня, имели право войти, и никто не надзирал за ними. У них не было нужды прокрадываться ночью, со слепым фонариком, шептаться, передвигаясь на цыпочках и высматривая врага...

— Ну что ж, давай рискнем, — сказал Томаш. Агнешка замешкалась:

— А если там ничего нет?..

— Значит, все в норме. Как правило, в таких местах ничего и не бывает. А излечиться от глупых надежд тоже полезно.

Агнешка молча кивнула головой, потому что у нее слегка перехватило дыхание. Она взобралась на стремянку и потянулась к планке.

Нужный ключ девушка обнаружила со второй попытки, повернула его дважды направо и левой рукой потянула шкаф на себя. Раздался скрежет, и механизм, с некоторым сопротивлением, сработал. С замиранием сердца и мощным рефлектором в руке, Агнешка ворвалась за таинственный порог. Так, третью ступеньку следует пропустить, не наступить бы на нее ненароком...

Открывшаяся ее взору лестница действительно исключала возможность проникновения в сокровищницу человека полного. Агнешке пришлось протискиваться боком. Она осторожно начала спуск, перешагнула, даже не задев ее, третью ступеньку и, спустившись пониже, увидела, как луч рефлектора высветил нечто внизу. Девушка пригляделась, и у нее перехватило дыхание.

Стоя в ожидании возле темной узкой щели в стене, Томаш страшно переживал и уже плевал себе в бороду. Да как же он мог отпустить девушку одну в эти странные катакомбы, черт знает, в каком они состоянии, ведь туда уже много лет никто не спускался. Должно быть, он совершенно спятил! Идти вслед за ней ему нельзя, он должен страховать ее отсюда, а ведь, черт знает, не обвалится ли там что-нибудь или не заклинит ли что-то. Как же он, в случае чего, сумеет проникнуть к Агнешке?!. Ах он кретин, а вдруг с ней что-нибудь случится?!

В этот миг Томаш внезапно осознал, что любит Агнешку без памяти, и жизнь без нее утратит всякий смысл. После чего его уделом стали чувства, некогда уже испытанные прапрапрадедушкой Матэушем.

В тот момент, когда он категорически решил вызвать военных, саперов и взорвать все это к чертовой бабушке, в тесном проходе появилась Агнешка, живехонькая-здоровехонькая, вот только очень бледная и даже, кажется, слегка зеленоватая. Без единого слова она упала Томашу на грудь, прижавшись к нему изо всех сил. Ни на какие вопросы девушка пока не отвечала, стараясь лишь как можно глубже дышать. О том, что ее жизненные принципы только что радикально изменились, Томаш не имел ни малейшего понятия. Он лишь понял, что именно в данный момент внезапно превратился в надежду, опору и прибежище, необходимое слабому полу. Ну тютелька в тютельку, как прапрапрадедушка Матэуш...

Агнешка же за этот краткий миг осознала, что любящий и достойный доверия парень дороже всех денег мира. И пусть гром разразит обменный эквивалент. Ничто не заменит надежную, сильную руку, которая обвила ее и прижала к груди, заботливо и успокаивающе, хотя сердце в этой самой груди билось беспокойными толчками от страха за девушку.

Агнешка перевела дыхание.

— Там скелет, — пробормотала она в рубашку Томаша слабым, безразличным голосом.

— Что?..

— Скелет. В одежде.

Томаш попытался справиться со своим внезапным ошеломлением. Особенно его огорошило сообщение об одежде.

— О скелетах твоя бабушка не писала...

— Прапрапра...

— Какая разница. Там ничего подобного быть не должно. В чем же дело?

Агнешка смогла, наконец, поднять голову.

— Не знаю. Он там лежит. Нет, в обморок я не упаду. Но это жутковатое зрелище...

— Еще бы...

— Не знаю, что делать...

— Во-первых, успокоиться. Я налил бы тебе рюмочку чего-нибудь, но откуда взять? У нас с собой ничего нет... Где он лежит?

Агнешка постепенно оправлялась от пережитого потрясения. Она глубоко вздохнула, пошевелилась, разжала ладони, которыми судорожно вцепилась в лацканы куртки Томаша, после чего отодвинулась от него на каких-нибудь полсантиметра.

— Я просто чудом перепрыгнула через третью ступеньку, когда мчалась наверх. Он лежит внизу, там, где должна быть следующая дверь. Это Пукельник-младший...

— Прошу прощения?..

— Пукельник-младший. Я, кажется, уже начинаю рассуждать, хотя, быть может, и немного беспорядочно. Пукельник-младший пропал без вести, а потом здесь завелось привидение. Должно быть, он наступил на третью ступеньку...

Томаш немного отстранил ее от себя, так, чтобы можно было смотреть на нее, не теряя, однако, непосредственного физического контакта.

— А ты, случайно, не бредишь? Откуда тебе пришел в голову какой-то Пукельник-младший? Нам известен весьма немолодой Пукельник...

— Из дневника панны Доминики. Он там лежит со времен Первой мировой. Кажется, дедушкой нынешнему приходится. А может, прадедушкой. Прежде чем здесь погибнуть, он уже успел жениться, и сыну его было около года. Так что род не прервался. Он пропал без вести после посещения Блэндова, да так никогда и не нашелся. То есть да, нашелся. Сейчас.

Томашу надо было все это обдумать. К Агнешке явно возвращалось душевное равновесие, с ней уже можно было говорить. Сначала он воочию убедился в существовании скелета у подножия лестницы. И прежде чем Томаш протиснулся вниз и вернулся обратно наверх, Агнешка успела полностью прийти в себя.

— У нас есть три возможности, — деловито заявила она, присев на ступеньку стремянки. — Похоронить этот скелет тайно, где-нибудь в саду, известить о нем полицию или же вообще ничего не предпринимать, и пусть он там себе лежит. Сделать вид, что мы его не замечаем. Не знаю, на что решиться. А ты как считаешь?

— По скелету неприятно ходить... Подожди-ка, дай мне подумать...

Оба на несколько минут задумались. Томаш задумался над своей карьерой юриста, которой в самом начале угрожал серьезный проступок. Наличие скелета требовало от него вполне конкретных действий, проигнорировать находку было абсолютно невозможно. Томаш мог бы пойти на некоторый риск, но здесь уже все зависело от выдержки Агнешки.

Агнешка этот аспект тоже принимала во внимание. Она уже ощущала себя единым целым с Томашем и обязана была вести себя по отношению к нему лояльно. Девушка нарушила молчание первой:

— Начнем с того, что мне совершенно необязательно было мчаться наверх, — задумчиво произнесла она. — Я вполне могла посопеть и на лестнице. Но я так испугалась, что единственная моя мысль была о тебе, а ведь если б я не вернулась, то и ты бы о нем не узнал. Так что давай считать, что я сюда не возвращалась, а пошагала дальше, до победного конца. Ведь могу же я оказаться глупой и смелой, а?

Томаш был глубоко растроган, однако сейчас у него не было времени анализировать причины и проявления этого чувства. Агнешка решила проблему самостоятельно, и он прекрасно понял ее.

— А ты выдержишь? — забеспокоился Томаш.

— Я как раз пришла к выводу, что выдержу. Надо мной витает дух прапрапрабабушки. А она этих Пукельников ой как не любила.

— Если не выдержишь, возвращайся и черт с ними, с историческими реликвиями...

— Ну уж нет! Ты, видимо, еще не знаешь, какая я жадная. Жадная, а не скупая, это совершенно разные вещи. Я ни за что не откажусь от сокровищ прабабушки, ну, разве что они пропали.

— Скелет указывает на то, что, кажется, не пропали...

Настроившись на ужасные зрелища, Агнешка, собравшись с силами, вновь спустилась по тесной лесенке. Ей удалось не задеть ни единого анатомического фрагмента Пукельника, хотя девушка и была глубоко убеждена в том, что, распинай она его скелет по косточкам, прапра-прабабушка Матильда отнеслась бы к такому поступку с живейшим одобрением. Отсчитывая и нажимая разнообразные кирпичи, Агнешка с облегчением думала о ксерокопии инструкции, которая была у Томаша: в случае чего, он сможет пройти сюда вслед за ней...

Девушка ни в чем не ошиблась, нажав все в нужной очередности и помня даже о том, что стена должна раскрыться резко, так что следует отойти от нее на безопасное расстояние. Обуреваемая сильнейшими чувствами, Агнешка изо всех сил сжала челюсти и осветила рефлектором маленькое узенькое помещеньице. У нее вновь перехватило дыхание.

Сундучок, на нем — коробочки и шкатулки. На самой верхней из них, словно специальное украшение, лежала целая связка маленьких ключиков на крупном серебряном кольце...

А ведь это было еще не все. Ведь прапрапрабабушка Матильда писала о супнице, которая не уместилась бы ни в одном из этих футляров. Следовало идти дальше, в сторону беседки, путь с той стороны был отрезан, так как в беседке отсутствовала стена с подвижными кирпичами. Агнешка должна была попасть туда отсюда, помня об очередных дверях, которые захлопывались сами. Из двух зол она предпочла коварные двери, чем кошмарные кости... Томашу придется помочь ей...

Полчаса спустя Агнешка уже отдыхала на нижней ступеньке стремянки. Скелет предполагаемого Пукельника-младшего остался нетронутым, все перенесли над останками алчного неудачника. Драгоценности в футлярах покрыли весь пол под стремянкой в прежней библиотеке.

Томаш присел на подоконник, вытирая пот со лба.

— Это невероятно, — заявил он. — Я никогда в жизни не видел ничего подобного, разве что на картинках. Ты думаешь, в этой супнице правда вот так запросто суп подавали?

— По будням вряд ли. Но по большим праздникам, вероятно, да.

— У них в прислуге культуристы были, должно быть... Подожди, я не знаю, как быть. Раз уж мы решились на эту аферу с твоим же собственным имуществом, его следовало бы убрать подальше от любопытных глаз, прежде чем заявлять о скелете...

Агнешка резко выпрямилась:

— Неужели нам так необходимо заявлять о нем прямо сейчас? Туда же никто не войдет. Столько времени лежал и еще немного полежит...

— Разумеется, необходимо. О любых человеческих останках следует сообщать властям, если не в полицию, то, как минимум, в санитарно-эпидемиологическую службу. И, по возможности, скорее. Не нам с тобой решать, когда он погиб: полвека назад или же в прошлом году. Как он туда вообще пролез?

— Из дневников следует, что и он, и его отец были знакомы с прабабушкой. И бывали здесь, проводя долгие часы в библиотеке. Как мне кажется, им удалось обнаружить старинное издание «Отверженных», прабабушка засунула туда бумажку со всеми расчетами.

— И они подобрали какую-нибудь отмычку. А о третьей ступеньке не знали...

Агнешка уже совершенно пришла в себя и начала осознавать все последствия законопослушности. Это привело ее в растерянность.

— Подожди, — сказала она. — Все не так просто. Я предвижу осложнения. Если мы заявим о скелете, то, во-первых, начнутся вопросы. Зачем я туда полезла, откуда знала, что там что-то есть, и так далее. Если я сознаюсь в существовании прабабушкиного дневника, его захотят прочесть. Догадаются, что там что-то было, и велят предъявить. Во-вторых, возникнет вопрос о праве собственности: мое все это или же государственное, исторические реликвии, у нас уже однажды незаконно конфисковали Блэндов, а теперь и это отнимут...

— Ты предъявишь завещание. Оно имеет законную силу.

— А вот тогда наступит в-третьих: нам придется уплатить налог с наследства огромный, как расстояние отсюда до Австралии. И, в-четвертых, дело приобретет огласку, и все грабители Европы начнут штурмовать мой дом. А в-пятых, Пукельник взбесится.

Томаш растерялся. Предположения Агнешки были не лишены смысла, особенно же бешенство Пукельника было гарантированным и непредсказуемым в последствиях. Томаш считал, что со всем остальным справится, но последнее пугало его. Юноша в течение целой минуты размышлял о возможности скрыть находку, и в конце концов ни с того ни с сего задумчиво произнес:

— Видишь ли, я не потому такой законопослушный, что учусь на юридическом, а поступил на юридический именно в силу своей законопослушности. Я такой с рождения. Такой у меня характер. Вот и сейчас меня не туда тянет, хотя я и вижу, что ты права. Дай мне немного времени, мне надо как следует подумать.

Молодые люди некоторое время провели в полном молчании, пока Томаш, наконец, не пришел к решению:

— Ну хорошо: характер характером, но не стану же я создавать нам препятствия. Да, я уважаю закон, но ведь необязательно при этом быть идиотом. Мы пойдем на компромисс...

— Говорят, от одного вида бриллиантов девушки становятся умнее,— перебила его Агнешка.— Сначала мы уберем вот это...

И она указала пальчиком на залежи на полу. Томаш кивнул головой.

— Совершенно верно. Потом ты начнешь ремонт, во время которого выяснится, что за шкафом есть лесенка, и так далее. Что же касается ключей, то о дубликатах говорить не следует...

— С ключами я как-нибудь разберусь. Скажу, что они валялись дома, семейная традиция гласила, что их следует хранить, а здесь я решила попытать с ними счастья просто так, на всякий случай. Кто-нибудь спустится вниз... с третьей ступенькой возникнут проблемы, но я что-нибудь придумаю... Обнаружится скелет Пукельника, и мы побежим с доносом, только прежде надо будет проникнуть дальше, пустить туда людей, быть может, подмести там, чтобы наши с тобой следы не бросались в глаза...

— Мы должны согласовать свои показания по вопросу третьей ступеньки, — в свою очередь, перебил ее Томаш. — Это может и не понадобиться, но ничего страшного. Ты вошла... нет, это я вошел. Мы-то с тобой прекрасно знаем, почему вошла именно ты, а не я, но не объяснять же это людям. Я вошел, а ты осталась у шкафа, я наступил на ступеньку, щель закрылась, ты запаниковала...

— Мне совершенно необязательно было паниковать. Закрылась — я и открыла снова, это нормально. Ключи остались в замке, или, может, я вынула их и держала в руке...

— Лучше в руке. Я там, взаперти, перепугался, понятное дело, клаустрофобия меня одолела, вот и выскочил обратно наверх. Мы с тобой проверили, что третья ступенька — ловушка и ее следует перешагивать. А дальше мы и не полезли из боязни, что там есть еще ловушки.

— Отлично, — одобрила Агнешка. — Таким образом мы решим вопрос с соблюдением закона, только с небольшой отсрочкой, а тайна, от которой стынет кровь, не будет висеть над нами.

Томаш с некоторой долей горечи подумал о том, что в государстве по-настоящему правовом в подобной чуши не было бы никакой необходимости, но здесь, где у честных людей бывают кошмарные проблемы, а злоумышленники пребывают в абсолютной безнаказанности... Если бы Агнешка захотела украсть это сокровище, это, вероятно, удалось бы ей без особого труда. Однако, учитывая то, что оно принадлежало ей по закону, на ее долю, без сомнения, выпали бы ужасающие проблемы и неприятности. Да еще этот проклятый Пукельник, который мог бы начать строить кошмарные козни из чистой зависти...

Томаш внес в замысел некоторые усовершенствования:

— Надо будет наследить там как следует, чтобы наши первые следы не вызвали подозрений...

— Об этом можешь не беспокоиться, — спокойно заверила его Агнешка. — Это сделают рабочие, они полезут туда хотя бы из чистого любопытства. И людей мы туда запустим, со мной случится истерика, а тебе не удастся держать их на расстоянии. Теперь давай подумаем, как все это забрать. Вынести понемногу в машину? Может, в коробках, что валяются в гостиной?

— Давай посмотрим, не подглядывают ли за нами, — предостерегающе сказал Томаш, поднялся с подоконника и выглянул в окно.

Обдумав свое идеальное преступление, молодые люди были так довольны, что при виде направляющейся к ним через двор дочери Польди, Габриэлы Витчак, испугались до полусмерти. Хуже того: старуха была не одна, а в компании какого-то постороннего человека. Томаш с Агнешкой растерялись до такой степени, что даже и не подумали хоть как-то спрятать клад, а как ни в чем не бывало вышли из библиотеки и приветствовали вновь прибывших на пороге кухни.

— Вы, барышня, будете делать здесь ремонт,— заявила безо всяких околичностей Габриэла. — А это Антось Влодарчик, что на строителя выучился, и он такие вещи делать умеет, а мне крестником приходится. Так наймите его.

Агнешка испытала такое огромное облегчение, что чуть было не лишилась чувств, однако она тут же нашлась:

— Очень хорошо, с удовольствием. Я и сама хотела посоветоваться с вами по этому вопросу. Прошу вас, проходите на кухню, это единственное помещение, где можно присесть. Прошу вас, прошу вас...

— А я сразу скажу, что ремонты — это моя специальность,— заявил Антось Влодарчик, послушно проходя туда, куда его пригласили.— У меня есть лицензия и собственные рабочие, хотя сейчас очень многие нанимают русских. Скажу даже больше, чтобы вы знали, кого нанимаете...

Томаш молниеносно опомнился и проявил себя на должном уровне. Он не стал принимать участия в обсуждении, а тактично ретировался и, совершенно не прячась, приступил к уборке. Коробки и ящики из гостиной идеально подошли для его целей. Некоторые он выносил на кучу мусора у дома, некоторые же упихивал в багажник машины, причем содержимое последних было недоступно постороннему взгляду. Машина Амелии стояла у самого входа, молодые люди специально прорвались на ней через буераки и помойки, чтобы она, в случае чего, оказалась под рукой.

Томаш подумал, что все происходящее — явление явно ненормальное. И надо же было им еще, вдобавок ко всему, подъехать на машине к самому дому! Ведь, как правило, излишняя предусмотрительность оказывается излишней, дурацкой, она заранее предрекает неудачу. В катакомбы они должны были проникнуть, отчего бы и нет, однако обнаружить там нечто, что элегантно можно назвать гуано. Гуано, птичий помет, где-то на южных островах... Ну, говорят, оно тоже представляет немалую ценность...

Все пережитое Томашем напряжение, стресс, страх за Агнешку, в которых он не отдавал себе отчета, нашли сейчас разрядку в едином порыве. При мысли об этом гуано у него внезапно начался приступ истерического хохота, Томаш завывал и чуть не плакал от смеха, прислонив к багажнику последний ящик с достоянием Агнешкиных предков. Он уже ослаб от хохота, но все еще никак не мог успокоиться.

Если бы за этой сценкой наблюдала панна Доминика, она, без сомнения, описала бы ее следующим образом:

«И что же я вижу? Пан Пукельник крадется по кустам, невзирая на почтенный возраст, исключающий игру в казаков-разбойников! Я наткнулась на него совершенно случайно и даже замерла от удивления, потому что увидела еще, как он бинокль к глазам подносит, словно бы в театре спектакль смотрит. Приехал он на автомобиле, который оставил на дороге, в деревне. Автомобиль я увидела раньше, чем пана Пукельника. Сам же он сидит здесь, в кустах, и за домом нашим наблюдает. Мне стало интересно, что же он такое увидел, да и беспокойство меня одолело, а поскольку и у меня был с собой бинокль, я тоже взглянула в него.

Увидела же я автомобиль у входа, а рядом с ним юношу импозантной наружности, который, оперев о машину ящичек для банок с вареньем, хохотал так ужасно, что слезы ручьем из глаз его текли. Его громкий смех чуть ли не мне даже слышен был. Пан Пукельник же глаз от юноши оторвать не мог, словно бы впервые в жизни смеющегося человека узрел. Мне показалось, что он даже сопел, как будто бы от мстительной радости или от какого-то особенного удовольствия.

Наконец, юноша на место ящичек поставил и люк открытый захлопнул, да так небрежно, что если были там какие-то банки, то они, должно быть, разбились. Я чуть было даже не возмутилась. А пан Пукельник повел себя чрезвычайно грубо, так как, прежде чем удалиться, щедро сплюнул, а, уходя, слова какие-то оскорбительные под нос себе бормотал, плечами дергая и кулаком по лбу себя ударяя. Он прорывался сквозь кустарник, словно дикая бестия...»

Весьма точные наблюдения панны Доминики вполне передали бы настроение этой сценки. Услышав хохот Томаша, пан Пукельник остолбенел до такой степени, что потерял всякую веру в рассказы своих предков насчет сокровищ блэндовского особняка...

В вечернем туалете, приобретенном специально для этого случая, Агнешка предстала перед родными, навесив на себя столько драгоценностей, сколько смогла поместить.

— Там еще есть изумруды, — бесстрастным тоном заявила она, — но они не подошли мне по цвету. И целые гроздья из гранатов, они вообще никуда не поместились. Тем более супница и золотой короб. Я разложила все это на письменном столе, так что можете посмотреть, потому что я и сама не знаю, что с ними делать.

— Я уже не очень молода, — сказала тетка Амелия, разглядывая свою внучатую племянницу с явным одобрением. — И многое в жизни повидала, а еще больше слышала и читала, но впервые воочию столкнулась с тем, чтобы старинный клад удалось разыскать. Это, дитя мое, вопреки законам природы.

— Надеюсь, что ты не станешь надевать все это при любом удобном случае, — с некоторой долей сарказма сказала пани Идалия. — Я пыталась привить тебе хороший вкус...

— Это не вкус, а презентация, — примирительно сказал пан Анджей.

— Но денег сюда вложено немало, а? — настоятельно подчеркнула тетка Марина. — И к чему было столько лет скупиться?..

Михалэк с превеликим вниманием разглядывал украшения, совершая круги около Агнешки.

— Я же говорил своим предкам, что ради такого зрелища стоит все бросить и приехать сюда,— удовлетворенно бормотал он. — Так ведь нет же: тут полить, там подогреть, здесь охладить, там собрать... С конем ничего не случится, если он один день в стойле постоит... Так ведь нет же...

— Выглядишь ты, как пасхальная елочка, это факт, — согласилась тетка Амелия, все еще пребывая в состоянии абсолютной удовлетворенности. — Ну и пусть, мне приятно на это смотреть. Как вспомню все эти военные и предвоенные годы и разговоры в семье насчет того, что у кого раньше было и что пропало... А вы вообще-то знаете, что я прихожусь вам всего лишь свойственницей и умерла бы с голоду, если бы не ваш отец и дедушка и вообще, вся ваша семья...

— Зато развлечениев от пани Амелии было больше, чем от кого еще, — ядовито заметила Фэля, внося на стол горячую закуску в виде гренков с мозгами. — Вы ешьте, а то остынет, а я пока на барышню Агнешку полюбуюсь. Красота-то какая, аж в глазах рябит.

— А мебель? — внезапно вспомнила тетка Марина. — Кажется, я слышала, что и мебель сохранилась?..

— Да, по большей части. В таком подвальном тайнике, о котором никто не знал. Во время Первой мировой панна Доминика прятала там свиноматок с поросятами. Подвал сухой, так что все сохранилось в очень неплохом состоянии...

Томаш ничего не говорил, а лишь подливал вина. Он был счастлив от одной мысли о брачном контракте. До чего же гениальная идея пришла в голову этим бабам, жившим в стародавние времена. Теперь его никто, слава Богу, не заподозрит в том, что он женится ради денег на невесте-миллионерше. В том числе и он сам. Благодаря чему можно чувствовать себя человеком, а не паразитом. Это отнюдь не обозначает, что он запретит своей жене поднимать их жизненный уровень и откажется от устриц с шампанским...

Агнешка, еще раз повернувшись вокруг своей оси, села за стол.

— Нас еще ожидает открытие скелета, — напомнила она. — Вы все в курсе дела, и я на вас рассчитываю. В случае чего, следует подтвердить, что эти ключи...

— Являлись твоей личной собственностью и реликвией. Знаем и подтвердим.

— Что касается ключей, то о них никто забыть не сможет,— решительно заявил пан Анджей.— Я никогда не говорил об этом, но теперь, кажется, уже можно, и вы не будете на меня за это в обиде. Ведь это я спрятал в отбитую вазу три ключа на одном кольце, потому что ты в тот момент бренчала ими так, что я не мог больше это выносить. Другими ты играла тише. Прости меня за это, дитя мое.

На некоторое время над столом нависла тишина.

— Как это? — удивилась Агнешка. — Так это вы, папа? А не бабушка?

— Нет. Я. Вот почему, должно быть, бабушка отнесла вазочку к мастеру вместе с ключами. Она не имела о них ни малейшего понятия.

— Так почему же вы не сказали об этом, когда все их искали?!.

— Потому что я совершенно забыл о них. А вспомнил лишь тогда, когда ты принесла вазочку домой и оказалось, что они были в ней. Нет, только тогда, когда я эту вазочку увидел.

И снова над столом нависла гробовая тишина.

— Анджей, — страшным, сдавленным голосом произнесла пани Идалия, — а если бы этот мастер не вернул их?..

Остаток торжественного вечера был посвящен примирению родителей Агнешки.

Антось Влодарчик кое-что знал о библиотечном шкафе. Во время продолжительной и откровенной беседы он признался Агнешке, что сведения эти передаются в их роду из поколения в поколение, он же является потомком по боковой линии кузнеца, который некогда, в прошлом веке, вел здесь какие-то таинственные работы. И что он, Антось, уверен в том, что дополнительные помещения где-то там существуют, вот только неизвестно, как туда проникнуть. Агнешка последовательно отработала весь спектакль с ключами, и скелет Пукельника-младшего был обнаружен.

Рабочий класс не пришлось агитировать замести все следы. На третью ступеньку наступили поочередно три человека, и опасность стала достоянием гласности. Прибывший вместе с полицией пан Пукельник утвердился в своей вере, что россказни о кладах были самым обыкновенным бредом, потому что какая-то из этих мерзких баб забрала отсюда все, как минимум, полвека назад. Ему остались лишь дедушкины останки, которые требовалось похоронить. И больше ничего.

— Вот теперь все как полагается, — одобрила Габриэла Витчак, когда на пышный банкет по случаю встречи прибыла вся семья, а также ведущий жокей с ипподрома на Служевце Ясь. — Барышня вернулась в прабабушкино гнездо, в дом ее светлости пани Матильды. Так и должно быть, потому что, если кто на чужое добро зарится, Бог его наказывает. Сейчас и умереть можно спокойно, ведь отцовский наказ я выполнила.

— Может, не надо немедленно, а? — опечалилась Амелия. — Может, вы немного подождете с этим, пани Габриэла?

— А разве ж я говорю, что мне спешно? Долг не тяготит, так и поживу еще немного...

— Лето, каникулы, уик-энды, — перечисляла в восхищении тетка Бэата, сестра пана Анджея. — Все их можно будет проводить здесь. Какой чудесный уголок!

— А когда мы еще пруд очистим...

— Ты знаешь, а ведь можно отремонтировать конюшни и держать здесь лошадей, — тут же подсказал Михалэк.

— Боюсь, дитя мое, что тебе здесь нелегко придется, — несколько обеспокоенно сказала пани Идалия, отведя дочь в сторону. — Вся семья напрашивается, дом большой, но кто же их всех кормить будет? Фэля не справится. Прибираться, готовить, мыть посуду... Кто все это будет делать?

Агнешка окинула мать каким-то загадочным взглядом и ответила с глубочайшей убежденностью:

— Обменный эквивалент...

* * *

Родив через четыре года после защиты диплома второго сына, Агнешка несколько растерялась. Одни мальчики... Лишь очень небольшая часть прабабушкиного наследства была превращена в тот самый обменный эквивалент, остальное же лежало в тайнике. Томаш, став адвокатом, прекрасно зарабатывал, ей же самой исторические эссе, вопреки опасениям, приносили совсем неплохие доходы. Что же ей, собственно говоря, следовало предпринять, чтобы сохранить наследие предков для будущих поколений? Прабабки об этом позаботились, они были умными, так что и ей придется подумать как следует. Это дело нельзя проигнорировать...

Агнешка уселась за письменный стол, потянулась за толстой, элегантной бумагой и начала выводить собственной рукой:

«Это письмо я адресую своей старшей внучке, а если бы таковой не было, его следует бережно сохранить и передать моей старшей правнучке...»

По вопросам оптовой покупки книг
"Издательской группы АСТ" обращаться по адресу:
Звездный бульвар, дом 21, 7-й этаж
Тел. 215-43-38, 215-01-01, 215-55-13

Книги "Издательской группы АСТ" можно заказать по адресу:
107140, Москва, а/я 140, АСТ – "Книги по почте"

ХМЕЛЕВСКАЯ ИОАННА

СТАРШАЯ ПРАВНУЧКА

Перевод с польского

Редактор
С. Мухаметдинова

Художественное оформление
А. Зарубин

Технический редактор
Т. Шабурова

Художественный редактор
В. Фалько

Компьютерная верстка
С. Григорьева

Лицензия ЛР № 064283 от 08.11.95

Подписано в печать с готовых диапозитивов 03.02.2000.
Формат 84×108 1/32. Бумага газетная. Печать офсетная.
Усл. печ. л. 26,04. Гарнитура «Балтика». Тираж 10 000.
Заказ 343.

ООО «У-Фактория».

620142, Екатеринбург, ул. Большакова, 77.

При участии ООО «Фирма «Издательство АСТ».
ЛР № 066236 от 22.12.98.
366720, РФ, РИ, г. Назрань, ул. Московская, 13а.

При участии ООО «Харвест». Лицензия ЛВ № 32 от 27.08.97.
220013, Минск, ул. Я. Коласа, 35—305.

Отпечатано в типографии издательства «Белорусский Дом
печати». 220013, Минск, пр. Ф. Скорины, 79.

Романы
ИОАННЫ ХМЕЛЕВСКОЙ

У-Фактория
издательский центр

— книгоиздательство
— книготорговля

Телефоны: 8(3432) 22-96-26
                      22-85-89

Факс: 8(3432) 22-85-35